GOLDMANN

D1753912

Buch

Ein riesiger Falke kreist über Manhattan. Er wartet auf das Signal des Falkners. Das Signal kommt.

So beginnt eine Serie von Morden, die die Millionenstadt New York in Angst und Schrecken versetzen. Polizei und Massenmedien verbünden sich auf der Suche nach dem Falkner, der den Vogel abgerichtet hat und auf seine Opfer ansetzt. Die Suche verläuft ergebnislos. Ungehindert kann der Falkner Drohbriefe an die Reporterin Pamela Barrett schreiben, die den ersten Falkenüberfall miterlebt hat und aus beruflichem Ehrgeiz die »Falkenstory« weiter verfolgt...

William Bayer zeigt packend, wie der Mensch gleichzeitig zum Jäger und Gejagten wird, wie dunkle Leidenschaften ihn überwältigen. In atemberaubendem Tempo folgen die Ereignisse aufeinander, steigert sich die Handlung bis zum Höhepunkt. Daneben erfährt der Leser Faszinierendes über die Falknerei, die Aufzucht seltener und exotischer Vögel und die Schwarzmarktgeschäfte mit den begehrten Tieren.

Autor

»Der Killerfalke« ist William Bayers siebenter Roman. Die vorhergehenden sechs erschienen in den USA alle mit großem Erfolg.

Bayer machte sich in den Vereinigten Staaten einen Namen als Produzent, Drehbuchautor und Regisseur zahlreicher Dokumentar- und Spielfilme, von denen einige preisgekrönt wurden.

William Bayer lebt abwechselnd in Kalifornien und New York.

Im Goldmann Verlag
ist von William Bayer außerdem lieferbar:

Tödlicher Tausch. Roman (9265)

WILLIAM BAYER

DER KILLER FALKE

ROMAN

GOLDMANN VERLAG

Aus dem Amerikanischen übertragen von Ilse Winger
Titel der Originalausgabe: The Peregrine

Der Goldmann Verlag
ist ein Unternehmen der Verlagsgruppe Bertelsmann

Made in Germany · 3/89 · Sonderausgabe
Genehmigte Taschenbuchausgabe
© 1981 by William Bayer
© 1982 by Paul Zsolnay Verlag GmbH, Wien/Hamburg
Umschlagfoto: The Image Bank, Jack Baker, München
Druck: Elsnerdruck, Berlin
Verlagsnummer: 68938
UK · Herstellung: Sebastian Strohmaier/Voi
ISBN 3-442-08938-7

Für R.

1

Sie wußte nicht, wohin sie ging. Es war ihr gleichgültig. Sie ließ sich vom Strom der Menschen treiben – weg von der TV-Anstalt, dem Nachrichtenstudio, den Schreibmaschinen und Monitoren, weg von der ganzen ekelhaften Atmosphäre. Sie fühlte sich zutiefst getroffen, wollte ihre Kollegen nicht ihr Gesicht sehen, wollte sie nicht in ihren Augen den Schmerz lesen lassen. Vielleicht später, wenn sie entschieden hatte, was sie tun würde – denn sie ahnte, welche Fragen sie erwarteten, „Was wirst du jetzt tun, Pam? Wirst du bleiben? Oder was sonst?“ Und da sie die Antwort noch nicht wußte, wanderte sie durch die Straßen.

Es war kalt: ein frischer kühler Herbsttag. Sie bemerkte es nach ein paar Häuserblocks; es war einer jener glasklaren New Yorker Tage, die sie mochte. Die Gebäude tanzten, der Beton leuchtete, das Glas schimmerte und schien Feuer zu fangen. Die Stadt war verzaubert, Manhattan war verhext. Sie ließ sich von der Menge treiben. Sie versuchte zu lächeln. Sie wollte tapfer sein.

So war sie immer gewesen: eine Frau, die eine kühle Fassade zeigte. Das war ihre persönliche Note als Reporterin – sich niemals Ärger, niemals Unbehagen oder Nervosität anmerken zu lassen. Sie sah gern direkt in die Kamera, mit perfekter Frisur, ruhigem Blick, gesammelter Miene und einem sanften Lächeln an den Lippen, um anzudeuten, daß sie mehr wußte, als sie aussprach. Doch was sie dachte, war egal; ihre Meinung tat nichts zur Sache. Wichtig war, gut anzukommen, Miss Cool zu sein. Eine Maske zu tragen.

Jetzt aber hatte die Maske einen Sprung bekommen. Sie spürte Tränen aufsteigen. Vor Herb hatte sie nicht geweint, würde das nie tun. *Nie.* Aber jetzt, anonym, in den überfüllten Straßen fiel es ihr schwer, sich zurückzuhalten.

Ihr Absatz verfing sich in einem Gitter. Sie stolperte und stieß gegen einen Mann. „Pardon", flüsterte sie. Er sah sie nicht an, nickte nicht. Wohin ging sie? Wohin der Menschenstrom sie trieb. Irgendwohin. Fort.

Herb hatte versucht nett zu sein – was nicht einfach war –, denn er war absolut nicht nett. „Ich weiß nicht, es liegt nicht am Schreiben. Du schreibst recht gut. Es ist, wie du es bringst. Klappt nicht. Zu kühl, zu distanziert. Kommt nicht an." Dann, nach einer Pause: „Ich muß dir ehrlich sagen, daß ich daran denke, dich nicht mehr vor die Kamera zu lassen."

Das war es also – sie hatte sich zu gut versteckt. Sie hatte Miss Cool gespielt, und es hatte nicht geklappt. „Persönlich wirkst du fabelhaft. Aber auf dem Fernsehschirm . . ." Herb hatte die Schultern gezuckt.

Vielleicht stimmte es. Die Elektronik war erbarmungslos. Die Übertragung konnte alles entlarven, was der grausamen Objektivität der Linse nicht standhielt.

„Es ist nicht das Schlimmste auf der Welt. Es gibt eine Menge Dinge, die du machen kannst. Schreib Zwischentexte für den Programmchef. Dort wird bald was frei."

„Ich bin Reporterin."

„Natürlich. Das bist du. Vielleicht solltest du wieder zu einer Zeitung gehen. Ich würde dich sehr ungern fortlassen, aber du mußt tun, was für dich das Richtige ist."

Sie war auf der Sixth Avenue. Die hohen Türme der Fernsehstationen lagen vor ihr. Menschen zogen vorüber, Männer mit Aktentaschen, Frauen, korrekt gekleidet. Sie waren alle in Eile – auf dem Weg zu einer Besprechung, zu einem Anwalt, zur Unterzeichnung eines Vertrages. Um vorwärtszukommen. Und auch sie war in Eile – um wegzukommen.

Sie fragte sich, wie sie sich so geirrt haben konnte. Ihre gelassene Heiterkeit, ihre einstudierte Nonchalance – wie war es möglich, daß sie sich so falsch eingeschätzt, daß sie gedacht hatte, gut anzukommen, wenn das Gegenteil der Fall war?

Sie ging an dem mächtigen, abweisenden, schwarzen Wolkenkratzer CBS vorüber. Sie hatte davon geträumt, dort einmal als Chefredakteur zu arbeiten. Als sie jetzt das Gebäude ansah, amüsierte sie sich über ihre Verzweiflung. Ein Satz fiel ihr ein: „O Stadt der zerbrochenen Träume." Fast wollte sie in Lachen ausbrechen.

Vielleicht hatte Herb doch noch nicht entschieden. Sie versuchte sich an seinen Rat zu erinnern. „Sei offen, ehrlich, hochnäsig, wenn du Lust dazu hast. Rümpf die Nase, wenn du die Sportler in ihrer Garderobe interviewst; so, als könntest du den Schweißgeruch nicht ertragen."

„Ich kann ihn wirklich nicht ertragen, Herb. Ich hasse ihn."

„Dann zeig es, um Himmels willen. Mach dich lustig über die Jungens. Schau sie an, als wären sie Fleischklumpen. Vielleicht kannst du auch ein bißchen am Mikrophon herumfingern – unseren männlichen Zuschauern Lust machen, dich fertigzumachen."

Ja, es *war* eine Warnung. Noch hatte er sie nicht abgeschrieben. Er gab ihr noch eine Chance. Vielleicht sollte sie kündigen. Verschwinden, bevor man sie hinauswarf. Oder bleiben und versuchen, nach seiner Pfeife zu tanzen; harte Fragen stellen, die Sportler in Rage bringen, sie verachten, das Mädchen sein, das sie gern fertigmachen wollten, was immer er damit gemeint hatte.

Sie sah sich um. Jetzt war sie im Rockefeller Center, weg von der Menschenmenge. Sie sah auf die Uhr. Es war beinahe Mittag. Der Himmel war blaß und klar. Sie ging zur Mauer und beobachtete die Eisläufer, die unten auf dem Platz ihre Kreise zogen. Ein Junge, der auf einem Schlittschuh einen Bogen machte, warf ihr einen Kuß zu. Sie lächelte zurück. Im Sonnenlicht glänzte das Eis wie Platin.

Von der Schattenseite der Eisbahn aus beobachtete sie ein Mann. Er trug eine hellorange Kappe und spiegelnde Sonnengläser. Er sah sie prüfend an, versuchte sich zu erinnern. Er wußte, daß er ihr Gesicht schon einmal gesehen hatte.

Ungefähr dreißig, schätzte er. Ihre Augen waren groß, die Lippen schön geschwungen, das dunkle Haar fiel dicht um ihre Wangen. Eine attraktive Frau, eine leidenschaftliche Frau, überlegte er, eine Frau, die hinter einer kühlen Fassade glüht.

Er sah zum Himmel auf, schirmte die Augen ab, suchte aufmerksam und wandte sich wieder dem Eislaufplatz zu. Lichtflecken schimmerten auf der goldenen Statue des Prometheus. Die Plaza füllte sich mit kauflustigen Menschen. Irgendwo stand eine Gruppe japanischer Geschäftsleute herum. Bald würden haufenweise die Leute aus den Büros zum Lunch strömen. Dann war es Zeit, die Beute auszuwählen.

Wieder sah er zu der Frau hinüber und erinnerte sich – sie war Sportreporterin einer lokalen Fernsehstation. Einmal hatte er sie Basketballspieler interviewen gesehen. Ein wenig ungeschickt, soweit er sich erinnerte, doch besaß sie eine Intensität, die ihm gefiel. Eine Weile noch sah er sie prüfend an, dann schüttelte er den Kopf und wandte sich ab. Sie hatte etwas an sich, das ihn rührte. Er würde sie verschonen. Nach jemand anderem suchen. Wieder sah er zum Himmel auf, dann begann er die Menschenmenge zu mustern. Bald würde er jemand Geeigneten gefunden haben. Die Stadt war ein Paradies für einen Jäger.

Herb fand es amüsant, wenn sich eine Reporterin von einer Eliteschule dazu herbeiließ, den Sport zu machen. Offenbar hatte er vergessen, daß ihre „Klasse" nur angelernt war, daß sie aus einer Arbeiterfamilie stammte und ihr Vater Gießer in einem Stahlwerk in Indiana war.

Vielleicht war das ihr Fehler gewesen; daß sie versucht hatte, Herbs Vorstellungen zu entsprechen, anstatt sich zu geben, wie sie war. Und was war sie? Routiniert sicherlich, aber gleichzeitig verletzlich und unsicher. Wenn sie imstande wäre, der Kamera ihr Doppelbild zu vermitteln – den Widerstreit zwischen ihrem Aussehen, ihren Worten und dem, was sie tatsächlich war – die männlichen Zuschauer würden sie vielleicht mögen und den Atem anhalten, wenn sie einen Fehler machte. Sie würden sich mit ihrem Bemühen identifizieren und Mitgefühl aufbringen.

Ein interessanter Gedanke. Sie fragte sich, ob es ihr gelingen könnte. Unten auf der Eisfläche tauchte eine junge Frau in engem Trikot auf, die Drehungen und Spitzpirouetten übte. Pam sah zu, wie sie sprang und lief.

Das Mädchen bewegte sich gut, aber irgend etwas stimmte nicht; zu krampfhaft versuchte sie, zu glänzen, auch wenn sie beinahe hinfiel. Sie war gut, aber nicht gut genug, eine Eisläuferin auf der Suche nach einem eigenen Stil. Wie ich, dachte Pam. Genau wie ich. *Oh, du lieber Gott, auf dem Fernsehschirm muß ich genauso wirken!*

Die Erkenntnis kam so plötzlich wie eine unerwartete Reflexion in einem Spiegel. Pam sah sich um. Die Japaner hatten ihre Kameras gezückt. Plötzlich geriet ein Taubenschwarm in Aufregung und flog in einem Bogen weg.

Der Mann mit der organgefarbenen Kappe blickte wieder zum Himmel auf ein dunkles Objekt, das aus heiterem Himmel niederstürzte. Schneller, immer schneller, sauste es herab, fiel zwischen die Gebäude, erfüllte die Luft mit seinem Angriff.

Die Eisläuferin taumelte. Sie wird fallen, dachte Pam. Und „fall nicht hin", flüsterte sie, „fall nicht hin". Dann wurde das Mädchen getroffen.

Zuerst wußte Pam nicht recht, was da getroffen hatte. Etwas Dunkles, ein Stück Mauer, vielleicht ein Gesims oder ein Ziegelstein. Der Aufprall war ungeheuer. Etwas krachte mit voller Wucht auf den Kopf des Mädchens. Einen Augenblick lang drehte sich die Eisläuferin, im nächsten lag sie flach auf dem Eis. Dann hörte Pam den Schrei – das wilde, rauhe *aik, aik, aik.* Ein riesiger Vogel saß auf der Brust des Mädchens, schlug seine Fänge in ihren Hals. Der Kopf des Mädchens drehte sich zur Seite. Blut quoll hervor und färbte das Eis rot. Entsetzt bemerkte Pam, wie der Vogel die Zuschauer musterte und sie selbst mit durchdringendem Blick anstarrte. Dann hob er die Schwingen, flog hoch, stieg zwischen den Gebäuden in Spiralen höher und höher. Sie verlor ihn gegen die Sonne aus den Augen – der Vogel verschwand in strahlend heißer Glut.

Einen Augenblick lang gab es nur stilles Entsetzen, Hilflosigkeit, Lähmung. Dann brach das Chaos aus. Ungläubige Schreie, Hilferufe. Eisläufer stürzten zum Ausgang, stießen zusammen, fielen übereinander, Kinder weinten. Der Platz füllte sich mit laufenden Menschen. Alles glotzte und schrie.

Pam wußte, daß das Mädchen tot war. Sie lag merkwürdig verdreht, ihr ganzer Hals war zerfetzt. Pam öffnete den Mund, doch sie konnte nicht schreien. Ihr eigener Hals war rauh, die Lungen wie ausgedörrt. Ihr Herz hämmerte in der Brust.

Pam wandte sich ab. Nie noch hatte sie etwas so Gewalttätiges oder so Erschreckendes gesehen wie diesen Vogel. Sie rang immer noch nach Atem, als sie die japanischen Geschäftsleute rasch zum Ausgang gehen sah.

Plötzlich wich das Entsetzen und machte einem einzigen Gedanken Platz. Sie lief ihnen nach, kämpfte sich einen Weg durch die Menge, zur Fifth Avenue. Sirenen heulten. Der Verkehr kam fast zum Stillstand. Keine Spur von den Japanern. *Wo waren sie?* Sie mußte sie finden. Endlich sah Pam die Japaner auf der andern Straßenseite Richtung St. Patrick's Cathedrale gehen. Pam stürzte auf sie zu. Verständnislos blickte man sie an.

„Ihr Film", schrie sie. „Ich brauche Ihren Film."

2

Die schräg einfallenden Strahlen der untergehenden Sonne überzogen das Zimmer mit einem Streifenmuster. Der große Vogel saß ganz still. Sein Kopf war verkappt, die Fänge umklammerten die Sitzstange. Auf dem Boden vor dem Vogel lag ein kleiner Haufen Wachtelknochen. Hin und wieder zitterte er, plusterte das Gefieder auf, hob ein wenig die Schwingen. Dann wurde er ganz ruhig; in seiner Unterwerfung geborgen, verdaute er sein Mahl.

Der Falkner saß in einem Lehnsessel auf der andern Seite des Zimmers, das er den Horst nannte, und beobachtete sein Falkenweibchen. Er bewunderte es und freute sich, daß es so rasch und elegant getötet hatte. Jetzt sah der Vogel prachtvoll aus – großartig. Edel. Wie eine Maske lief über seinen Kopf ein schwarzer Streifen. Die Brust schmückten tropfenförmige Flecken. Die Schwungfedern waren schiefergrau, die künstliche Feder der Haube ragte hoch über den Vogelkopf empor.

Das Beste an ihm aber waren die Augen, die jetzt von der Haube bedeckt waren – dunkelbraune Augen, so wild, wenn der Vogel hungrig, so unergründlich und ruhig, wenn er gesättigt war. Es waren die Augen einer Jägerin, Raubtieraugen; Augen, die die Eisläuferin fixiert und während schwindelerregenden Sekunden des Herabstürzens nicht losgelassen hatten. Diese Sehstärke erfüllte den Falkner mit Neid; er hätte Jahre seines Lebens dafür gegeben, einmal über die Stadt fliegen und mit solchen Augen auf sie herabsehen zu können.

Sein Falkenweibchen war ein wildes Tier und gleichzeitig seine Sklavin; ein Wunder der Falknerei, überlegte er, daß es seine Wildheit behalten hatte und mit der gleichen Leidenschaft wie in der freien Natur töten konnte. Die Beute jedoch und die Strategie des Tötens hatte ihm ein Mensch gezeigt. Dann, nach dem wilden Angriff, hatte er den Vogel abgerichtet, auf das Handgelenk seines Herrn zurückzukehren, so als wäre er ein Haustier. Natürlich war er kein Haustier – das war bei einem Raubvogel nicht möglich. Man kann ihm etwas beibringen, ihn vielleicht abrichten, der wilde Instinkt des Vogels jedoch kann nie gezähmt werden.

Diesen wilden Instinkt zu nutzen, war die Kunst des Falkners, und jetzt fühlte sich der Falkner als großer Künstler, denn ihm war es gelungen, was noch keinem Falkner zuvor gelungen war. Er hatte einen Falken abgerichtet, einen Menschen zu töten, zu töten und dann zum Horst zurückzukehren, während er selbst sich vom Tatort entfernte.

Wieder sah er auf die Wachtelknochen; ein letzter Lichtstrahl fiel auf sie. Die Sonne ging langsam unter, der Tag war bald vorüber. Zeit, die Nachrichten anzudrehen.

Wie er es erwartet hatte, war der Angriff das wichtigste Ereignis, die Berichterstatterin auf dem Bildschirm aber überraschte ihn. Es war die Frau, die er auf dem Eislaufplatz so genau beobachtet, die er als Beute in Betracht gezogen hatte. Natürlich war sie dabeigewesen und hatte alles mitangesehen, schließlich war sie Reporterin. Trotzdem war er überrascht. In der Aufregung des tödlichen Angriffes hatte er vergessen, daß er ihr Schicksal in Händen gehalten, daß nur eine Laune sie verschont hatte.

„Ein riesiger bösartiger Vogel griff heute mittag eine Eisläuferin im Rockefeller Center an und tötete sie vor den Augen der Berichterstatterin."

Der Falkner lächelte. Sein Falke war nicht bösartig, er war abgerichtet. Das wußte Miss Barrett noch nicht. Vielleicht erfuhr sie es bald. Jetzt interessierte ihn jedoch etwas anderes, eine Veränderung, die mit ihr vorgegangen war, eine Lebendigkeit, die in scharfem Gegensatz zu der Niedergeschlagenheit stand, die er mittags an ihr beobachtet hatte. Ihr Bericht hatte etwas Leidenschaftliches, Zwingendes an sich. Jetzt war sie nicht mehr eine ungeschickte Reporterin in der Garderobe von Basketballspielern. Jetzt war es aufregend, ihr zuzuhören, sie zu sehen – schön und selbstsicher. In ihren Augen lag eine Wildheit, ein sanftes Glühen. Ja, dachte er, eine Wildheit erfüllte sie; und es würde ihm Freude machen, sie zu zähmen, wenn er das konnte.

„. . . Die Nachrichten auf Kanal Acht bringen einen exklusiven Bildbericht, der von einem ausländischen Geschäftsmann aufgenommen wurde. Die Zuschauer werden darauf aufmerksam gemacht, daß dieser Film brutal ist. Eltern wird empfohlen, ihre Kinder aus dem Zimmer zu schicken . . ."

Ein Film – eine unerwartete Zugabe. Jetzt fielen ihm die Japaner mit den gezückten Kameras ein. Der Falkner beugte sich vor, um den Angriff ein zweites Mal zu verfolgen. Der verkappte Falke saß ruhig und gleichmütig da.

Der Film des Geschäftsmannes war amateurhaft und verwackelt; er erinnerte den Falkner an jenen Film, den jemand seinerzeit während der Ermordung von Präsident Kennedy in Dallas gemacht hatte. Er besaß die gleiche Wirkung, die gleiche bestürzende Authentizität, als der Falke sich auf den Kopf des Mädchens stürzte. Das Mädchen war sofort bewußtlos und hatte bestimmt keine Schmerzen verspürt. Das Töten selbst war einfach vor sich gegangen – drei rasche, tiefe Schnitte in den Hals.

Ein Vogel von zweieinhalb Kilogramm, der aus dem Himmel herabstößt, kann keinen Menschen töten. Doch er kann einen betäubenden Schlag austeilen, und dann, wenn das Opfer wehr- und bewußtlos ist, tötet er es, ohne befürchten zu müssen, selbst verletzt zu werden. Betäuben und Aufschlitzen, das war die Tötungsstrategie, die sich der Falkner erdacht hatte. Als er den Vorgang nochmals vor sich sah, genoß er ihn wie ein Künstler sein Werk. Der Vogel hatte sich perfekt verhalten, war ein, zwei Sekunden verharrt, um seinen Sieg auszukosten, und dann aufgeflogen, um dem Falkner in den Horst zu folgen und seine Belohnung zu bekommen.

„. . . eine tolle Geschichte, Pam." Der Ansager war voll des Lobes. „Und eine gute Berichterstattung."

„Ich hatte wirklich schreckliche Angst, Hal."

„Fabelhafte Arbeit, Pam. Ganz groß . . ."

Der Falkner schaltete den Apparat ab. Er ging zu seinem Vogel. Der Raum lag im Halbdunkel, die Sonne war untergegangen. Er lockerte die Haube und nahm sie ab.

„Fabelhafte Arbeit“, flüsterte er.

Die Augen des Falken blickten ihn ruhig und geheimnisvoll an.

3

Bereits vor der Kamera wußte sie, daß sie gut war. Ihr Timing, ihr Blick, die Betonung der wichtigen Worte – der Auftritt war perfekt, das spürte sie, wie Athleten es spüren, wenn ihr Körper in Hochform ist und es nichts gibt, was sie nicht bewältigen können. Ihr Bericht war die Sensation des Tages. Hal Hopkins beglückwünschte sie sofort. Sie hatte zum Publikum gesprochen und nicht nur in die Kamera. Es war die beste Reportage, die sie je gemacht hatte, das erste Mal, daß sie sich wirklich hatte gehenlassen. Sie ließ die Maske fallen und gab sich, wie sie war. Als sie geendet hatte, fühlte sie eine tiefe Befriedigung.

Ja, sie war gut gewesen, und die andern wußten das auch – das merkte sie, bevor sie das Aufnahmestudio verließ. Lächeln der Kameraleute. Erhobene Daumen von TelePrompTer-Jungen. Peter Stone, der Meteorologe von Kanal Acht, umarmte sie und flüsterte: „Brillante Arbeit.“ Ihr Ohr war nach der Begegnung etwas naß, als habe es Peter mit der Zunge befeuchtet – so etwas machte er, selbst wenn er nicht betrunken war. Und wenn die Nachrichten begannen und er darauf wartete, seinen Wetterbericht zu geben, war er immer betrunken.

Vor dem Aufnahmestudio wartete Joel Morris auf sie. „Mein Gott“, sagte er, „das war eine Wucht.“ Er nahm sie in die Arme. „Wenn die Sendung vorüber ist, gehen wir zu Gallagher's. Ich lade dich auf ein Steak ein.“

Sie lehnte den Kopf an seine Schulter. „Ich bin nur dortgestanden, Joel. Ich traute meinen Augen nicht. Ich wollte schreien. Es war das Schlimmste, was ich je gesehen habe.“

„Du bist stark. Und hast Nerven."

Sie schüttelte den Kopf. „Nein. Ich war zu Tode erschrokken. Und dann sagte ich mir: Okay, du bist Reporterin. Also berichte. Mach eine Story. Und das tat ich."

Penny Abrams, Herb Greenes Sekretärin, klopfte ihr auf die Schulter. „Herb möchte Sie gleich nach der Sendung sprechen. Sie sollen unbedingt warten." Penny grinste. „Die Telefondrähte laufen heiß. Ich glaub', Sie haben es geschafft, Pam – Sie haben ihn umgestimmt." Penny verschwand wieder in den Kontrollraum. Pam wandte sich Joel zu.

„Heute morgen wollte er mich entlassen."

„Nachdem, was du jetzt geleistet hast, wäre er verrückt."

„Kannst du mir das Band besorgen?"

„Ich werde mit den Jungs reden." Joel trat zurück. „Jetzt denkst du doch nicht mehr ans Weggehen?"

„Ich weiß nicht recht." Sie zuckte die Achseln. „Das hängt von Herb ab. Aber wenn ich gehe, will ich das Band haben, um es zu zeigen."

Sie ging in das Nachrichtenstudio mit den vielen Metallschreibtischen und TV-Monitoren, setzte sich und sah die weiteren Nachrichten an. Ein paar Berichterstatter saßen vor den Fernsehschirmen, andere vor ihren Schreibmaschinen, einige Teile für die zweite Hälfte der Nachrichten auf Kanal Acht mußten erst getippt werden. Unten in der Redaktion wurden die Hintergrundstories fertiggestellt.

Ein solcher Erfolg war aufregend, aber jetzt wollte sie sich entspannen. Pam versuchte sich zu beruhigen und den Nachrichten zu folgen. Hal Hopkins plapperte und plapperte, das harte Gesicht angespannt und faltig. Er war ein „Rauhbein", kein hübscher Junge mit zerzaustem Haar.

Heute morgen hatte sie gewußt, daß Herb recht hatte, daß ihre Sportberichte nichts wert waren. Aber vielleicht hatte sie sich jetzt bewährt. Penny glaubte, daß Herb seine Meinung geändert hatte. Wenn das stimmte, war es eine Art Wunder. Sie war ganz zufällig zum Eislaufplatz gegangen. Und dann hatte der Vogel zugeschlagen. Eine häßliche Szene. Ein

Mädchen wurde getötet. Katastrophenjournalismus – das mochte sie eigentlich nicht. Ein Sieg für sie, eine Tragödie für jemand anderen.

Die Sendung ging ihrem Ende zu. Peter Stone las seinen Wetterbericht. Sein roter Schnurrbart wippte auf und ab, während er sprach. Seine vielen Fronten und Tiefs verwirrten Pam. Es ging das Gerücht, daß er sie größtenteils erfand.

Hal Hopkins verlas den Dow-Jones-Index und den letzten Goldpreis. Pam wußte, daß ihre Story um elf Uhr wiederholt werden würde, vermutlich wieder als wichtigste Nachricht.

„Okay, ich hab mich geirrt. Ich nehme alles zurück." Herb schaute sie reumütig über den Schreibtisch an. Sie saßen in seinem Büro mit den Glaswänden. Pam nickte; in ihren Augen lag Vergebung. Aber bereute Herb tatsächlich? Sie bezweifelte es. Er war ein harter Knochen und zwang die Leute zu tun, was er wollte, indem er rasch und unbarmherzig auf sie einredete. Er trug schillernde Anzüge, besaß ein beeindruckendes Gesicht, buschige Augenbrauen und eine weiße Haarmähne. „Wie ein Löwe", sagte man von ihm, wenn man ihn nicht hinter seinem Rücken als Arschloch bezeichnete.

„Natürlich wußte ich immer, daß du es in dir hast, Pam. Deshalb habe ich dich schließlich unter Vertrag genommen. Heute abend warst du der große Star. Mach so weiter, und du wirst es weit bringen." Er schob ihr die *Post* zu. „Bild von einer Tragbahre – große Sache! Mit diesen japanischen Filmen haben wir die ganze Attacke. Ich wurde bereits von andern Stationen angerufen. Sie fragen an, ob wir die Story nicht verkaufen wollen." Er lachte. „Die können mich! Die verkaufen wir nicht. Der Bericht gehört uns exklusiv, und dabei bleibt es. Ihn zu machen, war erstklassige Arbeit."

Sie *war* stolz darauf, daß sie die Japaner entdeckt hatte, ihnen nachjagte und sie überredete, ihr das Filmmaterial zu überlassen. Sie lief zu einer Telefonkabine und forderte ein Aufnahmeteam an, dann kehrte sie zum Eislaufplatz zurück und überlegte ihre Berichterstattung. Als das Team ankam, wußte sie ihren Text auswendig. Eine Aufnahme, und die Sache war erledigt.

„Du wirst mich also nicht feuern. Meinst du das?"

„Okay, sag es mir nur hinein. Heute morgen wollte ich dir ein Feuerchen unter dem Popo anzünden." Er lächelte sie an. „Es scheint mir gelungen zu sein. Du mußt dich ziemlich wohl fühlen."

Sie nickte. „Ich dachte über heute morgen nach, Herb. An deine Ratschläge. Wie zum Beispiel, daß ich ein bißchen am Mikrophon herumfingern soll. Wie man einem einen Steifen macht – ist es nicht das, was du meintest?"

„Ja, so ähnlich." Er grinste.

„Nun?"

„Nun, es tut mir leid, Pam. Manchmal übertreibe ich die Dinge."

Sie sah ihn direkt an. „Das muß ich nicht tun, nicht wahr, Herb?"

Er erwiderte ihren Blick. „Nein, Pam – außer, es erregt dich tatsächlich."

Sie lachten. Geschwätz im Nachrichtenstudio. Sie wollte ihm zeigen, daß auch sie abgebrüht sein konnte. Sie war es nicht, aber sie konnte zumindest vorgeben, es zu sein. Ob Herb es ihr abnahm, bezweifelte sie.

Auch bei Gallagher's war sie noch vergnügt. Joel proteste ihr mit seinem Bier zu. Sie sprachen über Glück und Erfolg und wie sehr das eine vom andern abhing und daß sich in New York alles um den Erfolg drehte. Man arbeitet hart, man kämpft, und dann plötzlich passiert es – oder eben nicht, und die Stadt zerbricht einen; man kehrt in seinen Heimatort und zu einem mittelmäßigen Leben zurück. Der Satz fiel ihr ein, an den sie sich vor dem CBS-Gebäude erinnert hatte: „Eine Stadt der zerbrochenen Träume." Sie erzählte Joel, wie ihr der Satz nicht aus dem Kopf gehen wollte, wie verzweifelt sie gewesen war, wie sie das Fernsehstudio verlassen hatte, um in der Menge auf der Straße unterzutauchen.

„Nun ja, es zeigt, daß man eben nie aufgeben darf", meinte er. „Ganz gleich, wie niedergeschlagen man sich fühlt, nur nicht aufgeben."

Sie sah ihn an, als er die Steaks und eine zweite Runde Bier bestellte. Er war ein lieber Kerl, und sie mochte ihn – seine widerspenstigen schwarzen Locken, seinen ergrauenden gepflegten Bart. Er versuchte ihr zu helfen, beriet sie, wenn sie gemeinsam einen Bericht zu machen hatten. Er war Nachrichtenkameramann, aber eigentlich wollte er Dokumentarfilme drehen. Sie fragte sich, ob er das Zeug dazu hatte – sie war sich nicht sicher.

„Ich weiß nicht", erwiderte sie. „Worum geht es eigentlich? All dieses Getue, daß man der erste an Ort und Stelle ist. Die Story bekommen, die erste Nachricht liefern. Ich war zufällig dort, das ist alles. Ich habe darüber berichtet, weil es nichts anderes zu tun gab. Ebensogut hätte ich brüllen und schreien können wie alle andern."

„Der erste sein – darum geht es beim Nachrichtengeschäft."

„Ja, laut Herb."

„Herb ist ein ausgezeichneter Fernsehmann."

„Er ist ein Schwein."

„Das geht meistens zusammen." Joel sah sie an. „Aber du bist anders", stellte er fest.

Bin ich wirklich anders, fragte sie sich. Vielleicht war sie auch so. Auf dem Eislaufplatz jedenfalls hatte sie etwas angefeuert. Gierig zerteilte sie ihr Steak. Sie war hungriger, als sie dachte. Sie hatte ein wenig vom Erfolg gekostet, und das hatte sie mit einem Hunger erfüllt, den sie jetzt stillen mußte.

Nach dem Essen ging sie mit Joel nach Soho. Im Augenblick, da sie die Tür zu seiner Bude geschlossen hatten, küßten sie einander. Dann kam er etwas langsamer, als sie es gern gehabt hätte, liebte sie ein wenig zu sanft, lag nachher etwas zu gemütlich neben ihr. Es war schon in Ordnung, sich bei jemandem sehr wohl zu fühlen, der ihren Körper und ihre Wünsche kannte und um dessen Bedürfnisse sie ebenfalls Bescheid wußte. Aber manchmal wollte sie mehr, besonders heute abend – einen Liebhaber, der ihre Erregung teilte, der die gleiche Leidenschaft empfand wie sie selbst.

Eine Weile blieb sie liegen, dann stand sie auf und suchte nach ihren Kleidern. Erstaunt sah er auf.

„Ich hatte gehofft, du würdest bleiben."

„Nicht heute abend, Joel. Ich möchte nach Hause gehen."

Er war enttäuscht. „Es ist so herrlich, wenn du über Nacht bleibst. Dich aufzuwecken, macht Spaß."

Sie lächelte. „Danke. Aber ich bin zu angespannt, zu überdreht. Wenn ich bleibe, werde ich nie einschlafen."

Er nickte. Er fügte sich immer ihren Entscheidungen. In den Monaten, seit sie zusammen waren, hatte es nie einen Streit gegeben. Manchmal wunderte sie sich darüber; warum er so passiv war. Sie mochte ihn wirklich gern – aber irgend etwas fehlte – ein gewisser Stil, ein Flair. Sie vermißte die besondere Erregung, und das machte sie traurig. Deshalb würde ihr Verhältnis auch nicht von Dauer sein, das wußte sie.

Draußen auf der Spring Street sah sie zum Himmel auf. Die Luft war klar, sie konnte Tausende Sterne sehen. Nach ein paar Häuserblocks hielt sie nach einem Taxi Ausschau. Es war fast elf Uhr. Wenn sie sich beeilte, konnte sie sich in den Spätnachrichten sehen, ihren Auftritt studieren, feststellen, ob sie tatsächlich gut gewesen war.

Sie hatte eine Wohnung im obersten Stock ihres Stadthauses in der West Eleventh Street, die, als man im *Village* noch billig wohnen konnte, ein Künstlerstudio war. Die Wohnung hatte eine Oberlichte; ihr Bett stand genau darunter. So konnte sie hin und wieder den Mond sehen und schon in der Dämmerung aufwachen.

Das Telefon läutete – sie hörte es, als sie die Treppe hinaufstieg. Den letzten Absatz lief sie, schloß die Tür auf und nahm den Hörer ab.

„Endlich." Es war Paul Barrett, ihr Ex-Ehemann. „Ich versuche seit Stunden, dich zu erreichen." Sie hörte einen leisen Vorwurf in seiner Stimme, hielt den Atem an und setzte sich auf ihr Bett.

„Hätte ich geahnt, daß du anrufen wirst, Paul, ich hätte den Abend zu Hause verbracht."

„Sehr witzig. Du schuldest mir nichts. Wir sind alle erwachsen."

Endlich, dachte sie.

„Ich habe dich heute abend gesehen. Du warst in Fahrt, Pam. Phantastisch. Meinen Glückwunsch. Deshalb rufe ich an."

„Danke vielmals." Er konnte verdammt nett sein, wenn er wollte. Wenn er nur immer so gewesen wäre.

„Ich habe mich gefragt." Er begann zu stottern. „Ich wollte vorschlagen, daß wir in der nächsten Zeit einmal zusammen lunchen. Oder . . ."

„Weißt du, meistens esse ich nur rasch ein Sandwich. Wir werden ziemlich geschunden."

„Ich weiß."

„Harte Arbeit."

„Ich arbeite auch gelegentlich."

„Du bist Kritiker, Paul. Das ist etwas anderes. Du kannst dir deine Arbeit einteilen. ‚Kritisieren ist eine Kunst', pflegtest du zu sagen."

„Habe ich das *tatsächlich* gesagt? Wie überheblich. Wie furchtbar *überheblich* muß ich gewesen sein."

Sie wechselte das Thema. Ironische Selbstbespöttelung war sein Steckenpferd; er konnte es stundenlang reiten. Manchmal war es lustig, mit ihm die Klingen zu kreuzen; meistens nicht.

„Also – die Story hat dir gefallen?"

„*Du* hast mir gefallen. Die alte Pam, in elektronischer Version, die da in meinem kleinen Idiotenkasten wie Feuer loderte."

„Im Studio waren sie auch begeistert. Herb war zur Abwechslung einmal nett."

„Ach nein. Der gute alte Herb. Natürlich war er nett. Alles für gute Einschaltziffer. Alles für einen Nervenkitzel." Jetzt kehrte er seine bittere Seite hervor. Sie erinnerte sich an das, was in ihrer Ehe schiefgegangen war: berufliche Eifersucht und seine häufig wiederholte Theorie, daß ihr Ehrgeiz sie korrumpieren würde.

„Paul, es wird langsam spät."

„Entschuldige, ich hatte nicht die Absicht, dich anzuöden." Er hielt inne. „Gehst du noch mit diesem Kameramann, wie heißt er doch?"

„Also wirklich . . ."

„Geht mich natürlich gar nichts an. Nochmal, entschuldige. Laß dir den Lunch durch den Kopf gehen. Ruf mich an. Oder Dinner, wenn dir das lieber ist. Ich verspreche, mich gut zu benehmen."

Sie legte den Hörer auf. Er konnte einen zur Verzweiflung treiben. Sie mochte ihn sehr, wenn er ehrlich mit ihr war, und haßte ihn, wenn er sich zu verteidigen begann. Er war ein guter Fotokritiker, einer der besten – seine Artikel waren sauber und klar. Aber wenn er mit ihr sprach, gab es zuviele Ebenen. Er erschöpfte sie. Jetzt hatte sie den Beginn der Elf-Uhr-Nachrichten versäumt. Rasch zog sie sich aus und ging zu Bett.

Während sie auf das Einschlafen wartete, zogen die Ereignisse des Tages nochmals an ihr vorüber. Die harte Aussprache mit Herb und dann der Angriff auf dem Eislaufplatz. Die Augen des Vogels – wild, durchdringend. Braune Scheiben von gelben Lidern umrahmt. Dieser rauhe Kriegsschrei, das *aik, aik, aik,* wie ein wahnsinniger Indianer mit einem Tomahawk. Und dann das Blut, das das Eis dunkel färbte. Und das Mädchen ausgestreckt. Tot.

Sie konzentrierte sich auf das Mädchen. Dieses Mädchen war sie selbst. Das hatte sie knapp vor dem Angriff gedacht. Und hatte es dann vergessen. Jetzt fiel es ihr wieder ein – wie sie sich um das Mädchen gesorgt, ihre Schwäche gespürt, Angst gehabt hatte, daß sie hinfallen würde, wie sie ihr zuflüsterte, das Gleichgewicht zu behalten. Hätte sie rufen sollen? Hätte es sie gerettet? Pam überlief es kalt bei dem Gedanken, daß sie, als sie den Japanern nachlief, das Mädchen völlig vergessen hatte. Sie schämte sich, stolz darauf gewesen zu sein, daß sie ihr Entsetzen überwunden hatte, schämte sich, nur an die Story gedacht zu haben, anstatt um das Mädchen zu trauern. Wir alle sind so zerbrechlich, dachte sie. Das Leben ist so zerbrechlich. *Es hätte mich treffen können. Der Vogel hätte auf mich herabstürzen können.*

Am nächsten Morgen betrat sie das Nachrichtenstudio in der Erwartung, wieder eine Sportreportage zugewiesen zu bekommen. Sie war nicht die Sportansagerin der Station, ihre Berichte ergänzten nur die Sportnachrichten. Sie konzentrierte sich auf die bevorstehenden Interviews. Was fühlten die Sportler? Worüber machten sie sich Sorgen? Was ging wirklich in ihnen vor? Doch als sie sich beim Sportredakteur meldete, teilte man ihr mit, daß Herb sie für etwas anderes haben wolle. Sie sollte sofort Penny Abrams aufsuchen.

„Herb will, daß Sie die Vogelstory weiterverfolgen", sagte Penny. Sie war eine vollbusige junge Frau mit einem runden Gesicht und gelocktem Haar, die fortwährend und vergeblich eine neue Diät ausprobierte. Ihre Leidenschaft waren Milchshakes, und wenn die Dinge gegen sechs Uhr abends hektisch wurden, knabberte sie Pommes frites. „Am Vormittag interviewen Sie die Familie des toten Mädchens. Am Nachmittag nehmen Sie ein Gespräch mit dem Vogelexperten des *American Museum of Natural History* auf. Herb wünscht eine Rührgeschichte über das Mädchen und ausführliche Informationen über den Vogel. Was für ein Vogel ist das? Kommt er zurück? Warum griff er an? Solche Sachen."

„Es scheint, als wolle er die Story auswalzen."

„Bestimmt. Wir haben schon lange nicht soviele Anrufe bekommen. Die Leute wollen den Angriff noch einmal sehen."

„Ach, das ist es. Er will einen Vorwand, um den Angriff nochmals zu zeigen."

Penny nickte. „Vielleicht sind Sie bei der heutigen Abendsendung wieder an erster Stelle."

Pam wußte, was das hieß; wenn sich untertags nichts Besonderes ereignete, begannen die Nachrichten wieder mit ihrer Story. Und selbst wenn sie nicht die erste war, würde ihr jedenfalls ein Teil der Sendung gehören – fünf Minuten, wenn nicht mehr. Das gab ihr Gelegenheit, zu beweisen, daß ihr Augenzeugenbericht kein Glücksfall war, daß sie einer Geschichte nachgehen und sie packend bringen konnte.

Das getötete Mädchen war Sekretärin gewesen. Sie hieß Lenore Poletti. Sie hatte mit ihrer Mutter in einem italienischen Viertel von Brooklyn nahe der Verrazano Bridge gewohnt. Pam und das Aufnahmeteam brauchten fast eine Stunde, um hinzugelangen. Der Verkehr war schrecklich, und als sie endlich ankamen, war die Wohnung voll mit Verwandten. Ein Priester war auch da. Obwohl die Fernsehstation einen Beitrag zum Begräbnis gespendet hatte, fühlte sich Pam als Eindringling. Sie wollte ihr Interview möglichst kurz halten. Dann merkte sie jedoch, daß ihre Anwesenheit die Familie gar nicht störte. Sie schienen eher erfreut über die Störung, als bestätige der Besuch irgendwie ihre Trauer.

Mrs. Poletti trug Schwarz und betupfte sich von Zeit zu Zeit die Augen. Sobald das Mikrophon an ihr Kleid geheftet war, wurde sie sichtlich gefühlvoller. Als Pam ihr den Inhalt der Fragen erklärte, wartete die Frau einen Moment, als bereite sie ihre Worte vor. Dann, als das Team aufnahmebereit war, begann Mrs. Poletti zu weinen. Als Pam sah, was sie für eine Schauspielerin vor sich hatte, verschwanden ihre Bedenken. Wenn Herb eine rührselige Geschichte wollte, sollte er sie bekommen. Sie stellte ein paar Fragen über Lenore, erfuhr, daß diese immer gern eisgelaufen war und seit dem 1. Mai ungeduldig auf die Eröffnung des Platzes gewartet hatte, um wie im Vorjahr während der Mittagspause zu üben. Was den Vogel betraf, war Mrs. Poletti zutiefst empört.

„Man hätte es nicht zulassen dürfen", sagte sie. „Man darf so große Vögel nicht frei herumfliegen lassen. Jemand muß etwas dagegen tun. Die Polizei. Der Bürgermeister. Aber wer kümmert sich schon? Das ist heutzutage der Jammer! Niemand kümmert sich. In der Stadt geschehen fortwährend Morde und Vergewaltigungen, und jetzt gibt es auch noch Killervögel mitten in der Stadt . . ."

Nach dem Interview bat Pam, Lenores Zimmer sehen zu dürfen. Ein Onkel begleitete sie. Auf dem Nachttisch stand Lenores Abiturfoto, ihr Sekretärinnendiplom hing an der Wand. Auf dem Toilettetisch standen verschiedene Souvenirs und eine ausgestopfte Eule. An der Tür klebte das Poster einer Eisrevue. Die Kamera schwenkte über die Einrichtung, die Wände des Zimmers. Als sie die Treppe hinuntergingen, flüsterte ihr der Kameramann zu, daß er mit der Eule geendet hatte. So könnten die Cutter Mrs. Poletti teilweise herausschneiden und ihre Stimme während der Bilder von Lenores Zimmer weiterlaufen lassen. Wenn Mrs. Poletti „Killervogel" sagte, würde die Kamera auf der kleinen zottigen Eule ruhen.

Eine nette, etwas seichte Pointe, dachte Pam, sagte aber kein Wort; der ganze Bericht stimmte sie traurig.

Zurück im Studio machte Pam auf ihrem Schreibtisch Ordnung; eine Menge Telefonnachrichten von begeisterten Zuschauern. Sie war an ärgerliche Anrufe von Sportfanatikern gewöhnt, denen ihre Interviews nicht gefielen, aber zu ihrem Bericht über den Vogelangriff gab es nur Zustimmung, und einen seltsamen, handgeschriebenen Brief in Großbuchstaben, der ziemlich unverständlich war.

LIEBE MISS PAMELA BARRETT

DANKE FÜR IHREN SCHÖNEN BERICHT ÜBER MEIN NIEDERSTOSSEN. ICH FREUE MICH ÜBER IHR INTERESSE, ABER SIE HATTEN UNRECHT, MICH BÖSARTIG ZU NENNEN. VIELLEICHT WERDE ICH IHNEN EINES TAGES ÜBER DIE MOTIVE FÜR MEIN HANDELN SCHREIBEN. IN DER ZWISCHENZEIT HOFFE ICH SIE ZU SEHEN, WÄHREND ICH HOCHFLIEGE UND AUF SIE WARTE. VOM HIMMEL SAHEN SIE GANZ GROSSARTIG AUS. ICH BIN ÜBERZEUGT, DASS ICH SIE WIEDERSEHEN WERDE.

DER WANDERFALKE

Während sie in der Cafeteria ein Sandwich aßen, zeigte sie Joel Morris den Brief. Joel war nicht beeindruckt.

„Von einem Spinner", sagte er, „du wirst noch mehr solches Zeug bekommen . . ."

Als sie nachmittags den Vogelexperten traf, konnte sie ein Lächeln nicht unterdrücken. Er sah tatsächlich wie ein Vogelexperte aus, und das war natürlich überraschend; man erwartet nicht, daß jemand wirklich nach dem aussieht, was er ist. Der Mann hieß Carl Wendel, war weder jung noch alt, sein Hals schien wie aus Leder, sein Haar war stahlgrau. Er trug dicke Brillen, einen alten braunen Pullover, hatte ein vom Wetter gegerbtes Gesicht und sah menschlich aus. Tüchtig von Penny Abrams, sofort einen Ornithologen zu finden, dachte Pam, während sie ihn aus dem Empfangszimmer hinunter in die Redaktion führte.

Der 8-mm-Film des Japaners war für sie eingespannt. Pam bat Dr. Wendel, den Vogel zu identifizieren, dann stellte sie den Apparat an und ließ den Film laufen. Obwohl sie ihn schon einige Male gesehen hatte, sah sie wieder fasziniert zu. Der Geschäftsmann hatte, von der Statue des Prometheus ausgehend, eine Gesamtansicht vom ganzen Platz aufgenommen, bis man alle Eisläufer sehen konnte. Dann kam aus dem Nichts plötzlich der riesige Vogel ins Bild. Er stieß auf Lenore Poletti herab, und in diesem Augenblick folgte eine Nahaufnahme. Auf dem Bildschirm sah man nur die beiden – Lenore und den riesigen Vogel. Die Kamera wackelte, während der Vogel ihren Hals aufschlitzte. Als der Vogel aufflog, folgte ihm die Kamera in den Himmel und hielt ihn im Bild, bis er im Sonnenlicht verschwand. Dann wurde der Film weiß.

Nach dem Abspielen starrte Wendel auf den leeren Bildschirm. Er schüttelte den Kopf. „Ich kann es einfach nicht glauben. Manchmal machen Raubvögel merkwürdige Dinge. Aber so etwas habe ich noch nie gesehen."

„Ich habe über Adler gelesen . . ."

„Daß sie Menschen angreifen? Ja, manchmal, wenn sie einen Grund dafür haben, wenn jemand zu nahe kommt, ihr

Territorium bedroht oder sich dem Horst nähert. Aber einfach so, mitten in der Stadt, ohne irgendeinen Anlaß – einfach angreifen und dann sitzen bleiben und töten . . .“ Er starrte sie an. „Könnte ich es nochmals sehen?“

Sie nickte und ließ den Film ein zweitesmal laufen. Als er geendet hatte, fragte sie, ob er den Vogel identifizieren könne.

„Das ist die andere merkwürdige Sache. Der Angriff selbst ist unfaßbar. Das Mädchen bedroht den Vogel in keiner Weise. Aber auch der Vogel ist absolut außergewöhnlich. Ich verstehe überhaupt nichts.“

„Warum? Was ist so außergewöhnlich?“

„Seine Größe. Er ist zu groß. *Viel* zu groß. Natürlich gibt es größere Vögel, aber das ist ein Falkenweibchen, ein Wanderfalke. Ohne Frage – die Färbung, die Zeichnung, die Flügelform – es ist ganz bestimmt ein Wanderfalke, aber mindestens um ein Drittel größer als die Wanderfalken, die ich bisher gesehen habe. Er ist ein Riese mit einer enormen Flügelspannweite. Fast so groß wie ein Steinadler.“

Während Pam ihm zuhörte, wurde ihr klar, daß sie bereits das Grundgerüst des Interviews vor sich hatte. Sie wußte auch, daß es falsch wäre, ihn zuviel sprechen zu lassen, daß er sich in ein paar Minuten mit der enormen Größe des Vogels abgefunden hätte und seine Ehrfurcht schwinden würde. Es war überaus wichtig, diese Ehrfurcht zu zeigen, solang er noch völlig verstört war.

Rasch ging sie mit ihm in das Aufnahmestudio, erklärte ihm, daß sie sich vor der Kamera unterhalten und einige seiner Aussagen abends gesendet werden würden. Das Interview ging gut. Sie spürte, wie ihr Selbstvertrauen wuchs, fühlte sich wie am Abend zuvor, als sie vor Leidenschaft geglüht hatte, und wußte, daß sie ankam.

„Sie sagen, daß Sie noch nie einen so großen Falken sahen, Dr. Wendel? Wie erklären Sie sich also seine Größe?“

„Ich kann sie nicht erklären. Ich kann überhaupt nichts erklären. Das Ganze scheint sinnlos. Keine wissenschaftliche Erklärung. Vögel greifen manchmal an, wenn sie gereizt werden. Aber hier liegt keine Bedrohung vor."

„Dann ist es irgendein Monstervogel?"

„Nichts, was in der Natur existiert, ist monströs. Aber es geschehen Dinge, die wir nicht verstehen. Dafür dürfen wir nicht die Geschöpfe verantwortlich machen; es ist unser eigenes Unwissen. Wenn wir etwas nicht verstehen, müssen wir die Schuld bei uns suchen."

„Sie sagen, es gibt keine Erklärung. Wäre es möglich, daß dieser Vogel wieder angreift?"

„Falken greifen keine Menschen an."

„Aber sie sahen den Film, Dr. Wendel. Sie wissen, daß Lenore Poletti getötet wurde."

Wendel starrte sie an und schüttelte den Kopf.

Nachdem er gegangen war, ging Pam zu ihrem Schreibtisch und formulierte die Schlußsätze: „Ein bösartiger Killervogel von unheimlicher Größe stößt aus dem Himmel auf ein nichtsahnendes junges Mädchen herab. Der führende Raubvogelexperte von New York weiß keine Erklärung für den Angriff. Womit haben wir es zu tun? Ist etwas in der Natur aus der Bahn geraten, ist etwas Unerklärliches, Phantastisches geschehen? Und die große Frage heute abend: Wird dieser Monsterfalke nochmals in unserer Stadt zuschlagen?"

Es schien ihr ein wenig kitschig und zu sensationell. Das war kein guter Journalismus. Sie spielte mit der Angst der Menschen. Worte wie „unerklärlich", „phantastisch", „Monster", „bösartiger Killervogel" – sie wußte, es war nur Nervenkitzel. Doch sie wußte auch, daß es die Art war, die Herb gefiel, also tippte sie es und übergab es Penny. Wenn er das Band abspielte, würde Herb ihre Schlußsätze durchsehen. Sie hoffte, er würde sie etwas mildern.

Er tat es nicht. Sie gefielen ihm, und er wollte sie noch verstärken. „Erwähn' den Hitchcock-Film ‚Die Vögel', du weißt doch", sagte er. „Erinner' das Publikum daran. Sag, daß die Wahrheit oft merkwürdiger ist als die Phantasie und änder' die Frage am Schluß. Nicht ‚*Wird* der Monsterfalke nochmals zuschlagen?', sondern ‚*Wann* wird dieser Monsterfalke wieder zuschlagen?‘ Deute an, daß vermutlich ein weiterer Angriff stattfinden wird.“

Sie wollte protestieren, aber er sah sie bewundernd an und fuhr fort. „Dein Band ist ausgezeichnet, Pam. Dieser fast hysterische Vogelmensch, der versucht, zu leugnen, was wir vor uns sahen, und diese beeindruckende Geschichte, die sich da vor unseren Augen abspielt. Und wie du ihn dann zum Schluß in die Enge treibst. Er *kann* es ja nicht leugnen, nicht wahr? Und die Story mit der Mutter des Mädchens ist super.“ Er ahmte die Stimme der Mutter nach: „‚Die Polizei. Der Bürgermeister. Was kümmert es sie? Das ist der Jammer. Niemand kümmert sich.‘ Angst. Hilflosigkeit. Ein Monster schwebt über New York. Der ratlose Experte. Die arme Sekretärin aus Brooklyn in Stücke gerissen. Mein Gott, das ist einfach Spitze. Heute abend vernichten wir die Konkurrenz. Heute abend haben wir die ganze Stadt an den Eiern.“

Von Herbs Begeisterung angesteckt, unterdrückte sie ihre Zweifel und machte alles, was er sagte. Ein wenig war sie bedrückt, soviel Sensationshascherei zu betreiben, und wollte sich nicht vorstellen, was Paul dachte. Aber sie tat es trotzdem, und als sie nach der Sendung das Replay sah, wußte sie, daß sie gut angekommen war und freute sich. Die Zuschauer, fasziniert von der Geschichte des Killervogels, konnten nicht genug bekommen.

Nach der Wiederholung kam Herb aus dem Kontrollraum und rief alle zu sich. Vor dem Pult auf und ab gehend, während Reporter und Techniker sich um ihn drängten, hielt er, wie ein Trainer nach dem Spiel, eine kurze Ansprache.

„Wir sind fündig geworden“, sagte er. „Die Resonanz ist unglaublich. Wir erreichen das Element da draußen. Diese Vogelsache sagt ihnen, was wir sind.“

„Und – was *sind* wir?“ fragte Hal Hopkins mit seiner lebensmüden Stimme. Die anderen sahen einander an. Sie kannten Herbs Art, seine ausladenden Gesten, seine rhetorischen Fragen, wußten, daß „Element“ sein Schlüsselwort für die blöden Zuschauer war.

„Wir sind nicht Kanal Zwei, das weiß man. Wir machen die Nachrichten nicht langweiliger, als sie sind. Und wir sind nicht Kanal Vier – keine Hintergrundgeschichten über die Zimmerdekoration. Keine Modeschau. Keine Berichte über Gourmet-Restaurants. Kanal Sieben!" Er schnaubte vor Verachtung. „Dieses betuliche Geplapper kotzt mich an. Kanal Fünf versucht, eine Zeitung zu sein. Und was sind wir? Wir sind eine Bildzeitung. Das sind wir. Wir sprechen mit den Sekretärinnen und den Bauarbeitern, mit den Kanalräumern und den Polizisten. Wir sind wirklichkeitsnah, engagiert, progressiv, temperamentvoll. Wir haben einen Humphrey-Bogart-Typ als Programmkoordinator, einen verrückten Wettermann und ein Klassemädchen, das dem Killervogel nachgeht." Herb betrachtete ihre Gesichter und nickte, als sie lachten. „Sie alle dort draußen sind mit uns, weil sie wissen, daß wir für eine gute Story auch einen Mord begehen würden. Und sie wissen noch etwas anderes." Wieder machte er eine Pause. Dann: „Sie wissen, daß wir uns nicht *schämen.* Versteht ihr – wir schämen uns nicht. *Wir schämen uns nicht, den Mist zu bringen, den sie wirklich sehen wollen.*"

Was er meinte, war natürlich, daß Kanal Acht die lausigste Station der Stadt war, eine Tatsache, die jeder, der dort arbeitete, bereits wußte. Aber Herb besaß trotz all seinem grobschlächtigen Zynismus auch Qualitäten – er verhielt sich loyal zu seinen Mitarbeitern, und wenn er sich für etwas entschied, dann blieb er dabei. Was den Falken betraf, hatte er beschlossen, die Story auszuschlachten, so weit es nur ging, und den Vorteil zu nutzen, daß Pam von dem Japaner den Film bekommen hatte. Jede Ausrede war ihm recht, ihn nochmals zu zeigen. Pam hatte die Geschichte aufgerissen, daher gehörte sie ihr; solang die Geschichte am Leben blieb, würde Pam sie bringen.

Als sie abends nach Hause kam, fand sie in der Tasche den Brief, den Joel beim Lunch als Unsinn eines Narren abgetan hatte. Sie las ihn nochmals. Ein merkwürdiges Zusammentreffen – der Vogel war, wie sich zeigte, tatsächlich ein Wanderfalke, und der Brief war mit „Der Wanderfalke“ unterschrieben. Natürlich konnte jeder, der etwas über Vögel wußte, den Falken in dem japanischen Film identifizieren. Carl Wendel hatte gesagt, daß Färbung und Fleckung eindeutig seien; nur die Größe stimmte nicht.

4

Der große Vogel war unruhig – der Falkner merkte es. Er war hungrig, und der Hunger arbeitete in ihm, rief Urinstinkte wach – das Verlangen zu fliegen, herabzustoßen und zu töten. Wie sich der Vogel auf der Sitzstange verhielt, das Sträuben des Gefieders, die Kopfbewegungen – das alles zeigte seine Ungeduld. Seine Spannung war überdeutlich. Der Falkner war zufrieden. Er wußte, was vor sich ging, wie der Hunger den Vogel erfüllte, jede Feder, jedes Gelenk erfaßte, besonders die Fänge und die Augen.

Er hatte einen einzigartigen Falken geschaffen – einen kosmopolitischen Falken, einen Falken der Städte, der über einem riesigen Beutereservoir lebte. Für ihn waren die glatten Wände der Gebäude wie die Klippen, die er, lebte er in der Wildnis, umkreisen würde. Und er hatte noch etwas erfunden: eine neue Art der Falknerei. Er hatte seinen Vogel abgerichtet, die Jagd zu stilisieren, die natürlichen Beutetiere zu ignorieren und im Austausch für Nahrung Menschenwesen zu schlagen. Sein Vogel verhielt sich zum normalen Falken wie der moderne Mensch zum Höhlenmenschen – der Raubtierinstinkt blieb ungeschmälert, aber jetzt tötete er nicht mehr, um zu fressen, sondern arbeitete, um gefüttert zu werden.

Der Falkner betrachtete seinen Vogel. Seine Gier und seine Qual faszinierten ihn, die Hungerkrämpfe, die seinen Instinkt schärften, ihn zu einem perfekten Werkzeug machten, das nach seinen Plänen arbeitete. Die Qualen des Vogels waren anders als die seinen, und das war das Faszinierende an seiner

Arbeit – daß sie beide, Mann und Vogel, hungerten, doch nach verschiedenen Dingen. Der Falke wollte Nahrung, der Mann wollte etwas anderes. Der Hunger war unterschiedlich, die Intensität war die gleiche. Sie halfen einander; der Vogel tötete für den Mann, und der Mann fütterte ihn mit Wachteln.

Der Falkner wandte sich wieder seinem Wanderfalken zu. Er wußte, daß er, ließ man ihn zu lange hungern, zu schwach wurde, um hoch genug zu fliegen, wußte, daß das Herabstoßen weniger kraftvoll sein würde. Er schob die Federn beiseite, fuhr mit dem Finger über die Brust, fühlte die Fettknötchen unter der Haut. Mit diesem Fett jagte der Vogel und verbrauchte Unmengen, wenn er flog. Sein Fleisch sagte dem Falkner, wann der Vogel das Jagdgewicht erreicht hatte.

Das war das Geheimnis der Beize – das Verlangen des Vogels zu intensivieren, durch Hunger seine Aufmerksamkeit zu schärfen, ihn jedoch nicht zu sehr zu schwächen. Es gab ein optimales Gewicht für die Jagd. Der Falkner sah in die Augen des Vogels und stellte den Hunger fest, dann verkappte er ihn. Er würde wissen, wann es Zeit war, ihn wieder freizulassen.

5

Als Pam Barrett morgens ins Studio kam, übergab ihr die Empfangsdame einen Stoß Nachrichten. Carl Wendel hatte seit sieben Uhr morgens dreimal angerufen. Er bat um sofortigen Rückruf.

Sie zögerte, denn vermutlich hatte er sein Interview gesehen und war der Meinung, daß man ihn ausgenutzt hatte. Sie konnte sich seine Beschwerden bereits vorstellen – daß man das Gespräch gekürzt habe und er lächerlich wirke. Vielleicht drohte er mit gesetzlichen Schritten – die Leute machten das fortwährend. Sie saß an ihrem Schreibtisch und bereitete sich darauf vor, seinen Ärger zu beschwichtigen, als er wieder anrief.

Er war nicht verärgert, seine Stimme war viel aufgeregter als am Tag vorher. „Könnte ich den Film nochmals ansehen?“ flehte er. „Es ist überaus wichtig. Bitte.“

„Sie meinen das Band, das wir zusammen aufgenommen haben?“

„Nein. Den Film vom Angriff.“

„Natürlich“, sagte sie. „Ja, sicher. Sagen Sie mir – ist etwas nicht in Ordnung?“

Er zögerte. „Ich dachte die ganze Nacht darüber nach. Ich habe den Film zweimal mit Ihnen gesehen, dann wieder abends um sechs und nochmals um elf. Beim letztenmal bildete ich mir ein, etwas bemerkt zu haben – etwas, das ich gestern nicht sah. Aber ich bin nicht ganz sicher. Es ist schwierig, das am Fernsehschirm festzustellen. Der Film ist viel besser, besonders mit Ihrem Vorführapparat. Es könnte sehr wichtig sein, Miss Barrett. Am liebsten würde ich sofort zu Ihnen kommen.“

Sie ging hinunter, fand einen freien Vorführraum, nahm den Film heraus und spannte ihren ein. Diese Filmrolle war in den letzten zwei Tagen überaus kostbar geworden. Das Studio bekam Anfragen von Illustrierten und Sensationsblättern aus der ganzen Welt. Sie wollten Reproduktionsrechte von Standbildern. Der Japaner, der den Film gedreht hatte, hatte ihn Pam überlassen, Herb hatte ihm jedoch einen Scheck über fünftausend Dollar geschickt; er wollte nicht, daß der Mann sich jetzt, wo sein Film so hoch im Kurs stand, betrogen fühlte.

Wendel sah aus, als habe er nicht geschlafen. Unter den Augen lagen dunkle Ringe, sein Gesicht drückte tiefe Besorgnis aus. Er begrüßte sie, setzte sich und fixierte den Bildschirm. Pam ließ den Film durchlaufen, nach einer Minute bat er sie jedoch, zu stoppen. Er betrachtete sorgfältig das Bild, dann schüttelte er den Kopf.

„Hätten Sie etwas dagegen, wenn ich den Film selbst abspiele, so daß ich anhalten kann, wann ich will?“

Sie nickte und zeigte ihm, wie man den Apparat bedient, die Schnelligkeit einstellt, den Film zurückspult und stoppt, wenn man ein bestimmtes Bild anschauen will. Dann stand sie neben ihm, während er den Film immer wieder stoppte, ihn laufenließ, wieder stoppte. Allmählich wurde sie ungeduldig; er ließ den Film vor- und zurücklaufen, studierte einzelne Aufnahmen, aber weder konnte sie etwas Neues entdecken noch verstand sie, warum er es tat. Eben wollte sie nach einer Ausrede suchen, um ihn loszuwerden, als er auf eine Stelle in einem Bild zeigte und sie aufforderte, hinzuschauen.

„Ich schaue", sagte sie, „aber wonach soll ich schauen?"

„Sehen Sie die Ständer an, die Beine des Falken." Wendel wies auf ein paar Wellenlinien unter den Fängen.

„Ist das nicht Hintergrund?"

„Das dachte ich auch, die ersten Male. Passen Sie jetzt genau auf. Passen Sie auf die Bewegung auf." Er spulte den Film langsam weiter. Die Linien schienen sich mit dem Vogel zu bewegen. „Sehen Sie? Sie sind an den Falken angebunden. Es sind Riemen an den Fängen."

„Riemen?"

„Lederschnüre. Passen Sie genau auf." Wieder ließ er den Film laufen, und diesmal sah sie, was er meinte. An jedem Bein war eine Schnur angebunden. Als sie wußte, worauf sie zu achten hatte, konnte sie die Riemen ganz deutlich erkennen. Sie flatterten in der Luft.

„Was sind diese Riemen?"

„Die Falkner binden sie an die Ständer der Jagdvögel. Sie haben die gleiche Funktion wie das Halsband bei einem Hund. Wenn der Falke zurückkehrt, befestigt der Falkner die Riemen an seinem Handschuh." Wendel wandte sich ihr zu. „Ich glaubte, sie gestern abend gesehen zu haben, aber ich war nicht ganz sicher. Der Vogel bewegt sich rasch, und so deutlich sind sie nicht zu sehen. Aber gegen das Eis sieht man sie genau, und bevor der Vogel das Mädchen schlägt, kann man sie herabhängen sehen."

Sie saß vor dem Schirm. Sie wußte, das war etwas Wichtiges, wußte, daß die Falkenstory eine verblüffende Wendung genommen hatte.

„Was der Vogel hier tut, ist ganz gegen seine Natur. Ist er aber ein Falknervogel – und die Riemen sagen mir das –, dann ist alles möglich, denn dann handelt der Vogel nicht selbständig."

„Bitte erklären Sie mir das nochmals. Sie behaupten, es handelt sich um Beize?"

„Beize." Er sprach das Wort mit Abscheu aus. „Ich habe sie immer gehaßt wie alles, was eine Manipulierung der Natur bedeutet. Beize heißt, einen wilden Vogel nehmen, ihn aushungern und sich dann seine Verzweiflung zunutze machen. Die Falkner hungern diese herrlichen Raubvögel aus, manipulieren ihren Hunger und zwingen ihnen ihren Willen auf. Sie behaupten, das sei schön und den Vögeln gehe es bei ihnen besser. Sie nennen es einen Sport. Ich behaupte, es ist eine selbstsüchtige und grausame Unterhaltung. Und dann ist da noch etwas anderes . . ."

Wendels Stimme wurde lauter. „Wanderfalken sind selten. Insektizide sind in die Nahrungskette eingebrochen und haben ihre Fortpflanzungsfähigkeit beeinträchtigt. Durch die Chemikalien im DDT werden die Eier so dünnschalig, daß sie im Nest zerbrechen; infeolgedessen stirbt die Art aus. Aber die Falkner wollen Wanderfalken haben, weil sie die berühmtesten Jagdvögel sind. Daher fangen sie die wenigen, die es noch gibt, binden sie an, setzen ihnen eine Haube auf und machen sie zu ‚Sportvögeln'. Es gibt nur ein paar tausend Falkner, für mich aber sind das zu viele. Sie sind schuld, daß die Vogelnester ausgeraubt werden und es einen schwarzen Markt für Raubvögel gibt. Ein wilder Wanderfalke ist ein freundliches Tier, das nur tötet, was es fressen kann. Aber sobald es in die Hände eines Falkners fällt, werden seine Instinkte pervertiert. Läßt man den Vogel dann frei wie diesen, so ist er hilflos, weil er nicht gewöhnt ist, die Beutetiere zu töten, die er zum Überleben braucht. So kommt es, daß dieser Wanderfalke die Eisläuferin völlig grundlos angriff. Das ist unnatürlich, verstehen Sie? Der Vogel ist hier in der Stadt, wo er nicht hingehört, und tut Dinge, die er sonst nicht tun würde."

Sein Ärger und seine Sorge um die bedrohte Spezies waren offensichtlich. Seine Worte berührten Pam, und ihre Bedeutung ließ sie frösteln.

„Wenn ich Sie richtig verstehe", sagte sie, „sind Sie der Ansicht, daß jemand für diesen Angriff *verantwortlich* ist."

„Ja – indirekt. Vermutlich geschah folgendes: Ein Falkner fing den Vogel, knüpfte Riemen an seine Füße und trug ihn ab. Dann entkam der Vogel. Jetzt ist er hier in New York und weiß nicht, was er tun soll. Es gibt eine Menge Tauben, wenn er nur wüßte, wie man sie tötet, aber der Falke hat die Fähigkeit verloren, seine Nahrung zu finden. Trotzdem weiß er noch instinktiv, wie man angreift – hoch in der Luft kreisen, etwas aufs Korn nehmen und herabstürzen. Der Vogel sieht diese junge Eisläuferin. Sie bewegt sich auffallend, und das erweckt seine Aufmerksamkeit. Also stößt er auf sie nieder, wirft das Mächen zu Boden, reißt ihren Hals auf und sieht sich um – das ist auf dem Film klar zu erkennen. Der Vogel schaut völlig hilflos um sich, weil er mit dem toten Mädchen nichts anfangen kann. Also fliegt er, immer noch hungrig, auf, um sich auf irgendeinem Gebäudesims niederzulassen. Vielleicht wird er einfach verhungern – das halte ich für wahrscheinlich –, nach dem Angriff lag etwas Hilfloses in den Vogelaugen, so, als sei er in Not."

Pam war da ganz anderer Meinung. Sie fand den Ausdruck des Vogels nach dem Angriff äußerst furchterregend. Für sie sprach aus den Augen Blutdurst, Ekstase und Hysterie, nicht Not, Hunger und Hilflosigkeit, wie Wendel meinte.

„Jetzt, wo ich die Riemen sehe", fuhr er fort, „kann ich dem Wanderfalken keine Schuld geben. Wir dürfen Vögel nicht fürchten, wir müssen sie schätzen und mit ihnen leben. Es ist der Mensch, den wir fürchten sollten. *Er* ist das gefährlichste Lebewesen auf Erden."

Pam begleitete ihn zurück in den Empfangsraum, und sobald er gegangen war, ging sie zu Penny Abrams und verlangte nach Herb.

„Wegen der Falkengeschichte?"

Pam nickte. Penny führte sie hinein.

Als sie in sein Büro kam, war Herb ein einziges Grinsen und ausgebreitete Arme. Er erhob sich sogar aus seinem Sessel und legte seine Hände auf ihre Schultern, eine freundschaftliche Geste, die er nur ins Spiel brachte, wenn die Person ihm etwas Wertvolles anzubieten hatte.

„Bombensache gestern abend. Wie gefiel dir meine kleine Rede? Gut für die Moral, was? Die Show kommt wirklich toll an."

„Wirklich?"

„Das glaub ich. Die Stationen bringen fortwährend Werbespots, die auf unsere Sechs-Uhr-Sendung hinweisen. Eben bekam ich einen Anruf von der Werbung; sie wollen etwas mit dir machen. Etwa sechzig Sekunden. Eine Montage. ‚Pam Barrett, die Reporterin bei der Arbeit', du weißt." Er lachte. „Du sitzt an deinem Schreibtisch im Studio und studierst die Telefonanrufe. Dann bist du irgendwo in der Stadt. ‚Pam Barrett in Brooklyn.' ‚Pam Barrett im Madison Square Garden.' ‚Hier ist Pam Barrett im Rockefeller Center mit den letzten Nachrichten über den aggressiven Falken.' Gefällt dir das? Natürlich gefällt es dir. Du wirst hier allmählich zu unserer Sensationsnudel. Ich werde dich immer öfter ins Bild bringen."

Er sah auf die Uhr. Die Zeit für Allgemeinplätze war vorüber. „Okay", sagte er in dem Staccato-Ton des Programmleiters. „Was gibt es Neues?"

Sie sprach, so schnell sie konnte, und berichtete, was Wendel gesagt hatte. Sie erwähnte auch den Brief, den sie bekommen hatte, aber Herb tat ihn mit einer Handbewegung ab.

„Gut", sagte sie. „Aber was hältst du von den Riemen?"

„Ich glaube, sie beweisen, daß der Vogel jemandem gehört, *immer noch* gehört, soweit es mich betrifft. Ja – es gefällt mir. Ich glaube, da ist was dran." Einen Moment lang überlegte er. Pam sah, daß er fasziniert war. Sie wartete schweigend, weil sie wußte, daß Herb, wenn man ihm eine Geschichte vorlegte, den richtigen Aspekt suchte, unter dem er sie bringen wollte.

Der Aspekt war alles. Die Verpackung war wichtiger als das, was verpackt wurde. „Weißt du“, begann er, „in New York gibt es alle möglichen Tiernarren. Vor ein paar Monaten brachte Kanal Fünf eine Story über einen Kerl, der auf Fifth Avenue mit seinem Löwen wohnt, einem Löwen, dem man Zähne und Krallen gezogen hat; der Kerl schläft nackt neben seiner Riesenkatze. Nehmen wir also an, der Wanderfalke kommt aus einer solchen Umgebung. Entkam aus der Wohnung eines verrückten Falkners. Jetzt fliegt er frei in der Stadt umher – ‚Der große Killervogel ist entkommen‘. Merkst du, worauf ich hinaus will?“ Sie nickte.

„Aber wir wollen es nicht sofort bringen. Mein Plan ist, heute abend die Dinge abkühlen zu lassen. Hopkins wird nur erwähnen, daß du neue Spuren verfolgst. Man muß das Publikum in Atem halten, es glauben lassen, daß wir den Angriff nochmals zeigen wollen. Das werden wir natürlich auch tun, wenn wir soweit sind und etwas Neues bringen können; vielleicht morgen abend oder Freitag. Dann bringen wir die Falkengeschichte ganz hart – mit allem, was dazugehört.“

Er schlug sich mit der Faust in die Handfläche. „Ja, wir werden von den Bildern mit den Riemen Vergrößerungen anfertigen lassen und sie als Hintergrund projizieren, so daß der Vogel riesig ist und man die Riemen deutlich sieht. Dann zeigen wir Wendel, und er redet über die Falknerei. Wir haben Beweise, daß es sich um Falknerei handelt, und er darf seine Argumente gegen die Beize vorbringen. In der Zwischenzeit hast du einen Kerl gefunden, der dafür ist, vielleicht einen echten Falkner, und wir interviewen ihn. Nehmen wir an, er streitet es ab – nicht die Riemen, aber daß Falknerei eine schlechte Sache ist und jemand für den Angriff verantwortlich sein muß. Dann spielt sich etwas zwischen den beiden ab, ein Hin und Her. Du greifst ein. Beruhigst sie. Du stehst darüber. Okay? Das ist unser Plan für morgen abend.“

„Und was dann?“

„Dann gibt es verschiedene Möglichkeiten. Du kannst eine

Hintergrundstory über den Vogel und den schwarzen Markt für Falken machen. Und herausfinden, wann und wo Vögel Menschen angegriffen haben. Und vergiß nicht die Verantwortung – wir müssen jemand finden, der die Schuld trägt. Ist es ein Falkner, großartig – wenn du ihn finden kannst. Wenn nicht, müssen wir jemand anderen verantwortlich machen. Ich weiß nicht, wen. Das wirst du herausfinden. Vielleicht die Polizei. Oder die Gesundheitsbehörden. Oder den Naturschutz. Wer immer dafür verantwortlich ist, daß dieser verrückte Vogel frei herumfliegt. Wie die Mutter des Mädchens sagte, ‚Niemand kümmert sich. Der Bürgermeister kümmert sich nicht. Die Polizei kümmert sich nicht.' Mein Gott – solche Sachen liebe ich einfach. Und ich werde dir sagen, wer sich kümmert: Kanal Acht kümmert sich. Wir! Also ziehen wir los und finden die verantwortlichen Leute, schleppen sie vor die Kamera und machen sie fertig. Und in der Zwischenzeit laß die Zuschauer nicht vergessen, daß der Vogel wieder angreifen wird."

Er lehnte sich zurück. Er sah erschöpft aus. Das war Herb Greene in Hochform – Herb, der alle seine Energien einsetzte, der große Fernsehmann auf dem Gipfel seiner Macht. „Beschaff' das Rohmaterial, Pam. Alles andere machen wir. Vergiß nicht – wir haben den Film, wir waren die ersten, und wir müssen an der Spitze bleiben. Wir sind die einzigen, die von den Riemen wissen. Und dabei bleibt es auch, bis wir es Freitag abend bringen." Er zwinkerte ihr zu, senkte die Stimme. Sie merkte, daß er sich beruhigte. „Weißt du, Pam, wenn du das richtig auswertest, wirst du vielleicht einen dieser großen Preise für Fernsehjournalismus gewinnen. Es sind immer die Rührgeschichten, für die sie vergeben werden – mißhandelte, zurückgebliebene Kinder; die Synagoge, die sie immer niederbrennen. Nun, wie wäre es mit ‚Arme, kleine Vögel auf dem schwarzen Markt an verruchte Falkner verkauft?' Oder vielleicht noch besser: ‚Großer böser Vogel rächt sich am Menschen wegen gestörtem Fortpflanzungszyklus'." Er lachte.

„Fabelhaft. Das gefällt mir riesig . . ."

Pamela hielt sich für eine weitgehend gefestigte Persönlichkeit, wußte jedoch, daß sie sich mitreißen ließ, daß man sie auch manipulieren konnte, Dinge zu tun, die sie üblicherweise vielleicht nicht tun würde. Jetzt saß sie an ihrem Schreibtisch im Studio Acht, inmitten von tippenden Reportern und klingelnden Telefonen und fragte sich, ob sie nicht eben jetzt dieser Schwäche nachgab und sich von Herb in eine Richtung drängen ließ, in die sie gar nicht wollte.

Das gleiche intuitive Gefühl für Sensationen, das ihn zu einem so guten Fernsehmann machte, ließ ihn auch die richtigen Knöpfe drücken, um das aus seinen Mitarbeitern herauszuholen, was er bekommen wollte. Auf einer Ebene hatte er sie mitgerissen, indem er seine zynischen Ansichten mit ihr teilte. Auf einer andern hatte er an ihren Ehrgeiz appelliert und sie mit der Erwähnung eines Preises geködert. Indem er ihr diese Möglichkeit vor Augen hielt, hatte er eigentlich sagen wollen: „In dieser Sache ist genug für uns beide drin. Mach dich dran, die Einschaltziffern werden steigen, und vielleicht wirst du als journalistische Heldin gefeiert werden."

Ein Journalistenpreis. Allein der Gedanke tat seine Wirkung, feuerte sie an, raubte ihr die Ruhe. Sie spürte, wie er ihr im Kopf herumging. Sie versuchte, klar zu denken. Sie wollte sich nicht so leicht fangen lassen. Doch der Gedanke kam wieder und wieder: Es wäre möglich; es hat schon Verrückteres gegeben.

Es war fast Mittag. Das Studio füllte sich. Die Reporter kehrten von ihren morgendlichen Streifzügen zurück. Um zwölf fanden sich immer die Redakteure in Herbs Büro ein, um die Reihenfolge der Sechs-Uhr-Nachrichten festzulegen.

Die Arbeit begann; sie mußte sich entscheiden. Es war nicht nur eine Schauergeschichte in einer Stadt. Es konnte noch viel mehr sein. Da waren zuerst einmal die Probleme: Falknerei, Schutz einer gefährdeten Art, Manipulierung des Tierlebens. Sollte sie im Sensationsstil fortfahren oder konnte sie das Niveau heben, den moralischen Aspekt hervorkehren und weiterhin leidenschaftlich engagiert sein?

Vielleicht war es möglich. Mit der Erwähnung eines Preises hatte Herb ihr einen Rahmen abgesteckt, in dem sie arbeiten sollte. Sie konnte Mitgefühl zeigen, ohne es allzu billig zu geben. Nur sie war dabeigewesen. Nur sie hatte den Vogel gesehen. Durch ihren hundertprozentigen Einsatz könnte sie zu jener brillanten Journalistin werden, die sie so gern sein wollte.

Sie wußte, daß sie aus den verschiedensten Quellen Material zusammentragen und rasch handeln mußte, sollte der Vogel nochmals angreifen. Sie bezweifelte, daß es der Fall sein würde. Wendel war sich seiner Sache so sicher gewesen, aber auf jeden Fall mußte sie den einen Angriff nutzen, um wichtigeren Dingen nachzugehen. Zum Beispiel dem schwarzen Markt – darüber konnte sie eine fünfteilige Folge bringen. Und wegen des *Wanderfalken* würde sie jetzt aktuell sein.

Sie rief das Archiv an und bat darum, einen Experten für Falknerei aufzutreiben, dann rief sie die Fotoabteilung an und bat um Dias der Bilder, auf denen die Riemen gut zu sehen waren. Sie bestellte einen Lunch, und während sie wartete, rief sie Carl Wendel an und machte einen Termin für ein Gespräch aus. Sie reservierte ein Aufnahmestudio, dann rief sie die städtische Behörde für Gesundheitswesen an; sie wolle mit jemandem über den Vogel sprechen.

Die betreffenden Herren hatten Mittagspause. Sie bat um Rückruf: „Hier spricht Pam Barrett von den Nachrichten auf Kanal Acht.“ Sie hörte, wie die Sekretärin am andern Ende des Drahtes den Atem anhielt.

Joel kam zu ihrem Schreibtisch. Er war verschwitzt und müde. „War den ganzen Morgen bei einem Brand. Ein Wohnblock in der Bronx. Der Hauseigentümer hat das Feuer gelegt.“

Sie teilten sich ihr Sandwich; Joel bestellte ein zweites, und auch das teilten sie. Sie hatten den gemeinsamen Auftrag, über ein extrem hartes American-Football-Kampftraining zu berichten. Es sollte für eine Weile Pams letzte Sportreportage sein, da sie jetzt voll auf die Falkenstory angesetzt wurde.

„Schau, wie er daherstolziert!“ Joel wies mit dem Kopf auf Claudio Hernandez, der an ihrem Schreibtisch vorbeiging. „Heute morgen habe ich mit ihm gearbeitet. Schrecklich.“

Claudio war für Kanal Acht der Lateinamerikaner vom Dienst. Herb hatte ihn aus Los Angeles geholt. Er hatte bei den Golden Gloves geboxt und an der Santa Clara University Journalismus studiert. Obwohl er ein Chicano war, handelten beinahe alle seine Berichte über Puertorikaner. Herb fand, das spiele keine Rolle.

Das Archiv rief zurück. Sie hatten einen Falkner namens Jay Hollander gefunden. Er wohnte in Manhattan und gehörte zur Weltspitze der Falknerei. Er wolle Pam abends sehen, aber vorerst mit ihr nur über Allgemeines reden. Wenn es ihr ernst war, sei er gern bereit, ihr zu helfen. Er lud sie zu einem Drink nach dem Abendessen in sein Haus ein.

Wieder klingelte das Telefon. Es war ein Mann von der Gesundheitsbehörde. Joel stand auf – er mußte gehen. Sie warf ihm einen Kuß zu.

„Wir beschäftigen uns mit Ratten und Küchenschaben“, sagte der Beamte, „und hin und wieder mit Hunden und Katzen. Vögel, wenn sie im Käfig sind. Wir inspizieren natürlich die Tierhandlungen.“

„Was ist mit Tierbissen?“

„Ja, dafür haben wir auch eine Abteilung.“

„Da dieser Vogel den Hals des Mädchens aufgeschlitzt hat, bin ich der Ansicht, es betrifft diese Abteilung.“

„Nein, Miss Barrett, es betrifft sie nicht, obwohl wir natürlich einen Bericht verfaßt haben. Ein wilder Vogel fliegt in die Stadt, tötet jemanden und fliegt wieder fort. Wir sind nicht verantwortlich. Er kam durch die Luft.“ Er machte eine Pause. „Sie könnten es bei der Flugaufsicht versuchen.“

„Sehr witzig.“

„Das fand ich auch. Uns werden Sie diese Sache jedenfalls nicht anhängen.“

„Wem sonst?“

Wieder machte der Beamte eine Pause. Was auch immer geschah, es fiel unter die Jurisdiktion einer städtischen Abteilung. Sie stellte sich vor, wie der Mann im Telefonbuch der städtischen Verwaltung blätterte.

„Ehrlich gesagt, ich habe nicht die geringste Ahnung. Der Himmel ist voll von Vögeln, Möwen, Tauben – sie fliegen überall herum. Sie kommen und gehen. Sie kreuzen fortwährend Grenzen der Verwaltungsbezirke und der Stadt. Wir können gar nicht für sie verantwortlich sein, außer der Vogel wird zu einem Schädling erklärt."

Er war ein bürokratischer Idiot, trotzdem machte sie sich ein paar Notizen. Vielleicht konnte sie sie später einmal als komische Einlage benutzen. Dann fiel ihr ein, daß ein Hundebesitzer zur Verantwortung gezogen wird, wenn sein Hund jemanden anfällt und beißt. Gehörte der Falke jemandem – und Wendel behauptete, die Riemen bewiesen es –, dann wäre der Falkner für das Tier verantwortlich, und das hieß, ihn finden, und das hieß weiter, mit der Polizei Verbindung aufzunehmen.

Sie war mit diesen Überlegungen beschäftigt, als das Telefon wieder läutete. Es war der Leiter der Graphikabteilung. Er wollte mit ihr eine Idee besprechen.

„Wir machen diese Dias, die Sie wollen, und wir denken auch an einen Text, wie etwa ‚Großer Killervogel', den wir projizieren können, während Sie sprechen."

Er bezog sich auf die Leinwand hinter dem „Augenzeugen-Schreibtisch", eines der Eigenheiten der Nachrichten auf Kanal Acht. Der Reporter saß vor seinem Schreibtisch, brachte seine Geschichte, und auf die Leinwand hinter ihm wurden entsprechende Dias projiziert, die die Geschichte illustrierten. Aber manchmal, insbesondere, wenn es um eine Story in Fortsetzungen ging, entwarf die Graphikabteilung ein einfaches, wirksames Bild, einen „Hintersetzer", der dem Publikum ins Gedächtnis rief, worum es ging.

„Wir haben uns ein paar Ideen überlegt", sagte der Graphiker, „eine übergroße Silhouette des Vogels oder eine Nahaufnahme der Fänge. Als ich den Film nochmals ansah, fiel mir jedoch etwas anderes ein. Die Vogelaugen jagten mir echte Angst ein. Ich glaube, wir sollten uns auf sie konzentrieren."

„Sie meinen die starren Augen."

„Eigentlich dachte ich an ein Profil. Ein riesiges, unheimliches Auge. Durchdringend, gierig, unersättlich. Wenn wir ein Profil machen, können wir auch den Schnabel zeigen."

„Klingt super", sagte Pam. „Natürlich muß das Herb entscheiden."

„Natürlich. Aber ich wollte zuerst mit Ihnen sprechen, um nicht etwas hinter Ihrem Rücken zu beschließen."

Sie dankte ihm. Nachdem sie abgehängt hatte, wurde ihr die Bedeutung seiner Worte klar. Noch nie hatte man sie nach ihrer Meinung zu einem Hintersetzer befragt. Daß man es jetzt tat, war der Beweis, daß man in ihr nicht mehr nur das Mädchen sah, das Sportler interviewte.

Als sie vom Archiv Jay Hollanders Adresse erhielt, hatte sie erwartet, in eine Wohnung zu kommen. Doch abends, auf der East Seventieth Street, betrat sie ein großes Stadthaus in einem der besten Viertel New Yorks.

Hollander war ein hochgewachsener, gutaussehender Mann Anfang vierzig, mit grauen Augen und äußerst gepflegtem dunklem Haar. Sie reichten einander die Hand, er lächelte freundlich und führte sie in seine Bibliothek im ersten Stock, die über dem Garten lag.

Die Bibliothek war beeindruckend; eine ganze Wand gehörte seiner Sammlung von Büchern über die Falknerei. Als sie bat, eins ansehen zu dürfen, nahm er einige heraus.

„Die meisten sind deutsch oder englisch, die beiden wichtigsten Falknersprachen", sagte er. „Aber ich besitze auch Bücher in Persisch und Hindi, arabische, japanische, französische, italienische, spanische und holländische Bücher. Es gibt kaum ein Land, das die Falknerei nicht kennt, und das Interessante ist die Ähnlichkeit des Materials – wie man einen Vogel fängt und abträgt – alles Wissenswerte wird immer wieder bestätigt."

Die Wand gegenüber den Bücherregalen war mit gerahmten Stichen und Bildern bedeckt. Sie alle zeigten Szenen aus der Falknerei. Es gab handbemalte Blätter aus mittelalterlichen Handschriften, die reitende Damen und Herren mit verkappten Falken auf dem Handgelenk zeigten. Zarte Malereien von Hoffalknern, die vor ihren Königen knieten und ihnen exotische Jagdvögel offerierten. Über dem Kamin hing ein Porträt von Friedrich II. „Sein Werk *De Arte Venandi Cum Avibus* – Die Kunst der Falknerei –", sagte Hollander, „ist unser bedeutendstes Buch. Der Kaiser dachte an nichts anderes. Er ist das große Ideal in unserem Sport."

Es war jedoch die dritte Wand gegenüber den Gartenfenstern, die Pam am meisten faszinierte. Hier standen lebensgroße Skulpturen von Habichten und Falken, jede in einer eigenen Nische.

Er nannte ihre Namen. „Gerfalke, Würgfalke, Feldeggsfalke, Merlin, Wanderfalke."

Vor der letzten Skulptur blieb Pam stehen.

„War der Vogel, den Sie sahen, so gezeichnet?"

Sie nickte. „Aber viel größer."

„Das hier ist ein Männchen, das Weibchen ist noch um ein Drittel größer."

„Ich glaube, der Vogel, den ich sah, war mindestens doppelt so groß."

Hollander runzelte die Stirn. „Ja, das sagte mir Carl. Haben Sie die Fotos bei sich?"

Sie zeigte ihm die Vergrößerungen aus dem Film und beobachtete ihn, als er sie studierte. Er schien ein interessanter Mann zu sein, vielleicht ein bißchen steif, sicherlich reich und offensichtlich fasziniert von der Beize. Die Leute im Archiv hatten ihn als einen der größten Experten auf diesem Gebiet bezeichnet. Jetzt, da sie seine Bibliothek gesehen hatte, zweifelte sie nicht daran. Aber während sie ihn betrachtete, fiel ihr ein, daß sie etwas anderes am meisten beeindruckt hatte.

Das, was er über Friedrich II. gesagt hatte: *Ideal* – ein ungewöhnliches Wort. Ein Ideal war eine Person, der man nacheiferte. Er hätte auch Vorbild sagen können; Ideal beinhaltete echte Verehrung, fast religiös in ihrer Intensität.

„Ich wußte nicht, daß Sie mit Dr. Wendel gesprochen haben."

„O doch. Er rief mich gestern an."

„Ich hatte das Gefühl, daß er Falkner nicht sehr schätzt."

„Er haßt uns." Hollander lächelte. „Aber nicht persönlich. Wir sind zivilisierte Feinde. Wir sprechen miteinander."

„Was sagte er?"

„Nur, daß er Riemen gesehen habe und daß der Vogel sehr groß sei."

„Sind Sie der gleichen Meinung?"

„Schwer zu sagen, ohne den Vogel gesehen zu haben. Jedenfalls scheint er außergewöhnlich groß." Er blickte von den Fotos auf. „Sagen Sie mir, was halten Sie von Carl?"

„Nun ja – er schien etwas von Vögeln zu verstehen." Die Frage war ihr nicht angenehm. Sie war gekommen, um ihn zu fragen, und nicht, um selbst ausgefragt zu werden.

„Ja, das stimmt, und er hatte recht. Es sind Riemen vorhanden." Wieder wandte er sich den Fotos zu. „Aber seine Vermutung, daß dieser Vogel von einem Falkner pervertiert wurde – die ist einfach absurd."

„Sprechen wir darüber."

„Ja, gern." Er ging zur Bar und schenkte ihr und auch sich selbst ein Glas Wein ein. „Nennen Sie mich doch Jay", sagte er, „und darf ich Sie Pam nennen?"

Sie nickte. Er reichte ihr ein Glas. Er war nett; weniger formell als sie gedacht hatte. Und auch wesentlich charmanter als Carl Wendel.

„Warum ist Wendels Theorie so absurd? Wird ein Vogel nicht durch die Beize verändert?"

„O doch, natürlich. Aber nicht so, wie er meint. Der Vogel tut das, was er auch in der Natur tut – die Jagdstrategie ist mehr oder minder die gleiche. Der Falkner kann den Vogel ein paar Dinge lehren und seinen Angriff lenken, der wesentlichste Unterschied aber ist, daß er besser fliegt, besser jagt und nachher zurückkehrt."

„Wie steht es mit der Wahl der Beute? Wendel sagte, sie werde vom Falkner bestimmt."

„Auch das ist richtig, ein Falke ist jedoch nicht bereit, ausnahmslos alles anzugreifen. Nehmen wir an, ich will Fasane oder Rebhühner jagen. Beim ersten Mal wird der Vogel auf diese Beute ‚angeworfen' und ist daher auf diese Art von Beute geprägt. Aber das besagt noch lang nicht, daß ich den Vogel abrichten kann, das zu töten, was er, wäre er hungrig und frei, nicht töten würde. Ich kann zum Beispiel nicht" – er hielt inne –, „einen Falken abrichten oder abtragen, wie wir sagen, eine Katze zu töten, obwohl es Gerüchte gibt, daß Adler in Rußland Wölfe jagen."

„Warum also", fragte sie, das Gehörte überlegend, „warum, glauben Sie, hat dieser Falke das Mädchen angegriffen?"

„Ich habe wirklich keine Ahnung. Ich glaube, es ist ein verrückter Zufall. Furchtbar und tragisch, schwer zu erklären und bestimmt etwas ganz Einmaliges. Der Vogel ist vermutlich längst hunderte Kilometer weit weg von hier und ahnt nicht, welche Aufregung er verursacht hat."

Sie hörte zu, während er ihr von der Beize erzählte; seine Leidenschaft war offensichtlich, und was er erzählte, faszinierte Pam. Er sprach mit Liebe von der Geschichte und der Überlieferung seines Sportes, dem mittelalterlichen „Sport der Könige". Er nannte ihn „edel": ein edler Sport, der auf der engen Verbundenheit von Vogel und Mensch beruht.

„Ein guter Jagdfalke in Aktion", sagte er, „ist ein fabelhafter Anblick. Man hat das Gefühl, etwas Fundamentales mitzuerleben – jage erfolgreich und überlebe oder versag und stirb. Es ist ein Schauspiel, das vor sich türmenden Wolken und dem Blau des Himmels vor sich geht, ein Drama der natürlichen Auslese, das unglaubliche luftakrobatische Künste erfordert. Wenn Carl von ‚Unterhaltung' spricht, so wird er dem Erlebnis nicht gerecht. Die Beize ist wie ein griechisches

Drama – durch die mitfühlende Teilnahme des Falkners wird sie zu einer Reinigung von Mitleid und Schrecken. Wenn ich mit meinem Vogel ausziehe und beobachte, wie er sich umsieht, Stellung bezieht und herabstößt, dann bin ich bei ihm, und gemeinsam nehmen wir an dem ewigen Spiel von Jäger und Beute teil."

Betrübt sprach er von den Amateuren, wie er sie nannte, von Leuten, die sich ohne Geschick und Hingabe in der Falknerei versuchten und deren guten Namen beschmutzten.

„Carl spricht so, als wären wir alle bösartige Menschen, die Nester ausrauben und Vögel manipulieren. Er selbst aber ist ein Züchter von Falken und Eulen – das paßt nicht gut zu seiner Forderung, die Vogelwelt in Ruhe zu lassen." Er sah Pam an. „Erwähnte er etwas von seinen Züchtungen?"

„Nein. Warum sollte er?"

Hollander zuckte die Schultern. „Carl ist es sehr ernst damit, und seine Arbeiten sind wichtig auf dem Gebiet. Er hat einen Verein gegründet, eine Stiftung für Raubvögel. Wie eine Reihe von Leuten interessiert er sich für die Aufzucht von bedrohten Arten in der Gefangenschaft. Sind die Vögel alt genug, um zu jagen, läßt man sie frei in der Hoffnung, daß sie sich in der Natur weiter fortpflanzen. Es ist eine gute Idee, und ich habe den Leuten, die sich damit befassen – einschließlich Carl – Geldmittel zur Verfügung gestellt. Man beginnt sich allerdings zu fragen, was tatsächlich mit allen diesen Vögeln geschieht – ob manche von ihnen nicht illegal verkauft oder ins Ausland verschifft werden. Es geht dabei um viel Geld. Ich hörte unlängst von einem Gerfalken, der für über hunderttausend Dollar an einen arabischen Prinzen verkauft wurde. Ein guter Wanderfalke bringt Tausende ein. Ein entflohener Wanderfalke wie dieser hier" – er wies auf die Fotos – „wer weiß? Ein solches Falkenweibchen wäre wegen seiner Größe und unter der Annahme, daß es abgetragen werden kann, einfach unbezahlbar. Vielleicht ist das ein Punkt, den Sie näher untersuchen sollten. Wer kauft, wer verkauft? Wer profitiert von allen diesen Riesengeschäften? Ich spreche nicht von Carl, aber von einigen andern, von Leuten, die Worte wie ‚Verantwortung‘ und ‚Mißbrauch der Natur‘ im Mund führen, sich jedoch bei näherer Betrachtung – nun, sagen wir, als nicht ganz ehrlich erweisen.“

Sie hatte das Gefühl, daß er sie auf eine Spur führen, ihr zu einer Idee verhelfen wollte.

„Warum haben Sie die Züchtung erwähnt?“

„Ach – nur ein Gedanke.“

„Meinen Sie, daß dieser Wanderfalke von einem Züchter stammen könnte?“

„Vielleicht.“ Er zuckte die Achseln. „Es wäre eine Möglichkeit, aber natürlich kann der Vogel auch frei geboren sein. Wissen Sie – es ist die Größe, die mir zu denken gibt. Anderseits gibt es auch riesige Menschen. Wir finden sie in Zirkuszelten und unter den Basketballspielern.“ Er machte eine Pause. Dann: „Wäre ich Reporter und sähe einen so seltsam großen Vogel, ich würde mich fragen, woher er kommt und ob er nicht vielleicht künstlich gezüchtet wurde.“

Pam war begeistert. „Der Sache möchte ich nachgehen. Und ich werde auch über den schwarzen Markt Nachforschungen anstellen.“

„Das würde mich freuen.“

„Wollen Sie mir helfen? Ich weiß nicht einmal, wo beginnen.“

„Sie könnten mit der amerikanischen Fischerei- und Jagdbehörde anfangen. Mit legalen Händlern und anderen Falknern sprechen. Ich werde Sie mit Vergnügen jedem vorstellen, den ich kenne. Dann gibt es da noch Hawk-Eye – wenn es Ihnen gelingt, ihn zu finden.“

„Hawk-Eye?“

„Ja. Er ist ein Schwarzhändler.“

„Und er heißt – Hawk-Eye?“ Pam war überzeugt, daß Jay sie hochnahm.

Er lachte. „So nennt man ihn. Er sieht wie ein Habicht aus – knochig und mager, eine große Nase und ein durchdringender Blick. Es ist schwer, ihn zu finden. Er ist eine Art Legende.

Aber die Behörden können Ihnen Details geben.“

Sie machte sich Notizen und war entzückt über seine Bereitwilligkeit, ihr zu helfen. Die Möglichkeit, einen echten Schwarzmarkthändler zu interviewen, faszinierte sie.

„Die Beträge, von denen Sie sprechen“, sagte sie. „Ich kann mir vorstellen, daß man da nur schwer widerstehen kann.“

„Richtig. Und deshalb verkaufen manche Züchter. Ich mache ihnen keinen Vorwurf. Sie brauchen das Geld für ihre Arbeit. Was ich nicht mag, ist ihre Scheinheiligkeit. Sie behaupten, wir manipulieren, und dabei benutzen sie alle diese speziellen Methoden, um die Vögel zur Fortpflanzung zu bringen, dann verkaufen sie die Jungen an nicht konzessionierte Amateure, damit sie mit Falken auf der Faust herumstolzieren können.“

Sie sah von ihrem Notizbuch auf. „Warum haben Sie mich vorher nach Carl Wendel gefragt?“

„Ach, nur aus Neugierde“, sagte er. „Ich wollte bloß Ihre Meinung wissen.“

„Gibt es etwas, was ich wissen sollte?“

Jay senkte den Blick. „Ich kenne Carl seit langem“, sagte er. „Und im Laufe der Zeit hat er sich verändert. Er war ein großer Zoologe. Und das ist er immer noch, nur auf andere Art. Er war ein Mann, der die Arbeit im Feld liebte und in der ganzen Welt umherfuhr, um einen bestimmten Vogel zu finden; nach Südafrika, um die schwarzen Adler zu studieren; nach Peru, um die Andenkondore zu sehen. Und Eulen – Eulen liebte er. Er nahm ein Flugzeug und flog dorthin, wo er eine seltene Eulenart zu finden hoffte. Dann plötzlich wurde er weniger reiselustig. Er wurde verschlossen. Nervös. Ich weiß nicht, warum. Manche Leute behaupten, daß er von einer Eule angegriffen wurde. Was immer auch geschah, jedenfalls hörte er auf, herumzureisen und rührte sich nicht von seinem Labor weg. Auch seine Interessen schienen sich zu wandeln. Von einem Mann der freien Natur wurde er zu einem Mann, der sich neben dem Züchten nur mehr für das Sammeln interessiert. Mehr tut er nicht.“

„Was meinen Sie mit Sammeln?“

„Ach, ein Geschwätz unter Ornithologen.“

Sie spürte, daß er ihr etwas sagen wollte, aber zögerte, es ihr anzuvertrauen. Vielleicht hatte er Angst, für boshaft gehalten zu werden, weil Wendel die Falknerei so verurteilt hatte.

„Ich möchte es gern wissen“, sagte Pam.

Jay schien nicht glücklich. „Ich mag Carl“, sagte er schließlich, „aber es gibt Dinge, die ich nicht begreife, wie zum Beispiel seine in den letzten Jahren immer deutlicher werdende Vorliebe, Vögel zu sammeln und auszustopfen. Das gehört natürlich zu seiner Arbeit im Museum, und niemand hat Carl je beschuldigt, auszuziehen und Vögel zu jagen. Aber woher stammt dann seine riesige Sammlung? Er besitzt jeden Raubvogel, den es gibt, männliche und weibliche Exemplare in allen Größen. Er ist ganz besessen, wenn er eine bestimmte Gruppe komplettieren will – so wie es Sammler manchmal sind. Sie *müssen* dieses oder jenes Exemplar bekommen, das in ihrer Sammlung noch fehlt. Ich glaube, Sie wissen, was ich meine. Man behauptet, daß ihn das unglaublich erregt – so als ob er . . . na auf jeden Fall, daß er den Vögeln nachstelle. Das glaube ich nicht. Ich sage den Leuten, die das behaupten, es sei unmöglich, daß Carl einerseits bestimmte Vögel umbringt, um sie auszustopfen, und anderseits züchtet, um für ihren Fortbestand zu sorgen. Jedenfalls habe ich Sie deshalb nach ihm gefragt. Ich wollte wissen, was Sie von ihm halten. Was mit Carl los ist, weiß ich nicht, aber jedenfalls hat er sich verändert.“

Er sprach so vorsichtig, so behutsam von Wendel, daß sie aus seinen Worten die tiefe Besorgnis heraushörte. Ein guter Mann, dachte Pam, ein anständiger Mann. Sie mochte ihn, fühlte sich zu ihm hingezogen. Er war stark und gleichzeitig sanft, ganz anders als Herb; es war der Typus Mann, den sie mochte.

Als er sie hinausbegleitete, versprach er, ihr in jeder nur möglichen Weise zu helfen. „Vielleicht führt diese Tragödie zu etwas Gutem“, meinte er. „Ich bin überzeugt, daß der

Wanderfalke schon weit fort ist, aber hätte er nicht angegriffen, wären Sie heute abend nicht zu mir gekommen. Ich hätte Sie nicht dazu animieren können, den schwarzen Markt aufzudecken, was mir sehr wichtig ist. Ich hoffe, Sie werden es tun."

6

Der große Falke flog aus dem Fenster und segelte in den Himmel. Der Morgen war kalt – frische Herbstluft –, aber es gab Haufenwolken, und die Sonnenwärme stieg bereits vom Asphalt auf und erzeugte thermische Winde, die zwischen den Gebäuden aufstiegen. Der große Falke suchte diese Aufwinde und ließ sich von einem – die Schwingen weit ausgebreitet – in die Höhe tragen. Der Vogel war jetzt hungrig, abgemagert auf das exakte Jagdgewicht. Der Instinkt sagte ihm, daß er seine Energie bis zum Angriff aufsparen mußte.

In einem weiten Kreis segelte er über Manhattan dahin und drehte sich langsam, so daß sein ganzer Körper von den Sonnenstrahlen durchwärmt wurde. Er spürte die Wärme durch das Gefieder dringen. Eine Weile besänftigte das seinen Hunger; der Falke genoß die Wärme und gab sich ihr hin, während er auf die Wolkenkratzer hinuntersah – Nadeln, die in den Himmel ragten. Das war seine Stadt dort unten; auf den Straßen sah er die Bewegung von Millionen Menschen, eine Parade von Fußgängern, ein endloser Fluß erdgebundenen Lebens. An den unharmonischen Bewegungen von Armen und Beinen erkannte er die Lebewesen als seine Beute.

Er schlug ein paarmal mit den Flügeln, richtete sich auf und ließ die Sonne auf seine Brust scheinen. Dann glitt er auf das Dach eines Gebäudes, ließ sich nieder und blickte hinab.

Das Falkenweibchen wartete auf das Auftauchen des Mannes, der es fütterte, der es belohnte, wenn es getötet hatte. Sobald der Falke den Mann sah, würde er ihn fixieren und ihm zum Tatort folgen. Dann würde er warten und hoch oben seine Kreise ziehen, bis ihm der Mann die Beute des Tages zeigte.

Der Falke erkannte den Mann sofort. Wenn sie auf Jagd gingen, trug er immer eine grellorange Kappe. Der Vogel stieg auf und zog einen großen Kreis, begrenzt von den Flüssen zu beiden Seiten seines Reviers. Er flog sehr hoch, um nicht erkannt zu werden. Instinktiv wußte er, daß er schlau sein und sich zwischen die andern Vögel mischen mußte, um den Menschen auf den Straßen nicht aufzufallen.

Der Mann ging Richtung Norden; der Falke zog höhere und immer höhere Kreise, ohne den Mann aus den Augen zu lassen. Er spürte, wohin er geführt wurde – zu dem großen grünen Rechteck mit den Bäumen und den verschlungenen Wegen.

Über diesem grünen Fleck kreiste er, suchte nach Zeichen der Schwäche oder Verletzlichkeit unter den Menschenwesen, die sich dort bewegten. Er sah Radfahrer, ältere Leute mit Hunden an der Leine, junge Mütter mit Kinderwagen, Kinder auf dem Schulweg und Erwachsene auf dem Weg zur Arbeit. Es gab viele Möglichkeiten, aber keine gefiel ihm. Es machte ihm nichts aus; er war ein geduldiger Falke. Und die Wahl der Beute war nicht seine Sache.

Der Mann mit der orangefarbenen Mütze war stehengeblieben. Er stand an einer Straße, die sich durch die Bäume schlängelte. Das Laub war bereits herbstlich gelb und rot. Er sah auf und schüttelte kaum merklich den Kopf. Seine spiegelnden Sonnengläser glänzten auf. Er hatte den Tatort bestimmt.

Der Falke verkürzte seinen Radius und flog um einen imaginären Punkt direkt über dem Mann. Und die ganze Zeit flog er in Spiralen höher, bis auf fünfhundert Meter. Seine Beute waren große Geschöpfe, die eines kraftvollen Aufschlages bedurften; das hieß, daß er aus großer Höhe und mit enormer Geschwindigkeit herabstürzen mußte.

Jetzt wurde der Hunger des Falkens immer quälender, sein

Verlangen erreichte einen Höhepunkt. Und dann plötzlich erweckte eine Gestalt seine Aufmerksamkeit, und seine Augen mit den starken Linsen hefteten sich auf sie. Der Vogel beobachtete beifällig, wie sich dieses Lebewesen die Straße hinauf und auf den Mann zubewegte.

Das joggende Mädchen lief rasch. Nur noch eine Meile bis zum Ziel: den East Drive am Park entlang, dann ein schneller Marsch zu ihrer Wohnung, eine Dusche, ein paar Minuten, um sich umzuziehen, dann die U-Bahn bis zum Foley Square.

Sie hieß Anne Stevens, war sechsundzwanzig Jahre, klug, gutaussehend, ehrgeizig. Ein Mädchen, das vorwärtskommen wollte. Heute war ein besonderer Tag, ein Tag, auf den sie sich wochenlang gefreut hatte. Sie war Stellvertreterin eines Staatsanwalts, und in weniger als einer Stunde sollte sie im Gerichtssaal stehen und ihre erste Anklage vertreten.

Jetzt lief sie, wie jeden Morgen, so rasch sie konnte, um ihre Figur zu behalten, ihre Konzentrationsfähigkeit zu erhöhen, sich auf die Arbeit vorzubereiten. Der Tag war schön, die Herbstluft frisch und kühl. Sie fühlte sich in guter Form, selbstdiszipliniert, freute sich auf ihren Fall. Nur noch drei Kilometer.

Vom Himmel aus beobachtete der Falke das Mädchen, das an dem Mann mit der orangefarbenen Kappe vorbeilief. Der Mann sah zum Himmel; wieder glänzten seine spiegelnden Gläser. Das war das Signal – er hatte das Mädchen zur Beute bestimmt.

Der Falke glitt mit angelegten Flügeln durch die Luft, kalkulierte sein Herabstoßen, den Angriffswinkel, seine Beschleunigung. Das Mädchen schien kräftig, doch der Vogel wußte, daß sie müde war; ihr Langsamwerden und die Bewegungen der Arme zeigten ihre Schwäche. Und Schwäche lockt den Falken an, denn Schwäche bedeutet Verletzbarkeit, und

Verletzbarkeit heißt leichtes Töten. Dieses Mädchen glich jenem auf dem Eislaufplatz, das ein so einfaches Opfer gewesen war – das sich im Kreis drehte und ängstlich einen Sturz vermeiden wollte, während die wirkliche Gefahr aus dem Himmel kam.

Ja, der Falke sah, daß die Läuferin müde wurde; sie lief einen steilen Hügel hinauf, und das raubte ihr die Kräfte. Auf ihren Joggeranzug traf ein Sonnenstrahl. Der Falke sah nach vorn und bemerkte einen freien Platz.

Dort würde sich eine ausgezeichnete Gelegenheit bieten – der Vogel konnte aus dem Sonnenlicht herabstoßen. Jetzt bewegte sich das Mädchen immer langsamer. In einer halben Minute würde sie die Hügelkuppe erreicht haben. Erregung erfaßte den Falken. Das Blut pulsierte in seinen Adern; seine Federn zitterten; die Fänge verhärteten sich; seine Augen hielten die Beute fest, während er noch höher aufstieg. Jetzt war alles in ihm aufs äußerste angespannt, seine Wildheit wuchs, eine Wildheit, die ihn immer vor dem Töten überkam. Sie verlieh ihm grenzenlosen Mut, ein Gefühl unendlicher Stärke und die Gewißheit, daß er alles tun konnte, was er wollte, daß die von dem Mann gewählte Beute verletzlich und er selbst unbesiegbar war.

Anne Stevens war außer Atem – der letzte Kilometer hatte seinen Tribut gefordert. Ein anderer Jogger kam auf sie zu, ein Mann, dem sie schon vorhin begegnet war. Er nickte ihr zu, eine Art Bestätigung, daß man sich gemeinsam bemühte. Mit etwas verzerrtem Gesicht lächelte sie zurück und lief den Hügel hinauf.

Sie war auf halber Höhe, zwang sich, weiterzulaufen und dem Verlangen, zu gehen, nicht nachzugeben. Schon konnte sie das Metropolitan Museum sehen und wußte, daß dahinter ein offener Platz lag, auf den sie sich immer freute, denn bei schönem Wetter lag er im vollen Licht der Morgensonne. Wenn sie ihn erreichte, lag das Schlimmste hinter ihr; von diesem Punkt an wird das Gelände wieder eben. Die Sonne würde sie erfrischen und die herbstlichen Blätter aufleuchten lassen.

Ja, sie würde es schaffen. Wenn sie ihre ganze Energie zusammennahm und ihre Müdigkeit ignorierte, würde sie schnell dort sein. Doch dann verstauchte sie ihren Knöchel. Der Schmerz ließ sie aufschreien. Obwohl sie den Fuß nachziehen mußte, lief sie weiter. Der offene Platz lag knapp vor ihr.

Halb laufend, halb stolpernd hinkte sie schließlich auf die Kuppe. Endlich konnte sie die Sonne auf dem Gesicht spüren. Sie hob die Arme über den Kopf und sah siegesbewußt zum Himmel auf – eben rechtzeitig, um den Vogel, verzerrt von der Sonne und den Schweißtropfen in ihren Augen, herabstoßen zu sehen.

Das Kampftraining war erbarmungslos. Körper klatschten aufeinander. Schweiß, Stöhnen. Die Spieler erinnerten Pam an ihre Brüder, die auf dem kleinen Rasenstück hinter dem Haus rauften, während ihr Vater von der Veranda zuschaute und lachte, bereit, den Sieger mit einem Bier zu belohnen. Sie bat Joel Morris, ein paar Nahaufnahmen zu machen und wies Steaves, den Tonmeister an, möglichst nahe heranzugehen. „Ich will das Gefühl vermitteln, daß wir mitten drin sind", sagte sie ihnen, „mitten in diesen Brutalitäten. Ich will die verzerrten Gesichter zeigen, und wenn jemand verletzt wird, will ich den Schmerz sehen und die Knochen brechen hören."

Nachdem sie das gesagt hatte, mußte sie lächeln – sie hörte sich wie ein großartiger Hollywood-Regisseur an, der seinem Team Anweisungen gab. Aber sie wußte auch, daß ihre Serie über Brutalität im Sport nur ankommen würde, wenn das Publikum richtig mitging. Sie plante auch eine Folge über die Brutalität der Zuschauer: erwachsene, vernünftige Männer, die auf einmal „bringt den Schiedsrichter um" brüllen und nach den Spielern, die sie nicht mögen, Bierflaschen werfen.

Während Joel und Steaves die Aufnahmen machten, bereitete sie ihren Kommentar vor. Während die Spieler im Hintergrund trainierten, stand sie neben dem Feld und sprach direkt in die Kamera. Aber es klang nicht richtig, und sie verhedderte sich immer wieder. Und Joels Ratschläge, so geduldig, so gut gemeint, aber so wirkungslos, irritierten sie noch mehr.

„Los. Vergiß uns, und sprich frei von der Leber weg. Beim Falken ist dir das auch gelungen. Entspann dich. Entspann dich. Wir werden es nochmals versuchen . . ."

Sie wollte sich nicht entspannen. Intensität, leidenschaftliche Aussagen, Überzeugung – das war es, was sie wollte. Und das hier war natürlich etwas anderes als der Vogel. Denn der hatte sie wirklich interessiert, während das hier Routinearbeit war.

Sie fragte sich, wie sie sich aufmuntern und Joel fernhalten konnte, ohne seine Gefühle zu verletzen, als der Fahrer vom Fernsehwagen auf sie zugelaufen kam.

„Vogelangriff im Central Park", brüllte er. Pam, Joel und Steaves sahen einander an, dann griffen sie nach ihrer Ausrüstung. „Mr. Greene läßt sagen, aufhören, was immer ihr macht, und setzt eure Ärsche in Bewegung."

Nie noch war sie so wütend über den New Yorker Verkehr gewesen, wie während der zwanzig Minuten, die sie bis zum Park brauchten. Ihr Herz klopfte, das Adrenalin floß – jede Sekunde vor einem roten Licht war eine Qual. Sie hatte furchtbare Angst, daß sie diesmal nicht die erste sein, daß eine andere Station ihr zuvorkommen würde. Sie rief Herb über das Autotelefon an und erfuhr, daß er bereits seine „Nachrichteneinheit" und einen Reporter geschickt hatte, der sich nach Augenzeugen und einer Beschreibung des Vogels umsehen sollte. „Ich mobilisiere alles, was wir haben", sagte er ihr. Kanal Acht mußte seinen Vorsprung bewahren.

Auf der Kreuzung Fifth Avenue – Seventy-second stand ein Polizeikordon, der die Autos umleitete und nicht zum Park ließ. Pam war erleichtert. Das hieß, daß sie nicht zu spät gekommen war. In New York, wo es so viele Tragödien gibt, werden die Spuren rasch beseitigt. Man konnte zwanzig

Minuten nach einem Mord zum Tatort kommen und nur mehr einen von gleichgültigen Fußgehern verwischten Blutfleck vorfinden, während der Verkehr wie üblich vorüberbrauste.

Der Fahrer zeigte seinen Presseausweis; der Wagen wurde weitergewinkt. Als sie den Hügel zur Rückseite des Museums hinauffuhren, sah Pam an der Kurve die „Nachrichteneinheit" stehen. Kein Anzeichen einer andern Station – sie traute kaum ihrem Glück. Ein paar Jogger bildeten einen Kreis und flüsterten miteinander, ein paar Polizisten umringten eine auf dem Boden liegende, mit einem Tuch bedeckte Gestalt. Daneben stand eine Ambulanz. Die gelangweilten Rettungsfahrer rauchten Zigaretten. Greg Madden, der Leiter der Nachrichteneinheit, kam auf sie zu und berichtete. Die Polizei warte auf den Amtsarzt. Vorher durfte die Leiche nicht entfernt werden.

„Wieso sind wir die einzigen?"

„Ein Augenzeuge rief an, als es geschah. Er ist einer Ihrer Fans, Pam, und will mit Ihnen sprechen. Beeilen Sie sich, damit wir ihn von hier loseisen."

Greg führte sie zu einem jungen Mann in einem blauen Trainingsanzug, der mit zwei Polizisten sprach. „Er heißt Lee Donaldson und besitzt einen Buchladen auf Madison. Er sah das Mädchen schon mehrmals hier joggen. Vor ungefähr einer halben Stunde lief er an ihr vorbei, dann hörte er ihren Schrei. Er drehte sich um, und sah, wie sich der Vogel auf sie stürzte. Als der Vogel aufflog, rief er die Polente an."

„Und dann uns?"

Madden nickte. „Penny übernahm den Anruf – er verlangte ausdrücklich nach Ihnen. Ich frage mich, ob wir ihn bitten sollen, ein bißchen Schweiß zu produzieren. Mit ein paar Schweißtropfen auf dem Gesicht würde er viel besser wirken – als sei es eben geschehen. Sie verstehen, was ich meine. Als wären wir so rasch hierhergekommen, daß er keine Zeit hatte, sich zu erholen."

„Ach, Greg. Das finde ich lächerlich."

„Es sind die Details, die Herb gefallen."

„Nein, vergessen Sie die Idee. Weiß jemand, wer das Mädchen ist?"

„Ja, da haben wir Glück. Die meisten Jogger tragen keinen Ausweis bei sich, aber dieses Mädchen schon. Sie arbeitet bei einem Staatsanwalt. Larry ruft eben dort an."

Pam ging zu Donaldson und stellte sich vor. Dann merkte sie, daß das gar nicht nötig war; er und auch die Polizisten erkannten ihr Gesicht. Die Polizisten waren jung, ehrerbietig und von dem Vorfall ebenso geschockt wie alle Umstehenden. Donaldson sagte, daß er ihren Bericht über die erste Attacke gesehen und deshalb Kanal Acht angerufen habe.

Joel ließ sie nebeneinander vor die Kamera treten. Das Interview ging gut – Donaldson hatte was zu sagen, erzählte von der Kameradschaft unter den Joggern und daß man einander zulächelt.

„Heute morgen sah ich sie zum ersten Mal auf dem West Drive und nahm an, daß ich sie dort wiedersehen würde, wo ich sie tatsächlich zum zweiten Mal traf – solche Dinge hat man im Kopf, während man läuft und weiß, daß der andere ungefähr gleich schnell ist. Jedenfalls sah ich das Mädchen, und sie war ziemlich erschöpft, daher wußte ich, daß sie bald an ihrem Ziel sein würde. Ich lief den Hügel hinunter, als ich sie schreien hörte. Ich drehte mich um und sah, wie der Vogel herabstürzte und sie zu Boden warf."

„Haben Sie den Vogel genau gesehen?"

Donaldson schüttelte den Kopf. „Ich sah den Film vom ersten Angriff und hatte wirklich Angst. Zuerst flüchtete ich unter die Bäume, und dann lief ich zu dem Platz, wo sie lag. Als ich ihn erreichte, war der Vogel bereits aufgeflogen. Er ist groß. Riesig. Vielleicht sechzig oder achtzig Zentimeter hoch." Er sah sich um, dann plötzlich begann er zu schluchzen. „Mein Gott – es war furchtbar." Er schloß die Augen. „Sie lächelt mir zu, und eine Sekunde später liegt sie auf dem Boden. Mit zerfetztem Hals." Donaldson öffnete die Augen. Tränen liefen über seine Wangen. „Sie war nett, wirklich nett.

Immer hat sie mich gegrüßt." Er schüttelte den Kopf. „Ich weiß nicht, wie sie heißt."

Pam nahm ihn in die Arme und ließ ihn in ihr Haar schluchzen. Sie streichelte ihn sanft. „Es wird alles gut", flüsterte sie. „Es wird alles gut."

Die nächsten zehn Minuten versuchte sie verschiedene Präsentationen, aus denen Herb und der Regisseur aussuchen sollten, was ihnen gefiel. Sie lief, wie das Mädchen, den Hügel hinauf und sah in die Kamera, während sie joggte, blieb stehen, wo der Vogel zugeschlagen hatte und rekonstruierte den Angriff. Sie wußte, daß es zum Teil kitschig war, trotzdem versuchte sie es. Als ihr Larry die Personalien des Mädchens brachte, wiederholte sie das Ganze. „Das war Anne Stevens' letzter Lauf", sagte sie. „Hier, mitten im Central Park, am hellichten Tag, starb sie. Hier, hundert Meter von den schönsten Wohnhäusern Manhattans, fünfzig Meter vom Metropolitan Museum entfernt, schlug sie der Killer-Falke zu Boden." Sie hielt inne. „Ach, das klingt blöd. Ich werde es nochmals versuchen."

Greg Madden machte sich erbötig, Lee Donaldson zu seinem Geschäft zu begleiten, natürlich aus Besorgnis über seinen Zustand, aber auch, um ihn vom Schauplatz fortzubringen, bevor andere Reporter auftauchten. Schließlich kamen sie auch und zwar gleichzeitig von mindestens drei verschiedenen Stationen. Die Ambulanz war fortgefahren, die Jogger hatten sich verlaufen, die Polizei ließ den Verkehr wieder durch; es gab keinen Hintergrund mehr für ihre Berichte.

Wieder sprach sie mit Larry und erfuhr, daß Anne Stevens an diesem Morgen die Anklage gegen einen Mann vertreten sollte, der der Notzucht beschuldigt wurde. Als sie nicht im Gerichtssaal erschien, beantragte der Verteidiger die Einstellung des Verfahrens, der Richter lehnte jedoch ab, und die Verhandlung wurde vertagt. Pam erfuhr auch, daß Anne Stevens zum erstenmal allein die Anklage vertreten sollte.

Auch diese Informationen wurden verarbeitet, und Pam schloß ihren Bericht mit den Worten: „Heute sollte Anne

Stevens' erster Tag im Gerichtssaal sein", sagte sie mit Pathos, „es wurde ihr letzter Tag auf Erden."

Joel fand das großartig, Pam gefiel es nicht, und sie versuchte, mit zwei einfachen klaren Sätzen zu enden: „. . . zwei Angriffe im Stadtzentrum innerhalb von fünf Tagen. Wann wird der Killer-Falke wieder zuschlagen?" Das klingt wesentlich professioneller, fand sie. Doch auf dem Rückweg zum Studio schlug sich Joel plötzlich auf den Schenkel. „Verdammt!" sagte er, „die Filmrolle war zu Ende. Ich hab deine letzten Sätze nicht mehr mitbekommen."

Empört sah sie ihn an. „Gehen wir zurück und wiederholen wir die Szene."

„Vergiß es. Der erste Schluß war ausgezeichnet. Wozu zurückgehen und Zeit vergeuden."

Sie nickte, aber als sie im Studio angekommen waren, drehte sich Pam zu ihm um. Er kramte in seiner schwarzen Tasche und nahm einen Film aus dem Magazin.

„Das hast du absichtlich gemacht, nicht wahr, Joel?"

Joel schaute auf. „Wovon sprichst du?"

„Du hast vorgegeben, zu drehen und dabei genau gewußt, daß die Filmrolle zu Ende war."

Er zuckte die Achseln, wandte sich ab und dann wieder ihr zu. Er grinste.

„Mach so etwas nie mehr mit mir", pfauchte Pam und drehte ihm den Rücken zu.

Sie war sehr verärgert. Er war Kameramann, sie war Reporterin. *Sie* hatte zu entscheiden, welche Aufnahmen die besten waren.

Bis zum frühen Nachmittag arbeitete sie wie besessen, um ihre Story für die Sechs-Uhr-Nachrichten auszufeilen. Herb schickte ihre Entwürfe mit Vorschlägen zurück, wie man die Sache noch sensationeller aufziehen könnte, aber das störte sie nicht. Sie wußte, daß die Worte weniger Gewicht hatten als die Art der Aufmachung. Ihre Aufzeichnung mit Carl Wendel ging gut. Die riesigen Vergrößerungen des Falkens mit den Riemen ergaben einen eindringlichen Hintergrund für das

Interview, und auch das Logogramm – das Falkenprofil mit dem blutrünstigen Auge . . . war beeindruckend und unheimlich.

Nach der Aufzeichnung kam Penny Abrams ins Studio, um ihr mitzuteilen, daß Herb über die Szene mit Donaldson begeistert sei.

„Besonders das Stück, wo er zusammenbricht und Sie ihn trösten, gefällt ihm", sagte Penny. „Er meint, es mache Sie so menschlich und beweise ihr Mitgefühl."

„Sagen Sie mir die Wahrheit – bin ich zu engagiert?"

„Nein", erwiderte Penny, „ich finde nicht. Sie sind etwas Besonderes. Sie haben eine ganz persönliche Note, die Dinge zu bringen. Ich weiß nicht, woran es liegt – vielleicht an Ihrer Überzeugungskraft. Sie überzeugen uns, und wir *glauben* Ihnen."

Ein hübsches Kompliment, dachte sie, während sie ins Nachrichtenstudio ging. Aber sie durfte nicht anfangen, sich wie ein Star aufzuführen. Wenn sie herumstolzierte wie Claudio Hernandez, würden ihr die Kollegen das mit Recht übelnehmen. Jetzt tat es ihr leid, daß sie Joel so zurechtgewiesen hatte; er war offensichtlich in sie verliebt und hatte ihr nur helfen wollen.

Auf ihrem Schreibtisch lagen Unmengen von telefonischen Nachrichten und Stöße von Briefen. Sie überflog sie ohne besonderes Interesse, bis sie auf einen Brief in Großbuchstaben stieß, der dieselbe Handschrift zeigte wie jene Nachricht, die Herb und Joel für unwichtig hielten. Diesmal war der Brief präzis: er prophezeite den Angriff. Sie prüfte den Poststempel, dann nahm sie den Brief und lief zu Herb.

Er las den Brief zuerst leise, dann laut und jedes Wort betonend:

LIEBE PAMELA BARRETT

MORGEN WERDE ICH WIEDER TÖTEN UND TEILNEHMEN AN DEM GROSSEN RUHM UND DEM GEHEIMNIS DER JAGD. ICH WERDE ÜBER DEM PARK KREISEN, BIS ICH EINE BEUTE FINDE, DIE MEINEN ABSICHTEN ENTSPRICHT. DANN WERDE ICH AUS DER

Sonne herabstossen und meine Beute schlagen! Ich wollte, Sie könnten dort sein und mich sehen! Vielleicht das nächste Mal. Bis dahin – beste Grüsse. Ich bin Peregrin, der Wanderfalke!

„Gestern abend aufgegeben", sagte Pam. Herb prüfte den Poststempel und nickte. „Glaubst du immer noch, es ist von einem Narren?"

„Hast du den ersten Brief aufgehoben?"

„Ja. Herb, das ist völlig verrückt. Dieser Vogel wird von jemandem gelenkt."

Herb antwortete nicht – er las nochmals den Brief. Er fuhr mit der Hand durch seine Mähne. „Wenn ein Kerl dahintersteckt – dann ist das etwas wesentlich anderes als ein Killervogel."

Ihre Blicke trafen sich. „Ich hab Angst, Herb."

Er nickte, telefonierte mit Penny und bat sie, ihn mit der Polizei zu verbinden. „Mach dir keine Sorgen, Kleine." Er tätschelte Pam die Wange. „Wenn wir damit durch sind, wird sich jeder so ängstigen wie du."

7

Janek lehnte sich in den Sitz zurück. Marchetti fuhr unaufmerksam, und etwas an seinem Grinsen und seinem Ausdruck sagte Janek, daß er es gehört hatte. Irgendwer hatte es ihm erzählt, und jetzt versuchte Marchetti, damit fertig zu werden, oder vielleicht eher, sich daran zu gewöhnen. Janek hatte schon oft die Symptome gleich erkannt. Ein neuer Mann kam, benahm sich so oder so, dann nahm ihn jemand beiseite. Dann kam die Veränderung – manche wurden mürrisch; andere begannen zu grübeln; wieder andere waren neugierig und wollten die Geschichte aus erster Hand erfahren. Marchetti sah wie jene aus, die vorgaben, es sei ihnen gleichgültig. Soll mir recht sein, dachte Janek.

Sie fuhren die Eighth Avenue hinauf, über Forty-second Street, vorbei an Pfandleihern und Pornogeschäften, an schäbigen Kneipen und Huren. Aber es war nicht die Eighth Avenue, die Janek nervös machte, und es war auch nicht Marchettis Fahrweise. Es war etwas anderes, etwas, das in ihm selbst vorging; das, was ihn schwer einschlafen und um fünf Uhr morgens aufstehen ließ, weil er es nicht ertrug, mit offenen Augen im Bett zu liegen und nichts zu tun zu haben. Und selbst wenn er aufstand, gab es nichts zu tun – er hatte keinen Hund, mit dem er spazierengehen konnte, die Zeitungen waren noch nicht zugestellt –, so hatte er begonnen, in die Frühmesse zu gehen, wie die frommen alten Damen in schwarzen Kleidern und die Schulmädchen, die daran dachten, Nonnen zu werden. Wie ein Narr kam er sich unter ihnen vor – ein älterer Polizist mit einem 38er-Revolver, der niederkniete, den Kopf senkte und Gebeten lauschte, die er seit Jahren nicht gehört hatte. Er kniete auf den abgewetzten Plüschbänken und sorgte sich, sorgte sich um sich selbst. Eine Veränderung ging mit ihm vor, er konnte das spüren; es war jener Teil, der so lang tiefgefroren war, der sich veränderte. Etwas regte sich in seinem Innern, das alte Feuer erwachte. Er hatte das Gefühl, daß ihm eine Prüfung bevorstand, eine Prüfung, die sein Leben verändern würde.

Vielleicht war er deshalb so nervös. Oder vielleicht war es nur die Angst, alt zu werden. Lächerlich! Er war vierundfünfzig. Soweit es ihn betraf, verging die Zeit zu langsam. Was er brauchte, war ein Fall, ein echter Fall, nicht die Dummheiten, mit denen er es täglich zu tun hatte: ein Hundestreit – ein entzweites Paar, das sich um den Dalmatiner stritt; ein Krach wegen der Wohnungsmiete; ein Mord in einer Lesbierinnenbar. Und jetzt *das,* was immer dieses *das* sein mochte. Briefe an eine Fernsehreporterin von einem Kerl, der behauptete, mit seinem Vogel Mädchen umzubringen.

„Passen Sie auf, Sal! Du lieber Himmel!" Janek bleckte die Zähne.

„Sie sind nervös, Frank." Marchetti sah ihn nicht an. „Das

war nicht einmal knapp."

Janek sah Marchetti prüfend an – kein schlechter Junge, besser als der Durchschnitt, anständig, sensibel, vielleicht sogar imstande, ein paar Tränen zu vergießen. Janek wünschte, er selbst könne das auch.

Marchetti hatte drei Jahre im Rauschgiftdezernat gearbeitet – ein Jahr zu lang, behaupteten seine Vorgesetzten. Gerade als er sich richtig eingearbeitet hatte, wurde er nach der Theorie, daß Rauschgift unweigerlich korrumpiere, versetzt. Daher war er jetzt bei der Kriminalpolizei und bereits mit achtundzwanzig Jahren leicht verbittert.

Janek haßte Verbitterung und fürchtete sie. Während seiner Dienstjahre hatte er sie zu oft erlebt. Vielleicht blieb ihm nicht mehr viel Zeit, aber eines wußte er mit Sicherheit: Er würde nicht so enden wie jene gebrochenen Kriminalbeamten, die sich sechs Monate nach ihrer Pensionierung an einem ruhigen Sonntagmorgen eine Kugel durch den Kopf schießen – ein jämmerliches kleines Ende. Aber der Gedanke erschreckte ihn, weil er es so oft erleben mußte. Es gab sogar eine Zeit, da er so verbittert war, daß er daran dachte, es genauso zu tun.

Jetzt waren sie auf der Fifty-seventh und warteten auf grünes Licht.

„Wie wollen Sie hinfahren, Sal?"

„Auf der Fifty-ninth nach links abbiegen."

„Das dürfen Sie nicht, Sie müssen um den *Circle* fahren."

„Warum lasse ich nicht die Sirene heulen und biege gleich hier ab?"

„Wozu? Haben wir es so eilig?"

„Ich dachte, Sie hätten es eilig, Frank."

„Nein. Ich bin nur nervös, Sal. Sie sind Kriminalbeamter, Sie sollten so etwas merken."

Marchetti grinste. Vermutlich hält er mich für verrückt, dachte Janek. Vermutlich denkt er an das, was er gehört hat.

Wer es wohl war? Der schußgeile Janek oder Janek, der kaltblütige Killer? Polizisten vereinfachten immer ihre Geschichten; das Drama der Wahl, schießen oder nicht schießen, interessierte sie nicht. Sie hielten sich an den Tatbestand, wer wem was antat, wer zuerst schoß und wer getötet wurde. Führten sie ein psychologisches Moment ein, so klangen sie wie Anwälte, und kein Bulle will wie ein Anwalt klingen.

Sie fuhren an einer zwischen zwei Wohnhäusern eingezwängten Kirche vorbei, und Janek überlegte, ob er Marchetti bitten sollte stehenzubleiben, damit er in die Kirche gehen, auf das Kruzifix starren und beten könne. Worum beten? Um seine Erlösung? Um nicht das Gefühl für Recht und Unrecht zu verlieren. Deshalb betete er am frühen Morgen in kalten, feuchten Kirchen, deshalb kniete er auf Gebetsbänken und betete für sich und seine Tugend.

„Da ist es." Marchetti wies auf eine Markise, auf der in großen schwarzen Lettern KANAL ACHT stand.

„Wollen Sie einen Kaffee trinken gehen, Sal?"

„Soll ich nicht mitkommen?"

„O doch, wenn Sie Lust haben. Vielleicht macht es Ihnen Spaß."

Sal nickte und parkte den Streifenwagen vor dem Eingang. „Schauen Sie", sagte er, „sehen Sie sich den Typ dort an." Er zeigte auf einen Mann mit einem kleinen roten Hitlerschnurrbart, der auf die Straße stolperte. „Das ist der Meteorologe. Ich fand immer, daß er sich seltsam benimmt." Sal sah auf die Uhr. „Du lieber Himmel, es ist halb fünf, und der Kerl ist bereits blau."

„Kennen Sie die Station?"

„Ich drehe sie manchmal auf, ja."

„Alte Kojakfilme und solches Zeug?"

Marchetti sah Janek an. „Die Nachrichtensendungen sind nicht schlecht", sagte er.

Plötzlich empfand er ein väterliches Gefühl für Marchetti. Als sie in die Fernsehanstalt gingen, legte er die Hand auf die Schulter des jungen Mannes. Er schob Sal vor, um ihn mit der Empfangsdame sprechen zu lassen. *Soll er sich in Szene setzen.*

„Kriminalbeamter Marchetti und Lieutenant Janek möchten gern Mr. Herbert Greene sprechen." Sal legte viel Betonung in die beiden Titel.

Das junge, hübsche Empfangsmädchen griff zum Telefon. Vermutlich dachte Sal, daß seine goldene Plakette sie beeindruckt hatte. Janek wußte es besser – Greene war ein großes Tier; das Mädchen reagierte rasch, wenn sie *seinen* Namen hörte, nicht den von Kriminalbeamten.

Greene war Janek vom ersten Augenblick an unsympathisch. Ein smarter Geschäftsmann, nach außen hin eine prächtige Erscheinung, innerlich aber kalt und egoistisch. Das war der Typ, der seine Großmutter verkaufte, wenn er einen Perversen fand, der sie haben wollte. Er verkaufte alles; er war ein Zuhälter.

Das Mädchen war anders. Janek wurde nicht klug aus ihr. Etwas verwirrte ihn; ihre Persönlichkeit schien gespalten. Jedenfalls war sie schön, sie hatte ein perfektes amerikanisches Gesicht und prächtiges, dichtes braunes Haar – sie war gebildet, ehrgeizig, schlagfertig, attraktiv. Eines jener Mädchen, das eine Omelette machen kann, aber die Vorstellung, Wäsche zu waschen, verabscheut.

Janek studierte die Briefe, während Greene sich überstürzte. „Unsere Fernsehstation will natürlich kooperativ sein . . . ich hoffe, man wird sich gegenseitig unterstützen." Janek nickte nicht und schüttelte auch nicht den Kopf.

Das Mädchen gab ihm die Fotos und wies auf die Lederriemen. Sie benutzte einen blassen Nagellack, nicht jenes Grellrot, das der Frau eines Polizisten gefiel. Sie ließ sich lang über den Poststempel aus, als ob er ihn nicht selbst sehen könnte. Es machte ihm nichts; sie war eine „recherchierende Reporterin", ein Ausdruck, der ihn immer lachen ließ.

Janek gab Fotos und Briefe an Marchetti weiter, dann lehnte er sich zurück. Er vermutete, daß an diesem Fall etwas dran war. Ebensogut aber konnte es ein Reinfall sein. Vielleicht war es klüger, die Sache ernst zu nehmen; jedenfalls war das wohl auch die Meinung von Greene und dem Mädchen. Und wenn die Sache ernst war, dann wollte er den Fall verfolgen, und das hieß, sich von Anfang an durchsetzen.

„Ich hoffe, Sie werden nichts über die Angelegenheit berichten?“

„Machen Sie einen Witz? Natürlich werden wir darüber berichten.“

„Wollen Sie meine Argumente anhören?“

Greene lächelte. „Natürlich. Sagen Sie uns Ihre Argumente. Aber heute abend werden wir das Zeug bringen.“

Wieder ignorierte ihn Janek. Greene war gewohnt, daß die Dinge so liefen, wie er es wollte. Janek wandte sich an Pam. Die Briefe waren an sie gerichtet. Vielleicht konnte er das Mädchen gegen ihren Chef ausspielen.

„Erstens: Wer immer dieses Zeug geschrieben hat, hat das getan, um Aufmerksamkeit zu erregen. Wenn Sie das bringen, ermutigen Sie ihn. Wenn man davon ausgeht, daß die Briefe echt sind.“

„Natürlich sind sie echt. Der Poststempel . . .“

„Könnte gefälscht sein. Er beweist nichts.“

„Es ist ein Poststempel.“

„Jeder kann einen Poststempel machen. Man braucht bloß einen Gummistempel.“

„Sie glauben also, daß die Briefe nicht echt sind?“

Janek schüttelte den Kopf. „Das sage ich nicht. Aber prüfen wir sie, gehen wir auf Nummer Sicher. Auch, um Sie zu schützen. Es wäre mir nicht recht, wenn Sie dieses Zeug senden und am Ende der Dumme sind, weil sich jemand einen Witz gemacht hat. Und dann ist da noch das Problem, diesen Verrückten zu ermutigen – immer vorausgesetzt, es gibt ihn.“

„Wir glauben nicht, daß es ein Witz ist“, sagte Greene.

„Schauen Sie, Lieutenant Janek . . .“ Greene wurde ärgerlich. „Wir glauben nicht, daß es ein Witz ist. Der Kerl hat uns diese Briefe geschickt. Wenn wir sie nicht benutzen, wird er jemand anderem schreiben, einer andern Fernsehstation, die die Sache sofort ausstrahlt – die nicht so nett sein wird wie wir und sich die Mühe macht, Sie zu verständigen.“

„Warum, glauben Sie, schreibt er Ihnen, Miss Barrett?“

Das Mädchen schüttelte den Kopf. „Ich weiß es nicht.

Vielleicht, weil ich die Geschichte gebracht habe."

„Was heißt, gebracht? Pam war einfach Spitze. Diese Woche ist sie die tollste Reporterin New Yorks."

„Wenn Sie dieses Zeug bringen, lösen Sie eine Panik aus."

„Wir sind unsern Zuschauern verpflichtet. Wenn etwas geschieht, berichten wir darüber. Überdies gibt es die Erste Novelle, und daran fühle ich mich gebunden. Vielleicht sollten Sie uns einen Brief schreiben." Greene lachte. „Ja – ich hätte gern einen Brief, der von uns Zurückhaltung verlangt."

„Ich möchte nur, daß Sie abwarten. Würde es helfen, wenn ich Sie darum bitte?"

„Ich glaube, daß ich darauf reagieren würde."

„Wart mal, Pam . . ."

„Irgendwo hat er recht, Herb. Was geschieht, wenn die Briefe nicht echt sind? Glaubst du nicht, daß er sie überprüfen sollte?"

Jetzt hatte er sie dort, wo er sie haben wollte. Sie stritten vor ihm.

Greene lehnte sich in seinem Stuhl zurück. „Nun – vielleicht. Wie lange würden Sie brauchen?"

„Nur ein paar Tage. Sehen Sie, ich verstehe Ihren Standpunkt bezüglich einer andern Station. Versuchen Sie, auch meinen Standpunkt zu begreifen. Lassen Sie mir ein wenig Zeit. Ich werde feststellen, ob die Briefe authentisch sind und versuchen, Sie zurückzuverfolgen."

Greene würde nachgeben. Janek las es in seinen Augen. Aber nicht, um eine Panik zu vermeiden, sondern weil er mit der Story über den Central Park bereits genug Stoff hatte.

„Okay. Wir halten uns zurück. Aber nicht lang. Pam wird unbestätigte Quellen andeuten. Wir müssen den Kerl wissen lassen, daß er uns erreicht hat. In Ordnung?" Greene sah das Mädchen an. Sie nickte. Greene stand auf und streckte sich. „Das ist alles, was wir Ihnen bieten können, Janek. Sollte jemand anderer Briefe bekommen, gehen wir aufs Ganze. Und jetzt, meine Herren, bitte ich Sie, mich zu entschuldigen. Um sechs sind die nächsten Nachrichten."

Sie gingen in ein Restaurant in der West Street, bestellten Kaffee und setzten sich in eine Nische. Marchetti meinte, die Briefe seien ein Scherz. „Es ist jemand, der dort arbeitet. Er will das Mädchen lächerlich machen. Er hört von dem Angriff, schreibt ihr einen Brief, läßt das Kuvert im Postzimmer stempeln und legt den Brief auf ihren Schreibtisch."

„Dann muß er recht schnell arbeiten, nicht wahr, Sal?"

„Sie glauben doch nicht diesen Unsinn von einem Killervogel?"

„Menschen richten Hunde dazu ab anzugreifen. Könnte die gleiche Idee sein. Ein Tier dazu bringen, deine schmutzige Arbeit zu machen."

„Wenn Sie dieser Meinung sind, verstehe ich nicht, warum Sie so lang über den Poststempel sprachen."

„Um diese Leute zurückzuhalten. Sie haben einen Vorsprung. Wir brauchen Zeit, um sie einzuholen."

Marchetti lachte. „In Ordnung", sagte er. „Was machen wir also?"

„Nachforschen."

„Und was soll das heißen?"

„Das werde ich Ihnen zeigen, Sal. Halten Sie sich an mich und lernen Sie."

Plötzlich starrte ihn Marchetti an. Ich habe mich geirrt, dachte Janek. Er wird Fragen stellen.

„Stimmt es, was man sich über Sie erzählt, Frank – daß Sie einmal einen Kollegen hatten, den Sie niedergeschossen haben?"

Janek nickte. „Ja. Das stimmt."

„Muß ziemlich schlimm gewesen sein."

„Ja, es *war* schlimm. Vielleicht erzähle ich es Ihnen einmal. Nachdem wir eine Weile zusammen gearbeitet haben. Okay?"

Marchetti nickte. „Wann immer Sie wollen, Frank. Und wenn Sie nicht wollen, ist es mir auch recht, Frank."

Er *war* anständig. Es ist nicht einfach, einen Mann wie mich zum Partner zu haben, dachte Janek. Aber Sal hatte gesagt, daß er damit fertig werden könne, daß er ihm vertraue. Das war mehr, als Janek erwartet hatte, mehr als er üblicherweise hörte. Er sah auf die Uhr. Es war Viertel vor sechs. „Gehen wir ins Polizeirevier zurück“, sagte er, „und hören wir uns die Nachrichten von Pamela Barrett an.“

Sie saßen in der Kantine und betrachteten sie auf dem Fernsehschirm. Andere Kriminalbeamte kamen hinzu und machten anzügliche Bemerkungen über Pam. Janek schwieg – er sah sie nur aufmerksam an und versuchte sich ein Urteil zu bilden. Sie war beeindruckend, das mußte er zugeben, und sie wirkte wie ein Star – heiß und sinnlich. Auf dem Schirm schienen ihre Augen größer, sie sprach rasch und eindringlich. Wenn sie verärgert war, dann war das wirklicher Ärger; war sie unglücklich, so fühlte er mit ihr und glaubte ihr. Während er sie ansah, überkam ihn ein seltsames Gefühl, das ihn erschreckte, weil es wirklich merkwürdig war. Er wollte sie streicheln und beschützen, da sie nicht so war, wie sie sich gab. Sie hatte etwas furchtbar Verletzliches an sich, als könne sie von dem gefühlsgeladenen Hochseil, auf dem sie sich befand, abrutschen und verletzt werden.

8

Nach Pamela Barretts Sendung saß Jay Hollander, kaum einen Meter von seinem verkappten Vogel entfernt, unbeweglich da und beobachtete den Sonnenuntergang über dem Hudson. Er wartete auf die Dunkelheit, die die letzten Strahlen vom Fluß verjagen und die Voliere allmählich mit dem dunklen Rauch der Nacht erfüllen würde. Als er das Wasser nicht mehr sehen konnte, als die Silhouette der Wolkenkratzer sich von Granitmonolithen in hell beleuchtete Türme verwandelte, verließ er die Voliere, fuhr mit dem Aufzug hinunter und ging spazieren.

Er streifte gern durch das nächtliche Labyrinth der Stadt, spähte in kleine Gassen und dunkle Hauseingänge. Er musterte die Gesichter der Passanten, suchte ihre Ängste zu erkennen, suchte nach Anzeichen von Furcht. Heute abend war er besonders aufmerksam, achtete auf jede Anspannung um die Mundwinkel, auf ängstliche Blicke und als Lächeln getarnte Grimassen.

Er wurde nicht enttäuscht. An den Zeitungsständen leuchteten ihm die furchterregenden Schlagzeilen entgegen. Er beobachtete die Gier der Verkäufer und die verängstigten Menschen, die ihm die Zeitungen aus der Hand rissen. Eine Schauspielerin, vielleicht eine Tänzerin, eilte zur Bühnentür. Eine ältere, mit Paketen beladene Frau verschwand rasch im Eingang zur U-Bahn und sah sich ängstlich um. Alle Menschen schienen beunruhigt, schienen nach Schutz zu suchen. Hollander war stolz; das alles war sein Werk – aus der Luft geschaffen, aus dem Blauen, aus der Sonne. Wie ein Blitz hatte sein Falke zugeschlagen und das schützende Himmelszelt zerfetzt.

Am Time Square ging er langsamer und beobachtete das frühabendliche Getümmel. Aus den Cafeterias strömten die Prostituierten. Strichjungen warteten vor Hauseingängen. Schwarze Wahrsager riefen etwas von Schicksal und Glück. Drogenhändler suchten nach Kunden. Über die Forty-second Street zog eine Bande von Lateinamerikanern. Bald würden sie in der U-Bahn verschwinden, um sich auf die Schwachen zu stürzen.

So ist diese ganze Stadt, überlegte Hollander – das Musterbeispiel von Jägern und Gejagten. Ältere Männer auf der Suche nach Knabenkörpern; Spieler, Huren und Polizisten in Zivil, die Jagd auf sie machten; Taschendiebe; Säufer, die um ein paar Cents bettelten; Journalisten, einer Story auf der Spur; Schauspielerinnen, die Karriere machen wollten. Es war eine Stadt der Angreifer und der Flüchtenden, Menschen, die Jagd machten und andere, die sich versteckten. Die Stadt war ein Jagdrevier, und er der oberste Jäger. New York war sein Wildpark, seine Waffe der Wanderfalke.

Er stand vor dem Allied Chemical Tower, wo der Verkehr

vom Broadway und der Seventh Avenue zusammentraf. Er stand da, und die Autos strömten auf ihn zu; er war allein gegen den Mob. Er wußte, es hatte schon andere gegeben, die diese riesige Metropole verunsicherten: Kinderentführer, verrückte Bombenwerfer, politische Terroristen. In diesen Straßen hatten große Menschenjagden stattgefunden, organisiert von der Polizei, um aufzuspüren und zur Strecke zu bringen. Die Jagd aber, die er sich vorstellte, würde größer und gigantischer sein als alles, was es je gab. Denn während die Stadt auf ihn Jagd machte, würde er die Stadt jagen. Während sie versuchten, ihn zu erlegen, wollte er sie einzeln vom Himmel her angreifen.

Es war eine ungeheure Vision, die ihn erfüllte, während er sich vom Times Square und der Menschenmenge entfernte. Er ging an Preßluftbohrern vorüber und sah zu den großen Gebäuden auf, die von Lichtkegeln erhellt wurden. Er fand das Gebäude, das seine Voliere beherbergte, und dachte an den Wanderfalken auf seiner Sitzstange. Mit der Haube bedeckt saß er in der Dunkelheit, gut gefüttert, zufrieden. In ein paar Tagen aber würde er wieder hungrig werden und ihn auf einer neuen Jagd begleiten.

Als er zu seinem Haus zurückkehrte, wanderten seine Gedanken von dem Vogel zu Pam. Es war seltsam, daß er sie wieder traf, nachdem er sie an jenem hellen Mittag am Eislaufplatz verschont hatte. Jetzt war er froh, daß er sie nicht getötet hatte, denn sie verbreitete seine Botschaft, während sie gleichzeitig unter seine Kontrolle geriet. In ihrer Sendung hatte sie vage Andeutungen über seine Briefe gemacht, hatte offenbar zur Kenntnis genommen, daß er sie beobachtete, und gezeigt, daß die Briefe ihr Angst einflößten. Ja, er mochte sie und genoß es, sie zu beobachten, genoß es, sie erregt und entflammt zu sehen. Sie war wild, aber er konnte sie gefügig machen. Sie besaß Gefühle, die sich liebevoll lenken ließen, die schön sein würden, wenn sie gezähmt war.

9

Nach den Nachrichten, als sie beim Abendessen saßen, entschuldigte sich Pam bei Joel, so unfreundlich gewesen zu sein. Er lächelte und sagte, es mache ihm nichts aus. Sie sei bloß ein bißchen hysterisch gewesen, aufgeregt über das Mädchen im Park und ihre Probleme mit dem Kampftraining.

Sie verließen das Restaurant und unternahmen einen Spaziergang. Die Theatervorstellungen waren zu Ende und die Straßen deshalb voll mit Limousinen und Taxis. Unter den Markisen drängten sich die Menschen. Als sie an einem Zeitungsstand vorbeikamen, nahm er ihren Arm. Eine Schlagzeile sprang ihr in die Augen: KILLERVOGEL SCHLÄGT WIEDER ZU. Und sie fragte sich: Hatte sie es tatsächlich mit einem abgerichteten Vogel zu tun? Hollander hatte behauptet, man könne eine Falken nicht dazu bringen, eine Katze zu töten. Wie sollte jemand einen Falken abrichten, eine Eisläuferin oder ein joggendes Mädchen im Park anzugreifen?

Noch etwas anderes beschäftigte Pam. Als sie ein Taxi nahmen, erwähnte sie es Joel gegenüber. „Beide Opfer waren Mädchen. Jung und hübsch. Ist das ein Zufall oder etwas anderes?"

„Ich glaube, es war dem Falken ziemlich gleichgültig. Ich glaube wirklich nicht, daß er sexbesessen ist."

„Der Falke ist ein Weibchen."

„Ach, eine Lesbierin?" Joel lachte. „Männchen oder Weibchen. Was immer für ein Geschlecht, es ist nur ein Vogel."

Sie wandte sich ihm zu. Er war einfach nicht interessiert, und auf einmal kam er ihr zweitklassig vor. Er grinste. Er hatte etwas vor. Man würde auf seine Bude gehen und vögeln. Aber sie hatte keine Lust dazu, wollte nicht die übliche Routine durchspielen und sein gekränktes Gesicht sehen, wenn sie fortging. Sie wollte nach Hause und simulierte deshalb ein Gähnen. „Ich bin müde, Joel. Was war das für ein Tag. Es ist, glaube ich, besser, wenn du mich nach Hause bringst."

Er nickte verständnisvoll und gab dem Fahrer ihre Adresse.

„Wir passen so großartig zusammen", sagte er, als sie sich ihrer Straße näherten. „Wir sind wirklich ein gutes Team. Zum Beispiel heute morgen, als wir im Park zusammen gearbeitet haben. Und ich weiß, daß deine Sendung über Brutalität im Sport ausgezeichnet werden wird. Laß dir doch von mir helfen. Wehr dich nicht fortwährend dagegen." Er gab ihr einen Gute-Nacht-Kuß. Sie stieg aus, stand auf dem Gehsteig und sah dem Taxi nach.

War sie ungerecht? fragte sie sich. Er war anders als sie, war nicht davon besessen, der Erste und der Beste zu sein. Er konnte ihr auch nicht nachfühlen, was sie über sich hinaushob, wenn sie jetzt vor die Kamera trat. Er war ein guter Kameramann für die Fernsehnachrichten, sie war eine ehrgeizige Reporterin mit einer fabelhaften Story. Sie gehörten nicht mehr zusammen.

Es ihm zu sagen, hatte sie nicht das Herz; besser, das Verhältnis auslaufen zu lassen. Sie waren Kollegen, sie konnten immer noch gemeinsam Reportagen machen. Aber dieses Verhältnis, das begonnen hatte, weil sie zusammen arbeiteten und diese Arbeit viel Zeit erforderte, so daß man kaum Muße hatte, andere Leute zu treffen – dieses Verhältnis mußte aufhören, das wußte sie.

Am späteren Abend rief sie Jay Hollander an und fragte ihn, ob er die Sechs-Uhr-Nachrichten gesehen habe.

„Natürlich", erwiderte er, und dann mit einer gewissen Ehrfurcht: „Wissen Sie, Sie sind wirklich großartig."

Von den Briefen durfte sie ihm nichts erzählen; sie und Herb hatten Janek versprochen, kein Wort zu erwähnen. Aber sie wollte herausfinden, ob man einen Vogel abrichten konnte, einen Menschen anzugreifen. Sie wollte nicht um den Brei herumreden, deshalb fragte sie ihn ganz direkt:

„Hören Sie zu, Jay, wir wissen, daß der Wanderfalke Riemen trägt. Wir nehmen an, daß er jemandem gehörte und davonflog. Wäre es auch möglich, daß man den Vogel abgerichtet hat, das alles zu tun? Daß – daß jemand mit ihm auf Jagd geht?"

Eine Pause . . . „Das ist eine seltsame Frage.“

„Es kam mir heute abend in den Sinn. Da ist dieser große Falke, der in New York umherfliegt. Sie sagten, er würde vermutlich hundert Kilometer weit weg sein. Aber heute griff er wieder an, auf die gleiche Art, der gleiche Angriff von oben. Dahinter liegt ein bestimmtes Muster, selbst wenn es bisher zur zweimal geschah. Wäre es also möglich? Könnte ihn jemand lenken?“

„Sie sind eine sehr kluge Reporterin“, sagte er. „Ich glaube, wir sollten darüber sprechen.“

„Bin ich auf der richtigen Fährte?“

„Wir werden darüber sprechen. Darf ich Sie morgen zum Dinner ausführen?“

Sie vereinbarten einen Zeitpunkt, nachher fragte sie sich jedoch, warum er keinen Lunch vorgeschlagen hatte. Dinner beinhaltete mehr als nur Geschäft, war etwas Persönliches, stellte eine Beziehung her. *Vielleicht ist es das, was er will. Vielleicht gefalle ich ihm,* überlegte sie. Es freute sie, denn der Mann interessierte sie, ganz abgesehen von seinem Wissen über Falknerei.

Am Morgen beschloß sie, sich auf den schwarzen Markt für Vögel zu stürzen. Sie brauchte Material, falls die Story sich abkühlen sollte. Man durfte sie nicht sterben lassen, mußte sie jeden Tag wieder anheizen. Sie telefonierte mit dem *Fish and Wildlife Service* und traf eine Verabredung mit dem Leiter der Untersuchungsabteilung. Die Büros waren in einem Gebäude aus Ziegel und Glas nahe dem Kennedy-Airport untergebracht. Typische Büros der Bundesverwaltung: stahlgraue Schreibtische, Plastikkistchen für ein- und ausgehende Post, Bilder des strahlenden Präsidenten und eine amerikanische Flagge.

Bruce Harmon erinnerte sie an einen Angehörigen der Marine – jene Art von Unteroffizier mit Bürstenhaarschnitt, der Reportern das Schiff zeigt. Mit sichtlichem Vergnügen informierte er sie über den schwarzen Markt für Vögel. Eben jetzt waren Papageien überaus gesucht, berichtete er. „Exotische Vögel, Psittacinae, Singvögel. Es gibt organisierte Banden, die sie aus Südamerika hereinschmuggeln. Natürlich auch Sammler. Die Leute bringen sie in ihren Rocktaschen. Kürzlich fand der Zoll einen Vogel in einer Babytragtasche."

Der Markt für Raubvögel sei klein, sagte er, die involvierten Geldsummen aber seien gewaltig. „Es gibt ein paar Eulenhändler und ein paar andere, die mit Habichten und Falken handeln. Die großen Käufer kommen aus dem Nahen Osten. Wir sind hier nur ein Umschlagplatz. Die Vögel stammen aus Kanada oder Alaksa, Island und Grönland – Hühnerhabichte, Gerfalken, Wanderfalken. Die Araber zahlen jeden Preis für das, was sie suchen. Manchmal schicken sie jemanden zu uns, um sich umzusehen, was es auf dem Markt gibt; findet er etwas Geeignetes, so zahlt er bar und das Geschäft ist perfekt.

„Haben Sie je von Hawk-Eye gehört?" fragte sie. Sie fragte es fast nebenbei, um Harmon glauben zu machen, daß sie mehr wußte, als tatsächlich der Fall war.

Er lachte. „Von ihm gehört? Ich habe eine Akte über ihn, die so dick ist wie das Telefonbuch."

„Und wer ist er?"

„Ich wollte, ich wüßte es. Wir haben eine Beschreibung von ihm, aber gesehen haben wir ihn nie. Wir versuchten, ihn zu Gesicht zu bekommen. Wir haben uns sogar eine Falle ausgedacht. Ein Agent, der sich als Käufer für die Saudis ausgab, ließ wissen, daß er ihn treffen möchte. Man plante, Hawk-Eye soweit zu bringen, Geld anzunehmen und einen Vogel aufzutreiben. Dann sollte die Falle zuschnappen. Keine schlechte Idee, und unser Mann telefonierte sogar mit ihm. In einem Motelzimmer waren unsere Abhörgeräte vorbereitet. Aber als der Zeitpunkt des Treffens kam, erschien Hawk-Eye nicht. Er rief an, sagte unserem Mann, daß er ihn für einen Spitzel halte, und legte auf. Er muß Lunte gerochen haben. Vielleicht hat ihm jemand etwas verraten. Jedenfalls kamen wir nie mehr an ihn heran."

Harmons Beschreibung der geplanten Falle gab ihr eine Idee. „Wie erreichten Sie ihn?" fragte sie.

„Ach, wissen Sie, wir ließen die entsprechenden Leute wissen, daß wir ihn sehen wollten: die konzessionierten Händler, die weniger legalen Händler, alle, die etwas mit Falken zu tun haben. Früher oder später hat er es erfahren, aber nicht angebissen. Was schiefgegangen ist, weiß ich bis heute nicht."

Als sie in die Fernsehanstalt zurückkehrte, erzählte sie Herb von ihrem Plan. „Warum machen wir nicht das gleiche?" fragte sie. „Wir lassen wissen, daß *wir* Hawk-Eye treffen wollen – nicht um zu kaufen, sondern nur um zu reden. Daran ist nichts Illegales. Wir wollen nur ein Interview haben. Das sollte ihn nicht abschrecken – wir haben nichts mit dem FBI zu tun."

„Ja." Herb überlegte. „Die Silhouette und eine gefilterte Stimme."

„Richtig. Den Kopf von der Kamera abgewandt. Ein starkes, hartes Licht auf mich. Wir verändern seine Stimme, so daß man sie nicht mehr erkennen kann. Vielleicht zeigen wir sein Profil, so daß die Leute seine Habichtnase sehen können."

„Das gefällt mir. Aber kannst du an ihn herankommen?"

„Nun ja . . ." Sie zuckte die Achseln. „Ich will es jedenfalls versuchen."

„Wahrscheinlich will er Geld haben. Fünfhundert wäre er wert, wenn er etwas zu sagen hat. Okay. Wenn es nicht klappt, hast du höchstens ein bißchen Zeit verloren."

Abends traf sie Jay in der Trattoria da Alfredo, einem kleinen italienischen Restaurant, eines ihrer liebsten Lokale in Greenwich Village. Alfredo durfte keinen Alkohol ausschenken, daher nahm man seinen eigenen Wein mit. Jay brachte einen *grand cru* Bordeaux, den die andern Gäste über ihre Chiantigläser und andere Weine zweifelhafter Herkunft neidvoll betrachteten. Der Kellner jedoch war entzückt und ebenso Pam; wieder beeindruckte sie Jays souveräner Stil.

„Heute abend habe ich sie wieder gesehen", sagte er, „Sie

werden wirklich ein Teil meines täglichen Lebens." Die Art, wie er das sagte, hatte etwas Schmeichelhaftes an sich, als wolle er nicht nur ihre Sendung loben, sondern ihr auch persönlich ein Kompliment machen.

„Nun, was meinen Sie?" fragte Pam.

„Ich fand, Carls Urteil über die Falknerei war etwas zu hart."

„Sie hätten auch anwesend sein können, Jay. Ich hatte Ihnen das Angebot gemacht, ihm zu widersprechen."

„Ich weiß, aber vorläufig möchte ich mich lieber mit meiner Rolle als Ihr geheimer Berater begnügen."

Sie lachten. Pam fühlte sich entspannt. In seinem Haus hatte sie sich bemüht, einen guten Eindruck zu machen, wollte ihn als Freund gewinnen, ohne ihre Zurückhaltung aufzugeben. Jetzt hatte sie nicht mehr das Gefühl, auf der Hut sein zu müssen.

Man plauderte mühelos mit ihm, und Pam bewunderte seine Intelligenz.

„Wegen meines Anrufes gestern abend." Er nickte. „Sie sagten, meine Frage sei etwas sonderbar."

„Ich glaube, ich sagte seltsam."

„War sie das tatsächlich, Jay? Wir haben es mit einem Vogel zu tun, der Riemen trägt und junge hübsche Mädchen angreift. Anfangs nannten Sie es einen ‚einmaligen, verrückten Vorfall'. Aber zweimal? Läßt das nicht auf ein Verhaltensmuster schließen?"

Er sah sie forschend an. „Gestern abend sagte ich Ihnen auch, daß Sie recht klug sind, nicht wahr?"

„Ja, das sagten Sie. Ist es also eine seltsame Frage? Oder bin ich klug? Oder was?"

„Beides." Er lächelte. Dann machte er eine Pause und sah sie direkt an. „Es ist eine seltsame Frage, weil die Beize nicht so funktioniert. Und sie sind klug, weil hier ein Verhaltensmuster vorliegt. Ein Angriff ist eigenartig. Zwei weisen auf etwas hin."

„Worauf?"

„Ich weiß nicht genau. Vielleicht ist der Vogel wie jener seltene Löwe, von dem man gelegentlich liest – der Menschenfresser, der sich ins Lager schleicht und tötet."

„Und es gibt auch solche *Vögel?*"

„Ein Vogel verteidigt sein Brutrevier. Es gibt viele Angriffe auf Leute, die sich zu nahe an ein Nest heranwagten. Aber Menschen aussuchen und sie dann töten – dafür gibt es keinen Präzedenzfall."

„Ist es überhaupt *möglich?*"

„Es muß möglich sein. Sie sahen es selbst. Was ich nicht verstehe, ist, *warum* der Vogel es tut. Wenn ein Raubvogel tötet, gibt es immer einen Grund."

„Vielleicht ist er verrückt."

„Vielleicht. Aber Raubvögel sind keine Mörder, und sie töten nicht aus sportlichem Vergnügen. Ein Begriff wie Wahnsinn paßt nicht hierher. Um ein Tier zu verstehen, muß man sich in das Tier versetzen. Irgend etwas zwingt diesen Wanderfalken, und ich wüßte gerne, was es ist und auch, wie er gelernt hat, auf diese Art zu töten, denn die Methode ist sehr seltsam."

„Sie benutzen das Wort ‚lernen'. Ist das richtig? Lernen Falken tatsächlich?"

„Ja. Sie beobachten ihre Eltern sehr genau, ahmen nach, was diese tun und lernen durch Versuch und Irrtum weiter. Deshalb sind manche Vögel erfolgreicher als andere – sie lernen besser, sind begabter. Auch ihre Jagdmethoden sind verschieden. Jeder Falke hat seine eigene. Könnten diese Vögel nicht durch Erfahrung lernen, gäbe es keine Beize."

Jetzt tastete er sich näher an ihre Frage heran: Konnte der Wanderfalke darauf abgerichtet sein, auf Mädchen Jagd zu machen, wie es die Briefe behaupteten? Trotzdem hatte sie das Gefühl, daß Jay auswich, das Wesentliche vermied, als beleidige es seine Auffassung von der Falknerei als edlem Sport. Sie beschloß, ihn nicht zu drängen; offenbar wollte er nicht direkt an das Problem herangehen. Vielleicht muß er sich erst selbst überzeugen, daß es möglich ist, und das versucht er eben jetzt, überlegte Pamela.

„Ich weiß nicht recht, Jay – ich meine, sind Angriffe auf Menschen wirklich so ausgefallen? Sie sagten, daß Vögel angreifen. Letzthin erwähnten sie, daß Dr. Wendel von einer Eule angegriffen wurde."

„Ja, es ist ein Gerücht."

„Wie kam es dazu?"

„Ich weiß nicht genau. Man erzählt sich, daß er Eier sammelte und dabei eine Eule überraschte, die sich in die Enge getrieben fühlte und ihn angriff. Es gibt auch andere Versionen. Carl spricht nicht darüber. Weder leugnet er, noch bestätigt er die Geschichte. Was immer auch geschah, es hat ihn verändert. Es ist, als habe er etwas erlebt, vielleicht den wirklichen Schrecken, der dem Raubtierinstinkt zugrunde liegt, den Blutdurst – und danach war er nie mehr der alte."

„Nun, jedenfalls", sagte sie kopfschüttelnd, „hat er zumindest überlebt."

„Einer Eule fiele es schwer, einen Menschen zu töten. Das ist ist ein Vogel, der höchstens fünf oder sechs Pfund wiegt."

„Sie erzählten mir von Steinadlern in Rußland, die angeblich Wölfe töten."

„Ja. Und es gibt Geschichten von Tiger jagenden Adlern in Indien. Aber das sind riesige Tiere, manche wiegen bis zu sechs Kilogramm und sie setzen dieses Gewicht ein, wenn sie aus enormen Höhen mit ungeheurer Beschleunigung herabstürzen. Es gibt ein schönes Gedicht von Tennyson über einen Adler: ‚Er blickt herab von Bergeshöhn, und donnernd stürzt er nieder'. Es ist ein ungeheurer Aufschlag. Man würde annehmen, daß der Vogel durch den Aufprall getötet wird, aber seine Beine sind so gebaut, daß sie den Schock absorbieren."

Jay sah sie jetzt durchdringend an. Als schaue er in meine Seele, dachte sie. Einen Moment lang konnte sie sich nicht konzentrieren. Dann fiel ihr eine Frage ein.

„Wie schwer ist unser Wanderfalke?"

„Ungefähr sechs oder sechseinhalb Pfund, weil er so riesig

ist. Im allgemeinen sind die größten Falken nicht schwerer als vier Pfund. Aber trotzdem ist er nicht mit einem Adler zu vergleichen. Anderseits...", er machte eine Pause, dann: „Beide Opfer waren kleine Frauen. Etwa so groß wie Sie."

Pam nickte.

„Nun, dann ist das durchaus möglich, denn selbst ein durchschnittlicher Falke könnte einen ausgewachsenen Mann bewußtlos machen, wenn er ihn richtig trifft. Es ist die Art des Tötens, die mich beschäftigt. Ich begreife nicht, wie er es gelernt hat – den Hals so aufzuschlitzen. Wenn Falken andere Vögel angreifen, schlagen sie sie nieder, dann brechen sie mit dem Schnabel das Rückgrat. Aber unser Falke hat eine ganz besondere Tötungstechnik, und überdies waren die Frauen keine Beutetiere. Sie wurden wie eine Beute getötet, aber dann flog der Falke auf und ließ sie liegen."

„Warum ist das ungewöhnlich?"

„Weil es nichts mit dem Menschen fressenden Löwen zu tun hat, von dem man liest. Diese Tiere töten, verstümmeln, fressen ein paar Bissen oder auch mehr. Das hier aber ist anders – es ist ein grundloses Töten." Er schüttelte verständnislos den Kopf. „Ich kann es einfach nicht begreifen."

„Gut, kehren wir zu meiner ‚seltsamen Frage' zurück. Könnte jemand dahinterstecken? Jemand, der diesen Vogel zum Töten abrichtete?"

„Das ist unmöglich." Er antwortete rasch, fast beleidigt.

„Warum nicht?" Jetzt wollte sie nicht lockerlassen, bis er eine befriedigende Antwort gab.

„Einfach *unmöglich,* Pam. Ich sagte Ihnen schon neulich, daß man einen Vogel nicht dazu bringen kann, etwas zu tun, was er normalerweise nicht von selbst tun würde. Ein Falkner kann seine Fähigkeiten ausbilden, seine Instinkte lenken, ihm ein gewisses Maß an Gehorsam beibringen und – das ist das Schwerste – ihn abrichten, zurückzukehren. Aber er kann den Vogel nicht lehren, riesige, gefährliche Geschöpfe anzugreifen, die um ein Vielfaches größer sind als er. Die Beize beruht auf der Freude des Vogels am Töten, eine Freude, die genetisch geprägt ist, um sein Überleben zu gewährleisten. Zur Beize gehört die Manipulierung seines Hungers, seines Jagd- und Tötungsinstinktes. Der Hunger stimuliert den Jagdinstinkt; ist ein Vogel nicht hungrig, will er nicht einmal fliegen."

„Okay. Das verstehe ich. Aber betrachten wir es einmal anders. Sie sind ein Experte für Falknerei. Ich komme zu Ihnen und frage sie: ‚Wie würden Sie es anstellen, einen Vogel abzurichten, Menschen anzugreifen und zu töten?' Denken Sie einmal einen Moment darüber nach. Nur theoretisch. Wie würden Sie es anstellen? Was würden Sie tun?"

„Das ist eine interessante Frage."

„Nun – und wie lautet die Antwort?"

„Das kann ich nicht so einfach beantworten. Ich muß erst ein bißchen überlegen. O doch, ich kann mir Möglichkeiten vorstellen. Zum Beispiel eine bestimmte Art von Köder – wir richten Vögel ab, ein Wild anzufallen, indem wir sie auf einen Köder dressieren. Und auf eine bestimmte Art des Gehorsams, die auf einem besonderen Belohnungssystem basiert. Ja, es gäbe Möglichkeiten. Aber es wäre überaus schwierig; diese Vögel sind nicht wie Dobermanns oder deutsche Schäferhunde. Man kann sie nicht so einfach abrichten, anzugreifen. Sie sind auch keine Herdentiere und kennen keine Rangordnung. Sie suchen sich nicht den Menschen als ihren Herrn aus, dem sie folgen wollen. Sie sind Einzelgänger, die allein leben und allein jagen. Natürlich paaren sie sich, leben aber nicht in Schwärmen wie Enten oder Gänse. Sie sind Opportunisten. Der Mensch muß ihnen nützlich sein, das heißt, er muß ihnen etwas bieten, das sie brauchen. Ich kann mir absolut nicht vorstellen, warum ein Falke eine Frau angreift, wenn so viele schmackhafte Tauben in New York herumfliegen."

Er hielt inne. Bei ihrer theoretischen Frage schien er sich wohler zu fühlen; als hätte er ihre direkte Frage als einen Angriff auf seinen geliebten Sport empfunden.

„Anderseits", fuhr er fort, „wenn man den Vogel auf ein bestimmtes Blut abrichtete – das wird jetzt sehr theoretisch –, wenn man ihn mit Menschen beginnen läßt, ihn schon ganz jung davon überzeugt, daß er Menschen schlagen und auf eine bestimmte Art töten kann, dann würde er vielleicht die Angst vor der Größe des Menschen und dem Schaden, den er seinem Gefieder und seinen Schwingen zufügen kann, verlieren. Wenn der Falkner ihm bestimmte Gelegenheiten auf dem Boden böte und es wären die einzigen Gelegenheiten, die der Vogel kennt – dann, dann könnte man ihn vielleicht dazu bringen, so seltsame Dinge zu tun; wenn man mit der Erziehung ganz früh beginnt, weiß der Vogel nicht, ‚was er nicht tun soll'. Ich erklärte Ihnen, daß Falken aus der Erfahrung lernen. Daher nehme ich an, daß man, wenn man die Erfahrung in eine bestimmte Richtung drängt, sehr ungewöhnliche Resultate erzielen kann. Aber das sind alles nur Spekulationen, Pam, weil es nie versucht wurde. Es wurde auch nie darüber geschrieben; vielleicht hat man darüber gesprochen – ich kann mir einige Falkner vorstellen, die abends bei einer Flasche Whisky Ideen austauschen und darüber diskutieren.

Aber Sie können mir glauben, in der gesamten Literatur über die Beize wird diese Art des Abtragens nicht einmal erwähnt. Es ist etwas, woran man nie gedacht hat, und deshalb ist es auch für mich undenkbar."

Pam schien es durchaus denkbar. Allein die Tatsache, daß Hollander Überlegungen anstellte, wie man einen Vogel abrichten und ihn lehren könnte, Größe und Stärke eines Menschenwesens nicht zu fürchten – allein, daß er darüber nachdachte –, überzeugte sie, daß es möglich sein mußte. Und das bedeutete, daß sie auf die Story ihres Lebens gestoßen war. Es überlief sie heiß vor Erregung.

Sie drang nicht weiter in ihn; was sie wissen wollte, hatte sie herausgefunden. Jetzt wollte sie mehr über den Mann erfahren, der von der Falknerei so besessen und zu ihr so aufmerksam war. Sie ließ das Thema Wanderfalke fallen und bat ihn, von sich zu erzählen.

Sein Geld, so erfuhr sie, hatte er geerbt. Er war in Cleveland aufgewachsen, wo sein Großvater eine Anzahl Schiffe besaß, die Eisenerz von den Minen in Minnesota zu den Stahlstädten an den großen Seen brachte.

„Wir sind also beide aus dem Mittelwesten und haben mit Stahl zu tun", sagte sie. „Ich bin aus Gary. Mein Vater arbeitet immer noch in einem Stahlwerk."

Er schüttelte den Kopf. „Ich hielt sie für eine Neu-Engländerin." Er lächelte. „Jetzt wird mir alles klar."

„Wirklich?"

„Natürlich. Die Art, wie Sie berichten, die Härte, mit der Sie die Dinge bringen – ich glaube, es wirkt so überzeugend, weil sie nicht der Typ dafür sind. Aber jetzt, wo ich weiß, daß Ihr Vater Stahl gießt, jetzt verstehe ich es. Von dort stammt Ihr Mumm."

Es freute sie, daß er das sagte. Als sie Paul Barrett zum ersten Mal von ihrer Familie erzählte, war seine Reaktion genau entgegengesetzt gewesen. „Ach", hatte Paul bemerkt, „jetzt verstehe ich das Plastiktischtuch; Korbsessel; ein Vater mit tätowierten Armen – du bist wie Aschenbrödel auf dem Ball." Dann hatte Paul ihre Erziehung in die Hände genommen. Und als er sie endlich so geformt hatte, wie er wollte – eine Art Jane Fonda aus ihr gemacht hatte, heiratete er sie, und die Sticheleien begannen. „Als ich dich zum ersten Mal sah, hielt ich dich für einen ungeschliffenen Diamanten, aber jetzt frage ich mich, ob du nicht bloß ein Bergkristall warst", sagte er zum Beispiel.

Daß Jay je so verächtlich oder bitter oder grausam sein würde, konnte sie sich nicht vorstellen. Dazu war er zu anständig und zu selbstsicher. Pam hörte aufmerksam zu, als er ihr erzählte, daß ihn Raubvögel immer schon interessiert und fasziniert hatten; Adler, Eulen und ganz besonders Falken und Habichte.

„Ich weiß nicht warum, aber ich fand es herrlich, sie zu beobachten. Sie faszinierten mich. Immer schon. Und als ich feststellte, daß es so etwas wie Beize gibt – ich muß damals zehn oder elf gewesen sein –, konnte ich es kaum glauben, daß Menschen etwas erfunden hatten, um diese Vögel zur Jagd abzurichten, und daß schon die alten Ägypter davon gewußt hatten. Von diesem Augenblick an war ich an der Angel. Es gab kein Entkommen mehr. Ich mußte Falkner werden. Es wurde zum Wichtigsten in meinem Leben.

In Cleveland gab es einen Österreicher, einen Flüchtling aus dem Zweiten Weltkrieg, der auf den Shaker Heights eine kleine Kunstgalerie besaß und den begüterten Bürgern der Stadt verkaufte, was ihrem Geschmack entsprach. Dieser Mann war in Österreich Falkner gewesen, hatte auf einem Gut gelebt und seit seiner Kindheit Falken abgetragen.

Ich ging zu ihm, und er lehrte mich alles, was er wußte. Meine Mutter hat mich nie verstanden – mein Vater starb, als ich noch klein war. Alle meine Kameraden spielten Tennis, nur ich zog mit dem alten Österreicher durch die Gegend und sah zu, wie er Falken flog. Vielleicht war es eine Flucht – vor meiner Mutter, vor meinem Zuhause. Ich weiß es nicht. Was immer der Grund war, ich liebte, was er mich lehrte, und alle jene Legenden und Geschichten, die der alte Mann zu erzählen wußte. Er fing ein Turmfalkenweibchen und zeigte mir, wie ich es abrichten sollte. Es ging nicht allzu gut, und nach ein paar Wochen flog es fort. Aber daraus lernte ich. Ich versuchte es mit einer Reihe von Vögeln. Als ich an die Ostküste in ein Internat kam, war ich für einen Jungen aus dem Mittelwesten ein ziemlich guter Falkner."

Damals war die Falknerei in Amerika fast unbekannt; die Renaissance des Sportes stand noch bevor. Jay Hollander gehörte zu den wenigen Mitgliedern der nordamerikanischen Falknervereinigung, und er bereiste trotz des Einspruchs seiner Mutter das ganze Land – Montana, Colorado, Nord- und Süddakota –, um bei den Treffen dabei zu sein.

„Allmählich begann ich die Dimensionen dieser Sache zu erkennen. Der Österreicher war ein guter Mann, aber dann traf ich Männer, die erstklassig waren. Meistens Europäer, Zoologen und Ornithologen, Leute, die die Literatur kannten und erstaunliche Dinge mit Vögeln machen konnten. Ich erinnere mich, wie ich zum ersten Mal einen Falken im Flug einen

Vogel angreifen sah. Ich war hingerissen. Von der Schönheit. Für mich war es das Schönste, was ich je gesehen habe. Für mich war es ein Kunstwerk."

Als er nach Colorado ins College kam, begann er die Falknerei ernsthaft zu betreiben. „Ich richtete ein Vogelpaar ab, und ich jagte vom Pferd aus mit einem Hund; eine schwierige Sache, weil man es mit drei Tieren gleichzeitig zu tun hat. Einen ganzen Sommer verbrachte ich damit, es richtig zu machen. Nach vielen Versuchen und Rückschlägen und durch das Studium der alten Meisterwerke gelang es mir endlich. Ich begann eine Bibliothek einzurichten, und ich arbeite noch heute daran."

„Die Falknerei scheint unerschöpflich zu sein, nicht wahr? Sie ist eine Art Besessenheit."

„Ja, das ist richtig", stimmte er zu. „Die Beize ist wirklich eine Besessenheit. Sie nimmt einen gefangen; man beginnt und dann vergräbt man sich. Wenn man wie ich zur Besessenheit neigt, kommt man von ihr ein Leben lang nicht los."

Wie am ersten Abend, als sie einander kennenlernten, war Pam über seine Hingabe an diesen Sport erstaunt. Er war ein Mann, der etwas gefunden hatte, das er liebte und wofür er lebte – es war die ihn beherrschende Leidenschaft. Und wie immer, wenn sie einen solchen Menschen traf, fühlte sie sich zu ihm hingezogen.

Ja, dachte sie, als Jay sie nach Hause begleitete, er ist ein überaus anziehender Mann. Kühl, selbstsicher, aber mit einem inneren Feuer. Jenen Halsabschneidertypen, mit denen sie es zu tun hatte, turmhoch überlegen: jenen Leuten, die beim Fernsehen vorwärtskommen wollten und das Medium für ihre eigenen Zwecke nutzten; ehrgeizige, beinharte Kollegen auf der Jagd nach einer Story. Herb Greene mit seinem Zynismus und seinem Instinkt für das Sensationelle; die Gier von allen jenen – Darstellern und Zuschauern –, die bei dem täglichen Drama mitwirkten, das man mit dem allumfassenden Euphemismus „Die Nachrichten" nannte.

Vor ihrer Haustür blieben sie stehen. Sie wußte, daß Jay sie küssen würde und fühlte, daß sie es wollte, daß sie seine Lippen auf ihrem Mund und seine Arme um ihren Körper spüren wollte. Ja, das wollte sie, verspürte ein Nachgeben, als sei eine Barriere in ihrem Inneren verschwunden. Erwartungsvoll stand sie da und war überrascht – seine Lippen streiften kaum ihre Stirn. Ein Augenblick sanfter Berührung, er trat zurück, lächelte, sagte gute Nacht, drehte sich um und ging.

Das Wochenende verbrachte sie fast nur zu Hause. Sie vermied es, Joel zu sehen, räumte die Wohnung auf, las einen Roman und die Hälfte eines zweiten. Sie wollte die Hochspannung der vergangenen Woche loswerden, wieder zu sich selbst finden und ihre Arbeit aus der richtigen Perspektive sehen. Sie wußte, die Wanderfalken-Story war eine heiße Sache, zuviel wollte sie jedoch nicht daran denken. Nach allem, was geschehen war, brauchte sie eine Atempause. Montag morgens war sie wieder ruhig und bereit, die Arbeit fortzusetzen.

Pam erkannte die Handschrift auf den ersten Blick. Der Brief sprang ihr förmlich entgegen. Ob sie warten sollte, ihn zu öffnen? Vielleicht gab es Fingerabdrücke, die sie verwischte. Aber dann fiel ihr ein, daß nicht nur die Bürojungen, sondern weiß Gott welche Leute den Umschlag angegriffen hatten, und daß die Person, die den Brief geschrieben hatte, bestimmt nicht unvorsichtig war. Sicher hatte man das Schreiben abgewischt.

LIEBSTE PAM

NACH MEINEM AUSFLUG HATTE ICH EIN HÜBSCHES FEST, MEINE BELOHNUNG. ABER JETZT VERSPÜRE ICH WIEDER HUNGER! BALD WERDE ICH WIEDER AUSFLIEGEN MÜSSEN UND TÖTEN. SCHADE UM ALLE DIE NETTEN JUNGEN MÄDCHEN, DIE IN NEW YORK UMHERSPAZIEREN, ABER ES LIEGT IN MEINER NATUR, SIE ZUR STRECKE ZU BRINGEN. DIE KRÄFTE, DIE MICH TREIBEN, SIND UNWIDERSTEHLICH.

WAS SIE BETRIFFT, MEINE LIEBE, AUCH SIE SIND SEHR HÜBSCH, ABER SIE HALTEN MEINE BRIEFE ZURÜCK. DIE MEN-

SCHEN MÜSSEN ERFAHREN, DASS ICH JAGE, UND SIE SIND DIE VON MIR GEWÄHLTE STIMME. ICH MUSS ZUR STADT SPRECHEN, UND SIE SIND MEIN INSTRUMENT. WENN SIE MEINE BOTSCHAFT NICHT VERBREITEN, MUSS ICH AUCH SIE BESTRAFEN. ICH TÄTE DIES SEHR UNGERN, DENN SIE HABEN LIEBENSWERTE EIGENSCHAFTEN. MANCHMAL, WENN ICH SIE SEHE, MÖCHTE ICH SIE AUS MEINEM FERNSEHSCHIRM HERAUSREISSEN UND FORTTRAGEN. ABER DANN FÄLLT MIR EIN, DASS SIE BUCHSTÄBLICH IN DER LUFT SIND, DASS IHR BILD MIT LICHTGESCHWINDIGKEIT FLIEGT, DASS SIE MIT DEN ÄTHERWELLEN IN DEN HIMMEL FLIEGEN, IN MEIN REICH.

MACHEN SIE SICH GEDANKEN ÜBER MICH, PAM? GEISTERE ICH DURCH IHRE TRÄUME? ICH BIN EIN FALKE! ICH BEOBACHTE SIE VOM HIMMEL AUS. WENN SIE SPRECHEN, RAUSCHT MEIN GEFIEDER. MEIN NAME IST PEREGRIN, DER WANDERFALKE

Es war ein furchterregender Brief, und er erschreckte sie zutiefst. Instinktiv wußte sie, daß der Schreiber kein Witzbold war. Im Ton des Briefes, in dieser Mischung aus zärtlichen Grüßen und bösem Hohn, lag etwas Irrsinniges. Lag Wahnsinn. Und auch eine Gewißheit, ein Zutrauen in die eigene Macht und die gleiche merkwürdige Fiktion, wie in den andern Briefen – daß der Brief vorgab, von einem Vogel zu stammen. Sie versuchte ihn zu analysieren: Was wollte dieser Mann sagen? Was wollte er wirklich? Aber sie konnte sich auf nichts konzentrieren, außer auf die gräßlichen, gegen sie gerichteten Drohungen: „bestrafen", „herausreißen", „forttragen".

Kaum hatte Herb den Brief gelesen, verlangte er Penny Abrams. „Verbinden Sie mich mit diesem Kriminalbeamten, wie heißt er doch?" befahl er scharf. Dann sah er Pam an. „Jetzt sind wir soweit. Der Kerl verlangt, daß du seine Briefe vorliest, und das wirst du auch tun. Kein Gequassel mehr über Panik im Publikum. Der Kerl erweist uns einen Dienst, und wir sind ihm das schuldig. Wir müssen ihn an uns binden, sonst wendet er sich an jemand anderen."

Pam wußte, daß Herb recht hatte, obwohl sie nicht sicher

war, ob jemand ihnen einen „Dienst“ erwies. Jedenfalls machte sie sich an die Arbeit, schon um sich von ihrer Angst abzulenken. Die Story hatte von ihr Besitz ergriffen, aber jetzt war etwas anderes hinzugekommen. Jetzt war es nicht mehr nur die Geschichte ihres Lebens – jetzt war sie ein Teil von ihr, jetzt wurde sie persönlich bedroht.

Sie entwarf eine Einleitung zu den Briefen des Falken: „Kanal Acht erhielt in den letzten Tagen eine Reihe von Briefen, die darauf schließen lassen, daß der Killerfalke von einem Menschen gelenkt wird. Ihre Berichterstatterin erhielt drei persönliche Nachrichten. Der Schreiber verlangte, daß wir den Text verlautbaren . . .“ Sie machte eine Pause und überlegte, wie sie die Briefe lesen sollte – dramatisch oder sachlich. Sie entschied sich für sachlich. Daß die Briefe sie ängstigten, durfte sie nicht zeigen, der Text mußte einfach als Nachricht gebracht werden. Sie beschloß auch, „Liebste Pam“ und „Sie haben liebenswerte Eigenschaften“ wegzulassen. Überhaupt würde sie die Briefe nicht zur Gänze vorlesen, sondern nur die wichtigsten Stellen bringen, während hinter ihr auf der Leinwand eine Vergrößerung der Briefe gezeigt wurde.

Sie wählte eben die relevanten Passagen aus, als Penny anrief; Herb wollte sie nochmals sprechen. „Er ist mit diesem Kriminalbeamten in seinem Büro“, berichtete Penny. „Sie schreien sich an. Ganz laut. Das heißt, eigentlich schreit nur Herb. Der Kriminalbeamte verzieht kaum den Mund.“

Pam zuckte zusammen. „Soll ich vielleicht vermitteln?“

„Tun Sie Ihr möglichstes.“

Sie ging in Herbs Büro; Herb sah aus, als würde er gleich explodieren. Auf seinem Gesicht lag ein häßlicher Ausdruck, Janek hingegen sah kühl aus – verächtlich und abweisend.

Janeks Augen gefielen Pam; kluge, erfahrene Augen mit dunklen Ringen, graue Augen, die gut zu seiner Blässe und seinem Haar paßten. Eine Aura des Mitgefühls umgab ihn, als habe er eine Menge von der Welt gesehen, das Beste und das Böseste im Menschen kennengelernt – als könne ihn nichts mehr überraschen. Sein Benehmen war freundlich und ein wenig ironisch. Er schien ein Mann zu sein, für den Ehrgeiz nichts bedeutete, ein Mann, dem man vertrauen konnte, weil man wußte, daß er verstand; weniger ein Kriminalbeamter, dachte Pam, eher ein Richter oder ein Priester.

„Wir haben eine kleine Meinungsverschiedenheit, Pam", sagte Herb. „Der Poststempel ist natürlich echt, wie wir die ganze Zeit über wußten. Es scheint, Janek hat seit dem Wochenende eine Spezialeinheit zugewiesen bekommen. Jetzt bearbeiten ein Dutzend Beamte den Fall – eine Tatsache, die der Lieutenant zufällig erwähnte, nachdem ich ihm den letzten Brief gezeigt habe."

Pam wußte, warum Herb wütend war; Janek hatte verabsäumt, sie zu informieren. Die Fernsehanstalt hatte die Story aufgerissen und lebenswichtige Informationen gegeben. Das mindeste war, daß die Polizei sie ebenfalls auf dem laufenden hielt.

„Ich frage ihn fortwährend, was er zu tun gedenkt. Bisher hat er es mir nicht mitgeteilt." Herb sah Janek wütend an. „Was, zum Teufel, werden Sie tun?"

Vielleicht setzte sich Herb tatsächlich durch; Janek sah vergrämt drein. „Wir tun, was wir können. Wir haben wenig Anhaltspunkte. Vorläufig sind die Briefe alles, was wir in Händen haben."

„Das weiß Pam. Sie ist ja nicht auf den Kopf gefallen."

„Sie müssen mir doch irgend etwas mitteilen können", sagte Pam. „Ich möchte berichten, wie die Polizei den Fall beurteilt."

„Im Augenblick habe ich nichts zu sagen. Auch der Hintergrund ist noch nicht geklärt." Janek schien sie zu mögen, oder zumindest haßte er sie nicht, wie er Herb haßte. Das hatte sie schon beim ersten Zusammentreffen festgestellt; er hatte sie freundlich gemustert, während er Herb nur ansah, wenn er nicht anders konnte, und dann lag in seinem Blick Verachtung. „Die Briefe sind in unserem Labor. Papier, Tinte, Handschrift – das alles wird geprüft. Dann die Opfer. Auch da stellen wir Nachforschungen an. Kannten sie einander? Hatte diese junge Juristin Feinde? Gibt es eine Verbindung zwischen den Frauen?" Er hielt inne. „Und die wesentlichste Frage. Haben diese Morde ein Motiv, oder wurden die Opfer zufällig ausgewählt? Verfolgt der Mann dahinter einen bestimmten Zweck, oder tut er es nur, um seine Lust zu befriedigen? Wie steht es mit einem Schutz? Das ist ein Problem. Der Vogel stößt aus dem Himmel herab, und den Himmel können wir nicht patrouillieren. Der Falke lebt irgendwo. Wo? Das wollen wir herausfinden. Wir überlegen uns Möglichkeiten, ihn zu verfolgen. Aber wir haben noch keinen bestimmten Plan."

Herb war sichtlich gelangweilt. „Eine Panik wäre nützlich. Wenn die Leute wüßten, daß ein Mann hinter den Angriffen steht, würde sich vielleicht jemand melden und uns helfen."

„Eine Panik hilft niemandem, außer der Presse."

„Quatsch. Eine Panik erzeugt Druck und rüttelt die Polizei aus ihrer Lethargie auf."

Janek starrte ihn an. Er war beleidigt, und mit Recht, fand Pam. Herb benahm sich unmöglich, aber Janek war nicht der Typ, der sich auf einen Streit einließ. Später, wenn er soweit ist, wird er es Herb heimzahlen, dachte sie. Noch etwas sah sie jetzt in Janeks Blick: Hinter seinem Mitgefühl gab es eine Grenze, die keine Vergebung kannte.

„Wissen Sie", sagte er zu Pam, „ich kann Ihnen nicht verbieten, von den Briefen zu sprechen. Aber ich wäre froh, wenn Sie den Text nicht verlesen. Wenn sich dann jemand dazu bekennt, wissen wir, daß es der Richtige ist. Ansonsten werden wir mit Anrufen von Verrückten überschwemmt werden und unsere Zeit darauf verschwenden, festzustellen, wer wer ist."

Janek gab nach, weil er wußte, daß er nichts erreichen konnte. Sein Argument, ein Geständnis überprüfen zu müssen, war schwach, aber es gefiel ihr, daß er es vorbrachte. So verlor er nicht sein Gesicht.

„Worüber, zum Teufel, reden wir eigentlich, Janek? Pam wollte sowieso nicht den vollen Wortlaut der Briefe verlesen. Bisher haben wir Ihnen alles gezeigt, was wir haben, während

Sie nichts für uns getan haben. Entweder wir treffen jetzt sofort eine Vereinbarung oder jeder geht seinen eigenen Weg."

Das war das Ende des Streites. Man schloß Frieden und lächelte. Die Vereinbarung war einfach: Janek würde die Stellen, die vorgelesen werden sollten, auswählen, und dafür würde er Kanal Acht sofort benachrichtigen, wenn sich etwas Neues ergab. Pam sah, daß er nicht glücklich darüber war. Die Station hatte einen Vorsprung, und er wußte es. Es blieb ihm nichts übrig, als gute Miene dazu zu machen.

Sie wollte nicht auch von ihm verachtet werden, daher erzählte sie ihm von Jay und wie dieser, ohne es zu wollen, sie überzeugt hatte, daß man einen Killervogel heranziehen kann. „Sie sollten mit ihm sprechen. Er kennt die meisten Falkner. Bestimmt gibt es nicht sehr viele Leute mit der nötigen Erfahrung. Vermutlich kann er Ihnen eine Liste der in Frage kommenden Personen geben."

„Was Sie sagen, klingt so einfach, Miss Barrett."

„Vielleicht ist es einfach", sagte Herb. „Vielleicht wird das ein einfacher Fall."

„Das glaube ich nicht." Janek schüttelte den Kopf. „Ich fürchte, es wird in jeder Beziehung eine schwierige Sache werden."

10

Hollander ging die Fifth Avenue nach Süden. Er trug seine orangenfarbene Kappe und die spiegelnden Sonnengläser. Es war beinahe Mittag, und die Straße war belebt. Wieder ein Herbsttag mit frischer, kühler Luft und grellem Licht.

Er wollte nicht größenwahnsinnig sein, seine Macht nicht überschätzen. Dennoch war er überzeugt, in den letzten acht Tagen die knisternde Spannung in New York verstärkt zu haben. Als er jetzt wieder auf die Jagd ging und sein Falke irgendwo, kaum unterschieden von dem grauen Beton, auf einem Gebäudesims saß, war er voll Zuversicht, mit seinem dritten Angriff die Stadt endgültig in Angst und Schrecken zu versetzen.

Er betrachtete die jungen Frauen und Mädchen; faltenlose Züge, helle, muntere Gesichter. Ihre Bewegungen gefielen ihm, das Schwingen der Brüste, das Schwenken der Hüften, die vorsichtige Bewegung der Füße in den hohen Stöckelschuhen. Ihr Haar wippte auf und ab, wenn sie mit dem stolzen Gang der New Yorker Frauen in Geschäfte oder Büros eilten. Ihm gefiel das Pendeln ihrer Schultertaschen, das Schlenkern der Arme und vor allem die Beine mit den nackten Waden, die sich so rasch bewegten.

Welche sollte er wählen? Wen sollte der Wanderfalke angreifen? Die Mädchen waren sehr selbstsicher, aber früher oder später würden sie ihre Sicherheit verlieren; ein verstauchter Knöchel, ein falscher Schritt, ein Absatz, der sich im Pflaster verfängt, ein Windstoß, der das Haar über die Augen bläst, und schon waren sie entblößt, wehrlos gegen einen betäubenden Schlag. Das war ihr Risiko, der Augenblick ihrer Verletzlichkeit, den der Wanderfalke von hoch oben erkannte.

Hollander dachte an die Zeit zurück, als er den Vogel erworben hatte, dachte an seine Verwunderung über dessen Größe. Damals war das Falkenweibchen ruhelos gewesen, leicht erregbar, nervös – ein wildes Geschöpf, scheu und stolz, ablehnend und würdevoll, ein fabelhafter Jagdfalke. Der Vogel besaß alle Eigenschaften einer großen Jägerin; vollkommenes Gefieder, intelligente Augen und Proportionen, die im Flug zu einer geballten Kraft wurden. Und noch etwas war vorhanden, besondere Eigenschaften, die nur ein erfahrener Falkner erkennen konnte: Gier, Erregbarkeit, verborgene Emotionen, die, freigesetzt, den Vogel zu wilden Sturzflügen und Angriffen treiben würden. Das alles hatte er auf den ersten Blick erkannt und den Vogel heiß begehrt; das war der Falke, nach dem er immer gesucht, von dem er immer geträumt hatte.

Eine nach der andern zog vorüber, wie in einer Herde eilten die Mädchen an den Auslagen vorbei. Er sah eine junge Frau mit Krücken und eine andere, die hinkte. Ein junges Mädchen auf Rollschuhen wirkte ziemlich hilflos. Wer sollte seine Jagdbeute werden?

Es war schwierig, sich zu konzentrieren. Er starrte in Gesichter und fühlte sich unsicher. Während er an Tiffany, Gucci und Cartier vorbeiging, suchte er nach einer Beute, die seines Falken würdig war.

Er erinnerte sich an seine Freude über die Fähigkeiten des Vogels, über die enorme Stärke, den Blutdurst, die furchtlose Konzentration, die Bereitwilligkeit – sie zeigte sich bereits in den ersten Phasen des Abtragens –, große Geschöpfe anzugreifen, die absolut nicht als Nahrung dienen konnten. Es war, als sei der Vogel, von seiner abnormen Größe getrieben, hart wie Stahl geworden. Und so hatte Hollander etwas entdeckt – er konnte seinen eigenen Schmerz in Macht verwandeln. Er konnte die Kraft des Vogels formen und ihm außergewöhnliche Dinge beibringen. Der Vogel aber zeigte ihm den Weg zu Läuterung und Befreiung.

Jetzt war er auf der Fiftieth Street. Vor der Auslage von Saks stand eine Frau auf einem Fuß und kratzte sich am Knöchel. Hollander betrachtete sie eingehend. Sie war jung und schlank, der Typ, den sein Wanderfalke bevorzugte. Der Vogel wartete auf sein Signal, wartete, bis er die Wahl getroffen hatte. Hollander wußte, daß er den Vogel unter Kontrolle hatte. Aber auch wieder nicht. Oft fragte er sich, wer wem diente – er dem Vogel oder der Vogel ihm.

Er ging an der Frau vorüber und beschloß, sie zu verschonen. Er genoß es, darüber zu entscheiden, wer überleben und wer sterben sollte. Und doch wußte er, wie jeder Jäger, daß die Beute sich letztlich selbst darbot.

Er ging über die Forty-second Street und blieb vor der Public Library stehen, wo eine Gruppe Schulkinder eben die Straße überqueren wollte. Sie wurde von einer jungen Lehrerin in Pullover und Hose begleitet. Eine andere Frau lief auf ein Taxi zu, ihre Schritte waren von einem engen Rock gehemmt. Hollander konnte die Gegenwart des Vogels spüren, obwohl er aus Angst, Aufmerksamkeit zu erregen, nicht zum Himmel aufschaute. Die Frau, die zum Taxi ging, rutschte aus. Die Schullehrerin trieb die Kinder über die Straße. Das alles beobachtete der Wanderfalke und noch Hunderte andere Bewegungen. Mit leuchtenden Augen würde er aus der Sonne herunterstoßen – so griff er gern an, ungesehen, blitzschnell. Die Schullehrerin erreichte die Ecke. Die Kinder stiegen die Treppe zur Bibliothek hinauf. Die Frau, die ausgerutscht war, saß jetzt im Taxi. Zwei Beutemöglichkeiten waren vorüber.

Hollander fühlte sich schwach. Es hatte ihn erregt, die Frauen zu beobachten, und als sie fort waren, verflog seine Spannung. Er war auch hungrig – den ganzen Tag hatte er nichts gegessen. Er hatte gefastet, um sein eigenes Verlangen zu schärfen. Nachher würde er hemmungslos essen, wie der Wanderfalke, der seine Belohnung verschlang.

Wie sehr er seinen Vogel liebte; die Art, wie seine Schwingen sich an den Rücken legten, die Form des Schwanzes, so primitiv wie eine Axt, die unglaubliche Kraft seiner Beine. Er dachte an seine riesigen, wilden Augen, an seine Wut, seine Gier. Hollander wünschte, er könnte mit all dem verschmelzen, dabei sein, wenn der Vogel herabstürzte, seine weißglühende Raserei verspüren, die alles Menschliche so schäbig und schwach erscheinen ließ. In den wahnsinnigen Augenblicken des Angriffs verschmolzen sie; er und der Vogel wurden eins. Materie wurde zu Energie. Seine Lust brach sich Bahn. Macht und Blut. Er fühlte sich gereinigt.

Sehr bald sollte es soweit sein. Die Zeit des Tötens rückte näher. Die Anspannung machte ihn schwindlig. Er ging an der Public Library vorbei in den Bryant Park. Ein Mädchen beugte sich vor, um einen Tennisschuh zu binden, eine alte Frau schleppte sich den Weg entlang. Hollander fand eine Bank, setzte sich und sah zum Himmel auf. Der Wanderfalke wußte sicher, daß er bereit war, wartete nur auf sein Signal und das Anzeigen der Beute.

Er suchte unter den Menschen im Park. Es war ein schäbiger Ort, kaum ein hübsches Mädchen. Aber es gehörte zu den

Geheimnissen der Falknerei, daß sich aus unzähligen Gegebenheiten auf dem Boden, aus dem Muster der Bewegungen und Menschen eine geeignete Beute anbot. Gelegenheiten ergaben sich, und dann plötzlich begann die Jagd.

Aufmerksam betrachtete er die Frau neben ihm und andere, die durch den Park spazierten. Es gab ein paar interessante Möglichkeiten, aber keine ließ ihn aufmerken, bis er endlich sah, was er suchte. Er erkannte sie sofort.

Sie war eine kleine schlanke Frau mit langem braunem Haar, und auch sie machte Jagd, denn sie war offensichtlich eine Prostituierte; alles wies darauf hin, die rote Bluse, die roten Stöckelschuhe, die Art, wie sie ging – arrogant, verführerisch, routiniert. Keine Frage, sie gab das perfekte Opfer ab. Wenn er sie in die richtige Stellung manövrieren und aus dem Gleichgewicht bringen konnte – diese schlanke, fesche Hure, die im Bryant Park herumstolzierte –, welch eine Beute für die Jägerin im Himmel! Zwei, die auf Raub aus waren, zwei, die sich anpirschten, zwei Raubtiere. In dem Angriff einer Jägerin auf die andere lag etwas Verlockendes, das Hollanders Gefühl für die Symmetrie in der Natur ansprach: das Gesetz des Überlebens.

Jetzt, wo er sie gefunden hatte, mußte er an die Arbeit gehen. Mit der Eisläuferin war es einfach gewesen; sie hatte das Gleichgewicht verloren. Das zweite Mädchen war vom Laufen ermattet. Beide befanden sich auf offenem Gelände; der Vogel mußte nur den Zeitpunkt wählen. Hollanders Aufgabe hatte nur im Auswählen und im Signalisieren bestanden.

Hier war es anders. Dieses Mädchen mußte er wegtreiben, isolieren. Sie bewegte sich, war sich aber der sie umgebenden Menschen bewußt. Vielleicht war das ihre Schwäche – sie war so erpicht auf Männer, versuchte so krampfhaft, ihre Aufmerksamkeit zu erregen, daß sie eine unerwartete Bedrohung von oben gar nicht merken würde.

Er stand auf und folgte dem Mädchen. Sie war eine tolle Straßendirne und schlenderte durch den Park, als sei er ihr Revier. Sie war auch klug, diese Person, wechselte Blicke mit den Männern, zeigte ein verführerisches kleines Lächeln, ging jedoch nicht auf jene zu, die nur zurücklächelten. Um nicht mit dem Gesetz in Konflikt zu kommen, dachte sie nicht daran, jemanden zu belästigen. Sie zeigte sich nur von ihrer besten Seite und gab sich so, daß ein an ihr interessierter Mann sie ansprechen mußte.

Hollander bewunderte ihre Selbstbeherrschung, und das machte die Jagd interessant für ihn. Denn der Jäger sollte sein Opfer respektieren, von ihm angezogen werden, während er zuschlug. So verfolgte er sie die Wege hinauf und hinab, vorbei an Bänken mit alten Männern, deren Lust gering war, und an jungen Männern, in deren Augen Verlangen lag. Hin und her, hinauf und hinunter verfolgte er sie, immer dreißig Meter hinter ihr, und er wußte, daß sie seine Gegenwart spürte, ja er wollte, daß sie sie spürte, denn er entwickelte einen komplizierten und faszinierenden Plan. Er wollte sie glauben machen, daß er ihr Opfer sei, während in Wahrheit sie seine Beute war.

Und der Vogel. Der Vogel beobachtete, war klug, sah, was er tat und würde verstehen. Er saß, vielleicht dreihundert Meter entfernt, auf einem Wolkenkratzer hinter dem Park. Er folgte den Bewegungen der orangefarbenen Kappe, Bewegungen, in denen Systematik lag. Er konnte sehen, daß er einer Frau folgte, mußte wissen, daß sie seine Beute war.

Spannung herrschte. Atemberaubende Spannung. Hollander war bereit. Die Hure zeigte, daß sie von ihm wußte, verlangsamte ihren Schritt, wackelte mit dem Hintern, ermutigte seine Annäherung. Diese Frau brauchte keine Worte. Alles an ihr bot sich an. Hollander lächelte, als er näher kam und die Distanz zwischen ihnen kleiner wurde.

Sie verließ den Weg und ging über den Rasen auf eine Baumgruppe zu. Das war nicht gut – die Bäume würden den Vogel blockieren. Da er wußte, daß er sie wieder in offenes Gelände bringen mußte, entwarf er rasch einen neuen Plan. Er trat nah an sie heran, ihre Blicke trafen sich, er erwiderte ihr Lächeln. Dann nickte er zu dem Springbrunnen in der Mitte des Parkes, als wolle er andeuten, ihm dorthin zu folgen.

Jetzt hatte er ihr den Rücken zugewandt. Folgte sie ihm? Er erreichte den Springbrunnen und drehte sich um. Die Frau war knapp hinter ihm. Es klappte! Er setzte die Sonnengläser auf und vergewisserte sich, ob sie die Sonnenstrahlen auffing. Wieder lächelte er das Mädchen an. Sie kam näher und erwiderte sein Lächeln. Er trat zurück und lockte sie weiter auf den freien Platz. Jetzt würde der Vogel in der Luft kreisen, warten, seinen Angriff planen.

Das war der entscheidende Moment. Wenn die Prostituierte ungeduldig wurde und wegging, würde der Vogel nicht angreifen. Hollander ging zum Brunnen und setzte sich an den Rand. Das Mädchen ging ihm nach und setzte sich zu ihm. *Ja! Er hatte sie.*

Jetzt saßen sie, wenige Meter voneinander entfernt, am Brunnenrand. Ihre Vorsicht, ihr Unwillen, ihn anzusprechen, arbeiteten für ihn. Geduldig saß sie da und wartete, daß er etwas sagen, nach dem Preis fragen, ihr seine Wünsche mitteilen würde. Und das war perfekt, denn er sprach sie nicht an, und so saßen sie schweigend nebeneinander.

Die junge Frau wurde unruhig, vielleicht sogar verwirrt. Der Wind trieb ihm ihr Parfum ins Gesicht. Er blickte auf, ließ die Sonne auf seine Gläser fallen und schüttelte den Kopf, um zu signalisieren. Dann stand er auf und ging rasch fort.

Sie war angewidert. Er hatte sie zum Narren gehalten, und jetzt hatte sie keine Lust mehr, den Spaziergang wieder aufzunehmen. Niedergeschlagen und vergrämt saß sie da, hatte genug von dem Spiel, das ihr nicht gefiel und das sie nicht verstand.

Für Hollander war es wichtig, den Angriff zu sehen. Er schlenderte zu einer fünfzehn Meter entfernten Bank, setzte sich nieder und sah die Frau an. Sie wich seinem Blick aus, dann plötzlich starrte sie ihn wütend an.

Er hob den Kopf, als wolle er die Wärme der Sonne spüren. Dann sah er den Falken herabstoßen. Welch eine Ekstase! Mit ungeheurer Geschwindigkeit stürzte er herab. Dreihundert

Stundenkilometer, vielleicht noch schneller – ein Sturzflug mit angelegten Schwingen, den Kopf dem Boden zugewandt.

Nur mehr Sekunden bis zum Aufprall, und noch niemand hatte etwas bemerkt. Jetzt machte der Vogel jene wundervolle halbe Drehung, die seine Spezialität war, das Kennzeichen seiner Attacke. Eine halbe Drehung sechzig Meter über dem Opfer, ein letztes Abwägen des Windes, die Fänge in einer Linie mit dem Kopf, bereit zuzuschlagen. Ja, das Zuschlagen! Es war unglaublich! Besser als je zuvor. Als der Vogel das Mädchen traf und vom Brunnenrand stieß, war es Hollander selbst, der zuschlug; die Fänge gehörten ihm. Er war der Wanderfalke.

Endlich fühlte er sich frei, frei von seiner Erdgebundenheit, nahm teil an der Ekstase des Fluges, am Augenblick des Zustoßens. Und jetzt das *Töten!* Als die Fänge den Hals des Mädchens aufrissen, war er mit dem Vogel vereint. Es überkam ihn ein brennender Fieberrausch. Und als er das Blut sah, verspürte er Erlösung, als habe sich ein furchtbarer Knoten gelöst; endlich konnte die warme Flüssigkeit fließen.

Hollander kehrte zur Voliere zurück, um seinen Vogel zu füttern, zu betreuen, zu loben. Stunden später zog es ihn wieder in die Stadt, um in der Dämmerung durch die Straßen zu gehen. Jetzt war es ein anderer Spaziergang als sein Umherschleichen am Mittag – die Anspannung wurde von einer Zärtlichkeit verdrängt, die ihn stets nach dem Töten überkam. Er befand sich auf einer Inspektionstour, um den Schaden festzustellen und die Kräfte zu genießen, die er freigesetzt hatte.

Wenn er jetzt einem hübschen Mädchen begegnete, sah er es nicht als Beute – er war von Menschen umgeben, die Hoffnungen und Träume hatten und natürlich auch einen Körper. Aber mehr noch, sie waren Geschöpfe dieser Stadt, und alle besaßen ein Eigenleben, waren wertvoll und einzigartig. Er glaubte nicht, besser zu sein als die andern, obwohl er natürlich mächtiger war. Sonst aber waren alle gleich geschaffen – Blut und Knochen, lebende Zellen, nach einem bestimmten Plan aufgebaut, voller Verlangen und Sehnsüchte, voller Freuden und Ängste – vor allem Ängste, denn jetzt empfand auch er Angst.

Hollander verstand diese Angst, hielt sie für die Lebensangst, die alle Geschöpfe empfinden. Die Stadt war so gefährlich wie eine Wildnis, und jene Millionen, die in ihr wohnten, wurden nicht weniger von Raubtieren bedroht als die Lebewesen in freier Wildbahn. So war das Leben: Töten oder getötet werden. Es gab eine Überlebenskette: Die Starken überwältigten die Schwachen, und am Ende starben auch die Starken, wurden von Maden und Bakterien zerfressen, und dann begann die Kette von neuem. Als er jetzt unter seinesgleichen umherging und die Furcht in ihren Gesichtern, in ihren Augen bemerkte, fühlte er sich eins mit ihnen, denn er wußte, daß man auch ihn früher oder später zur Strecke bringen würde. Als Jäger erlebte er Augenblicke höchsten Triumphes, am Ende aber würde er selbst zur Beute werden.

Es war fast sechs Uhr. Die Stoßzeit näherte sich dem Höhepunkt. Auf den Gehsteigen drängten sich die Menschen, die zu den Autobus- und U-Bahn-Stationen eilten. Hollander sah ein Elektrogeschäft, das von Leuten belagert wurde, und bahnte sich einen Weg zur Auslage, um festzustellen, was sie so faszinierte.

Pam. Alle Fernsehapparate im Fenster waren auf denselben Kanal eingestellt, so daß man ihr Bild auf allen Schirmen sehen konnte. Sie sprach in der ihr eigenen, erregten, leidenschaftlichen Art, so als strahle sie Hitze aus. Er spürte die Energie, die von ihr ausging, spürte, wie sie die Menge hypnotisierte. Als er sich vorkämpfte, um ihre Worte zu verstehen, spürte er die Körperwärme der andern Zuschauer, die von hinten nachdrängten.

Er fühlte sich wohl in dieser Menge, die stehengeblieben war, um Pam zu sehen. Und ihre Sendung war sensationell – Hollander verspürte die Wogen der Emotion um ihn herum.

Alle Zuschauer waren gespannt, Pam hatte sie in ihren Bann gezogen. Sie war mächtig, auf ihre Art mächtig, wie er mit seinem Falken, er arbeitete mit dem Tod, sie arbeitete mit Gefühlen – und besaß die Macht, die Menge zu faszinieren.

Während er zuhörte, wie sie den Angriff im Bryant Park beschrieb und Auszüge aus seinen Briefen vorlas, freute er sich, sie zum Medium auserkoren zu haben, durch das er zur Stadt sprechen konnte. Sie war ebenso sein Werkzeug wie sein Vogel. Der Wanderfalke.

„Hinter all dem", sagte sie abschließend, „steht also ein Mann, ein Mann, der sich zum Rächer ernannt hat. Rächer wofür? Er muß es uns erst mitteilen, aber wir können raten – vielleicht ein Rächer der ökologischen Verbrechen des Menschen. Wer ist dieser Mann? Wie sieht er aus? Was will er wirklich? Sollen wir seine Briefe für bare Münze nehmen? Will er uns tatsächlich bestrafen? Oder steckt etwas anderes dahinter, ein privater Irrsinn, der sich noch nicht gezeigt hat, ein teuflisches Bedürfnis zu töten? So viele Fragen harren der Beantwortung. Warum sind alle seine Opfer hübsche junge Frauen? Wie bringt er seinen Vogel dazu, anzugreifen? Wer wählt das Opfer – der Wanderfalke oder der Mann? Wo wohnt dieser riesige Vogel? Wie kann ein solcher Vogel in unserer Stadt leben, uns terrorisieren und dabei nie gesehen werden? Und schließlich: Gibt es einen Schutz, gibt es eine Möglichkeit, die Herrschaft des Schreckens zu beenden? Die Polizei braucht Ihre Hilfe. Es wurde eine spezielle Abteilung mit der Aufdeckung dieser furchtbaren Verbrechen betraut. Ich bitte jeden, jeden, der zuhört, jeden, der eine Information besitzt, die folgende Nummer anzurufen . . ." Bei diesen Worten erschien eine Telefonnummer auf dem Bildschirm.

Hollander stand jetzt ganz nahe an der Auslage, nur Zentimeter von den Fernsehapparaten hinter der Fensterscheibe entfernt. Pam erschien in Großaufnahme. Ihr Blick schien auf ihn geheftet. Jetzt sprach sie ihn an, sprach direkt zu ihm.

„Ich *weiß,* daß Sie zusehen. Ich *weiß,* daß Sie zuhören. *Wer* sind Sie? Wie lange wird das weitergehen? Ich las Ihre Briefe.

Sie haben Ihren Standpunkt kundgetan. Es ist sinnlos, damit fortzufahren. Sie brauchen Hilfe. *Bitte* suchen Sie Hilfe. Und bitte – *bitte,* beenden Sie Ihr furchtbares Tun. Halten Sie Ihren Vogel zurück. Ich *flehe* Sie an. Ich *bitte* Sie. Sie wissen, daß die unschuldigen Menschen, die Sie getötet haben, Ihnen nicht helfen können. Schreiben Sie mir. Sagen Sie mir, was Sie wollen. Lassen Sie mich Ihnen helfen. Und bitte – *bitte hören Sie auf zu morden.*"

Er lächelte, als ihr Bild auf dem Schirm verschwand. Auf die Nachrichten folgte die Werbung; er drehte sich um und kämpfte sich durch die Menschenmenge. Dieses Mädchen war etwas Besonderes, etwas ganz Außerordentliches. Er konnte ihr Bild ebensowenig verdrängen, wie er imstande gewesen war, sich von ihrem Geschmack zu befreien, als seine Lippen ihre Stirn berührten.

Was faszinierte ihn so an ihr? Ihre Leidenschaft, ihr Feuer? Kein Zweifel, sie gehörten dazu. Mit Vergnügen stellte er sich vor, was sie für einen Vogel abgeben würde. *Pambird.* Ja! Sie wäre ein fabelhaftes Vogelmädchen. Was wäre es für ein Spaß, sie zu zähmen, sie zu verkappen, auszuhungern, abzurichten. Aber natürlich nicht zu sehr zähmen – nicht die Wildheit verschwinden lassen. Eine Jägerin, in der sich Ekstase und Gewalttätigkeit vereinen, um zu töten und dann zurückzukehren – zu ihm. Etwas Schöneres konnte es auf Erden nicht geben. Sie könnte ebenso seine Jägerin werden wie der Wanderfalke.

An einer Straßenecke blieb er stehen und dachte lächelnd darüber nach. Vielleicht konnte er sie fangen, auf dieselbe Art, wie er schon so oft einen wilden Vogel gefangen hatte.

11

Berühmtheit war für Pam etwas Neues. Sie war, wie jeder beim Fernsehen, daran gewöhnt, erkannt zu werden, aber berühmt sein bedeutet, starke Emotionen wachzurufen, Liebe und Haß zu erwecken, Ärger und Bewunderung. Angestarrt zu werden – nicht angesehen, sondern auf eine bestimmte Art angestarrt zu werden.

Die Falken-Story war erst neun Tage alt, in dieser Zeitspanne aber hatte sie sich so damit identifiziert, daß, als die Dinge ihren Lauf nahmen und die Story zum Brennpunkt der kollektiven Phantasien und Ängste New Yorks wurde, ihre Persönlichkeit auch davon betroffen wurde. Klatschspaltenschreiber riefen sie an und wollten Einzelheiten aus ihrem Privatleben wissen. Andere Reporter – sogar Hal Hopkins, der Programmleiter – benahmen sich, als sei sie ein Star. Wenn sie aus dem Haus trat und nach einem Taxi suchte, blieben die Leute stehen, starrten sie an und riefen sogar ihren Namen. Was, fragte sie sich, hat mir all diese Aufmerksamkeit eingetragen? Die Berichte? Die Sendungen? Oder war es mehr; eine Illusion, ein überzeichnetes Bild von ihr als Figur in einem Drama, in dem sie ebenso zum Brennpunkt des Interesses geworden war wie der Vogel?

Sie besprach es mit Paul. Spät abends, nach ihrer Sendung mit dem Aufruf an den Falkner, rief er sie an. Natürlich sagte er, daß sie phantastisch sei, aber weil es Paul war, der ewige Stichler, mußte auch ein bißchen Sarkasmus dabei sein.

„Also – wie fühlt man sich, wenn man es *tatsächlich* geschafft hat?“

„Das Gefühl habe ich nicht, Paul. Noch nicht.“

„O doch, bestimmt. Erzähl mir darüber. Laß mich im Abglanz deines Ruhmes baden. Oder mich zumindest benetzen.“

Sie stellte sich vor, wie er eine für ihn charakteristische Bewegung machte – den dunklen Haarschopf über der Stirn zurückschob, als wäre er ein englischer Schriftsteller aus der Zeit zwischen den beiden Weltkriegen.

„Es gibt nichts zu erzählen. Man erkennt mich. Heute nachmittag standen ein paar junge Mädchen vor der Fernsehanstalt und baten mich um Autogramme. Ich hatte es eilig, daher war ich eher kurz angebunden."

„Paß bloß auf, Pam. Begeisterung kehrt sich rasch ins Gegenteil." Er machte eine Pause. Dann: „Komm, erzähl weiter. Ich möchte mich in neidvoller Verzweiflung winden."

„Du bist unmöglich."

„Nein, nein, im Ernst. Auch ich bekomme etwas davon ab. Vergiß nicht – ich bin der Ex-Ehemann. Das ist schon etwas. Vielleicht ernte ich Sympathie damit. So auf die Tour: ‚Sie wurde zu groß für ihn. Konkurrenzkampf und solche Scherze. Daher mußten sie sich trennen. Jetzt wühlt er in seinem Schmerz, aber immerhin bleibt ihm sein Beruf. Natürlich reicht er nicht an sie heran, der arme Kerl. Er ist Foto-Kritiker, gar nicht so schlecht übrigens, aber nur Durchschnitt verglichen mit ihr.'"

Plötzlich schwieg er. Sie wußte, daß er auf ihre Reaktion wartete. Vielleicht wollte er, daß sie aufhängte. Dann hätte er das Gefühl, er habe etwas erreicht, könne sie immer noch ärgern. Sie beschloß zu schweigen. Und fragte sich, warum er sich immer so aufführen mußte. Sein Spott war so durchsichtig, sein Neid so kleinlich und armselig.

„Nun?"

„Ja?"

„Keine Antwort?"

„Bin zu müde, Paul."

„Schau, Pam, du schaffst es. Ich freue mich so für dich, daß ich schreien könnte. Vergiß den Quatsch, den ich von mir gegeben habe. Du weißt, wie ich manchmal bin. Aber wirklich, *ehrlich* ..."

„Ach, ehrlich ..."

„Ja, *ehrlich.* Ich möchte, daß du dich beobachtest, denn du bist an einem gefährlichen Punkt angelangt. Damit meine ich nicht, daß du die Geschichte platzen lassen sollst. Bestimmt nicht, und überdies wäre es mir auch scheißegal. Ich will nur sagen, paß auf, denn dort oben ist es gefährlich. Du bist auf dem Hochseil, und Herabfallen ist schmerzlich. Es soll schon vorgekommen sein. Menschen werden Stars und fangen an zu trinken, zu spielen, sie greifen zu Drogen, Garland, Elvis. Du weißt, was ich meine. Also paß auf, behalt einen klaren Kopf. Du bist zäh – ich sollte das wissen. Und wenn du Hilfe brauchst, bin ich für dich da. Wenn du das Gefühl hast, zu fallen, dann ruf Du-weißt-schon-wen an."

Er trug die Ehrlichkeit so dick auf wie vorher die Unfreundlichkeiten. Garland? Elvis? Drogen? Immerhin wußte sie, daß er sie noch gern hatte, und was er sagte, mochte etwas für sich haben. Manchmal hatte sie das Gefühl, auf einem Hochseil zu gehen und hatte Angst, auszugleiten.

„Danke, Paul, das ist ein liebes Angebot. Danke sehr." Als er gute Nacht sagte, war er klein und bescheiden, als schäme er sich für seinen Anruf.

Nachher dachte sie über ihn nach. Sie dachte nicht gern an ihn, weil er ihr in all den Jahren soviel Kummer bereitet hatte. Trotzdem dachte sie an ihn und glaubte zu verstehen. Sie hatten einander *geliebt.* Er sagte zwar immer: „Es ist nur der Sex, der uns zusammenhält", aber er hatte sie *geliebt,* und Frustration in der Karriere hatte eine Menge mit ihrer Scheidung zu tun gehabt. Sie wollte vorwärtskommen, bei den Massenmedien arbeiten, sich einen Namen machen; er wollte ein Einzelgänger bleiben und für ein kleines, elitäres Publikum schreiben. Aber etwas in ihm beneidete ihren Ehrgeiz, und er begann sich zu hassen, weil er Angst hatte, den Erfolg zu suchen. So wurde er unleidlich und verbittert, und ein Zusammenleben mit ihm unmöglich. Er konnte *sich* nicht ertragen, sie konnte *ihn* nicht ertragen, und so beschlossen sie, eine Lösung für „erwachsene Menschen" zu suchen; „weil es mit dem Sex vorbei war", „weil wir unser Mittelalter erreicht haben", „weil es Zeit zum Aufbruch ist", und all die andern kleinen Phrasen, die er so gern verwendete. So gelangten sie zu einer billigen Scheidung ohne Streit, nahmen, um sie zu feiern, in der Oak Bar des *Plaza* einen Drink und beschlossen, von nun an nett zueinander zu sein und „gute Freunde" zu bleiben.

Natürlich hatte er alle guten Vorsätze gebrochen. Den

gemeinsamen Freunden erzählte er, wie ehrgeizig und korrupt sie sei, und wann immer sie einander trafen, machte er sarkastische Bemerkungen. Er rief sie spät abends an, um ihr mitzuteilen, daß er sie immer noch begehrte, obwohl er eben mit jemand anderem im Bett gelegen sei. Sie hatte das erwartet und war im Innersten froh, daß er ihre Erwartung erfüllt hatte, denn das rechtfertigte ihren Entschluß, ihn zu verlassen und allein zu leben. Wenn er jetzt sprach, hörte sie bloß zu – manchmal gerührt, manchmal irritiert, zumeist traurig, daß ihre Liebe nicht groß genug gewesen war.

Am folgenden Nachmittag besuchte sie Jay. Jetzt, da sie mit den Briefen an die Öffentlichkeit getreten war, konnte sie endlich ehrlich mit ihm reden. Ihr letztes Gespräch war „theoretisch" gewesen; jetzt konnte sie ihn direkt fragen, wie ein Falke darauf dressiert werden konnte, eine Frau zu töten.

Sie nahm ein Taxi, fuhr zu ihm und sah einen Polizeiwagen vor seinem Haus. Als sie den Fahrer bezahlte (er erkannte sie, sagte, er gehöre zu ihren Fans, und mußte daher ein doppeltes Trinkgeld bekommen), trat Janek eben aus dem Haustor. Er begrüßte sie.

„Wie geht es, Lieutenant?" fragte sie in jenem metallenen Ton, der zwischen Reportern und Bullen üblich ist.

„Danke, daß Sie mich an Hollander verwiesen haben. Sie haben gute Quellen, das muß ich zugeben."

Endlich eine Anerkennung – merkte er, daß sie kein reiner Amateur war? „Sie sind keine Konkurrenz", erwiderte Pam. „Und der Polizei hilft man immer gern."

„Nun, danke jedenfalls, Pam. Das schätze ich."

„Sie sind sarkastisch."

„Bullen sind immer sarkastisch. So sind wir eben."

Seine Stimme hatte eine gewisse Schärfe. Er verwechselte sie immer noch mit Herb. Das wollte sie ändern, wollte ihm beweisen, daß sie anders, netter war.

„Ich möchte wirklich mit Ihnen zusammenarbeiten", sagte

sie. „Ich hätte gern einen Plan ausgearbeitet."

Er antwortete nicht.

„Nun?"

„Nun was?"

„Wollen wir zusammenarbeiten? War das nicht unsere Abmachung?"

Er schwieg. Dann: „Ihre Sendung hat mir nicht gefallen." Er sagte es leise, fast beiläufig.

„Das tut mir leid. Was hat Ihnen nicht gefallen?"

„Die Art, wie Sie die Briefe vorgelesen haben, und dann Ihre Bitte. Ich fand das etwas übertrieben."

„Was soll das heißen? Wir haben Ihre Telefonnummer angegeben. Ich habe die Leute aufgefordert, Sie anzurufen."

„Und sie rufen an. Mein Gott, und wie sie anrufen. Vielleicht irre ich mich, aber ich fand Sie aufrührerisch. Aber natürlich sehr aufrichtig. *Schrecklich* aufrichtig."

Pam war sprachlos. Das war eine scharfe Kritik; jetzt schien er auf ihre Reaktion zu warten. „Okay, Janek." Pam war verärgert und verletzt. „Wo liegt das eigentliche Problem? Warum reden wir nicht darüber?"

„Kein Problem. Ich versuche einen Mörder zu fangen und habe das Gefühl, daß das im Moment gar nicht in Ihrem Interesse liegt. Je länger dieses Ding weitergeht, desto mehr Zeit haben Sie, die Story auszuwalzen. Sie sind an Ihrer Karriere interessiert. Mir ist Ihre Karriere ziemlich gleichgültig. Wir stimmen daher nicht ganz überein."

„Ich will mir nicht die Mühe machen, mich zu verteidigen. Gott sei Dank habe ich das nicht nötig."

„Gut. Dann sparen wir uns alles weitere." Er drehte sich um und ging die Stufen hinunter. Als sie bei Jay anklingelte, hörte sie ihn wegfahren.

„Dieser Kriminalbeamte ist über Kanal Acht nicht sehr glücklich." Sie standen in der Bibliothek, und Jay schenkte ihr einen Drink ein. „Warum vertragt ihr euch nicht?"

Pam zuckte die Achseln. „Er mag uns nicht. Deshalb vertragen wir uns nicht."

„Machen Sie sich nichts daraus. Er schätzt die Medien im allgemeinen nicht besonders."

„Was hat er eigentlich gesagt?" Jay zögerte. „Sagen Sie es mir, Jay. Bitte."

„Unter anderm meinte er, Ihr seid alle ein Haufen Aasgeier."

„Das klingt gut. Das gefällt mir. Der Dummkopf redet nur mehr von Vögeln."

Sie lachten, aber sie fühlte sich verletzt. *Aasgeier* – Aasgeier leben von Toten.

Jay saß ihr gegenüber. „Janek hat mich um meinen fachmännischen Rat gebeten."

„Und Sie haben zugestimmt?"

„Natürlich. Aber ich bin auch Ihr Fachmann. Kein Problem, die Rollen auseinanderzuhalten. Er stellt andere Fragen und geht auf seine Weise an die Sache heran."

„Wie geht er an sie heran? Ich nehme an, daß er den Vogel umbringen will." Jetzt bereute sie, daß sie Janek geholfen hatte. Er hätte Jay vermutlich auch allein gefunden, aber sie wollte, sie hätte ihn nicht zu Jay geschickt.

„Nein, er ist mehr an dem Mann interessiert. Und er ist keineswegs dumm, Pam. Ich halte ihn sogar für recht intelligent. Ein Kriminalbeamter, wie er im Buch steht, wissen Sie. Daran interessiert, das Gebiet abzustecken. Er fragte mich, wie man einen Jagdfalken hält, wie man ihn füttert, solche Sachen. Natürlich sollte ich Ihnen das nicht sagen. Was ich mit Janek bespreche, ist streng vertraulich. Aber *unsere* Beziehung ist schließlich auch streng vertraulich." Er lächelte sie an. „Mir gefällt meine neue Stellung in der Mitte zwischen Massenmedien und der Polizei."

Sie verstand, warum sie ihm gefiel; ein Experte für einen obskuren Sport wurde plötzlich zu der Zentralfigur in der Geschichte des Jahres. Sie wollte ihn jedenfalls nicht verlieren – weder als Informationsquelle noch als Freund. Pam entschuldigte sich, ihm nicht früher von den Briefen erzählt zu haben und erklärte ihm, wie ihr Janek unter dem Vorwand, keine Panik entstehen zu lassen, das Versprechen zu schweigen abgerungen hatte.

„Ich mache mir Gewissensbisse wegen unseres Dinners", sagte sie. „Weil ich Sie dazu überredet habe, Ihre Theorien darzulegen."

„Kein Anlaß zu Gewissensbissen. Ich wußte, daß Sie mich aus einem bestimmten Grund ausfragen wollten."

„Eine Weile dachte ich an diesem Abend – ich weiß nicht . . . Sie schienen mich so durchdringend anzusehen. Ich dachte, daß Sie vielleicht Angst hätten, ich würde die Falknerei verdammen."

„Ich hatte keine Angst", sagte Jay. „Wenn ich Sie ansah, dann bestimmt nicht, weil ich Angst hatte."

Er wandte sich ein wenig um und schien die Skulpturen der Falken zu betrachten. Sie wollte ihn fragen, *warum* er sie so durchdringend angesehen hatte, aber dann wurde ihr klar, daß sie diese Frage nicht stellen durfte. Sie schüttelte den Kopf; etwas verwirrte sie. Sie war als Reporterin hier, aber auch als Frau, die er – so hatte er durchblicken lassen – attraktiv fand. Er hatte Dinge erwähnt, über die sie ihn als Journalistin befragen mußte, und er hatte andere Dinge gesagt, über die ihn zu befragen eine Taktlosigkeit wäre.

Jay drehte sich wieder zu ihr um. Er sei jetzt bereit, sagte er, hundertprozentig bereit, zuzugeben, daß es jemandem irgendwie gelungen sein mußte, einen Falken zum Töten von Menschen abzurichten, eine unglaubliche Leistung, die es in der Geschichte der Falknerei noch nie gegeben hatte, die aber jetzt offenbar gelungen war.

„Es gibt nicht viele unter uns, die dazu imstande wären", sagte er. „Auf der ganzen Welt gibt es vielleicht hundert erstklassige Falkner. Janek bat mich, eine Liste anzufertigen. Er beabsichtigt, alle zu kontaktieren und dann zu überprüfen."

„Das klingt ziemlich methodisch. Offenbar ist er nicht ein Sherlock-Holmes-Typ."

„Sie möchten ihn gern schlagen, nicht wahr?"

„Jetzt, wo ich weiß, daß er mich für unaufrichtig hält – ja."

Jay lächelte. „Verdächtige überprüfen – ich nehme an, das wird von einem Kriminalbeamten erwartet. Aber er fragte überhaupt nicht nach dem Vogel, und ich glaube, daß Sie da fündig werden könnten. Wenn Sie feststellen könnten, woher der Vogel stammt, würde Sie das auf die Spur des Mannes führen."

„Und Sie haben ihm nichts gesagt?" Pam war erstaunt. Hielt Jay die Polizei zum Narren?

Er schüttelte den Kopf. „Sie haben sich als erste an mich gewandt, um etwas über den schwarzen Vogelmarkt zu erfahren. Wenn Janek mich fragt, werde ich ihm natürlich Auskunft geben, aber ich glaube nicht, daß er fragen wird. Janeks Gehirn arbeitet anders als das Ihre."

Pam erinnerte sich, daß der schwarze Vogelmarkt Herbs Idee war, eine Idee, die ihr vielleicht einen Preis einbringen konnte. Es ist merkwürdig, wie die Dinge sich entwickeln, dachte sie: Janek warf ihr vor, aufrührerisch zu sein. Aber vielleicht war der beste Weg, den Falkner zu finden, die Story unter einem bestimmten Blickwinkel zu verfolgen.

„Wieso existiert überhaupt so ein gigantischer Vogel? Das ist die Frage, die mich beschäftigt. Er könnte vielleicht eine Hybridform sein, eine Kreuzung zwischen einem Wanderfalken und einem größeren Vogel, aber mit den dominierenden Merkmalen der Falken. Ist er ein Mischling, so weist das auf einen Züchter hin, und von denen gibt es nicht allzu viele."

„Wieviele?"

„Etwa dreißig. Carl ist natürlich einer, mit seiner Stiftung für Raubvögel. Aber es gibt noch andere an den verschiedensten Universitäten und auch private Züchter. Ja, eine Kreuzung von einem Züchter ist eine Möglichkeit, aber auch wenn Sie feststellen, daß er in Gefangenschaft gezüchtet wurde, müssen Sie immer noch die Verbindung zum Besitzer herstellen, zu dem Mann, der ihn gekauft, abgetragen hat und jetzt fliegen läßt. Ich glaube nicht, daß der Züchter etwas darüber weiß. Wenn ein Züchter verkauft, verkauft er zumeist durch einen Mittelsmann."

Jay erläuterte seinen Gedankengang, und sie hörte ihm aufmerksam zu, ohne in seinen Überlegungen einen Trugschluß zu finden. Er glaubte, daß nur ein Nestling, ein Vogel, der aus dem Horst genommen wurde, bevor er fliegen gelernt hatte, auf Menschenwesen abgerichtet werden könne. Ein wilder Falke, der bereits einige Monate gejagt hat, würde einen Falkner vor ein klassisches Problem stellen: Wie man ihn dazu bringen kann, eine Art anzugreifen, die nicht zu seinen Beutetieren gehört. „Ja, es muß ein Nestling sein", sagte er, „denn nur er weiß nicht, wie sich ein Falke zu verhalten hat. Wenn ich recht habe, ist die Frage, wo er gekauft wurde, überaus wichtig."

„Auf dem schwarzen Markt?"

Hollander nickte. „Entweder wurde er dort gekauft oder direkt einem Horst entnommen. Aber bedenken Sie die Schwierigkeiten: Ein Mann kommt auf die Idee, einen Falken abzurichten, Menschen in New York anzugreifen. Also sucht er einen Wanderfalkenhorst, der heuzutage kaum mehr zu finden ist. Zufällig findet er auch einen riesigen Wanderfalken-Nestling, fängt ihn und richtet ihn ab, diese erstaunlichen Dinge zu tun. Nein, das ist zu weit hergeholt. Die Chance, daß es sich so zugetragen hat, ist eins zu einer Million. Nein, er sucht nach einem Nestling, und vergessen Sie nicht, er weiß nicht, ob seine Dressur Erfolg hat, also versucht er verschiedene Vögel zu finden, in der Hoffnung, daß sich zumindest einer bewährt. Wie stellt er es an? Er geht zu einem Vogelhändler, der für den schwarzen Markt arbeitet, gibt ihm den Auftrag und wartet, bis sich ein Vogel findet. Als er hört, daß ein riesiger Wanderfalke zu verkaufen ist, greift er sofort zu. Und das kostet ihn viel Geld – ein so großer, so seltener Vogel." Er machte eine Pause und sah Pam an. „Wissen Sie, worauf ich hinaus will?"

Pam wußte es. Es war völlig klar. Den Schwarzmarkthändler finden, der den Vogel verkauft hat – dann hat man auch den

Falkner gefunden, oder zumindest seine Fährte.

„Und ob der Wanderfalke eine Kreuzung ist oder nicht, spielt keine Rolle?“ fragte sie.

„Nein. Es ist egal, ob er in einem Labor zur Welt gekommen ist oder in einem Horst. Es ist egal, *wie* er so groß wurde. Wichtig ist, wer ihn an wen verkauft hat. Vergessen Sie die Züchter und konzentrieren Sie sich auf den schwarzen Markt. Finden Sie den Händler; das erspart Ihnen eine Menge Zeit.“

„Hawk-Eye – ich nehme an, daß ich mit ihm beginnen sollte, da er der wichtigste ist. Ich brauche Namen, Adressen, Orte, wo ich hinterlassen kann, daß ich ihn sprechen möchte.“

„Ich habe bereits eine Liste für Sie angefertigt.“ Er nahm ein Blatt Papier vom Schreibtisch und gab es ihr.

Sie nickte dankbar. „Wissen Sie, was mir daran gefällt? Ich werde der Polizei keine Konkurrenz machen. Ich stelle meine eigenen Nachforschungen auf dem schwarzen Markt an, während Janek herumsitzt und Namen abhakt.“

„Und vielleicht haben Sie Glück. Wir haben es mit einer kleinen und geschwätzigen Welt zu tun. Ich kann mir nicht vorstellen, daß ein Vogel dieser Größe den Besitzer wechselt, ohne daß jemand davon hört. Es ist sinnlos für einen Händler, wenn potentielle Käufer nicht erfahren, welche Art Ware er anzubieten hat.“ Er hielt inne. „Ich glaube, ich sollte Ihnen verraten, daß auch ich einen Plan habe. Ich möchte eine Verteidigungsmöglichkeit finden, um den Vogel zu neutralisieren und das Töten zu unterbinden, bis der Falkner gefunden wurde.“

„Das hat Janek bestimmt interessiert.“

„Er glaubt nicht an diese Möglichkeit. Wir sind in New York. Es gibt Tausende hohe Gebäude. Hier kann man keinen Falken verfolgen – er fliegt hinter ein Gebäude und ist verschwunden. Janek fragte mich: ‚Was erwartet man von mir? Soll ich Leute mit Gewehren auf den Hausdächern postieren, damit sie versuchen, den Vogel abzuschießen?‘ Er hat ganz recht. Es gibt einfach zu viele Menschen und zu viele Plätze, wo der Vogel sich verstecken kann. Aber ich habe eine Idee, von der ich Ihnen jetzt noch nichts sagen kann. Vielleicht klappt es nicht, und selbst wenn es funktioniert, brauche ich ein paar Tage, um sie zu verwirklichen. Sollten die Dinge so verlaufen, wie ich hoffe, werden Sie eine Bombengeschichte haben, Pam. Etwas Außergewöhnliches. Das verspreche ich Ihnen.“ Er lächelte sie an. „Keine Sorge, Sie sind die erste, die ich anrufe.“

12

Während Marchetti losfuhr, drehte sich Janek um und sah auf Hollanders Haus zurück. Pam Barrett stand an der Schwelle und wartete, bis Hollander die Tür öffnete. Janek dachte: Ich habe keine Möglichkeit, an sie heranzukommen. Keine Möglichkeit, sie zum Aufgeben zu überreden.

Ihre Begegnung vor dem Haustor war nicht angenehm gewesen, und jetzt machte er sich Vorwürfe. Er war seinem Instinkt gefolgt, hatte einen Irrtum begangen und sich feindselig verhalten, obwohl er sie in Wahrheit mochte. Er hatte ihre Sendungen kritisiert, obwohl er sie in Wahrheit eindrucksvoll fand. Er sorgte sich um Pam, weil er glaubte, daß sie sich zuviel aufgeladen habe. Eine Ahnung sagte ihm, daß ihr etwas zustoßen würde, und er wollte, daß sie aufhörte. Er mochte sie gern, aber anstatt ihr das zu sagen, hatte er sich wie ein Vater benommen, der eine begabte, rebellierende Tochter in der Hoffnung zurechtweist, daß seine Mißbilligung das Kind zurückhalten wird, während er es in Wahrheit nur weiter vorantreibt.

Er wußte nicht, warum er etwas für Pam empfand, warum er sie mochte und sich um sie sorgte. Mit ihrem Kaschmirpullover und der Perlenkette war sie wie ein Geschöpf aus einer andern Welt; und mit ihrer akzentfreien, klaren Sprache – so klar wie eine Silberglocke, dachte er. Sie war fünfundzwanzig Jahre jünger als er und verdiente vermutlich dreimal soviel. Sie war eine strahlende Persönlichkeit, selbstsicher, und jetzt wurde sie berühmt. Er hatte keinen Grund, sie gern zu haben. Aber er hatte sie gern.

Er sah etwas in ihr, was anderen Leuten entging – hinter der Selbstsicherheit sah er die Verletzlichkeit. Pam wurde von allen ausgenutzt – von Herb Greene, vom Falkner, von der ganzen faszinierten und verschreckten Stadt. Irgend etwas aber sagte Janek, daß ihr die Bürde zu schwer werden würde; daß die Geschichte sie umgarnte und sie, wenn sie nicht rechtzeitig aufhörte, erdrücken würde.

Er versuchte, nicht an Pam zu denken, schließlich hatte er genug andere Probleme. Durch Zufall war er am Telefon gewesen, als ein paar Fernsehleute über ein paar verrückte Briefe sprechen wollten. Und deshalb gehörte ihm jetzt der Falke. „Der große Fall", auf den er so lang gewartet hatte, war endlich gekommen.

Zum ersten Mal seit Jahren fühlte er sich energiegeladen – zum ersten Mal, seit er Tarry Flynn getötet hatte. Er spürte direkt, wie er aus dem Kühlfach kam und sich von Stunde zu Stunde mehr erwärmte. Der Fall nahm ihn in Beschlag. Es war seine Chance, berühmt zu werden. Er würde den Fall klären, *mußte* ihn klären, obwohl er noch nicht wußte wie.

Etwas entging ihm. Die Untersuchungen liefen. Die Teamarbeit war ausgezeichnet. Alles, was er tat, war korrekt. Aber es fehlte ihm die Inspiration, der Einblick in die Persönlichkeit des Falkners, der Schlüssel, der den Fall offenlegen würde. Irgendwo war er verborgen, dieser Schlüssel, und er wußte, daß er ihn früher oder später finden würde; wie in alten Zeiten, als er noch ein junger ausgezeichneter Kriminalbeamter war. Der Schlüssel würde passen, und dann würde er klar sehen.

„Fahren Sie an den Rand, Sal." Sie fuhren nach Süden. Richtung Lexington. Marchetti trat auf die Bremse. „Nichts Wichtiges. Ich möchte nur ein bißchen reden." Sal parkte vor einem Hydranten und wartete, bis er etwas sagte.

„Können Sie sich noch erinnern – letzthin in der Cafeteria

stellten Sie mir eine Frage?“

Sal nickte. Das Thema machte ihn nervös; er hatte nicht erwartet, so bald darüber zu hören.

„Es gibt zwei Arten, davon zu erzählen. Die lange Art mit allen Nuancen und die kurze Art – nur Tatsachen. Hier ist die kurze Version. Tarry Flynn war mein Partner. Wir waren ein gutes Team und eng befreundet. Wir bearbeiteten gemeinsam eine Menge Fälle, einschließlich eines sehr bekannten – eine dreifache Vergewaltigung in einem schicken Apartmenthaus –, der wochenlang die Zeitungen füllte. Tarry war ein ausgezeichneter Kriminalbeamter, ich glaube, besser als ich. Er konnte Dinge voraussehen und, wann immer etwas danebenging, auf der Stelle improvisieren. Das andere Bemerkenswerte an ihm war, daß er wahnsinnig wurde; langsam, ganz langsam, so daß ich es nicht bemerkte, aber er wurde tatsächlich verrückt. Er sagte, er halte es nicht aus, daß wir ein Verbrechen aufdecken, und irgendein junger Staatsanwalt verhaue die Anklage oder ein geschickter Strafverteidiger verdrehe den Tatbestand, so daß der Kerl freigeht. Er lehnte sich nicht nur dagegen auf, er beklagte sich nicht nur; es machte ihn *rasend.* Es verletzte ihn, und hin und wieder verlor er die Beherrschung. Er erklärte mir, er wolle etwas dagegen unternehmen und Selbstjustiz üben. Natürlich nahm ich ihn nicht ernst. So etwas hört man öfter, und meistens hat es nichts zu bedeuten. Bei Tarry aber war es anders. Er meinte es tatsächlich, es war ihm ernst damit, und das erkannte ich nicht, bis es zu spät war, viel zu spät.

Da war Tony Scarpa, dieser kleine Gauner, den man wirklich hassen mußte. Wir brachten ihn ein paarmal vor Gericht, und jedesmal sah es so aus, als hätten wir ihn wirklich festgenagelt. Aber jedesmal kam er frei. Wann immer wir ihn trafen, verhöhnte er uns und prahlte mit seinen Beziehungen zur Unterwelt. ‚Mich werdet ihr nie erwischen, Jungs. Ebensogut könnt Ihr es gleich aufgeben und mich in Ruhe lassen.‘ ‚Sicher, Scarpa‘, sagten wir ihm, ‚wir lassen dich in Ruhe, bis zu dem Tag, wo wir dich am Arsch haben.‘ Er machte eine obszöne Bewegung mit den Fingern und wir das gleiche. Ich lachte jedesmal, aber Tarry nicht. Er wurde halb verrückt.

,Ich *werde* ihn festnageln, Frank', sagte er zu mir, ,und wenn es der Fall ist, wird er nicht mehr entkommen.' Ich weiß bis heute nicht, warum ich nicht auf ihn hörte, nicht begriff, was er wirklich meinte. Wäre es der Fall gewesen, hätte ich ihm helfen können, aber ich merkte nichts, und auf einmal lockte er Scarpa in eine Falle. So genau kann ich es Ihnen nicht erzählen, es würde Stunden brauchen; das Wesentliche aber ist, daß Tarry die Beherrschung verlor. Er lebte am Rande des Wahnsinns, und Scarpa war das auslösende Moment. Als ich halbwegs verstand, was vorging, befanden wir uns um drei Uhr morgens in einem Lagerhaus in der Desbrosses Street. Tarry drückte einen gestohlenen 38er Revolver gegen Scarpas Stirn; Scarpa lag auf den Knien und winselte um sein Leben.

,Mach es nicht, Tarry', sagte ich ihm, ,du hast kein Recht dazu, und du ruinierst dein Leben.' ,Ich scheiß drauf', erwiderte er, ,dem Schweinehund jage ich eine Kugel durchs Hirn.' Ich versuchte ihm gut zuzureden. ,Wo soll das hinführen?' fragte ich. ,Ist dieser Gauner der einzige, oder willst du so weitermachen?' Je mehr ich sagte, desto wütender wurde Tarry. Er werde Scarpa umbringen, es werde aussehen wie die Exekution durch eine Bande, und damit werde es eine Pestbeule weniger in den Straßen geben. ,Das kann ich nicht zulassen, Tarry', sagte ich. ,Geh fort, Frank. Geh einfach fort.' ,Das kann ich nicht, Tarry', sagte ich und ging auf ihn zu. Im nächsten Moment gab Tarry einen Schuß ab. Aber Scarpa war nicht tot. Er krümmte sich auf dem Boden, hielt sich den Kopf und schrie. Da wurde Tarry völlig wahnsinnig. Er versetzt Scarpa einen Tritt und schießt – schießt auf uns beide! Auf mich! Das Blei fliegt umher, und mir bleibt nichts anderes übrig, als auch zu feuern. Was ich auch tat.

Und wissen Sie, was geschah? Tarry wurde getötet, und Scarpa überlebte. Und ich, Sal, ich bekam diese verdammte *Empfehlung,* weil ich meinen Kollegen getötet und verhindert hatte, daß er diesen kleinen lausigen Ganoven umlegte. Tarry Flynn bekam ein schäbiges Begräbnis, nicht das Begräbnis eines Kriminalinspektors, das er verdient hätte. Ich kam für fünf Jahre zum Innendienst, wurde Lieutenant, und es gibt immer noch Leute, die nicht mit mir sprechen, die mir den Rücken drehen, wenn sie mich sehen oder das Zimmer verlassen, wenn ich komme. Wollen Sie noch etwas wissen? Drei Jahre später wurde Tony Scarpa von seinen eigenen Leuten erschossen, weil er geplaudert hatte. Es war Sommer. Sie legten seine Leiche in den Gepäckraum eines Autos und parkten es in der Nähe vom Newark Airport. Dort kochte die Leiche ein paar Wochen, bevor jemand Meldung machte, weil ihm der Geruch auffiel. Scarpas Leiche war völlig entwässert. Als man eine Autopsie machte, fand man die Kopfnarbe von damals, als Tarry Flynn versuchte, ihm eine Kugel durchs Gehirn zu jagen."

Es herrschte Schweigen, dann sagte Marchetti. „Sie mußten sich doch verteidigen, Frank. Ich weiß nicht, was Sie sonst hätten tun können."

„Ich hätte besser zielen können. Ihn in die Hand treffen."

„Kugeln treffen nicht immer dort, wo wir hinzielen."

„Richtig, Sal, das tun sie nicht."

Marchetti gab Gas. Er ist in Ordnung, dachte Janek. „Und da steh' ich jetzt, mit einem unglaublichen Fall betraut. Besser wieder an die Arbeit denken und Wiedergutmachung leisten für jene Zeit, als die Kugeln nicht dort trafen, wo sie sollten."

Sal ließ ihn vor dem Polizeirevier aussteigen. Janek konnte den Lärm hören, als er die Treppe hinaufging. Die Wände des Treppenhauses waren schmutzig und mit Zeichnungen verschmiert; der Geruch von Zigarettenrauch und kalten Zigarren hing in der Luft – der Gestank eines schäbigen Kommissariats, die schmutzigen Wände, die er seit dreißig Jahren kannte, die ungesunde Luft, die er seit dreißig Jahren einatmete. Aber er liebte diese verschlampten Büros in den Außenbezirken. In der kalten elektronischen Atmosphäre der Innenstadtkommissariate fühlte sich Janek nicht wohl. Die Schäbigkeit hier hatte etwas für sich; sie sagte etwas über New York aus, über den

Verfall der Stadt, über ihr Elend. Ebenso erging es ihm mit einer neu überzogenen Bettbank; er zog die Schäbigkeit und den Staub von abgenutztem Plüsch vor.

Vor seinem Büro blieb er stehen. Es war sechs Uhr, die zweite Schicht war seit vier im Dienst, und er lauschte dem Klingeln des Telefons und den geduldigen Stimmen seiner Leute, die abhoben. Dann ging er über die Schwelle und betrat sein Reich. Zehn Metallschreibtische, fünf auf jeder Seite, so gestaffelt, als wüchsen sie aus den Wänden, sein eigener Schreibtisch am Zimmerende, frei im Mittelgang stehend, ein Holzschreibtisch, wie es sich für den Leiter einer speziellen Untersuchungskommission gehörte.

Ein paar Männer winkten ihm zu und wandten sich dann wieder den Telefonen zu, die nicht aufgehört hatten zu läuten, seit Kanal Acht die Show im Fernsehen abgezogen hatte. Es war, als hätte die ganze Stadt etwas mitzuteilen. Die Leute hatten Angst; sie schossen auf Tauben und Möwen, Spatzen und Rotkehlchen, auf alles, was flog. Die Stadt war von dem Falken ganz verrückt, und jetzt konzentrierte sich die ganze Hysterie auf Janeks Zimmer.

Er hörte zu:

„Ja, Lady. Ja, ja. Sie sagen, er hat ein Krokodil im Keller? Geben Sie mir die Adresse, bitte. Ja, ja. Wissen Sie, eigentlich suchen wir einen Vogel . . .“

„Wie ein Adler? Wie groß würden Sie sagen? Etwa drei Meter lang. Ja. Sie sahen ihn vorüberfliegen. Er schien im Dunklen zu leuchten. Ja, danke . . .“

New York. Janek lernte, erfuhr von wilden exotischen Tieren. Man berichtete von einem Bildhauer in Tribeca, der ein Paar Horneulen hielt. Es stellte sich heraus, daß sie ausgestopft waren. Eine Frau sagte, sie wisse von einem Bären, der in den Bronx in der Garage des Nachbarns angebunden sei. Und als seine Männer auszogen, *fanden* sie auch Tiere: ein halbes Dutzend Truthähne in einem Keller in Harlem; einen kleinen Leoparden, dessen Besitzerin auf den Morningside Heights wohnte. So viele illegale Tiere und so viele Mißverständnisse.

Holzmodelle von Vögeln, die man für lebendig hielt; ein Kind mit einem Kopfschmuck, den man für den Falken hielt; ausgestopfte Vögel, die durch staubige Fenster von der anderen Straßenseite gesehen wie lebendig aussahen.

Es gab auch eine Menge Berichte, die aus der Luft gegriffen waren. Anrufe von Spaßvögeln; Beschuldigungen, weil jemand einem andern schaden wollte; Anrufer, die sofort auflegten; Anrufe von verrückten Frauen, die Theorien über den Aufenthaltsort des Falken entwickelten (im Labyrinth unter der Grand Central Station; im Lincoln-Tunnel; in den Hohlräumen unter der Queensborough Bridge); Betrunkene, die langsam und deutlich von Telefonautomaten nahe den Toiletten einer Bar sprachen, während man im Hintergrund Gelächter, Klirren von Gläsern und eine Musicbox hörte, so daß die Worte verloren gingen, und man nicht sicher war, aber die Melodie zu erkennen glaubte. Sie hatten „geheime Informationen“ und „lebenswichtige Hinweise für die Polizei“ und „Ideen“ und eine „Theorie“ und sie wollten kommen und sie einer hochgestellten Persönlichkeit ins Ohr flüstern. Ein Narrenhaus. Janek war zutiefst verärgert – das alles half nicht und kostete nur Zeit. Und doch genoß er sie, diese Kakophonie, diese Musik von New York, den Klang seiner Verletzlichkeit und Not.

Jetzt brauchte er einen guten Mann, um Hollanders Liste zu prüfen. Sie war nicht lang – etwa hundert Namen –, aber es erforderte viel Arbeit. Er sah sich im Büro um und fragte sich, wen er darauf ansetzen sollte. Aaron Rosenthal war ein guter Beamter. Methodisch. Der richtige Mann, um eine Liste zu überprüfen. Oder Jim Stanger, obwohl er nicht so gut war wie Rosenthal, länger brauchen würde und ein Gespräch nicht so rasch beurteilen konnte. Er würde Aaron nehmen; Stanger konnte dann die Sache weiterverfolgen. Der Falkner, wer immer er war, würde lügen. Jeder mußte zweimal überprüft werden, Hollander war keine Ausnahme; und Janek wußte, daß seine Liste vermutlich nicht vollständig war.

Janek deutete Aaron, als er an ihm vorbeiging, dann begann

er die Berichte auf seinem Schreibtisch durchzugehen. Gerichtsmedizinisches Zeug, Analysen der Briefe, Herkunft des Papiers, der Umschläge und der Tinte, ein Bericht, daß der Speichel, mit dem die Marke befeuchtet wurde, auf Blutgruppe A hinwies. Sinnlose Information: halb New York hatte diese Blutgruppe.

Marchetti kam herein.

„Sal, ich will einen Stadtplan von Manhattan. Großer Maßstab, damit wir die Orte der Angriffe einzeichnen können. Sie sind meine Ein-Mann-Graphikabteilung; suchen Sie eine Plastikfolie, die wir darüberbreiten können, und dann werden wir den Plan in Felder einteilen."

Marchetti verschwand, um einen Stadtplan aufzutreiben. Rosenthal kam herüber und setzte sich. Er war ein magerer Mann um die Vierzig mit schütterem Haar, vernünftig und gründlich, etwas langsam im Außendienst, aber ausgezeichnet bei Verhören – darauf geschult, jeden Unterton von Verrücktheit wahrzunehmen.

Janek erklärte ihm die Liste. „Teilen Sie die Leute in drei Gruppen ein: möglich, unmöglich und wahrscheinlich. Letztere muß alle jene umfassen, die ein bißchen seltsam klingen oder nicht antworten oder nicht dort sind, wo sie sein sollten. Laut meinem Experten suchen wir ein Falknergenie. Alle Falkner sollten theoretisch eine Lizenz haben, aber einige betreiben die Beize illegal, und wir haben nicht einmal ihre Namen."

„Das ist großartig, Frank."

Janek nickte. „Ich wußte, daß Sie das sagen würden. Sehen Sie, Aaron, vielleicht haben Sie Glück. Sie hören innere Stimmen. Sie sind der beste Mann, um diese Sache zu verfolgen."

Rosenthal lächelte. Diese Art von Poesie gefiel ihm: „Innere Stimmen", das klang hübsch. Ein Kriminalbeamter sollte innere Stimmen hören, aber nur wenigen gelang es.

„Wie steht es mit Fanatikern?"

„Nur wenn es sich um Falkner handelt."

„Nein. Ich meine abgesehen von den Namen auf der Liste."
„Natürlich. Sie kommen in Frage."
„Was glauben *Sie*, Frank?"
„Das gleiche wie Sie."
„Notzucht."

„Ja. Drei Opfer. Keine Verbindung zwischen ihnen, aber gemeinsame Merkmale. Alle drei zart und jung und hübsch, alle drei brutal getötet; von einem Vogel, der zustößt und den Hals aufschlitzt. Dann schreibt er Briefe darüber. Hätte er das unterlassen, wüßten wir nicht einmal, daß ein Mann dahintersteckt. Und er schreibt sie einem Mädchen vom gleichen Typ, zierlich und attraktiv. Er schreibt arrogante Bekenntnisse und aufreizende Drohungen." Janek zuckte die Achseln. „Der Polizeipsychiater hat ein psychologisches Profil entworfen. Ich hab es noch nicht gelesen, aber im Augenblick würde ich sagen, daß es sich um eine irrwitzige Vergewaltigung mit Mord handelt; der Vogel ist die Verlängerung seines Schwanzes."

Janek war froh, daß er Rosenthal gewählt hatte. Aaron roch Hysterie ebenso wie unterdrückte Gewalttätigkeit und Wut. Natürlich war er nicht unfehlbar – wer war das schon –, aber ohne einen sechsten Sinn gab es keinen guten Detektiv. Gäbe es keinen Spürsinn, brauchte man keine Menschen, sondern könnte Computer einsetzen; und dann würde man nur sehr wenige Verbrechen aufklären, denn es bedarf eines Menschen, um einen andern Menschen zu verstehen.

Janek ging durch die Abteilung, prüfte die Arbeitspläne, wechselte ein paar Worte mit seinen Leuten. Dann ging er zu Wilson hinunter.

„Da haben Sie einen fetten Fisch, Frank." Wilson lehnte sich in seinem Stuhl zurück. Er war ein Captain in Uniform, ein Schwarzer, Kommandant des Polizeikommissariates und politischer Hansdampf in allen Gassen – Janek mochte ihn nicht sehr. Janek und seine Abteilung waren dem Leiter des Kriminalbüros unterstellt, aber da man sich in Wilsons Polizeikommissariat befand, hielt Janek ihn auf dem laufenden.

Dafür gab ihm Wilson seine Unterstützung, so er sie brauchte.

„Die verdammten Anrufe machen uns verrückt, Tom. Alle Narren telefonieren. Wir brauchen Polizisten, die die Anrufe entgegennehmen und uns nur die vernünftigen weitergeben. Ich habe ein paar gute Beamte oben, aber sie sind mit diesen blödsinnigen Anrufen voll beschäftigt."

„Wo wollen Sie Ihre Leute einsetzen?"

„Sie sollen nach dem Vogel suchen. Alle Angriffe fanden im Stadtzentrum statt. Ich habe einen Stadtplan bestellt. Wir müssen die Wolkenkratzer, die Penthäuser, die Wohnungen mit Terrassen und Gärten prüfen, die Wassertürme und die Dachkonstruktionen – wo immer man einen Vogel von dieser Größe halten kann, wo immer er ungesehen ein- und ausfliegen kann."

„Ja, das klingt vernünftig."

„Die Angriffe finden bei Tag statt. Mein Experte sagt mir, daß die Falken bei Tag fliegen und nicht, wie die Eulen, bei Nacht. Aber, wie zum Teufel, kann ein so großer Vogel am hellichten Tag mitten durch die Stadt fliegen, und niemand sieht ihn, bevor er zustößt? Dann fliegt er auf und verschwindet. Der Vogel muß irgendwo hier leben. Sein Besitzer hält ihn irgendwo, wo man ihn nur schwer sehen kann. Wir brauchen einen Helikopter, um die Dächer zu fotografieren."

Wilson hüstelte und rückte seinen Stuhl vor, ein Zeichen, daß er etwas sagen wollte.

„Kennen Sie diesen Herb Greene auf Kanal Acht?"

„Ja, ich kenne ihn. Ein Zuhältertyp."

„Offenbar kennt er eine Menge Leute. Er ist mit dem Bezirksvorsteher und einer Stadträtin befreundet. Wie dem auch sei, er hat sich beschwert. Behauptet, Sie seien unfreundlich und grob, auch zu Miss Barrett."

„Ja, das stimmt, Tom."

Wilson zuckte die Achseln. „Vorsicht, Frank. Diese Leute haben ein Recht, über Neuigkeiten zu berichten. Und sie haben mit uns zusammengearbeitet. Sie haben sich ein paar Tage zurückgehalten. Ich möchte es vermeiden, Politiker auf den Hals gehetzt zu bekommen. Sie verstehen? Also . . ." Er stand auf. „Ich schicke Ihnen ein paar Polizisten für den Telefondienst. Und ich sorge für einen Helikopter. Vermutlich morgen nachmittag. Was immer Sie sonst brauchen – lassen Sie es mich wissen. Dieser Fall muß ziemlich bald geklärt werden. Im Rockefeller Center haben die Sekretärinnen heute nur die unterirdischen Zugänge benutzt. Sie hatten Angst, ins Freie zu gehen. Mein Gott, Frank . . ." Wilson schüttelte den Kopf.

Auf dem Rückweg in sein Büro stieß Janek mit Marchetti zusammen, der einen riesigen Plan die Treppe hinaufschleppte. Janek half ihm. „Sie arbeiten rasch, Sal. Wo haben Sie dieses Monstrum aufgetrieben?"

„Im Lagerraum, wo sonst? Irgendwo gibt es immer eine Karte."

Als sie den Stadtplan an der gegenüberliegenden Wand befestigt hatten, sah Janek auf die darüberliegende Folie; sie zeigte rote und gelbe Markierungen. Jetzt erinnerte er sich an den Plan. Wilson hatte ihn letztes Frühjahr während einer Serie von Banküberfällen in seinem Büro aufgehängt.

Sal putzte die Markierungen weg, und Janek zeichnete die Plätze der Vogelangriffe ein: Bryant Park, Forty-second zwischen der Fifth und der Sixth Avenue; Rockefeller Center, Fiftieth, westlich der Fifth Avenue; und Central Park auf dem East Drive nahe der Eighty-second. Durch das Zentrum von Manhatten verlief eine gerade Linie, kaum eine Abweichung, immer offenes Gelände. Er studierte die Positionen. Queens, Brooklyn und die anderen Stadtteile kann man vergessen. Man muß sich auf die Stadtmitte konzentrieren, bis das Muster klar wird.

Also hatte Herb Greene den Bezirksvorsteher aufgehetzt. Wilson war darüber beunruhigter, als er sich anmerken ließ. Greene war jener Typ, mit dem man sich, wenn man klug war, nicht verfeindete. Und ich bin nicht so klug, dachte Janek. Wäre ich klug, würde ich schon viel weiter sein.

Er wußte, um diesen Fall zu klären, mußte man auf die

klassischen Untersuchungsmethoden zurückgreifen. Nach wem suchen wir? Was ist es für ein Typ? Wo können wir ihn möglicherweise finden? Welche Untersuchungen können zum Ziel führen? Eine methodische Eliminierung der Verdächtigen und der Orte war die richtige Vorgangsweise. Aber das allein genügte nicht. Janek wußte, daß er dazu mehr brauchte; vielleicht Glück, vielleicht eine Eingebung – er mußte mit dem Fall leben, essen, schlafen, von ihm träumen, bis er den Schlüssel fand.

Um zehn Uhr hatte er alles durchgelesen, einschließlich des psychiatrischen Gutachtens, das besser war, als er erwartet hatte, obwohl es nichts enthielt, was er nicht selbst geahnt hätte.

„Okay", sagte er unvermittelt, stand auf und ging durchs Zimmer. „Das ist Scheiße. Stellt die Telefone ab. Wilsons Leute können sie morgen hören, wenn sie unsere Anrufe übernehmen."

Alle wandten sich ihm zu. Sie waren froh, diesen Unsinn endlich los zu sein. „Von jetzt an", erklärte Janek, „werden wir nur zurückrufen, wenn in Manhattan ein Falke gesichtet wurde. Warum? Weil hier die Angriffe stattfinden. Ja, der Vogel könnte natürlich in einem Lieferwagen kommen. Aber so sehe ich das nicht – jemand parkt in einer Nebenstraße einen Lieferwagen, wartet, bis niemand ihn sieht, läßt den Falken frei, und der Falke fliegt hoch. Zu kompliziert. Zu ausgefallen. Der Vogel lebt in der Nähe der Orte, wo er angreift. Sein Besitzer hält ihn irgendwo verborgen. Daher werden wir morgen einen Hubschrauber herumfliegen lassen und die Dächer fotografieren. Dann werden Fotoanalysen hergestellt, wie es die CIA macht. Wir werden uns fragen, wo wir einen Vogel verstecken würden, wenn wir die Sache über hätten, und dann werden wir suchen, den Kreis enger schließen, bis wir dieses verdammte Biest gefunden haben. In der Zwischenzeit bearbeiten Rosenthal und Stanger eine Liste von Falknern, und ich werde ihnen Unterstützung zukommen lassen. Jeder, der die Möglichkeit hat, muß in Betracht gezogen werden. Wir haben also zwei Richtlinien: Wo lebt der Vogel und wer besitzt das Know-how, die Sache durchzuführen.

Bitte vergeßt nicht, wir jagen einen Mann und keinen Vogel. Wir suchen nach einem Vogel, um einen Mann zu finden, nicht umgekehrt. Das Motiv – kennen wir nicht. Bestimmt handelt es sich um einen Geisteskranken. Und der Mann hat Stil. Er ist intelligent, begabt, schlau und ein Jäger. Aber er hat eine Schwäche: Er muß Aufmerksamkeit erregen, er muß Pamela Barrett schreiben, weil es ihn erregt, sie auf dem Bildschirm zu sehen. Im Augenblick hilft uns das nicht sehr, aber vielleicht später. Gerichtsmedizinische Gutachten? Brauchen wir nicht. Die Waffe ist der Vogel. Keine Geschosse, keine Ballistik, keine Munitionsvorräte. Wir werden uns also sehr stark auf mögliche Orte und auf die Falknerei konzentrieren und hoffen, daß uns dies früher oder später zu einem Namen führt."

Er hätte im Polizeigebäude schlafen können. Es gab ein Hinterzimmer, das von vielen Leuten benutzt wurde, wenn sie bis spät am Abend zu arbeiten hatten, oder auch, wenn es zu Hause Zwistigkeiten gab, denen sie aus dem Weg gehen wollten. Aber Janek mochte das Hinterzimmer nicht; es war schäbig und eng, und er wollte fort. Deshalb ging er hinunter, startete seinen Wagen und fuhr stadtauswärts.

Es nieselte. Auf der Eighth Avenue fuhr er an einer verfallenen Kirche vorbei, die zumeist von Arbeitern besucht wurde und nach einem polnischen Heiligen benannt wurde. Das war die Art Kirche, die ihm gefiel, deren Schäbigkeit ihn anzog. Er parkte und ging in der Erwartung, die Tür verschlossen zu finden, im Regen zurück.

Die Kirche war offen. Niemand war zu sehen. Vorne ein paar trübe Lichter. Er konnte ein gelbliches Altartuch und ein Plastikkreuz erkennen. Der Regen tropfte auf das Kirchendach.

Durch den Mittelgang ging er zur fünften Reihe von vorn (Warum wählte er immer die fünfte Reihe?) und wandte sich nach rechts (Warum saß er immer auf der rechten Seite?). Es war so, wie er gehofft hatte; abgewetzte, ungesäuberte Kirchenbänke und niemand da außer ihm. Er setzte sich nieder, und nach einer Minute kniete er.

Es war kein wirkliches Gebet, kein Vaterunser, keine Worte. Nur das Bild eines schönen kahlen Baumes in einem Regensturm; dahinter eine Wolke, und plötzlich bricht die Sonne durch.

So waren viele seiner Gebete – eine Szene, ein Bild. Er suchte Gott, suchte Läuterung und hatte eine Theorie, daß er beides finden würde, wenn er sich nur stark genug auf natürliche Dinge konzentrierte – auf einen Baum, einen Grashalm, ein Blatt. Die Tugend, die vollkommene Moral finden und sich davon erfüllen lassen; dann würde auch er sich rein und geläutert fühlen. Ich bin beschmutzt, dachte Janek, hilf mir, mich zu reinigen. Schenke mir Tugend. Lass' mich erkennen und begreifen.

Als er später über die nassen glatten Straßen nach Hause fuhr, dachte er, daß er ein recht merkwürdiger Detektiv war; wenn seine Abteilung wüßte, wie merkwürdig, würden sie ihn auf der Stelle entlassen.

Seine Wohnung lag im Kellergeschoß eines vornehmen Hauses auf der West Eighty-seventh; sie hatte einen eigenen Eingang unterhalb der Haustreppe. Der Mangel an Licht störte ihn nicht, da er untertags kaum je zu Hause war. Die vergitterten Fenster erinnerten ihn an Gefängniszellen.

Janek besaß wenig Möbel, nur das, was er bei der Heilsarmee billig gekauft hatte: ein eisernes Bett, einen wackligen Schreibtisch, einen mit speckigem Leder gepolsterten Lehnstuhl. Fast hätte es die Wohnung eines Studenten sein können, es gab jedoch weder Bilder noch Poster noch eine Musikanlage, dafür etwas, was ein Student nie haben würde – eine große Werkbank und dahinter ein Brett, auf dem unzählige Werkzeuge hingen.

Auf der Werkbank standen drei Ziehharmonikas – zum Teil halb oder ganz repariert. Das war sein einziges Steckenpferd, obwohl er selten Zeit dafür fand. Die Werkbank, die Werkzeuge und die Akkordeons (in den Schränken befanden sich noch weitere zehn) hatte er von seinem Vater geerbt, der Akkordeonmacher in Prag war und nach seiner Einwanderung in die Staaten einen Reparaturladen in der Lafayette Street geführt hatte. Janek liebte Ziehharmonikas, liebte ihre komplizierte Herstellung, die Verbindung von so vielen Elementen, die, wenn alles in Ordnung war, melancholische Töne erklingen ließen. Seine Frau Sarah hatte sie gehaßt und Janek gezwungen, die Werkbank im Keller des Hauses aufzustellen. Als er seine Frau verließ, war die Werkbank, abgesehen von seinen Kleidern, das einzige, was er mitnahm. Jetzt stand sie in seiner Kellerwohnung, und Sarah hatte das ganze Haus für sich. Sie wollte ihn zurückhaben und hatte ihm für den Fall seiner Rückkehr sogar das Wohnzimmer als Arbeitsraum angeboten. Sie war bereit, sich mit den Akkordeons, mit seinen Launen und seinen schlafraubenden Schuldgefühlen abzufinden. Er hatte keine Lust mehr. Seit einem Jahr hatten sie kein Wort gewechselt.

Er machte Kaffee – zu schlafen versuchen war sinnlos. Behutsam legte er seinen Revolver und die Handschellen zwischen die Schlüssel und seine Brieftasche auf den Toilettetisch. Dann setzte er sich in seinen Lehnstuhl, schloß die Augen und versuchte nachzudenken.

Der Ausflug in die polnische Kirche hatte ihn beruhigt, und jetzt wandte er sich wieder seinem Fall zu. Etwas an ihm war mit seinem eigenen Leben verbunden – das wußte er, seit er mit Hollander gesprochen und auch, nachdem er den Bericht des Gerichtspsychiaters gelesen hatte. Was es war, wußte er nicht; jetzt wollte er es herausfinden. Er zog das psychologische Profil hervor und las es nochmals aufmerksam durch. Ein paar Dinge fand er klug, andere schienen ihm absolut unrichtig zu sein:

Wir suchen nach einem Mann, der größenwahnsinnig ist und seinen Stolz um jeden Preis schützen muß und wird. Er hält sich für ein Genie, dem etwas Unmögliches gelungen ist, für einen Superman, der etwas tat, was niemand zuvor getan hat. Die Briefe an Mrs. Barrett weisen auf ein heftiges Verlangen hin, anerkannt zu werden und zu beichten. Der Falkner verbirgt sein Bedürfnis nach Beichte, indem er Briefe schreibt, die vorgeben, von einem Falken verfaßt zu sein. Damit versucht er, sich von seinen Verbrechen zu distanzieren: Der Vogel hat sie ausgeführt, er selbst ist nicht dafür verantwortlich. „Das Verlangen, das mich treibt, ist unwiderstehlich." Da er aber intelligent ist und weiß, daß kaum jemand glauben wird, die Briefe seien von einem Falken geschrieben, wird sein Leugnen der Schuld durch eine zusätzliche psychopathische Ironie kompliziert. „Ich bin ein Falke. Ich beobachte Sie vom Himmel aus. Wenn sie zu mir sprechen, rauscht mein Gefieder." Damit sagt er, daß ihm die Ehrfurcht und die Angst der Reporterin zu einer Erektion verhilft. „Vielleicht werde ich Sie auch bestrafen", bedeutet eine Drohung, das Gesetz selbst in die Hand zu nehmen. Sein auffälligstes Persönlichkeitsmerkmal ist die unterdrückte Gewalttätigkeit und Wut. Er sieht sich als vorbildlichen Wächter, als einen *vigilante**, der sich anschleicht und sein Opfer auf eine außergewöhnliche und dramatische Weise hinrichtet . . .

Es war das Wort *vigilante,* das falsch klang – jetzt wußte es Janek. Der Falkner war ebensowenig ein *vigilante* wie Tarry Flynn einer gewesen war. Er war wie Tarry ein Mann, der so eng mit der Gewalttätigkeit gelebt hatte, daß er ihr schließlich verfiel. Das war eine neue Erkenntnis, überlegte Janek: Der Falkner glich einem aus den Fugen geratenen Bullen. Vielleicht hatte er Sal deshalb am Nachmittag von Tarry erzählt. Hollanders Beschreibung der Falknerei erinnerte Janek daran, was es hieß, ein Bulle zu sein.

Er dachte darüber nach. Letztlich war die Beize eine kontrollierte Art der Gewalttätigkeit, eine ritualisierte Jagd, von der

* Mitglied eines freiwilligen Sicherheitsausschusses in Notzeiten (Volksjustiz).

Ausrüstung, der Lizenz, der Jagdsaison her beschränkt und ebenso durch die Abrichtung und das Geschick von Falkner und Vogel. Auch das Leben eines Polizisten war gewalttätig, auch sein Leben war beschränkt – durch Gesetze, Verfahren, Vorschriften. Es war ritualisiert durch Regeln, die den Gebrauch der Waffe, die Beweisführung, die Suche und das Festnehmen festlegten. Ein Bulle war unbrauchbar, wenn er diese Regeln vergaß und die Dinge allzu „persönlich" nahm. Er hielt seinen Dienstausweis für einen Freibrief zu töten.

Ich bin also auf der Jagd, überlegte Janek, nach einem Mann, der einmal in der Falknerei ein Ventil für seine Gewalttätigkeit fand. Jetzt aber ist sein Zorn übermächtig geworden, und die üblichen Regeln des Sportes haben keine Geltung mehr für ihn. Nur die Gewalttätigkeit ist übrig geblieben. Er ist wie ein verrückter Bulle, wie Tarry Flynn.

Zum ersten Mal konnte er sich mit dem Falkner identifizieren, er verspürte jene Verbundenheit, die immer zwischen dem Jäger und seiner Beute, zwischen Verbrecher und Polizei vorhanden sein muß. Gleichzeitig haßte er den Falkner, weil er jenen außer Rand und Band geratenen Bullen verkörperte, der in jedem Polizisten lebt, auch in ihm selbst.

Prüfend besah Janek die Ringe unter seinen Augen, während er sich die Zähne putzte. Es waren große, graue Ringe der Müdigkeit und der Sorgen. Später lag er im Dunkeln im Bett, das Fenster ein wenig geöffnet, um den Luftzug hereinzulassen, während er schlief. Er lauschte den Tönen der Stadt, der fernen Bewegungen des Verkehrs und dem knirschenden Lärm der Müllabfuhr, die die Abfallsäcke vor den Cafés und Restaurants auf dem Broadway einsammelten. Es war tröstlich, an diese Wagen zu denken, die die schwarzen Kunststoffsäcke fraßen, die so glatt und ölig aussahen. Er wußte nicht genau, warum. Vielleicht, weil die Wagen Tieren glichen und die Abfälle wirklich zu fressen schienen – mit einer zermalmenden Endgültigkeit, die Janek an Haie erinnerte. Und da er Kriminalbeamter war, wußte er, daß in diesen Säcken mehr sein konnte als nur Abfall – Waffen, Munition, Drogen, von

Verbrechern entfernte Beweisstücke. Selbst Leichen konnten in den Säcken sein, zerstückelt oder ganz, hineingeworfen, um zermalmt zu werden. Beweisstücke von Verbrechen, die begangen wurden, und von denen es dann keine Spuren mehr gab; Verbrechen, die man nicht untersuchen mußte, weil sie für immer unbekannt bleiben würden.

Er war schon fast eingeschlafen, als sich seine Gedanken Pamela Barrett und den Reaktionen seiner Kollegen zuwandten, als man sie gemeinsam auf dem Fernsehschirm sah. Sie war so feurig, so sensationell, daß sie Lustgefühle erweckte. Er dachte an die väterliche Besorgnis, die er für sie empfunden hatte, an sein Gefühl, daß sie nach einem Beschützer suchte, und an den Wunsch, sie zu schützen, der ihn so plötzlich überkam.

Was für eine Beziehung bestand zwischen ihr und dem Falkner? Warum hatte er sich entschieden, ihr zu schreiben? Vielleicht spürte der Falkner ihre Verletzlichkeit, die ihn anzog und aufwühlte. Bestimmt war es das – den Falkner erregte es, sie voller Leidenschaft zu sehen. Janek hatte etwas Derartiges in der Ansprache an seine Leute angedeutet. „Es geilt ihn auf, sie auf dem Schirm so in Fahrt zu sehen." Ja, so etwas Ähnliches hatte er gesagt und glaubte es auch; er wußte aber, daß noch etwas anderes dahintersteckte. Die beiden stimulierten einander. Die Briefe des Falkners erregten Pam, und wenn sie diese vorlas, stimulierte ihn das noch mehr. Eine Art von Circulus vitiosus. Deshalb hatte Janek sie vielleicht an jenem Nachmittag beleidigt, hatte unfreundliche Dinge gesagt, um sie zu schockieren. Denn er spürte den Teufelskreis; er machte sich Sorgen um sie und wollte den Kreis zerstören, um sie zu befreien.

Er erinnerte sich an ihre gekränkte Miene, und jetzt tat es ihm leid, sie beleidigt zu haben. Noch trauriger aber wurde er, weil er wußte, was ihr bevorstand. Sie war Teil des Puzzle, vielleicht sogar der Schlüssel; vielleicht mußte man sie benutzen, um den Fall zu klären. Und darunter würde sie leiden, schwer leiden. Janek wollte, es würde nicht nötig sein, doch im

Innersten wußte er, daß sie, ganz gleich, was er tat und wie sehr er sie zu schützen suchte, Schaden nehmen würde, und nicht durch ihr Verschulden.

13

Als Reporterin hatte Pamela Barrett eine Reihe spektakulärer Ankünfte miterlebt – die Ankunft von Sporthelden, von Staatsoberhäuptern, Rockbands, sogar vom Papst. Für sie aber war die Ankunft Yoshiro Nakamuras auf dem Kennedy Airport das Tollste, was sie je erlebt hatte. Ein Medienereignis ohne Beispiel, ein Triumph der Sensation über die Nachrichten. Ihre eigene Rolle war zwiespältig, denn sie hatte mitgeholfen, die Aufregung auszulösen, von der sie jetzt selbst erfaßt wurde.

Es war Mitternacht. Die Maschine der Japan Airlines war in Tokio verspätet abgeflogen, und auf der Strecke hatte es weitere Verzögerungen gegeben – durch einen starken Gegenwind und einen langen Aufenthalt in Alaska –, die die Spannung auf die Spitze trieben. Jetzt stand sie vor dem Flughafengebäude inmitten eines Haufens von Journalisten. Kollegen drängten sie nach vor, die Polizei drängte sie zurück. Filmkameras surrten und Blitzlichter zuckten, während riesige Scheinwerfer über das Flugzeug glitten, das soeben zum Stillstand kam.

Sie wußte, daß es ein paar Minuten dauern würde, bevor die Passagiere ausstiegen und noch länger, bevor sich Nakamura zeigte. Ihre Kollegen aber kochten vor Aufregung. Sie hatten zu lange gewartet. Noch am Nachmittag hatte niemand den Namen Yoshiro Nakamura gekannt; um sechs Uhr hatte sie über seine Ankunft berichtet. Und jetzt kam dieser obskure japanische Falkner in der Rolle eines Erretters nach New York – bereits berühmt, bevor er das Flugzeug verließ.

Auch da gab es einige Verwirrung, weil die 747er-Maschine an einem Flughafeneingang andockte, so daß die Passagiere direkt in das Ankunftsgebäude gingen. Nakamura würde erst nach den Zoll- und Immigrationsformalitäten auftauchen. Danach hatte man spezielle Vorkehrungen getroffen. Ein Wagen von Kanal Acht erhielt die Erlaubnis, direkt zum Flugzeug zu fahren, wo schon jetzt Inspektoren des *U.S. Fish and Wildlife* standen.

Herb und Jay nahmen Nakamura in der Halle hinter dem Immigrationsschalter in Empfang und erklärten ihm Details, die für ein transpazifisches Gespräch zu kompliziert gewesen waren. Ein Dolmetscher begleitete sie; Nakamura sprach kein Wort Englisch. Jetzt übernahm es Kanal Acht, der den Falken berühmt gemacht hatte, der Schreckensherrschaft ein Ende zu setzen.

„Pam! Pam!" Penny Abrams rief ihr durch das Geheul der Düsenmaschinen etwas zu. Pam arbeitete sich durch die Menge der Presseleute. „Herb sagt, Sie sollen kommen. Er hat einen speziellen Ausweis für Sie."

Pam nickte, versicherte sich, daß niemand sie bemerkte und verschwand. Sie wußte, daß die Beschwerden ihrer Kollegen laut und erbarmungslos sein würden, wenn man sie auf der andern Seite der Sperre sah.

„Wo sind die Kameras?" fragte sie, während sie sich rasch von der Meute entfernte.

Penny wies auf das Dach des Flughafengebäudes. „Dort oben sind zwei Teams mit Teleobjektiven. Zwei weitere stehen auf dem Rollfeld und eines dort, wo Sie waren, falls der Mann bereit ist, etwas zu sagen."

„Sie meinen, daß er vielleicht nicht bereit ist? Mein Gott, Penny, meine Kollegen warten seit Stunden."

„Schwierig", meinte Penny. „Nakamura kommt privat hierher. Er ist nicht verpflichtet, mit der Presse zu sprechen, er ist ausschließlich uns verpflichtet."

Pam war froh, nicht mehr bei den andern Reportern zu warten; so entkam sie ihrem Ärger. Doch selbst wenn das nicht der Fall wäre – es war ihr egal; die Story gehörte ihrer Station. Herb hatte es nachmittags sehr deutlich ausgedrückt.

„Wozu arrangieren wir ein Fernsehereignis", hatte er rhetorisch gefragt, „wenn wir nicht die exklusiven Rechte daran haben?"

Fünfzehn Minuten später erschienen Herb, Jay, Nakamura und dessen Dolmetscher, gefolgt von Joel Morris und seinem Tonmeister Steaves. Auf den ersten Blick wirkte Nakamura nicht beeindruckend. Er war, verglichen mit den Amerikanern, sehr klein; ein magerer, drahtiger Mann mit einer Glatze und einem kantigen Gesicht. Als Jay ihn vorstellte, verbeugte er sich tief vor Pam, und dann sah sie seine Augen. Sie änderte ihre Meinung und fand, daß er sehr beeindruckend war. Seine Augen erinnerten an den *Wanderfalken,* nachdem er die Eisläuferin angegriffen hatte – durchdringend, wild, glühend vor Blutdurst, die erbarmungslosen Augen eines Raubtieres knapp vor dem tödlichen Angriff.

Das Gepäck war bereits ausgeladen, und jetzt beschäftigten sich ein paar Männer damit, Nakamuras Holzkiste aus dem Frachtraum zu holen. Sie zogen sie mit einem Gabelstapler heraus und stellten sie sanft auf den Boden. Nakamura schraubte die Tür auf; als er in den Behälter ging, winkte er alle Leute zurück.

„Er muß den Vogel beruhigen", erklärte ihr Jay. „Und auswickeln, er ist buchstäblich in ein Segeltuch eingenäht. Wahrscheinlich dauerte es ein paar Minuten, bevor er ihn herausschneiden kann. Natürlich will er nicht, daß die Federn verletzt werden oder der Vogel zu rasch seine Schwingen ausbreitet. Der Vogel kennt ihn und erkennt seine Berührung. Pam, der Mann ist wirklich erstaunlich. Noch nie habe ich jemanden getroffen, der ein solches Nahverhältnis zu Raubvögeln hat. Anderseits denkt er auch an nichts anderes, seien Sie also nicht enttäuscht, wenn er mit Menschen nicht so geschickt umgeht."

Jay schien zufrieden mit sich – und er hatte guten Grund dazu, fand Pam. Als er vor ein paar Tagen erwähnt hatte, daß er nach einem Schutz gegen den Wanderfalken suche, wußte sie nicht, daß er plante, einen andern Falkner nach New York zu bringen. Als er ihr aber seine Absicht auseinandersetzte, bewunderte sie seinen Einfallsreichtum; der Wanderfalke sollte mit einem natürlichen Feind konfrontiert werden. Die zwei Vögel würden einander ein tödliches Duell liefern.

Der nepalesische Haubenadler, einer der gnadenlosesten Raubvögel, entsprach an Wildheit dem Hühnerhabicht, war aber wesentlich größer und stärker. Genial in seinen schlauen Überraschungsangriffen wurde er von den Falknern als unedel und „psychotisch" verachtet; sie zogen den Falken vor. Laut Jay war der nepalesische Haubenadler der einzige Vogel, der diesen Wanderfalken töten konnte! Yoshira Nakamura, der beste Mann im Abführen von Haubenadlern, verachtete die Wanderfalken so sehr, daß er seine Vögel abgerichtet hatte, diese zu attackieren, wo immer er sie sah. Jays Plan war, Nakamura nach New York zu bringen, wo er öffentlich seine Herausforderung verkünden sollte. Jay rechnete damit, daß der Falkner, der so stolz auf seinen Vogel war, diesem Angebot nicht widerstehen könnte.

Herb sah die Möglichkeiten, die dieser Plan in sich barg, zeigte sich jedoch nicht sofort begeistert. „Sind Sie sicher, daß das Klappen wird, Jay?" fragte er skeptisch. „Ich meine, es klingt ein wenig weit hergeholt."

„Sicher ist nichts", hatte Jay erwidert, „aber ich glaube, im Zweikampf müßte der Haubenadler gewinnen. Jedenfalls ist Nakamura bereit zu kommen. Ich sprach mit ihm, er ist begeistert – er wäre liebend gern der Mann, der die Frauen von New York rettet. Die einzige Frage ist, ob der Falkner darauf eingeht. Und das liegt an Pam – wie sie ihm die Herausforderung schmackhaft macht."

„Ganz richtig", sagte Herb, „du müßtest wirklich dick auftragen, zum Beispiel: ‚Sie haben bewiesen, daß Sie wehrlose Mädchen töten können. Jetzt wollen wir sehen, ob Sie den Mumm haben, zu kämpfen.' Du mußt an seinen Ehrgeiz appellieren, andeuten, daß er ein Feigling ist, wenn er den Wettkampf nicht annimmt. Er hat dich herausgefordert, jetzt bist du an der Reihe, ihn herauszufordern."

„Er wird wütend sein", sagte Pam.

„Natürlich", sagte Herb, „das ist es ja eben. Jays Idee ist großartig: den Kerl dort treffen, wo er verwundbar ist. Ist er ein Sportler oder nur ein lausiger Mörder? Ist er ein moderner Don Quijote, der uns mit seiner mittelalterlichen Falknerei terrorisiert, oder ist er nur ein beschissener Killer, den die Hälse junger Mädchen erregen?" Jetzt war Herbs Begeisterung voll entfacht. Er gehörte zu den Menschen, die über eine Idee sprechen, sie sozusagen sich selbst verkaufen mußten. Je mehr er darüber sprach und die Dinge dramatisierte, desto mehr verliebte er sich in den Plan. „Sie bringen uns den Japsen her, Jay, alles andere besorgen wir." Er hatte dann sogar eingewilligt, die ganze Reise zu finanzieren.

„Da! Da kommt er!" Nakamura trat vorsichtig aus dem Verschlag.

„Kann ich drehen?" fragte Joel.

„Soviel Sie wollen", befahl Herb.

Nakamura erschien mit dem riesigen Vogel auf der Faust. „*Spizaetus nipalensis*", flüsterte Jay zu Pam. „Das ist der wissenschaftliche Name. Ist es nicht ein herrlicher Vogel?" Der Anblick erregte ihn offensichtlich.

Der Vogel ist tatsächlich außergewöhnlich, dachte Pam – riesig und furchterregend, vom Kopf zum Schwanz fast einen Meter lang, Krallen und Schnabel schwarz, die Brust zimtfarben, die Beine befiedert. Die Tatsache, daß der Vogel verkappt war, machte ihn noch unheimlicher – Pam konnte sich die Grausamkeit seines Blickes gut vorstellen.

Die Inspektion des amtlichen Veterinärs war kurz; Nakamura zeigte einen Gesundheitspaß und erhielt eine Falknereilizenz für den Bundesstaat New York. Dann wurde der Vogel in einen Lieferwagen von Kanal Acht gesetzt, und ein Konvoi bewegte sich stadtwärts: Der Lieferwagen mit dem Vogel; eine Limousine mit Herb, Jay und Nakamura, dem Dolmetsch und Penny auf den Klappsitzen und Pam neben dem Fahrer, um zu hören und sich umzusehen. Die Kamerateams fuhren in ihren eigenen Ü-Wagen, und am Anfang und am Ende der Kolonne fuhren Polizeistreifen. Die Autos der anderen Stationen folgten. Einige von ihnen holten die Limousine ein, um Fotos von Nakamura zu machen. Es war total verrückt, fand Pam, als wäre dieser kleine Japaner eine weltberühmte Persönlichkeit – ein Kissinger auf der Rückkehr von einer internationalen Friedenskonferenz; ein Solschenizyn, der zum ersten Mal amerikanischen Boden betritt.

Die Ankunft im Hotel glich einem Karneval. Nakamura wohnte auf Kosten von Kanal Acht im Plaza; jemand hatte etwas verraten, und als der Konvoi ankam, standen bereits verschiedene Kamerateams herum. Es war zwei Uhr morgens und die Hotelhalle praktisch verlassen. Aber als Nakamura mit dem riesigen Vogel auf dem Handgelenk eintrat, wurden alle wahnsinnig. Fotografen schrien, Reporter platzten mit Fragen heraus. Der Empfangschef war fassungslos. Joel gelang eine großartige Aufnahme von Nakamura mit dem Vogel vor dem Aufzug. Sein Gesicht war ausdruckslos und geduldig, der Liftboy bebte und der Vogel zitterte ein bißchen, als die Lifttüren sich langsam schlossen.

Pam, Penny, Herb und Jay fuhren hinauf, um mit dem Japaner in Ruhe zu sprechen. Man hatte ihn in einer luxuriösen Suite installiert, mit einem Schlafzimmer für ihn, einem Schlafzimmer für den Vogel und einem Wohnzimmer in der Mitte. Dennoch war er nicht zufrieden. Die Sitzstange, die Jay besorgt hatte, war nicht in Ordnung. „Mein Gott! Eine Sitzstangenkrise“, flüsterte Penny Pam zu. Sie ging zum Telefon und trieb ein paar Zimmerleute von Kanal Acht auf. Man würde nach Zeichnungen von Nakamura eine Sitzstange im japanischen Stil anfertigen.

Jay hatte eine Kiste Küken als Mahlzeit für den Vogel schicken lassen, Nakamura aber lehnte ab. „Er will den Vogel aushungern“, erklärte der Dolmetsch. „Er sagt, wenn sein Vogel den Wanderfalken tötet, darf er seine Beute fressen.“

Alle wechselten erstaunte Blicke. „Wie heißt der Vogel?“ fragte Pam.

„Kumataka, der Nepalhaubenadler – wörtlich heißt das

‚Bärenhabicht' auf japanisch."

„Hat er keinen eigenen Namen?"

Nakamura schüttelte den Kopf und grinste. „Nur ‚Ehrwürdiger' Kumataka. Er kommt, um mit dem Wanderfalken zu kämpfen."

„Ist der Vogel müde?"

„Er ist nie müde. Er ist nach New York gekommen, um zu töten."

„Sind Sie besorgt, er könnte das Duell verlieren?"

Mr. Nakamura lachte. „Der Ehrwürdige Kumataka ist der stärkste, wildeste und geschickteste Jagdvogel der Welt. Sein ganzes Leben lang hat er gelernt, aufsteigende Falken zu hassen. Er ist vielen im Kampf begegnet und hat sie alle getötet. Wenn dieser Wanderfalke auftaucht, ist das sein Ende. Der Ehrwürdige Kumataka wird nicht verlieren."

Nach dem Gespräch zogen sich Pam, Herb und Jay in die Oak Bar zurück, um ihren Fang zu besprechen. Herb war hingerissen. „Die unglaubliche Arroganz von diesen Japsen. Morgen abend kommt er ins Fernsehen, verkündet seine Herausforderung und soll den Falken auch beleidigen. Mein Gott, diese Sache ist erstklassig, besser als ich es mir hätte träumen lassen."

„Und wie steht's damit, daß der Ehrwürdige Kumataka den Wanderfalken frißt?" fragte Pam. „Ist das nicht ein bißchen zuviel?"

„Ich weiß nicht recht", meinte Herb. „Die Beute gehört dem Sieger. Wenn der Ehrwürdige Kumataka den Falken tötet, dann hat er ein Recht, ihn zu fressen. Es geht hart zu, dort in den Lüften. Ein Vogel frißt den anderen, wie ich zu sagen pflege." Er gähnte und streckte sich. „Ich glaube, es ist an der Zeit, daß wir alle nach Hause gehen und schlafen."

Am Morgen brach die nächste Krise aus. Nakamura mochte das Plaza nicht, und auch das Plaza war nicht glücklich mit ihm. In der Hotelhalle drängten sich Menschen. Die Leute verlangten lauthals, den Vogel zu sehen. Die Stubenmädchen beklagten sich. Sie hatten Angst, die Suite aufzuräumen.

Nakamura wollte sie sowieso nicht hineinlassen. Der Ehrwürdige Kumataka sollte sich den ganzen Tag in völliger Dunkelheit ausruhen.

In der Fernsehstation fand eine Besprechung statt, wohin man den Japaner und sein Vogel übersiedeln sollte. Herb schlug vor, sie irgendwo in einem Studio oder einer Wohnung oder sogar außerhalb der Stadt zu verbergen. Penny Abrams wandte ein, daß jeder Platz früher oder später bekannt werden würde. Überdies sei ein geheimer Quartierwechsel unmöglich. Das Plaza wurde von Hunderten Reportern beobachtet; der Eingang war belagert; jeder Lieferwagen von Kanal Acht würde verfolgt werden. Sie waren mit Nakamura an die Öffentlichkeit getreten und mußten jetzt damit leben.

„Vielleicht könnten wir uns durch die Küche schleichen?" Penny meinte, das Plaza würde das nicht gern sehen. „Dann zum Teufel damit", sagte Herb, „die Sache kostet uns ein Vermögen. Das hier ist New York. Der Nabel der Welt. Der Japse wird sich fügen müssen."

„Vergiß nicht, Herb, daß wir den Knaben brauchen", sagte Pam. „Wenn er sich nicht wohl fühlt, fährt er vielleicht wieder zurück. Wo bleiben wir dann?"

„In der Scheiße, das steht fest." Herb schüttelte den Kopf. „Was sollen wir also tun? Ihm auf dem Dach eine Wohnung errichten?"

Endlich fand man eine Lösung. Nakamura und sein Vogel sollten in die Fernsehstation übersiedeln. Die Zimmerleute würden ein Tonstudio herrichten, und man würde an allen Türen Wachposten aufstellen. Penny sagte, daß die konkurrierenden Medien nicht alle Last- und Lieferwagen kontrollieren könnten; wenn man Nakamura und den Ehrwürdigen Kumataka in der Station hatte, würde Kanal Acht die Dinge im Griff behalten.

Das nächste Problem betraf die Herausforderung: Wie sollte man eine Zeit und einen Ort fixieren, so daß Kanal Acht die exklusive Berichterstattung behielt und keine Leute als Zuschauer kamen und die beiden Vögel vertrieben?

„Das werden wir dem Falkner überlassen müssen", meinte Herb. „Heute abend verkünden wir unsere Herausforderung. Zeit und Ort wird er uns schreiben oder telefonisch mitteilen. Niemand sonst wird davon wissen."

„Aber wie sollen wir feststellen, ob die Antwort authentisch ist?" fragte Pam. „Die Telefonzentrale wird heißlaufen, und jeder kann uns ein paar Zeilen schreiben."

„Er muß irgendein Zeichen beilegen", schlug Penny vor.

„Was zum Beispiel?"

„Wir werden seine Handschrift erkennen", sagte Herb.

„Wir haben Teile der Briefe im Fernsehen gezeigt. Wer Lust hat, kann seine Blockbuchstaben imitieren."

Schweigen. Dann schnalzte Herb mit den Fingern. „All das persönliche Zeug, das er dir schrieb, Pam, wie er dich in die Luft tragen will und so weiter. Erinner' dich – das haben wir nie veröffentlicht. Es war Janeks Idee. Vielleicht hatte er ausnahmsweise recht. Wir werden dem Falkner sagen, daß er, wenn er uns schreibt, sich auf die unveröffentlichten Passagen beziehen soll. Dann wissen wir, daß er der Richtige ist und können das Duell vereinbaren."

„Er wird eine Zeit und einen Ort wählen, die für ihn vorteilhaft sind", warf Jay ein.

„Dieses Risiko müssen wir eingehen. Sie sagen, der Ehrwürdige Kumataka wird gewinnen. Damit rechne ich nicht. Und, ehrlich gesagt, ist es mir auch völlig gleichgültig. Wie immer es ausgeht, wir haben unsere Story. Wer immer gewinnt oder verliert – unsere Station ist der Sieger."

Neugierig, seine Reaktion zu sehen, sah Pam Jay an. Sie fragte sich, ob Herbs brutale Einstellung ihn anwiderte. Aber er reagierte nicht darauf; eher sah er noch begieriger aus als vorher. Und sie verstand ihn auch. Das war das größte Ereignis, das sich – vielleicht seit dem 16. Jahrhundert – in der Falknerei zugetragen hatte.

Am Nachmittag rief Carl Wendel an. „Dieses Duell war Hollanders Idee, nicht wahr?" fragte er. Sie gab es zu. „Das dachte ich mir, und Sie sollen wissen, daß ich absolut dagegen bin. Ich halte es für abscheulich – das perfekte Beispiel einer Manipulation, einer Travestie. Ein Hahnenkampf. Als nächstes werden die Leute Wetten abschließen. Auch ich hörte von diesem Japaner. Er ist ein überaus grausamer Falkner. Stellen Sie sich das nur vor – er führt *Spizaetus nipalensis* ab, Wanderfalken anzugreifen. Sie sind keine natürliche Beute für Haubenadler. Es ist sein Haß, den er den Vögeln einpflanzt."

„Jay sagte mir, sie seien natürliche Feinde."

„Nun, da wurden Sie falsch informiert. Falken und Haubenadler schätzen einander nicht besonders, aber ein Duell in freier Wildbahn wäre etwas ganz Seltenes. Deshalb protestiere ich auch. Die ganze Sache ist ein abgekartetes Spiel."

Sie versuchte ihn zu beschwichtigen, und als es nicht gelang, erklärte sie ihm, daß sie auf das Duell keinen Einfluß habe. „Ich bin Reporterin. Ich habe die Story zu berichten. Gut oder schlecht, ich muß, so gut ich kann, darüber berichten." Dann lenkte sie ihn mit der Frage ab, ob sie ihn wegen der Stiftung für Raubvögel besuchen dürfe. Unwillig stimmte er unter der Bedingung zu, daß sie allein käme. Er wollte für seine Vögel weder an die Öffentlichkeit, noch wollte er einen Film über sie. „Ich möchte mit einer Geschichte, in der Vögel einander bis auf den Tod bekämpfen, nichts zu tun haben", erklärte er.

Etwas später rief Janek an. Diesmal kritisierte er sie nicht persönlich, obwohl er das Duell als Sensationshascherei bezeichnete. Als sie schwieg, veränderte sich ganz unvermittelt sein Tonfall. Als er wieder sprach, klang er fast traurig.

„Pam, ich weiß nicht, was geschehen wird, aber ich hoffe, daß der Wanderfalke sich nicht zeigt. Der lebendige Falke ist meine größte Hoffnung, den Falkner zu finden. Wenn dieser japanische Adler, oder was immer er ist, den Falken tötet, dann verschwindet der Falkner und mein Fall ist im Eimer."

„Das ist eine seltsame Logik", erwiderte sie. „Ich hätte gedacht, daß Sie froh sind, den Falken tot zu sehen, bevor er eine andere Frau umbringt."

„Natürlich, aber der Falke ist ja nur die Waffe. Es ist der

Mann, der wirklich gefährlich ist. Man hält einen Mörder nicht zurück, indem man ihm die Waffe wegnimmt. Man hält ihn zurück, indem man ihn beseitigt."

„Was macht man also? Man läßt dem Mörder seine Waffe? Das scheint mir ziemlich dümmlich. Wird der Wanderfalke getötet, gewinnen Sie Zeit. Der Falkner hat keine Waffe mehr, und vielleicht ist es unmöglich, einen solchen Vogel zu ersetzen; ein zweites Mal mag das Abtragen nicht funktionieren."

„Meine Ansicht ist . . ."

„Hören Sie zu, Janek, letzthin haben Sie mir ein paar recht unangenehme Dinge gesagt, jetzt will ich etwas Ähnliches tun. Mir scheint, es geht Ihnen mehr darum, den Fall zu klären als das Leben von ein paar Frauen zu retten. Mir scheint, Sie sind ziemlich interessiert an *Ihrer* Karriere. Vielleicht überlegen Sie sich das einmal, wenn Sie Zeit haben."

Was sie gesagt hatte, gefiel ihr, und sie hängte rasch auf. Aber beide Anrufe ließen ihr keine Ruhe, obwohl sie keine Zeit hatte, den Grund herauszufinden. Sie mußte ihre Sendung vorbereiten und Nakamuras Herausforderung formulieren. Als die Sechs-Uhr-Nachrichten näher rückten, hatte sie Wendel und Janek bereits verdrängt. Sie spürte, wie ihr Puls schneller schlug, spürte die Spannung im Nachrichtenstudio. Was vor sich ging, schlug alle in Bann – Hal Hopkins, Claudio Hernandez, selbst Peter Stone, den Unerschütterlichen. Ausnahmsweise war er nüchtern – vermutlich, dachte Pam, weil Herb ihn ziemlich grob angepackt hatte. Penny erzählte ihr, was Herb gesagt hatte – sie hatte am Haustelefon mitgehört: „Dieses Duell ist ein heißes Ding, Peter. Wir müssen die Windgeschwindigkeit wissen und eine Menge ähnlichen Unsinn. Daher möchte ich diese Woche einen ordentlichen Wetterbericht und wünsche, daß du nüchtern bleibst. Ein Irrtum von deiner Abteilung, und du kannst deinem Hintern einen andern Platz suchen."

Um sechs Uhr saß Pam sendebereit und geschminkt neben Nakamura im Tonstudio. Hinter ihnen hing ein riesiger schwarzer Samtvorhang. Keine Graphik, kein Nachrichtenpult – Herb wollte die Herausforderung bedrohlich gestalten, vor einem völlig dunklen Hintergrund. Nur vier Figuren sollten gezeigt werden: Pam, der Dolmetsch, Nakamura und der Vogel. Der Ehrwürdige Kumataka war abgehaubt, und zum ersten Mal konnte Pam die Augen sehen. Sie waren riesig und von einem kalten dunklen Gelb. Sie glichen Nakamuras Augen, nur waren sie noch furchterregender – harte, gnadenlose Augen.

Die Herausforderung wurde zur Sensation. Sie besaß alle Merkmale eines echten Dramas: der hagere, arrogante japanische Falkner und sein grausamer Vogel, der Haß ausstrahlte und wilde Schreie ausstieß: *Hiiii, hiii, wiooo, hiii, hiii,* ertönte es von der Faust des Falkners. Mitten in der Herausforderung versuchte der Vogel aufzufliegen. Die Riemen hielten ihn fest; er fiel und hing sekundenlang mit dem Kopf zu Boden, bis Nakamura den Arm senkte und ihm half, sein Gleichgewicht wiederzufinden. Von dem Moment an stand der Vogel bewegungslos auf dem Handgelenk des Japaners, die Augen unentwegt auf die Kamera gerichtet, während Pam und Nakamura sprachen.

„Der Ehrwürdige Kumataka", sagte Nakamura, „hat mehr als zwanzig Wanderfalken vernichtet. Es ist sein größtes Glück, sie zu zerstören und aus seinem Himmel verschwinden zu lassen."

„Warum haßt er die Falken so sehr?"

„Weil sie Feiglinge sind. Es sind keine ehrenwerten Vögel." Nakamura grinste. Offensichtlich stellte er sie auf eine Stufe mit Menschen, übertrug das seltsame japanische Ehrgefühl auf ihr Leben. Aus ihren Gesprächen mit Jay wußte Pam, daß Begriffe wie Feigheit und Ehre im Überlebenskampf von Raubvögeln keinen Platz hatten. Aber sie widersprach nicht, weil sie wußte, daß Nakamura das Publikum in Bann hielt, ihm Hoffnung einflößte: Wird dieser seltsame, hochmütige Japaner es vor weiteren Angriffen beschützen? Werden die Frauen von New York durch seinen seltsamen, hochmütigen

Vogel vor einem alptraumhaften Tod bewahrt bleiben?

Nachher erhielten sie so viele Anrufe, daß die Zentrale zusammenbrach. Herb kam aus dem Kontrollraum, um Pam zu sagen, daß sie Mediengeschichte gemacht hätten.

„Aber wird der Falkner reagieren?“ fragte Pam.

„Bestimmt“, erwiderte Herb, „wenn er an unseren Einschaltziffern interessiert ist.“ Er zwinkerte ihr zu, dann kehrte er zurück, um die Sendung zu beenden.

Das Warten auf eine Antwort war qualvoll, aber Pam fand einen Zeitvertreib: bei jedem, der irgendeine Verbindung mit dem schwarzen Vogelmarkt hatte, hinterließ sie Nachricht, daß sie Hawk-Eye sprechen wolle. Jay hatte gesagt, daß sie durch den Händler an den Falkner herankommen würde. Während man auf die Antwort des Falkners wartete, arbeitete sie sich durch Jays Liste, gab ihren Namen an, eruierte geheime Telefonnummern und hinterließ überall die Bitte, mit Hawk-Eye in Kontakt zu kommen.

Sie besuchte sogar ein paar Händler vom schwarzen Markt, einen Brieftaubenhändler in Brooklyn, der im hinteren Teil seines Ladens geschmuggelte Papageien verkaufte, und einen Spezialisten für seltene Schlangen und Reptilien in New Jersey; angeblich war er der Mann, von dem man nichtregistrierte Eulen kaufen konnte.

Murray Brodsky, der Taubenhändler, behauptete, noch nie von Hawk-Eye gehört zu haben. Sie glaubte ihm nicht. Jarvis, der Reptilienfachmann, kannte ihn und behauptete zu wissen, daß Hawk-Eye im Augenblick untergetaucht sei.

„Warum sollte er das tun?“ fragte Pam.

„Das frage ich mich auch“, erwiderte Jarvis, „außer er hat etwas mit dem menschentötenden Falken zu tun.“

„Deswegen möchte ich mit ihm sprechen“, sagte Pam.

„Ja, das dachte ich mir.“

Was die Herausforderung betraf, so wurden in der Fernsehstation Wetten abgeschlossen. Claudio Hernandez glaubte nicht, daß der Falkner darauf eingehen würde. Ein zu großes Risiko, meinte er. Hal Hopkins wettete, daß der Falkner nicht nur akzeptieren, sondern daß sein Falke auch gewinnen werde. Sie wurden von unsinnigen Briefen und Anrufen überschwemmt, aber nach vierundzwanzig Stunden gab es immer noch kein Anzeichen eines Briefes in dieser besonderen Blockschrift. Pam begann sich zu fragen, ob ihre höhnische Herausforderung und Nakamuras Überheblichkeit den Falkner gereizt hatten, oder ob er sich zurückziehen und nie mehr melden würde. Dann bliebe die Wanderfalken-Story für immer ungelöst.

Der Gedanke verstörte sie. Die Story verlangte eine Auflösung. Ihr Druck war enorm, der Rhythmus der Ereignisse hatte alle Menschen gepackt und jetzt stellte sie fest, daß auch sie selbst begierig auf eine Fortsetzung war – daß der Falkner sich melden oder sogar nochmals zuschlagen sollte. An diesen Wünschen erkannte sie, daß sie selbst zum Opfer ihrer Sendungen geworden war. Es war, als brauche sie jetzt den Falken, um weiterzuleben; als sei sie, wie die ganze Stadt, ihm und seiner Schreckensherrschaft verfallen.

Am Abend des ersten Tages besuchte sie Nakamura.

„Er wird annehmen. Er muß annehmen“, sagte der Japaner, „es wäre unehrenhaft, mich von so weit kommen zu lassen und dann abzulehnen.“

„Warum hat er dann nicht geschrieben?“

„Eine Verzögerungstaktik. Er will mich nervös machen. Ein Trick. Aber weder ich noch der Ehrwürdige Kumataka werden davon berührt. Frustration und Furcht haben keinen Platz in unserem Leben. Der Gedanke, daß man uns verunsichern oder ärgern kann, zeigt eine ungeheure Ignoranz von dem Wesen eines nepalesischen Haubenadlers und des Mannes, der sein Leben damit verbringt, ihn auf das Angreifen und Töten von Wanderfalken zu dressieren. Im Gegenteil, je länger er uns warten läßt, desto leidenschaftlicher und gefährlicher werden wir sein. Dieser Falkner versteht nichts. Er ist ein Narr.“

Als Herb hörte, was Nakamura gesagt hatte, ließ er Pam seine Worte für die Abendsendung aufnehmen. „Ich liebe dieses Gezänk und die Beleidigungen. Ungeheure Ignoranz,

Feigheit, ein Narr. Wenn ihn das nicht hervorlockt, dann lockt ihn nichts. Wir werden ihn so lang ködern, bis der Kerl sich zeigt, Pam."

Als Pam fast schon aufgegeben hatte, kam die Antwort. Und obwohl sie am Morgen des dritten Tages ausgetragen wurde, trug die Briefmarke den Stempel des Abends der ersten Herausforderung, eine Tatsache, die Herb zu einer Forderung veranlaßte: „Ich wünsche die härteste, strengste Untersuchung der amerikanischen Post, die diese Stadt je erlebt hat."

In seinem Büro las er den Brief des Falkners Pam, Penny und Jay Hollander – dem „Nakamura-Management-Team", wie er sie nannte – laut vor.

Liebste Pam!

Ich bin enttäuscht über die ungeschliffene Art, wie Sie meinen Ärger erwecken wollen. Sie sollten wissen, dass ein Vogel wie ich von Worten nie berührt werden kann. Es sind Ihre Bewegungen, meine Liebe, Ihre glänzenden Augen, das frische Fleisch, Ihr leibliches Selbst in feuchtem, leidenschaftlichem Zustand, das mich erregt, und leider keineswegs Ihre Gedanken. Es ist Ihr Hals, Ihr weicher, weicher Hals, den ich will, um ihn mit meinen Fängen zu streicheln, so scharf und hart, dass auch der kleinste Versuch, meine Umklammerung zu lösen, sie in Ihr Fleisch eindringen lässt. Oh Pam, wir werden zusammen fliegen, werden eines Tages unter der Sonne dahingleiten, werden aufsteigen und herabstürzen, uns von den Aufwinden tragen lassen und über dieser vulgären Stadt fliegen, deren vulgären Geschmack Sie so gut befriedigen. Ich verstehe, meine Liebste, dass Ihre jüngsten Verhöhnungen nur ein Trick sind, um mich hervorzulocken. Trotzdem nehme ich an, um zu beweisen, dass weder Mensch noch Tier mich besiegen können. So sollen der barbarische Herr des Adlers und sein scheussliches Geschöpf am Freitag bei Morgengrauen auf dem grossen Rasen im Central Park meiner harren. Ich werde zum Kampf erscheinen, wenn

ES MIR GÜNSTIG ERSCHEINT. UND DANN WERDE ICH TÖTEN.

PEREGRIN, DER WANDERFALKE

„Mein Gott! So ein Verrückter!“ rief Herb aus. „Glänzende Augen, feuchtes Fleisch, leidenschaftlicher Zustand!“ Er sah Pam an. „Der mag dich, was?“ Damit brach er die Spannung, und sie machten sich an die Arbeit.

„Er will Nakamura in der Dämmerung haben“, sagte Herb. „Okay, um die Zeit ist noch kaum jemand auf. Aber dann sagt er ‚warten‘ und ‚ich werde zum Kampf erscheinen, wenn es mir günstig erscheint‘. Das kann ein Problem werden. Wie, zum Teufel, sollen wir die Zuschauer verscheuchen?“

„Ich kenne den großen Rasen“, sagte Penny. „Es ist eine große runde Fläche nahe dem Belvedere-Teich. Das Central-Park-Reservoir liegt nördlich davon und im Süden das Delacorte-Theater. Dann gibt es noch diese Aussichtswarte namens Belvedere Castle, wo das Wetterbüro installiert war, in dem man etwa fünfzehnmal eingebrochen hat.“

„Vielleicht gelingt Pete Stone deshalb nie eine richtige Vorhersage. Okay, Penny, was machen wir also?“

„Nakamura und sein Vogel werden in einem Lastwagen nahe dem Theater versteckt. Es fahren dort ziemlich viele Lastwagen hin und her; wenn wir unseren Wagen tarnen, wird ihn überhaupt niemand bemerken. Unsere Kameras könnten wir auf der Warte aufstellen – als wollten wir einen Werbespot drehen. Im Park sieht man fortwährend Aufnahmeteams. Niemand kümmert sich um sie.“

Pennys Plan gefiel Herb, und er befahl ihr, ihn auszuführen. Das Wichtigste war, weder den Falkner abzuschrecken noch viele Leute aufmerksam zu machen, die ihrerseits andere Stationen anlocken würden. Nakamura und der Ehrwürdige Kumataka sollten versteckt bleiben, bis der Wanderfalke auftaucht. Kanal Acht würde ein paar Fotomodelle mieten, damit das Ganze aussah wie eine Modewerbung. „Sie dürfen nicht zu hübsch sein“, sagte Herb zu Penny. „Vergiß nicht – wir wollen keine Menschenmenge.“

Als sie sich am nächsten Morgen im Central Park versammelten, war es noch dunkel. Es war auch kühl – Pam steckte die Hände in die Taschen, um sie warm zu halten. Die Kamerateams nahmen ihre Plätze ein und machten mit ihren Teleobjektiven Textaufnahmen. Die Lastwagen wurden so geparkt, daß man die hinteren Türen aufmachen konnte, wenn es an der Zeit war, zu drehen. Walkie-talkies wurden ausgegeben. Nahe dem Theater parkte unauffällig ein Regiewagen. Penny Abrams hatte Lastwagen vom New-York-Shakespeare-Festival beschafft; niemand konnte ahnen, daß hier Kanal Acht am Werk war.

Peter Stone beaufsichtigte den „Wetterwagen" voll mit meteorologischen Instrumenten, die er – so sagte Penny zu Pam – offenbar nicht imstande war, zu verwenden. Pam sah ihn, den benetzten Finger hoch in die Luft haltend, umherwandern. Es schien unglaublich, daß dieser Mann ein Wetterexperte des New Yorker Fernsehens sein sollte, aber er war es, völlig nüchtern, sagte fröhlich guten Morgen und versicherte allen, daß der Tag hervorragend für ein Vogelduell geeignet sei.

Alle waren nervös, mit Ausnahme von Nakamura, der ruhig in seinem „Vogelwagen" saß, wie ihn Pam nannte. Als die ersten Sonnenstrahlen auf die Fifth Avenue fielen, statteten ihm Pam und Herb einen Besuch ab. Der Ehrwürdige Kumataka wirkte sanft, offenbar von der Gelassenheit seines Herrn angesteckt. Herb machte sich Sorgen. „Die beiden schlafen fast", sagte er zu Pam. „Sie sollten lieber aufwachen und sich auf den Kampf vorbereiten."

„So sind die Japaner", erklärte Jay, als sie ihn ein bißchen später trafen. „Fechter, Judokas – vor einem Kampf verfallen sie immer in Trance. Dann plötzlich kommt der große Energieausbruch. Es ist der klassische Samuraistil."

Nach einer halben Stunde, als die Dämmerung wirklich da war, ging Pam zurück, um nochmals nach Nakamura zu sehen. Jetzt war er mit seinem Vogel beschäftigt, streichelte ihn und murmelte japanische Worte. Pam berichtete es Herb; es schien seine Laune zu verbessern. „Offenbar spricht er dem

Vogel Mut zu", brummte er. „Na, zumindest sind beide wach." Dann verschwand Herb, um die Kamerapositionen zu kontrollieren und seine Leute aufzumuntern.

Da und dort tauchten die ersten Jogger auf. Pam mußte daran denken, daß der Wanderfalke vor zehn Tagen einen von ihnen getötet hatte. Diese frühmorgendlichen Läufer aber schienen weder die Lieferwagen noch die Aufnahmeteams zu beachten. Penny Abrams hatte recht gehabt. Wenn ein Filmstar dabei war, nahm sich niemand die Mühe, auch nur zu fragen, was vor sich ging.

Um acht Uhr erklärte Jay, wie sich das Duell nach seiner Meinung abspielen würde. „Ein Wanderfalke", sagte er zu Pam und Herb, „fliegt gern sehr hoch. Er will den Luftraum beherrschen und zieht fast bewegungslos seine Kreise, während er wartet, daß sich auf dem Boden eine Gelegenheit ergibt. Ein Haubenadler hingegen sitzt zumeist auf einem Baum und sucht den Erdboden nach Tieren und den Himmel nach Vögeln ab. Wenn er hinter einem Vogel her ist, beobachtet er ihn eine Weile, dann fliegt er auf und zwingt seine Beute, immer höher zu steigen. Fliegt der Vogel, den er im Auge hat, so hoch, daß er kaum eine Chance hat, sich in Sicherheit zu bringen, nimmt er die Verfolgung auf. Wir haben es also mit zwei ganz verschiedenen Taktiken zu tun; der Falke fliegt hoch und kontrolliert den Luftraum; der Haubenadler versucht, seinen Rückflug zur Erde zu blockieren. Sobald der Kampf beginnt, werden Sie weitere Unterschiede bemerken: Jeder Vogel hat eine andere Strategie, eine andere Version des Zuschlagens, Vorbeifliegens, des Kreisens und der Rückkehr.

Auch die Charaktere der Vögel sind verschieden. Der Wanderfalke ist ruhig, gelassen, elegant. Er scheint in der Luft zu schweben und nichts zu bemerken. Dann plötzlich beginnt er diesen unglaublichen Sturzflug. Der Haubenadler aber ist einfach blutrünstig. Er greift wütend an, gleichgültig, ob er hungrig ist oder nicht, weil er gern tötet. Ist er erregt, überkommt ihn ein Zustand der Leidenschaft, den wir ‚yarak' nennen. Sie werden das bei Kumataka beobachten können – er wird buchstäblich danach gieren, zu töten, sonst läßt ihn Nakamura nicht fliegen. Und vergessen Sie nicht, die beiden Spezies hassen einander. Sobald sie sich im selben Luftraum befinden, sprühen die Funken. Und auch die Falkner hassen einander. Der Falkner des Wanderfalken hält sich für einen Edelmann und sieht in dem Besitzer eines Haubenadlers den Abschaum der Menschheit, weshalb dieser den andern wegen seines Hochmutes verachtet. Viel wesentlicher aber als alle diese Unterschiede ist die Tatsache, daß die Haubenadler furchtbar wilde, grausame Vögel sind. In Japan erlegen sie sogar Füchse und zwar mit einer ganz außergewöhnlichen Methode. Sie stoßen herab und packen den Hinterteil des Fuchses. Dreht sich der Fuchs um, um zu beißen, packt der Vogel mit einem seiner Fänge die Kiefer des Fuchses und preßt sie zu. So kann der Fuchs seine Zähne nicht gebrauchen, und obwohl es zu einem harten Kampf kommt, gewinnt immer der Vogel."

Die nächsten Stunden vergingen rasch, aber gegen zehn Uhr verspürte Pam ein Nachlassen der Spannung. Herb wollte eben fortgehen (er mußte zur Fernsehstation, um die Abendnachrichten vorzubereiten), als Penny Abrams berichtete, daß Frank Janek im Park sei und offenbar wußte, was vorging. Herb ging sofort zu ihm.

„Guten Morgen, Lieutenant. Hab gehört, daß Sie sich hier herumtreiben. Haben Sie einen Spitzel in unserer Organisation oder nur eine gute Spürnase?"

Janek lachte. „Jedenfalls werde ich Ihrer Konkurrenz nichts verraten. Ich weiß, daß es Ihnen nur darum geht."

„Können wir Ihnen behilflich sein?"

„Nein." Janek sah Pam an und nickte ihr zu. „Ich wollte nur dabei sein, falls der Wanderfalke sich zeigt. Denn wenn er sich zeigt, kann der Falkner auch nicht weit sein."

Herb sah ihn verblüfft an. „Wer sagt Ihnen das?"

„Mein Falknerei-Experte."

Herb sah Pam und Penny an. Er war beunruhigt. Pam trat einen Schritt vor. „Ja, Jay sagte so etwas, aber er sagte auch, der Falkner könne nicht nur im Park, sondern ebensogut in einem Gebäude auf der Fifth Avenue oder im Central Park West sein oder auf einem Dach hier in der Nähe. Überall in einer Meile Entfernung – wie drei Millionen andere Leute auch."

Herb nickte, zufrieden, nicht von Hollander falsch informiert oder von der Polizei ausgestochen worden zu sein. Er schüttelte Janek kurz die Hand und begab sich zu Kanal Acht.

Penny Abrams hatte den Lunch bei einer Großküche bestellt, die auf die Belieferung von Filmteams während Dreharbeiten spezialisiert war. Aber sie warnte alle, wachsam zu bleiben und auf jeden Fall nacheinander und in kleinen Gruppen zu essen. „Vergeßt nicht, der Wanderfalke greift gern um die Mittagszeit an. Seid auf der Hut. Er kann jeden Augenblick auftauchen."

Der Nachmittag schleppte sich dahin. Pam blieb im Regiewagen. Sie war jetzt berühmt, und jeder erkannte sie sofort. Daher hatte Penny sie gebeten, sich nicht blicken zu lassen. Herb kam immer wieder vorbei. Fast sein ganzes Team war im Park, und er mußte die Sechs-Uhr-Nachrichten aus älteren Berichten bestreiten, die man für ereignislose Tage auf Lager hatte. Es gebe wenig Neuigkeiten, und die Abendsendung werde wenig zu bieten haben, sagte er. Aber er fügte auch hinzu, daß ihn das nicht störe, denn wenn das Duell tatsächlich stattfand und sie es filmen konnten, würden sie die höchsten Einschaltziffern aller lokalen Nachrichtensendungen New Yorks haben.

Jay ging im Park spazieren. Er ging sogar einen Augenblick fort, um nach der Post zu sehen, da sein Haus nur ein paar Minuten entfernt war. Penny bemühte sich, jedermann bei guter Laune zu halten – Pam stellte fest, daß sie Penny mehr und mehr schätzte. Sie hatte sich während der Falken-Story als glänzende Organisatorin erwiesen und einen wundervollen Puffer für Herb abgegeben. Herb war der General, der die Division befehligte, Penny der Feldwebel, der darauf sah, daß auch alles tatsächlich klappte.

Als die Stoßzeit des späten Nachmittags heranrückte, wurde Pam verzagt. Die ersten Büroschluß-Jogger erschienen, und obwohl man erst zwölf Stunden gewartet hatte, schien es wie eine Woche. Sie erinnerte sich, was Nakamura über die Verzögerungstaktik gesagt hatte, daß der Falkner seinen Gegner durch eine lange Wartezeit zu frustrieren versuchte. Vielleicht wartete er, bis alle müde waren und nach Hause gehen wollten, überlegte sie und beschloß gleichzeitig, keine Mattigkeit aufkommen zu lassen. Wenn der Wanderfalke auftauchte, wollte sie hellwach sein.

Der Vogel war bereits eine Minute in der Luft, bevor Jay auf ihn hinwies. Jay stand in der Mitte der großen Rasenfläche und suchte mit seinem Fernglas den Himmel ab. „Dort ist er", sagte er beiläufig in sein Walkie-talkie. Sofort rannte Pam zu ihm, nahm ihr eigenes Fernglas und starrte in die Richtung, die er angab. Sie sah den Vogel, einen winzigen Punkt, der in unglaublicher Höhe kreiste. Er sah aus wie eine Möwe. Pam verstand nicht, woran Jay ihn erkannt hatte. „An der Silhouette", erklärte er ihr. „Vergessen Sie nicht – Falken sind mein Hobby. Er fliegt jetzt sehr hoch und sieht nicht größer aus als irgend etwas anderes dort oben, aber bestimmt ist er es. Er kreist."

Nakamura kam aus seinem Wagen, prüfte mit dem Fernglas den Himmel und nickte. Obwohl seine Augen eisig blieben, schien der Japaner erfreut. Er ging zum Lieferwagen zurück, um den Ehrwürdigen Kumataka zu holen, dann erschien er mit dem Vogel auf dem Handgelenk. Er war jetzt abgehaubt, erregt; der Schnabel fest geschlossen, die Flügel locker, so stand er da – begierig und bereit.

„Jetzt ist er im *yarak*", sagte Jay. „Er weiß, daß der Wanderfalke da ist."

„Woher weiß er das?"

„Aus dem Verhalten von Nakamura. Die beiden haben ein wunderbares Verhältnis. Jetzt wird er den Vogel abwerfen. Beobachten Sie die Technik. Hoffentlich erwischen die Kameras alle Einzelheiten."

Pam machte sich keine Gedanken um die Kameras. Dem Gespräch in ihrem Funkgerät entnahm sie, daß die Teams alles im Bild hatten. Sie sah zu, wie Nakamura die Riemen um seinen Handschuh aufschnürte, auf den Zehenspitzen vor- und wieder zurückging und Kumataka anwarf, indem er die Faust gegen den Himmel streckte, während er sich gleichzeitig vorlehnte, so daß er auf einem Fuß balancierte. Der Ehrwürdige Kumataka flog etwa zwanzig Meter hoch und sah sich nach Nakamura um, der ihm etwas auf japanisch zurief. Der Vogel zog einen flachen Kreis und setzte sich auf einen großen Ahornbaum neben dem Belvedere-Teich.

„Sie haben einander gesehen", erklärte Jay, „jetzt werden sie einander eine Weile beobachten – Kumataka vom Baum, der Wanderfalke von hoch oben. Es wird spannend sein, zu sehen, wer zuerst reagiert – ob der Wanderfalke provozierend herabfliegt oder Kumataka auffliegt."

„Wie lang wird das Beobachten dauern, Jay? Sind Sie sicher, daß ein Duell stattfindet?"

„Ganz sicher. Und es ist nicht mehr fern. Die Sonne geht bald unter. Sehr bald wird etwas geschehen."

Atemlos kam Herb herbeigelaufen. Die Sechs-Uhr-Nachrichten hatten eben begonnen, aber Herb hatte trotzdem die Station verlassen. „Der Wanderfalke ist zu hoch", beklagte er sich Hollander gegenüber. „Selbst mit den Teleobjektiven können wir ihn kaum erkennen."

„Dagegen kann man nichts machen", erwiderte Jay. „Sie werden kämpfen – vielleicht hoch oben in der Luft, vielleicht näher dem Boden. Ich versprach Ihnen ein Duell, aber schließlich sind das Tiere, Herb – ich kann sie nicht zwingen, etwas zu tun. Sie müssen die Dinge nehmen, wie sie kommen."

Unverdrossen begann Herb zu improvisieren. Pam und Jay sollten gemeinsam am Rasen vor der Kamera den Kampf kommentieren. Alles, was sie sagten, würde um elf Uhr abends gesendet werden. „So können wir das Duell einblenden, oder was immer wir davon sehen werden, und haben trotzdem einen Bericht. Unsere Starreporterin und unser Experte erzählen uns, was da oben vor sich geht."

„Ich habe noch nie über ein Vogelduell berichtet", protestierte Pam. „Ich weiß nicht, was sich abspielen wird."

„Dafür haben wir Jay. Er wird alles erklären. Wenn er zu technisch wird, fragst du ihn, was er meint. Du bist die Vermittlerin zwischen unserem Experten und" – er winkte mit dem Arm in Richtung Bronx – „und dem Element dort draußen im Fernsehland."

An ihre Hemden wurden Mikrophone gesteckt. Die Reflektoren wurden so aufgestellt, daß das Licht auf ihre Gesichter fiel. Pam war so um ihr Aussehen besorgt, daß sie einen Moment lang die Vögel vergaß. Und dann plötzlich sagte Jay: „Es geht los." Pam hörte Nakamura in einem seltsam hohen Tonfall etwas Japanisches sagen, dann sah sie den Ehrwürdigen Kumataka auffliegen.

Innerhalb weniger Sekunden war der Wanderfalke dreihundert Meter herabgestürzt, und jetzt erkannte Pam den Vogel wieder, den sie auf dem Eislaufplatz gesehen hatte – riesig, gewaltig und dennoch voll eleganter Grazie, wie Jay gesagt hatte. Er kreiste im Uhrzeigersinn, während der Haubenadler etwas tiefer in entgegengesetzter Richtung kreiste – eine Taktik des Haubenadlers, um den Falken seinen Höhenvorteil nicht nutzen zu lassen; so gab es nur wenige Augenblicke, in denen sich die Vögel in einer vertikalen Linie befanden.

Wie hypnotisiert sah Pam zu. Von Zeit zu Zeit sprach sie in ihr Mikrophon, wußte aber nicht genau, was sie sagte, weil sie nur auf das Geschehen in der Luft konzentriert war. Und dann hatte sie eine Eingebung, die sie den Hörern mitteilte: daß das große Rechteck des Central Parks, jene grüne, von hohen Gebäuden wie von einer Festungsmauer umgebene Oase, ein modernes Kolosseum sei, ein riesiger Kampfplatz, auf dem sich die zwei riesigen Raubvögel wie mittelalterliche Ritter auf ein Gefecht bei einem Turnier vorbereiteten und einander abwägend umkreisten. Die letzten Sonnenstrahlen ließen die Brustfedern glänzen wie Kupfer, der Panzer aus harten Federn warf das Abendlicht zurück, das über die Dächer der Apartementhäuser von Central Park West einfiel und ihre Körper aufleuchten ließ.

Jeder Vogel versuchte, einen Vorteil zu gewinnen, und ihre Luftakrobatik erfüllte Pam mit Bewunderung. In fingierten Angriffen flogen die Vögel aufeinander zu, dann wich der bedrohte Vogel zurück, und der Bedroher begann plötzlich einen Gleitflug. Sie wechselten die Höhen, manchmal waren sie so hoch, daß sie zu kaum mehr sichtbaren Punkten wurden, wenige Sekunden später rauschten sie mit glänzenden Schwingen und gleißenden Schwanzfedern so rasch über die Baumspitzen, daß Pam ihnen kaum folgen konnte.

Es gab kleine Attacken und tollkühne Verfolgungen, die sich mit einer Schnelligkeit abspielten, daß nur der Eindruck eines Flügels, eines Schwanzes, eines aufblitzenden Kopfes blieb. Sie sind wie Kampfflieger, dachte Pam, wie Kamikazeflieger. Sie berichtete von ihren Eindrücken, war sich nicht mehr der Kameras bewußt, sprach instinktiv, so gebannt verfolgte sie das Duell. Dann sah sie Jay an; dieser war von dem Kampf völlig hingerissen, er bewegte den Kopf hin und her und bewegte die Lippen, als wolle er die Vögel anfeuern. Was vor sich ging, war wichtig für ihn – schließlich war das Duell seine Idee, sein Plan gewesen, den Wanderfalken unschädlich zu machen, erinnerte sich Pam.

„Es ist fast wie ein Paarungsflug", flüsterte er ihr leise zu, und obwohl Pam nicht genau wußte, was man darunter verstand, fühlte sie die Widersinnigkeit des Vergleiches, denn hier kämpften zwei Vogelweibchen einen Kampf auf Leben und Tod.

Die Vögel flogen in einer Doppelspirale hoch und schienen einander plötzlich sehr nahe. Sie zogen dreifache Schleifen, stießen fast zusammen und flogen wieder in entgegengesetzte Richtungen, so daß sie nicht mehr zu sehen waren. Wieder vergaß Pam ihre Umgebung, wußte nur, das sie ein einmaliges Ereignis erlebte, etwas Reines und Primitives, dem nur ein einziger Instinkt zugrunde lag, der Instinkt des Raubvogels, anzugreifen, zu töten und zu überleben.

Jetzt wurden die Vögel immer verwegener. Das Duell war seit einigen Minuten im Gang, und Pam spürte die wachsende Intensität, spürte, wie sich mörderische Wut zusammenbraute. Die Wildheit, die brennende Zielstrebigkeit der riesigen Vögel, die ihre Methoden ausprobierten und die Schwäche des Gegners suchten, machten sie selbst schwach. Sie flogen aufeinander zu, flogen vorbei, drehten den Kopf, um den Gegner zu sehen, wechselten die Höhen und begannen von neuem. Der Falke brauchte Höhe für seinen Sturzflug. Der Haubenadler wollte den Falken gegen die Wolken abdrängen. Man hörte nicht nur die „Ahs“ und „Ohs“ der Zuschauer auf dem Boden, nicht nur die hohen Rufe Nakamuras und Jay Hollanders erregtes Atmen, sondern auch die Schreie der Vögel, das *Hiii, Hiii, Wiooo* von Kumataka, das *Aik, aik, aik* des Wanderfalken. Manchmal war Pam überzeugt, die Vögel würden zusammenstoßen, und in diesen Momenten vereinigten sich ihre Rufe zu einem mißtönenden Geschrei, das die Härte des Kampfes erkennen ließ. Es war ein tiefer, rauher, wilder Ton.

„Jetzt sind sie bereit“, flüsterte Jay. „Die Einleitung ist vorüber. Der Kampf beginnt. Er wird bald vorbei sein“, sagte er, ohne Pam auch nur anzusehen, das Fernglas an die Augen gepreßt und es nach allen Himmelsrichtungen drehend, um den gesamten Luftraum zu überblicken.

Pam beobachtete genau. Die zwei Vögel befanden sich an den gegenüberliegenden Seiten des Parks. Und dann flogen sie aufeinander zu. Der Haubenadler in einer langsam fallenden Kurve immer schneller, der Wanderfalke stieß in einem steileren Winkel hinunter, so als hätten sie einen unsichtbaren Punkt gewählt, wo sie zusammenprallen wollten.

Der Haubenadler war schnell, der Wanderfalke aber schneller. Der Haubenadler änderte die Richtung, schlug einen Zickzackkurs ein wie jene von der Hitze geleiteten Raketen, die einen fliehenden Düsenjäger verfolgen. Auch der Wanderfalke veränderte jetzt die Bewegung, drehte sich während des Sturzfluges ein wenig, drehte einen Flügel, streckte die Beine aus. Immer noch flogen sie aufeinander zu. Es sah aus, als würden sie zusammenstoßen. Als sie aneinander vorbeiflogen, oder vielleicht den Bruchteil einer Sekunde vorher, hörte Pam Jay flüstern: „Gib acht! Gib acht!“ und sah, wie Kumatakas Körper im Licht glänzte, sich ein wenig drehte und zuschlug.

„Oh! Getroffen!“ rief Jay, und Pam sah, daß der Wanderfalke verwundet war. Die Flügelbewegungen wurden ungleichmäßig, der Flug unsicherer. „Sein Flügel ist verletzt“, sagte Jay, und dann hörte Pam Nakamuras frohlockenden Ruf. Als sie zum Himmel aufblickte, sah sie Kumataka kreisen. Der Falke war verschwunden.

„Wo ist er? Ist der Wanderfalke zu Boden geflogen?“

Einen Moment lang antwortete Jay nicht, dann sagte er: „Er ist immer noch dort oben, er versteckt sich, versucht, sich zu erholen. Er ist verletzt, aber noch lang nicht erledigt.“

Der Ehrwürdige Kumataka zog einen Kreis und sah auf Nakamura herab, der ihn mit seinen Rufen ermutigte. Stolzgeschwellt, dachte Pam, siegreich, den Himmel beherrschend. Und dann bemerkte Pam, für Kumataka unsichtbar, im Westen den Wanderfalken herankommen, rot glühend in den letzten Sonnenstrahlen, stieß er in einem steilen Winkel herab.

Auch Nakamura sah ihn, denn auf einmal veränderte sich sein Tonfall. Es war, als riefe er seinem Vogel zu, aufzupassen auf das, was aus der Luft auf ihn zukam. Kumataka schien ihn jedoch nicht zu verstehen; er drehte sich nicht um. Vielleicht hatte ihn das Verschwinden des Falken verwirrt, vielleicht glaubte er, bereits gewonnen zu haben. Nakamura wurde immer verzweifelter. Der Wanderfalke jagte abwärts, und Pam hörte sein gellendes *Aik, aik, aik.* Schließlich hörte es auch Kumataka, denn er drehte sich um und blickte auf. Zu spät. Der Falke stieß direkt auf ihn – wie ein Messer, wie ein riesiges Hackmesser, das den Gegner in Stücke zu reißen schien. Der Angriff war so rasch und so wütend, so absolut zerstörend, daß Pam versucht war, sich abzuwenden. Nur mit eiserner Willenskraft hielt sie den Blick auf die zwei Vögel gerichtet, sah Federn, sah ein Stück Flügel herabsegeln, sah den Haubenadler abtrudeln und seinen Versuch, sich aufzufangen. Aber es mißlang, und er fiel zur Erde.

„Er ist tot“, flüsterte Jay. Kumataka war kaum dreißig Meter von ihnen entfernt auf den Boden aufgeschlagen, und jetzt liefen alle zu ihm, Nakamura an der Spitze, dann Pam und Jay, die ihre Mikrophone vergessen hatten und sie dann von den Hemden rissen.

Der Anblick war schrecklich. Der Vogel blutete. Sein Körper wies tiefe Wunden auf. Ein Flügel war verstümmelt, der Kopf fast abgerissen und das Rückgrat vom Schnabel des Wanderfalken gebrochen, wie Jay erklärte. Pam blickte nach oben. Der Falke war jetzt sehr hoch, zog eine große Schleife über den Park, kreiste erhaben, wie um festzustellen, daß er wieder König in seinem Reich war. Und Nakamura weinte oder versuchte zu weinen; denn obwohl er schluchzte, konnte Pam keine Tränen sehen. Dieser stolze, arrogante kleine Japaner wiegte die Überreste des Ehrwürdigen Kumataka im Arm hin und her, und zum ersten Mal sah Pam in seinen Augen nicht Grausamkeit, sondern den tiefen Schmerz eines gebrochenen Mannes.

Sie verlor ihn aus den Augen. Alles wollte zurück zu Kanal Acht. Jay ging nach Hause, und Pam sprang in den Regiewagen und fuhr mit Penny zur Station zurück. Die Kamerateams packten ein und gingen. Die zufälligen Zuschauer verliefen sich. Es wurde rasch dunkel, und in der Dunkelheit war der Central Park kein sicherer Ort.

Erst spät abends, eine halbe Stunde vor den Elf-Uhr-Nachrichten, als der Film vom Duell und Pams Kommentar endlich fertig waren und Herb sich zufrieden erklärte, erwähnte Pam, daß Nakamura nicht zurückgekehrt sei, daß man ihn offensichtlich zurückgelassen hatte.

„Er wird schon nach Hause finden“, sagte Herb. „Im Augenblick kümmert er uns nicht. Ich glaube auch nicht, daß er eine Erklärung abgeben möchte. Es ist ja irgendwie beschämend, nach all dem, was er sagte, zu verlieren.“

Man vergaß ihn, die Nachrichten wurden ausgestrahlt, und

dann bestellte Herb Champagner, und in der Station wurde ein riesiges Fest gefeiert. Sie hatten es geschafft; sie hatten selbst für eine Nachrichtensensation gesorgt und die gesamte Konkurrenz auf der Strecke gelassen. Sie hatten ein Duell zwischen zwei riesigen Vögeln arrangiert, und irgendwie war es egal, daß der furchterregende Falke gewonnen hatte. Man hatte ihn in Aktion gesehen, hatte feststellen können, daß er Mut genug für einen tödlichen Kampf besaß und nicht nur unschuldige Menschen auf der Straße anfiel. Dafür wurde er respektiert. Auch der Ehrwürdige Kumataka tat ihnen leid, aber so war das Leben eben – „Ein Vogel frißt den andern", wie Herb zu sagen pflegte. Es sei wie im Nachrichtengeschäft – ein Überlebenskampf. Alle waren ziemlich betrunken, stießen einander an und sagten dumme Sachen, als auf einmal Janek auftauchte. Er sah ernst und bestürzt aus, nahm Herb beiseite, und Pam sah, wie Herb plötzlich die Stirn runzelte.

Eine Minute später fand die Party ein Ende. Was sie erfuhren, ernüchterte sie, und niemand hatte mehr Lust, zu feiern. Es hatte sich, wie Pam sich endlich zusammenreimte, folgendes zugetragen:

Als sich alle aus dem Park entfernt hatten, nahm Nakamura einen alten Karton, in den er die Überreste des Ehrwürdigen Kumataka legte. Dann ging er in ein schäbiges Hotel in einer Nebenstraße vom Times Square. Ein paar Stunden blieb er allein mit seinem toten Vogel auf dem Zimmer – vermutlich trauernd, denn als er um zehn Uhr das Hotel verließ, stellte der Portier fest, daß er verstört und angespannt wirkte.

Er suchte eine Weile, bis er in der Nähe vom Times Square einen auch abends geöffneten Laden für Kameras, Ferngläser, Fernsehgeräte und ähnliches Zeug fand. Der Portier sah ihn mit einem Paket zurückkommen. Eine Stunde später kam ein Hotelgast, eine ehemalige Stripteasetänzerin namens Sheila Kelly in die Hotelhalle gestürzt und sagte, sie habe aus dem benachbarten Zimmer Stöhnen und Schreie gehört. Als sie zur Tür gegangen war, um Genaueres zu erfahren, hatte sie die Tür unabsichtlich geöffnet, „und da drin ist so ein Chinese und eine furchtbare Schweinerei".

Der Portier ging hinauf, um nachzusehen. Er fand Nakamura mit verschränkten Beinen neben seinem toten Vogel auf dem Boden sitzen und ein Küchenmesser in seinem Magen hin und her drehen. Er versuchte eine bereits riesige Wunde, aus der das Blut strömte, noch zu vergrößern. Das Fernsehen lief, auf Kanal Acht eingestellt. Sheila Kelly erkannte Nakamura und begann zu schreien. „Das ist er! Das ist er!" Als die Polizei kam, lag Nakamura tot über seinem verstümmelten Vogel. Auf dem Boden war eine riesige Blutlache, und laut Aussage des japanischen Vizekonsuls, der die Überführung der Leiche nach Japan übernahm, war es eine überaus unelegante Methode des rituellen Selbstmordes gewesen; ohne Zweifel wegen der Schande und des Gesichtsverlustes, aber bedeutungslos, weil Nakamura nicht der Samuraikaste angehörte und ein gewöhnliches Messer, selbst wenn es in Japan erzeugt wurde, niemals ein geweihtes rituelles Schwert ersetzen konnte.

14

Hollander bedauerte nichts. Sein Vogel hatte heroisch gekämpft und den Feind durch Schlauheit und Willenskraft besiegt. Selbst als er verletzt war, hatte er seine Überlegenheit bewiesen. Jetzt lag er verwundet da, ein Gladiator, der blutend aus dem Ring zurückgekehrt war.

Draußen, hinter dem dreieckigen Fenster der Voliere, war es Nacht. Der Wanderfalke aber wurde von einer am Tisch befestigten Architektenlampe hell beleuchtet. Er hatte Beruhigungsmittel erhalten und atmete schwer. Hollander saß im Halbdunkel. Er hatte das Blut weggewischt, die Wunden gereinigt und mit Antibiotika bestäubt. Als er jetzt die gebrochenen Federn inspizierte, dachte er an das Duell zurück.

Von dem Augenblick, da er zum erstenmal von Nakamura

gehört hatte, hatte er ihn gehaßt; ein Satan, der Häßlichkeit aufzog, um die Schönheit im Himmel zu zerstören. So hatte er ihn nach New York gelockt, und jetzt hatte die Schönheit gesiegt; die Kunst hatte den Kniff besiegt, und Nakamura war aufgeschlitzt; ein passendes Ende für ein häßliches Leben.

Hollander zog seinen Stuhl nach vor, öffnete die Tischlade, nahm eine Lederkassette heraus und legte sie neben den Vogel. Es war eine Federnsammlung, jede Feder in einer Plastikhülle, nach Form und Größe geordnet. Im Laufe der Jahre hatte er Handschwingen, Armschwingen und Schwanzfedern von Vögeln gesammelt, die sie abgeworfen hatten. Wie alle erfahrenen Falkner bewahrte er sie auf, um abgebrochene Federn ersetzen zu können. Aber jetzt stand er vor einem Problem: Der Haubenadler hatte fünf linke Handschwingen des Wanderfalken gebrochen, und Hollanders Falkenfedern erwiesen sich als zu klein. Er mußte Federn von größeren Vögeln nehmen, von Gerfalken oder Adlern. Durch Trimmen und Zurechtschneiden würde er die gebrochenen Schwungfedern ersetzen können, obwohl er wußte, daß er den entsprechenden Ersatz nicht besaß.

Den Falken mit neuen Schwungfedern auszustatten, war einfach in der Theorie, aber nicht in der Praxis. Die geknickte Feder wurde unterhalb des Bruches abgeschnitten und eine Ersatzfeder der gleichen Größe und Form so zurechtgestutzt, daß sie der abgetrennten Feder entsprach. In den Schaft der beiden Federn führte man einen kleinen Holzstift ein, um eine Verbindung herzustellen, und wenn die Federn angepaßt waren, wurden sie zusammengesteckt und geklebt.

Er begann nach Mitternacht mit seiner Arbeit, konzentrierte sich auf seine Aufgabe, und obwohl es ihn traurig stimmte, daß die Federn, die er einführte, eine andere Farbe hatten und die Schönheit seines Vogels beeinträchtigten, war es die Flugfähigkeit, um die es ihm ging. Um gut und kraftvoll fliegen zu können, mußten die Schwingen völlig ausbalanciert sein. Ein Falke war ein aerodynamisch vollkommenes Lebewesen, und jeder Teil hatte im Flug eine bestimmte Aufgabe zu erfüllen. Der Vogel konnte Verluste bis zu einem gewissen Grad kompensieren, wie er es bei seiner letzten großen Schleife am Nachmittag getan hatte, aber für Hollander war etwas nicht Greifbares verlorengegangen, ein Bruchteil der Beschleunigung, Millimeter der Spannweite, eine bestimmte Qualität, die er jetzt wieder herstellen wollte.

Während er arbeitete und die Wunden seines geliebten Vogels untersuchte, dachte er an seine eigene Wunde, an den Ursprung seiner Wut, seines Nihilismus, seines Verlangens zu töten. Es war diese Wunde, die er zu heilen versuchte, indem er sich mit dem angreifenden Falken identifizierte. In der Ekstase wilder Gewalttätigkeit kam der Augenblick, da er seine Pein vergaß.

Was war diese Wunde? Woher kam sie? Warum trieb sie ihn zu dem, was er tat? War er damit geboren, oder hatte er sie später erhalten?

Es schien ihm, als sei eine schwere Kette in sein Gehirn geschmiedet – Ideen und Triebe, Gefühle und Sehnsüchte verbunden mit einer Kette aus Wut und Schmerz. Die Kette wurde straffer, der Druck immer stärker, und dann suchte er nach Erlösung. Bis vor kurzem hatte ihn die klassische Falknerei befriedigt, in den letzten Jahren aber hatte ihn nach mehr verlangt, und so erfand er eine neue Beize, die seinem Verlangen entsprach.

Diese neue Beize, noch im Entwicklungsstadium, führte ihn zu einem Punkt, den er damals noch nicht absehen konnte. Aber er fühlte einen Plan dahinter, eine Art von Symmetrie, die ihm zusagte. In Blut konnte Schönheit liegen; ein Kunstwerk wurde geboren, wenn ein Vogel zwischen den Gebäuden der Stadt aufflog und unten die weichen Hälse junger Frauen darauf warteten, durchbohrt zu werden.

Er hatte die erste Schwungfeder ersetzt, schob die Lampe weg, lehnte sich zurück und versuchte, sich zu entspannen. Die Arbeit war mühselig und schwierig. Das Duell hatte Hollander erschöpft – all die Täuschungsmanöver und Lügen, das Wegschleichen zur Voliere, um den Wanderfalken freizulassen, das Heimkehren, um ihn zu empfangen und seine Wunden zu versorgen. Es war hart gewesen, während des Kampfes neben Pam zu stehen und neutral zu erscheinen, wenn es in Wahrheit *sein* Kampf war. Und dann die lächerliche Party im Studio, wo man, anstatt die Kunst der Falknerei zu feiern, über den journalistischen Coup frohlockte. Er hatte sich bemüht, nicht aufzufallen, sich zu benehmen wie alle andern; er wußte, daß ihn die Leute mochten und nett fanden, daß niemand eine Ahnung hatte, was in ihm vorging.

Wie er sich danach sehnte, es Pam zu erklären – ja, ganz besonders ihr! – wie ihn das Bedürfnis, alles zu lenken und zu kontrollieren, stets seine Überlegenheit zu beweisen, einkerkerte. Und auch die Kehrseite, seine Sehnsucht, ein Falke zu sein, ein einsamer Jäger, der gefährlich lebt, wild und edel, mächtig, schön und glänzend; der durch die Luft schießt, im Himmel seine Kreise zieht, zu den Sternen aufsteigt. Ein Falke, würde er ihr erklären, ist einfach da; er existiert und lebt, um zu überleben, und weil das alles ist, ist es genug. Wenn sie dann fragte, warum er tötete, würde er antworten, daß er verflucht sei. Da er kein Falke sein konnte, wurde er ein Falkner; da er nicht in Freiheit fliegen, nicht eins mit der Natur und dem Göttlichen sein konnte, mußte er ein Geschöpf beherrschen, das das konnte, und dieses Geschöpf benutzen, um seine Leidenschaft vom Himmel herabstürzend zu befriedigen. Wenn Pam das hörte, würde sie ihn bewundern, dessen war er sicher. Denn Pam würde verstehen: Sein Töten war eine großartige romantische Geste, kein Mord, sondern ein Aufschrei gegen sein Schicksal.

Doch selbst wenn er ihr das alles erzählte, würden sie beide wissen, daß es noch etwas anderes gab, jenes scheußliche Böse, das ihn entsetzte, das Anschwellen, das er verspürte, wenn der Falke herabstieß, die Samenexplosion, wenn der Vogel den Hals aufschlitzte. Das war etwas Niedriges, das sich mit der Leidenschaft, dem Trotz, der Sehnsucht nach Edlem nicht vereinen ließ. Es war eine hassenswerte Gier, eine verzweifelte Pein, eine eiternde Wunde, die nicht heilen wollte.

Er wollte nicht mehr daran denken; dachte er daran, so endete er stets bei diesem grausamen Paradoxon. Aber hinter allem gab es Schönheit, das wußte er, Kunst, ein Meisterwerk, das in ihm nach außen drängte. Aber nur durch das Handeln wurde es sichtbar. Und es gab kein Handeln, bevor der Wanderfalke nicht wieder wirklich fliegen konnte.

Er hatte die Federn geformt, sie den gebrochenen Handschwingen angepaßt, die Schäfte zurechtgestutzt. Jetzt spitzte er die Bambusstückchen, die die Schäfte verbinden sollten. Darauf konzentrierte er sich und schob den Gedanken an Pam und das, was er ihr sagen und erklären wollte, weit von sich. Er zwang sich, an nichts zu denken als an die Schwingen des Wanderfalken. Bevor sie nicht in Ordnung waren, durfte er nicht ruhen. Er wollte arbeiten, bis der Morgen graute.

15

In der Nacht, wenn er durch die Straßen fuhr, fühlte Janek die Leidenschaften am stärksten. Seit dem Duell waren fünf Tage vergangen. Seither hatte man nichts gesehen, nichts gehört. Und doch war der Falke gegenwärtig, schwebte über New York; vielleicht noch mächtiger, dachte Janek, weil er unsichtbar war. Sein Schweigen, seine Unsichtbarkeit kündigten einen noch schrecklicheren Angriff an. Janek spürte, daß sich die Stadt vor einem Abgrund der Angst befand.

Die Geschäfte hatten lange offen; Theater und Kinos waren ausgezeichnet besucht. Die Menschen, die sich fürchteten, bei Tag spazierenzugehen, fühlten sich nach Einbruch der Dunkelheit sicher. Der Falke, so hatte man ihnen erklärt, griff nur aus der Sonne an. Daher strömten sie abends auf die Straßen, während fahrende Händler ihre Waren feilboten.

Janek sah Wanderfalken-T-Shirts mit riesigen durchdringenden Augen auf der Brust, die zum Verkauf angeboten wurden. Auf dem Union Square drängten sich die Leute um einen

Prediger, der auf einer Bank stand. Janek hielt seinen Wagen an und hörte zu. „Das Ende der Welt", schrie der Mann, und sein grauer Bart und seine Locken flatterten im Wind. „Der Falke ist die Apokalypse. Bereut, Sünder, oder Ihr seid verdammt."

Auch andere „Pseudopriester" wandten sich an die Zuhörer. Ihre Botschaften waren unterschiedlich: Der Falke war der Satan; der Falke war ein Werkzeug Gottes. Alle schrien, alle rollten die Augen, daß das Weiße fiebrig glänzte.

Auf dem Broadway sah er einen Mann kleine Papiersäckchen verkaufen. „Pfeffer! Pfeffer! Streut Pfeffer auf den Falken. Blendet ihn – streut ihm Pfeffer in die Augen!"

Die Leute kauften die Säckchen, einem andern Mann weiter oben kauften sie Stöcke und Regenschirme ab. „Bekämpft den Falken! Benutzt einen Stock!" brüllte er, während aus einem Plattengeschäft eine Rockballade erklang: „In den Schluchten der Stadt der Falke fliegt, ein Mädchen blickt auf, zu spät. Im Blut sie liegt."

All der Wahnsinn, der sich auf sein Büro konzentriert hatte, bis uniformierte Polizisten die Anrufe abnahmen, war jetzt in den Straßen zu finden, und auch auf den Ätherwellen. Während er weiterfuhr, hörte er eine Radiosendung, bei der man anrufen konnte.

„Man sollte Gift legen." Es war die Stimme eines alten Mannes. „Besprüht die Dächer. Schickt Holzfäller her. Entlaubt die Gärten wie man es in – in Vietnam gemacht hat."

„Ich war in Vietnam", sagte der nächste Anrufer, „ich kann Ihnen sagen, der Dreck funktioniert nicht. Ich habe Kameraden, die von *Agent Orange* Krebs bekamen. Militärische Lösungen nützen hier nichts. So etwas kann man nicht mit Gewalt lösen."

„Haben Sie andere Vorschläge?" fragte der Moderator. Er hatte eine jener öligen Stimmen, die Janek nicht leiden konnte. Seine Zuhörer waren Idioten für ihn; er verachtete sie; einige amüsierten ihn, zumeist aber war er gelangweilt.

„Warum soll ich mit einer Antwort kommen? Ich sage

Ihnen nur, was ich weiß."

Als nächstes rief eine Frau an. Janek stellte sie sich auf einer Bettdecke mit Goldfransen liegend vor, in einem schäbigen Wohnblock in Queens, wo die Flugzeuge den ganzen Tag die Fensterscheiben klirren ließen – ihr Leben eine Kakophonie aus Staubsaugern, Anrufsendungen und kreischenden Jets.

„Der Kerl, der diesen Vogel kontrolliert . . ."

„Der Falkner. Ja?" Der Veranstalter wünschte einen präzisen Dialog.

„Ja, dieser Kerl – er ist hinter allen den Frauen her. Man sagt, er haßt die Frauen. Ich habe überlegt – vielleicht war seine Mama wirklich ekelhaft zu ihm. Oder seine Schwester. Oder vielleicht die Tante. Vielleicht wurde er von einer Lehrerin geprügelt. Und daher will er das jetzt ausgleichen. Sie verstehen, was ich meine?"

„Sie meinen, ein Racheakt. Aus psychologischen Gründen?"

„Bestimmt. Etwas in der Art. Warum sonst würde ein Mensch so etwas tun? Vielleicht, wenn wir herausfänden, wer er ist und die Dinge für ihn in Ordnung bringen, wissen Sie –"

„Ja, ja. Vielen Dank. Hallo?"

Eine andere Stimme: „Die Dame, die eben sprach . . ."

„Die Psychologin. Ja?"

„Sie klingt, als hätte sie *Verständnis* für diesen Mann. Daher möchte ich wissen, was er für Mitgefühl für *diese Mädchen* gezeigt hat?"

„Man sollte ihn ans Kreuz schlagen", schlug ein anderer Anrufer vor.

„Auf einen Ameisenhaufen legen."

„Auf dem Scheiterhaufen verbrennen!"

Als es zu blöd wurde, schaltete Janek ab. Doch als er an diesem Abend nach Hause kam, drehte er das Fernsehen auf. Im Bildunsprogramm war eine Round-table-Diskussion im Gang: der chinesisch-amerikanische Psychoanalytiker David Chin; Winthrop Caldwell, ein konservativer Umweltforscher;

und der Zoologe Sven Jorgensen, bekannt durch sein Eintreten für den Schutz von Robben, Delphinen und Walen.

Dr. Chin sprach eindrucksvoll von Massenhysterie und archetypischen Drohungen. Der Falke habe, sagte er, einen „dunklen Atavismus" angesprochen. Die Furcht, die er auslöse, stünde in keinem Verhältnis zu dem, was er tatsächlich getan habe. Caldwell lenkte das Gespräch auf andere Bahnen: Wir müssen lernen, die Bedürfnisse des Menschen und die der Tiere in freier Wildbahn aufeinander abzustimmen. Vielleicht ist es an der Zeit, sich zu fragen, ob wir nicht besser dran wären, wenn manche dieser räuberischen Geschöpfe tatsächlich ausstürben.

Janek hörte nur mit halbem Ohr hin, als die Diskussion hitziger wurde, weil Chin auf seiner Jung'schen Auslegung beharrte, während Caldwell von der Notwendigkeit sprach, eine hungrige Welt zu ernähren. Als Sven Jorgensen zu sprechen begann, merkte Janek auf. Dieser sanfte ältere Herr aus Schweden hatte etwas Wichtiges zu sagen.

„Sicher ist das, was geschehen ist, furchtbar." Jorgensen sprach in modulierten Kadenzen; Umweltdiskussionen, die sich über drei Jahrzehnte erstreckten, hatten sein Englisch geschliffen. „Nichts kann die Ermordung dieser drei Frauen entschuldigen. Und nichts kann je das abscheuliche Schauspiel entschuldigen, das eine kommerzielle Fernsehstation im Central Park inszeniert hat. Trotzdem müssen wir uns fragen, warum das alles geschieht und was es bedeutet. Der Mensch hat den Wanderfalken beinahe ausgerottet. Diese herrlichen Vögel wurden durch Chemikalien vergiftet, die wir gedankenlos versprüht haben. Ich weiß, viele behaupten, dieser Vogel sei der Gefangene eines Wahnsinnigen, nur eine Waffe ohne eigenen Willen.

Dennoch frage ich mich, ob das voll und ganz stimmt, ob dieser Vogel uns nicht für die Verlogenheit und die Billigkeit unserer Kultur bestraft, ob er nicht vielleicht ein Vorbote von Naturkräften ist, die sich gegen uns wenden – als Selbstverteidigung und als Vergeltung. Wir leben in einer Stadt, die jedes

Maß verloren hat, die sich über die Natur hinwegsetzt und die Menschheit verkümmern läßt. Wir leben wie Tiere in Käfigen; wir sind Menschen im Zoo. Unsere Gebäude sind zu hoch. Unsere Erzeugnisse sind häßlich. Unsere Musik ist abscheulich. Durch unsere Maschinen werden wir entfremdet. Wir haben das Gleichgewicht gestört und die Kräfte der Natur verschoben. Zellen geraten außer Rand und Band. Krebsgeschwüre wuchern und vermehren sich. Tiere werden riesig und rebellieren. Wahnsinn liegt in der Luft, und es ist ein vom Menschen ausgehender Wahnsinn. Wir sollten über diese Probleme nachdenken. Vielleicht hat uns dieser riesige Falke etwas zu sagen. Vielleicht können wir aus der Tragödie etwas lernen – uns wieder mit dem Natürlichen vertragen, unsere Kultur des Schlachtens und Vergiftens aufgeben und diese von uns geschaffene monströse Stadt, in der uns ein Vogel bedroht, der eigentlich unser Freund sein sollte, verlassen."

Janek schlief nicht gut in dieser Nacht. Er wälzte und drehte sich, kämpfte mit seinen Kopfkissen, warf sich von einer Seite auf die andere. Als er endlich die Müllwagen hörte, konnte er ein bißchen Schlaf finden.

Um fünf stand er auf und machte Kaffee. Draußen war es dunkel, es gab nichts zu tun – keine Zeitung zum Lesen, keine Frau zum Küssen und Umarmen. Sein Leben schien leer. Er hatte niemanden, nichts, nicht einmal eine Idee, an die er sich klammern konnte.

Er trug den Kaffee zur Werkbank und begann an einem beschädigten Akkordeon zu basteln. Sein Vater kam ihm in den Sinn, der den ganzen Tag schweigend gearbeitet hatte, die Lippen gespitzt, als peife er vor sich hin. Samstags saß Janek immer im Laden und sah seinem Vater bei der Arbeit zu. Ein alter Straßenmusikant mit einem kleinen Affen kam jede Woche ins Geschäft und brachte seine alte, klapprige Ziehharmonika mit, die immer reparaturbedürftig war. Der kleine Affe war abgerichtet, die Pfote zu geben – jeden Samstag versuchte Janek, dem Händedruck zu entgehen und saß, die Hand unter den Schenkeln versteckt, um die Berührung mit der rauhen kleinen Pfote zu vermeiden. Aber schließlich reichte er dem armseligen Tier jedesmal die Hand. Nachdem sein Vater ihm gesagt hatte, daß das Äffchen das einzige Geschöpf sei, das der alte Akkordeonist liebte, konnte Janek der ausgestreckten kleinen Pfote nicht widerstehen.

Er wollte jemanden lieben, Leidenschaft empfinden, seine ausgebrannte Leere überwinden. Die Orte und die Leute, die ihn anzogen, schienen allen andern häßlich – Orte, die öd, Menschen, die beklagenswert waren.

Er klebte ein paar Tasten auf, reparierte den Blasbalg, probierte das Instrument aus und konnte es nicht stimmen. Aber das machte nichts – schließlich war es nur ein Hobby; er liebte die Arbeit nicht, wie sein Vater sie geliebt hatte. Sein Vater verließ die Werkbank erst, wenn ein Instrument wieder in Ordnung war. Janek beneidete ihn um die Vollkommenheit seiner Arbeit. Seine eigene war so unvollkommen. Von sechzig Fällen wurden vielleicht sechs gelöst, bestenfalls gab es zwei oder drei Verurteilungen. Fälle verstrickten sich, blieben ungeklärt, wurden zu den Akten gelegt. Aber die schwierigen verfolgten ihn, ließen ihn nicht los – wie ein unfertiges Akkordeon, das geöffnet auf der Werkbank lag.

Um elf Uhr saß er im Büro des Leiters der Kriminalabteilung, um Bericht zu erstatten. Hart war wie ein Buddha – undurchschaubar, ruhig, fett, das graue Haar ganz kurz rasiert. Er hörte zu, zeigte jedoch keine Reaktion. Dann sprach er, ernst monoton, mit einer Fistelstimme.

„Ich weiß, daß Sie alles tun, was nur möglich ist, Frank. Ihre Methode ist fehlerfrei. Aber wir sehen uns mit der Situation konfrontiert, daß Jogger Angst haben vorm Laufen und die Brötchenverkäufer sich bitter beklagen, weil niemand im Park ihnen etwas abkauft. Gestern wurden zwei Kongresse abgesagt – für Akademiker und Psychiater. Das sind tausend Zimmer. Sie wissen, was das heißt."

Janek wußte es. Das Geschäft ging schlecht – Hotels, Restaurants, Theater. Als nächstes wird Hart mir mitteilen, daß der Bürgermeister verärgert ist und die Presse unbedingt

Blut sehen will, dachte Janek.

„. . . die Sache ist so, daß es zumindest den *Anschein* haben muß, als würden wir etwas unternehmen. Vielleicht könnten wir die Spezialeinheit verdoppeln. Etwas in der Art. Diese Barrett rief mich gestern zweimal an. Ich verwies sie an Sie, Frank, aber sie behauptet, daß Sie Ihre Anrufe nicht erwidern."

„Ich leite eine Untersuchung. Für Journalisten bleibt mir keine Zeit."

„Nehmen Sie sich Zeit. Die Frau ist eben dabei, dem Ganzen eine feministische Note zu geben – daß nur Frauen bedroht sind und wir uns daher einen Dreck darum kümmern." Hart lachte.

Um drei Uhr saß Janek in einem Polizeihubschrauber, der über Manhatten kreiste. Neben ihm, ihr Knie an das seine gepreßt, saß Pam Barrett. Der Kameramann kauerte hinter ihnen. Janek unterhielt sich mit Pam über sein Helmmikrophon und wies auf die Gebäude. Pam nickte, während er sprach. „Ja, ja", sagte sie. Die Rotorblätter drehten sich, Wind blies in sein Gesicht.

„Dächer, Schornsteine, Wassertürme, Gärten, Klimaanlagen, Sonnenschirme, Verbrennungsöfen . . ."

„Und auch Statuen", sagte sie und wies auf eine Terrasse. „Blumenbeete, hübsche Arkaden, Solarien. Aussichtstürme. Ja, Janek, ich sehe das alles."

Er drehte sich zu ihr. Sie lachte und genoß offensichtlich den Flug. „Jetzt sehen Sie, wie schwer ich es habe", rief er. „Wir haben keine Möglichkeit, alles zu überprüfen. Wenn die Leute uns nicht freiwillig einlassen, brauchen wir für alles, was privat ist, einen Hausdurchsuchungsbefehl. Die Dächer der Stadt sind eine eigene Welt. Eine Stadt für sich."

Hörte sie zu? Sie zeigte dem Kameramann Gebäude und Ansichten, die er filmen sollte. Der Helikopter kam in ein Luftloch; der Pilot riß die Maschine wieder hoch. Janek sah Pam an. Sie war blaß geworden und sah aus, als sei ihr übel. Er hob die Brauen und wies nach unten. Sie nickte – offensichtlich hatte sie genug.

Im *Battery Heliport* tranken sie Kaffee. Die Kellnerin erkannte Pam, servierte ihr sorgfältig den Kaffee, während sie seine Tasse überschwappen ließ.

„Was also machen Sie, Janek? Sie fliegen dort hinauf und spähen herum?"

„Wir haben das Stadtzentrum fotografiert, und ein paar Offiziere, die in Vietnam Fotoanalysen machten, studieren die Fotos. Wenn sie etwas zu sehen glauben, fahren wir mit dem Lift hinauf und überprüfen es. Aber das bringt nicht viel, denn der Vogel kann ebenso gut in einer Wohnung sein und aus einem hochgelegenen Fenster fliegen. Es muß nicht unbedingt ein Dach sein."

„Könnte nicht jemand den Vogel sehen?"

Janek nickte. „Natürlich, das hoffen wir. Jemand muß etwas wissen. Dieser Mann ist nicht völlig isoliert. Wenn der Vogel wieder ausfliegt, wird es früher oder später jemand melden."

„Der Vogel wird ausfliegen."

„Damit Ihre Story weitergeht?"

„Der Falkner hat ihn viermal geschickt. Ich glaube nicht, daß er aufhören wird."

„Vielleicht wurde der Falke in dem kleinen Duell verletzt."

„Jay meint, daß der Falkner ihn wieder hinkriegen wird."

„Darauf warten wir."

„Ich auch." Pam stand auf. „Wissen Sie, eigentlich sind Sie recht nett, Janek. Anfangs vielleicht ein bißchen grob, aber dann zeigt sich das goldene Herz." Sie nickte ihm zu und ging.

Er trank eine zweite Tasse Kaffee und rieb sich am Knie. Sie hatte sich eng dagegengepreßt, als sie im Hubschrauber saßen. Er spürte immer noch den Druck. *Sie wird verletzt werden,* dachte er.

Die Wände seines Büros waren mit Aufnahmen bedeckt. „Wie im Film", bemerkte Marchetti. Es gab Bilder von Gebäuden, Luftaufnahmen, Standbilder vom Duell, eine Darstellung der Geräte der Falknerei. Auf dem Stadtplan hatte Janek große Kreise um alle Angriffsorte gezeichnet. Die

Gegenden, wo sich die Kreise schnitten (Janek hatte einen Zehn-Block-Radius verwendet), sollten besonders genau überprüft werden. Als Janek jetzt auf und ab ging und die Fotos betrachtete, fand er hunderttausend Plätze, wo sich der Vogel verstecken konnte. Zum Teufel – eine Million Plätze. Der Gedanke deprimierte ihn zutiefst. Die Möglichkeiten waren unendlich. So würde er den Falkner nie finden.

Die Untersuchung hatte Eigenleben bekommen. Seine Männer kamen und gingen. Anrufe kamen und wurden beantwortet; Leute wurden abkommandiert, um dieses oder jenes zu untersuchen. Rosenthal, Stanger und neuerdings zwei Kriminalbeamtinnen telefonierten den ganzen Tag mit Falknern. Janek hatte keine wichtigen Entscheidungen zu treffen, hatte keine neuen Anhaltspunkte, keine Hinweise. Die Untersuchung schien festgefahren. Janek sah sich ein halbes dutzendmal den Filmstreifen über das Duell und jenen über den Angriff im Rockefeller Center an, sah den Falken wie einen Kampfflieger niederstürzen und töten. Das einzige, was er feststellen konnte, war, daß die drei Angriffe auf offenem Gelände stattgefunden hatten. Es gab nicht sehr viele Parks, daher hatte er tagsüber zwei Männer auf der Aussichtsplattform des Empire State Buildings stationiert. „Die Dodo-Schicht“, wie Marchetti es nannte. Sie beobachteten alle Grünflächen durch Ferngläser. Wenn sie etwas bemerkten, sollten sie über Funk Meldung machen.

Und was dann? Janek überlegte. Die Hubschrauber aufsteigen lassen? Den Vogel jagen? So könnte er wenigstens das Gebiet einengen, und das wäre schon etwas, dachte er. Aber großes Zutrauen hatte er nicht.

Er setzte sich zu Rosenthal, der Telefonanrufe abzunehmen hatte. Janek hörte mit. „Ja, das wissen wir“, sagte Aaron. „Wir wissen, daß der Vogel ausgebrochen ist.“ Pause. „Sie glauben, daß er auf eigene Faust handelt? Wer füttert ihn dann? Wer läßt ihn aus?“ Pause. „Ein Monster – ich verstehe.“ „Er sollte gefangen und vertilgt werden.“ Rosenthal grinste. „Danke vielmals. Wir werden uns wieder melden.

Natürlich." Er legte den Hörer auf. „Mein Gott, Frank, sie spinnen – alle. Man könnte sie alle auf diese gottverdammte Liste setzen. Sie finden die Tötungsmethode ‚erstaunlich'. ‚Wie hat der Vogel das gelernt?' fragen sie. Als wollten sie die Methode erfahren, um sie ihren kleinen Vögeln beizubringen. Da gibt es einen Mann in Kalifornien, der sich für eine Art Ritter aus dem Mittelalter hält. Spricht wie Shakespeare. Schwierig zu verstehen. Er will, daß ich ihn besuche und ihn auf eine ‚fröhliche Jagd' begleite."

Janek lachte. Aaron gab ihm eine Liste. Sie war kurz. Janek studierte sie. „Wer sind die Leute, die mit einem Stern bezeichnet sind?"

„Eine Familie in der Nähe von Albany. Ein alter Mann und zwei Söhne. Sie lassen diese Vögel fliegen. Ohne Lizenz, laut Polizei. Ein paar Leute meinen, wir sollten sie uns näher ansehen. Am Telefon klingen sie jedenfalls recht unangenehm. ‚Wir werden uns mit unserem Anwalt in Verbindung setzen' – und diesen Scheiß. Ich glaube, sie sind einfach eigenwillig. Sicher kennen Sie diese Typen: So Narren von Rechtsaußen. Sie finden, die Regierung mische sich in alles ein."

„Sie kommen also nicht weiter."

Rosenthal zuckte die Achseln. „Manchmal bilde ich mir ein, etwas herauszuhören, aber letztlich muß man sich vor Augen halten, daß alle diese Leute Narren sind. Und jene, die es nicht sind, sind sehr kurz angebunden." Er schwieg. Dann: „Ich fürchte, wir treten auf der Stelle, Frank. Vielleicht ist alles vorüber. Vielleicht hat der Kerl einfach aufgehört. Ich meine, es ist doch seltsam – keine Briefe mehr. Nichts. Manchmal enden Fälle auf diese Weise; sie verlaufen sich im Sand, und man kann nichts dagegen tun."

Janek nickte. Er fühlte, daß die Moral seiner Leute sank. Er hatte sie brummen gehört: „Jetzt müßten wir endlich mal eine Glückssträhne haben." Das alte Klischee – wie er es haßte; es sagte ihm, daß die Leute die Lust verloren.

Am Abend war er wieder auf der Straße, fuhr ziellos durch das Theaterviertel, vorbei an überfüllten Bars und Nachtlokalen. Alle Menschen waren unnatürlich fröhlich; zuviel Gelächter, zuviel Auf-die-Schulter-Klopfern, eine lärmende Heiterkeit, die nicht zu dieser Jahreszeit paßte. Janek wußte, daß es mit dem Falken zu tun hatte, war sich jedoch nicht sicher, warum. Der Vogel hatte drei Menschen getötet; in New York gab es täglich fünf oder sechs Morde. Es war also nicht das Töten, es war mehr als das – Terror, und auf diesen Terror reagierte man mit einem makabren Galgenhumor.

Terror: Vielleicht war es das, was der Falkner wollte. Vielleicht waren die Mädchen nur zufällige Opfer in einer Kampagne des kollektiven Terrors. Wenn es das war, dann hatte der Falkner recht, zu warten, die Ereignisse versickern, vielleicht sogar abflauen zu lassen, um dann wieder zuzuschlagen, vielleicht zwei-, dreimal hintereinander und damit die ganze Stadt auf den Kopf zu stellen. Oder Janek irrte sich: War es Zufall und nicht Teil einer Kampagne? War es etwas, was der Falkner tat, wenn er Lust hatte, wenn ihn das Verlangen überkam?

Er wußte es nicht – das war das Schlimme. Er konnte seinen Gegner nicht verstehen. Und Janek wußte auch, daß er nichts erreichen würde, bevor er nicht gelernt hatte zu denken wie der Falkner. Und wenn der Falkner die Herrschaft über sich verloren hatte, dann, überlegte Janek, konnte er vielleicht dessen Gedankengänge nur begreifen, wenn er selbst einmal die Herrschaft über sich verlor.

16

Den Samstag nach dem Duell verbrachte Pam mit Hausarbeiten. Zwei Wochen lang hatte sie alles gelassen, wie es war. Jetzt saugte sie die Teppiche, wechselte die Bettwäsche, wusch die Badezimmerkacheln. Nakamuras Selbstmord hatte ihren Enthusiasmus erheblich gedämpft. Sie fühlte sich erschöpft und ausgelaugt.

Sonntags brachte sie ihre Kleider in die Putzerei, dann sah sie einem Fußballmatch zu, um sich vom Wanderfalken abzulenken. Aber je länger der Nachmittag dauerte, desto unruhiger wurde sie. Als sie um sechs Uhr ein fast verzweifeltes Bedürfnis nach Gesellschaft überkam, rief sie Paul an und fragte, ob er etwas vorhabe. Als er sagte, er habe keine anderen Pläne, als über die Narreteien seiner Ex-Frau nachzudenken, schlug sie vor, er solle sie besuchen. Er sagte zu und erklärte sich sogar bereit, eine Pizza mitzubringen, wenn sie für den Wein sorgte.

Er kam herein, als gehöre ihm die Wohnung, warf seine Leinenjacke auf die Couch, nahm den besten Wein aus ihrem Flaschengestell, kramte in den Küchenladen, bis er einen Korkenzieher fand, teilte die Pizza, stellte alles auf ein Tablett und brachte es ins Wohnzimmer, von wo aus sie ihn beobachtet und sich gefragt hatte, wie der Abend sich abspielen würde.

„Eine große Überraschung, bei dir eingeladen zu sein."

„Du sagst doch immer, daß wir in Verbindung bleiben sollen."

Er füllte die Gläser. „Was ist mit dem Kerl von den Kameraleuten geschehen?"

„Joel und ich sehen uns augenblicklich nicht."

„Gratuliere. Wieso hast du ihm den Laufpaß gegeben? Wegen des Hockeyspielers, den du ab und zu getroffen hast?"

Sie lachte. „Den hab ich seit Monaten nicht mehr gesehen."

„Jemand anderer also?"

„Ich glaube, ich bin so dazwischen."

Er zog die Brauen hoch, sich gleichsam über seine Neugierde mokierend. „Aber du magst doch die Sportler, nicht? Du mußt eine ganze Menge kennen."

„Ja, ich mag sie wirklich, Paul. Sie haben – *Instinkt.*"

„Ja, im Gegensatz zu uns Intellektuellen. Übrigens habe ich vor, ein Fitneßzentrum zu besuchen."

„Auch eine Möglichkeit, zu schwitzen." Sie nahm ein Stück Pizza, aß es und leckte die Käse-Tomatensauce von den Lippen. „Und – was gibt es Neues in der Fotografie?"

„Fo-to-gra-fie – laß mich nachdenken. Zorthaler hat eine

Ausstellung. Nahaufnahmen von Geschlechtsteilen; eine Menge Schamhaar um jedes Bild herum. Irgendwie pelzig."

„Klingt unappetitlich. Wir leben wirklich in verschiedenen Welten."

„Ich würde deine Welt nicht weniger seltsam nennen. Ich meine, mit dem Vogelduell und all dem Zeug."

Pam sah ihn an. Er war ein gutaussehender Mann, und er besaß jene Schärfe, die ihr immer gefiel, außer wenn er sie dazu benutzte, ihr Selbstvertrauen zu zerstören.

Jetzt starrte er sie an. „Pam, ich verstehe."

„Was verstehst du?"

„Dein Herumspielen mit der Pizza. Das Ablecken."

„*Wovon* sprichst du überhaupt?"

„Du hast Lust, nicht wahr? Deshalb hast du auch angerufen, das wußte ich sofort."

„Tatsächlich?"

Er nickte. „Ein Sonntag-Abend-Service, das willst du. Damit du morgen wieder ruhig zur Arbeit gehen und funktionieren kannst."

Mit ihm war Sex immer eine Komödie und keineswegs romantisch. Ein Kampf der Geschlechter, in dem er versuchte, sie festzuhalten, während sie zu entkommen suchte. Wenn sie schließlich nachgab, waren sie beide atemlos und erhitzt vom Kampf.

Sein Körper war gut durchtrainiert, obwohl sie nie begriff, wie er das zuwege brachte; er lief nie, wenn er gehen konnte, hob nichts auf, was sich auch schieben ließ, stand nicht, wenn es eine Möglichkeit gab, zu sitzen. Jedenfalls sah er gut aus, wie ein Brite aus der Zwischenkriegszeit; das Haar locker in die Stirn fallend, wie ein junger Stephen Spender oder Auden oder Isherwood. Und wenn er auch noch so gern und viel sprach – wenn er mit jemandem schlief, hielt er den Mund. Da gab es nur Stöhnen, wenn sie sich aneinanderpreßten, Aufschreien und Wimmern, wenn sie einander bekämpften, tiefes Aufseufzen, wenn sie sich entspannten. „Wenn du mit *mir* bumst", pflegte er zu sagen, „dann *weißt* du wenigstens, daß du gebumst hast.“ Damit hatte er recht – sie *wußte,* daß sie gebumst hatte, und das war mehr, als sie von einem Zusammensein mit Joel sagen konnte. Paul gefiel sich in solchen Formulierungen, er sagte Ähnliches über Fassbinder-Filme oder die Bilder von Francis Bacon. „Wenigstens weiß man, daß man einen *Film* gesehen hat“, sagte er, nachdem sie „Faustrecht der Freiheit“ gesehen hatten. „Vielleicht ist es nicht hübsch, vielleicht wird es dir nicht gefallen, aber wenigstens wirst du dich nicht *langweilen*“, sagte er, als sie zu einer Bacon-Ausstellung gingen.

Pam verspürte keine Langeweile. Nachher fühlte sie sich blendend, öffnete eine zweite Flasche Wein, die sie, immer noch nackt, auf ihrem Bett sitzend tranken. Er schlang seine Beine um die ihren und streichelte ihre Brust. Dann: „Du bist immer noch ein tolles Stück Fleisch.“

„Du bist auch ein schöner Brocken“, erwiderte sie. „Ich habe das Gefühl, etwas von dir abgerissen zu haben.“

Er lachte schallend und verschüttete den Wein auf das Leintuch. „Vielleicht tut dir das Berühmtsein gut. Dein Dialog wird lockerer. Du bist nicht mehr gar so korrekt wie früher.“

Pam sah ihn. War sie wirklich das korrekte, hochnäsige Mädchen gewesen, das er „in den Dreck ziehen“ wollte? Und eine andere Frage: Hatte sie ihn heute abend zu sich gebeten, weil sie in den Dreck gezogen werden wollte?

Er nahm ihr Gesicht zwischen die Hände, hielt es fest und sah ihr tief in die Augen. „Die vom Ehrgeiz getriebene Frau. Die Story ist alles. Nichts sonst zählt. Ist das richtig?“

„Es ist eine fabelhafte Story, Paul.“

„Natürlich. Und jetzt hat sie von deinem Leben Besitz ergriffen.“

„Vielleicht.“

„Bestimmt. Erzähl mir darüber. Was ist es, das dich so fasziniert?“

Einen Augenblick schwieg sie. „Ich weiß es nicht. Aber es ist einfach faszinierend. Ich *muß* die Dinge durchschauen. Stell dir nur vor, wie das wäre, den Falkner zu interviewen; ihn fragen, warum er das macht. Die Antwort finden. Direkt aus seinem Mund. Darauf warte ich. Wenn er überhaupt spricht, dann wird er, glaube ich, mit mir sprechen. Schließlich schreibt er mir Briefe."

„Ist Herb immer noch überzeugt, daß du einen Preis gewinnen wirst?"

„Komisch – eine Weile hat er mich damit wirklich auf Trab gebracht. Aber jetzt ist mehr dahinter. Ich denk nicht einmal mehr an einen Preis. Es ist der Mann, der mich interessiert, die Art Gehirn, die so etwas ausdenken kann. Auch, warum er mir droht."

„Hast du eine Ahnung, wie er ist?"

Sie schüttelte den Kopf. „Ich kann ihn mir nicht wirklich vorstellen. Seltsam und wild. Oder unheimlich – ein Homunkulus. Oder vielleicht ganz durchschnittlich, ein Mann, den man nie bemerken würde; mit einem Kindergesicht und einem wirren Blick."

„Aber etwas zieht dich an? Du scheinst nicht wirklich verängstigt."

Sie nickte.

„Was? Sag es mir, was."

„Ich glaube, es ist – Leidenschaft. Ich fühl mich zu ihm hingezogen. Ich *muß* ihn verstehen. Ehrlich gesagt, weiß ich nicht, warum."

„Nun, ich hoffe, du kannst ihn festnageln, Liebling. Ich hoffe wirklich, daß du das bekommst, wonach du dich sehnst."

Er meinte es aufrichtig und ehrlich; so, wie er sich jetzt gab, mochte sie ihn am liebsten. Als er sagte, daß er gehen müsse, war sie ein bißchen betrübt. Aber an der Tür kam sein anderes Ich wieder zum Vorschein.

„Du solltest eine Wäscheleine kaufen."

„Warum?" fragte sie.

„Lustig zum Spielen." Er zwinkerte ihr zu. „Nächstesmal binde ich dich fest."

Montag und Dienstag verliefen ereignislos. In der Station hatte man das Gefühl, etwas Außerordentliches vollbracht zu haben, gleichzeitig machte sich eine leise Enttäuschung breit, weil man nicht wußte, wie es weitergehen sollte. Das war die Schwierigkeit, wenn man eine Geschichte aufheizte: Man mußte jedesmal etwas Neues bieten, einen Schritt weitergehen, noch sensationeller sein. Es war wie die Sucht nach Heroin – jede Dosis setzte die Schwelle der Langeweile hinauf, daher mußte die nächste Dosis größer sein, sonst würde der Süchtige – in diesem Fall Herbs „Element" – einen andern Kanal wählen, um eine bessere Entspannung zu finden.

Am Mittwoch rief Jay an. „Gehen wir zusammen abendessen. Ich habe Sie schon eine ganze Weile nicht gesehen."

„Die ganze letzte Woche haben Sie mich gesehen."

„Ich weiß, und ich habe mich daran gewöhnt. Ich vermisse die Aufregung. Damit meine ich gewissermaßen – ich vermisse Sie."

Wie nett von ihm. Sie fragte sich, warum sie am Sonntag nicht ihn angerufen hatte, sondern Paul. Natürlich war sie bei Paul sicher, im Bett zu landen. Aber Sex mit Jay war vielleicht vorzuziehen. Auf jeden Fall hatte sie ihn lieber. Man kam überein, Freitag zusammen zu essen.

Abends versuchte sie zu lesen, konnte sich jedoch nicht konzentrieren. Sie war ungeduldig, wartete, daß etwas geschehen würde, wartete auf neue Hinweise, auf ein Abenteuer, sogar auf einen Angriff. Lustlos drehte sie das Fernsehen an. Das Telefon schellte. So spät abends erwartete sie keinen Anruf.

„Pam Barrett?"

„Ja?" Es war eine rauhe, eindringliche Männerstimme.

„Ich hörte, daß Sie mit mir sprechen wollen."

Sofort wußte sie, wer es war. „Hawk-Eye?"

„Ja. Also sagen Sie mir – um was geht's?"

Sie sprach von dem Interview und dem Honorar.

„Für eine solche Summe packe ich nicht aus."

„Es ist ein gutes Honorar für ein Interview.“ Auf einmal war sie hellwach. Welcher Händler hatte ihn wohl benachrichtigt? Vermutlich Brodsky, dachte sie, obwohl sie nicht genau wußte, warum.

„Ich schlage Ihnen etwas vor“, sagte er. „Treffen wir uns zuerst ganz informell, damit wir uns beschnuppern können. Ich muß wissen, ob Sie es ehrlich meinen, bevor ich mich auf etwas einlasse.“

„Gut, okay. Wann wollen wir uns treffen?“

„Wie wäre es mit heute, etwas später?“

Sie hatte nicht erwartet, daß er es so eilig hatte. „Gut“, stimmte sie zu. „Aber warum die Geheimnistuerei? Natürlich meine ich es ehrlich. Ich will keinen Falken kaufen. Ich will nichts Illegales.“

„Hier passieren Dinge, von denen Sie offenbar nichts wissen, Pam. Wohnen Sie im Village?“

„Ja.“

„Warten Sie an der Kreuzung von Sixth und Eighth. Ich bin in einer Stunde dort.“

Pam fragte sich, was für „Dinge passieren“, von denen sie nichts wußte. Sie dachte daran, Paul anzurufen, damit er sich vielleicht in der Nähe aufhielt, aber sie wußte, daß es sinnlos war und er sich vermutlich einmischen würde. Sie beschloß zu tun, was Hawk-Eye wollte, und es darauf ankommen zu lassen. Es wird schon nicht so schwierig werden, dachte Pam.

Um halb ein Uhr nachts stand sie an der südwestlichen Ecke der Sixth Avenue und West Eighth Street. Es war eine jener Straßenkreuzungen im Village, wo Tag und Nacht Leben herrschte. Der Verkehr war dicht. Leute kauften an den rund um die Uhr geöffneten Zeitungsständen die Abendblätter. Ein mitternächtlicher Jogger lief über die Avenue. Schwule schlenderten zur Christopher Street, um dort herumzuflanieren.

Nach einer Viertelstunde fragte sie sich, ob sie beobachtet wurde. War es nicht üblich, eine Person, bevor man sich näherte, zu beobachten und festzustellen, ob es Bullen oder Spitzel gab? Zehn vor eins wurde sie ungeduldig. Es war unangenehm, wie eine Hure an der Ecke zu stehen, und sie war froh, daß niemand sie erkannte. Aber sie war müde und überlegte, ob man sie zum Narren gehalten hatte. Vielleicht war das eine Art Probe – und Hawk-Eye wollte ihre Bereitwilligkeit auf die Probe stellen. Sie dachte daran, nach Hause zu gehen, beschloß jedoch, bis ein Uhr zu warten. Da hörte sie nahe an ihrem Ohr eine Männerstimme – die rauhe Stimme vom Telefon.

„Pam Barrett?"

Sie drehte sich um und erkannte ihn sofort. Bruce Harmons Beschreibung traf genau zu – ein hageres Gesicht, ein durchdringender Blick, eine scharfe gekrümmte Nase. Er beugte sich sogar ein wenig vor, als warte er auf einem Ast, um zuzustoßen. Der Mann trug einen schmutzigen Regenmantel, war etwa fünfzig Jahre und hatte etwas Gequältes an sich, als habe er Sorgen oder Angst.

„Hawk-Eye?"

Er nickte. „Tut mir leid, daß ich mich verspätet habe. Gehen wir irgendwohin."

Er führte sie zu McDonalds auf der West Third. Sie bestellten Kaffee und setzten sich in eine verlassene Ecke auf der Estrade. Pam war dankbar, daß sie ihn nicht in einer unterirdischen Garage oder irgendwo in einer dunklen Allee treffen mußte. Sie fühlte sich nicht bedroht – der Mann hatte trotz seiner Häßlichkeit etwas Freundliches an sich. Als sie sich setzten, unterzog sie ihn einer genaueren Prüfung. Im harten Neonlicht sah er fast wie ein Toter aus.

„Ich war eigentlich überrascht, von Ihnen zu hören. Fast hatte ich es schon aufgegeben."

„Es spricht sich langsam herum."

„Ja, wahrscheinlich. Jemand sagte mir, Sie seien untergetaucht."

„Es ist keine gute Zeit für einen Mann, der mit Falken und Habichten handelt."

„Ach?" fragte sie, zog die Brauen hoch und versuchte wissend dreinzusehen.

„Sie wissen, wovon ich spreche. Dieser Killervogel kann mein Geschäft ruinieren. Die Falkner haben alle Angst; man befürchtet ein Verbot der Falknerei."

„Das glaube ich kaum", sagte Pam. „Früher oder später wird die Polizei den Falkner erwischen, und dann wird sich alles beruhigen."

Hawk-Eye sah sie aufmerksam an, starrte in ihre Augen. „Ich möchte wissen, ob ich Ihnen vertrauen kann."

„Natürlich können Sie mir vertrauen." Sah sie nicht vertrauenswürdig aus? „Wenn wir eine Abmachung treffen, werde ich sie bestimmt einhalten."

„Ich spreche nicht vom Interview. Ich glaube nicht, daß ich im Augenblick darauf Lust habe."

„O nein!" Sie fühlte, wie er ihr entwich. „Warum nicht? Was ist los? Niemand wird Ihr Gesicht sehen, niemand wird Sie erkennen. Sogar Ihre Stimme werden wir verändern."

Er sah sie noch eine Weile an, dann starrte er in seine Tasse.

Nur nicht in Panik geraten, sagte sich Pam, mit diesem Kerl kannst du auskommen. Sie wußte, daß er sprechen wollte – er hatte angerufen, einen Treffpunkt vereinbart, angedeutet, daß er etwas zu sagen hatte. „Es passieren Dinge, von denen Sie offenbar nichts wissen" – bestimmt wollte er ihr etwas sagen, aber aus irgendeinem Grund hatte er Angst.

„Gut", sagte sie und wußte, daß sie sein Vertrauen erwerben mußte. „Vergessen wir das Interview. Ich weiß nicht einmal, ob es eine so gute Idee ist."

„Warum? Warum sagen Sie das?"

„Wegen der Bezahlung. Es geht mir gegen den Strich. Es ist eine Sache, Informationen zu erhalten, aber für Nachrichten zu zahlen . . ." Sie schüttelte den Kopf. Jetzt schien er auf einmal interessiert. Er sah auf und studierte wieder ihr Gesicht. „Ich glaube an die Ethik im Journalismus. Lieber ginge ich ins Gefängnis, als eine Informationsquelle zu verraten."

„Sie würden tatsächlich ins Gefängnis gehen?"

Jetzt wußte sie, daß sie ihn überzeugt hatte. „Natürlich", sagte sie. „Wenn jemand mit mir spricht, mir eine Geschichte erzählt, mir einen Hinweis gibt, dann ist das ebenso streng vertraulich wie ein Gespräch mit einem Anwalt oder einem Priester. Aber ich bin nicht hierhergkommen, um über mich zu sprechen. Sie interessieren mich. Wie sind Sie zu diesem Geschäft gekommen? Jeder scheint von Ihnen zu wissen, aber niemand weiß, wer Sie sind."

Er nickte. Pam wußte, daß sie sich richtig verhalten und eine Vertrauensbasis geschaffen hatte. Er seufzte und begann seine Erzählung. Sie war seltsam, nicht nur wegen der Ereignisse, die er beschrieb, sondern wegen der Dinge, die Pam über ihn erfuhr.

„Ich bin seit den späten sechziger Jahren in diesem Geschäft. Vorher war ich ein Tramp. Zwanzig Jahre als Seemann in der Marine, Entlassung mit achtunddreißig, dann sechs Jahre in der Welt herumzigeunert: Thailand, Laos, Ceylon, Pakistan – überall blieb ich eine Weile. In Pakistan fing ich mit Vögel an. Ich lernte einen Pakistani kennen, der Falken hielt, und er zeigte mir, wie man die Dinger zum Fliegen bringt. Irgendwie gefiel es mir. Ich wurde kein Fanatiker, aber es war lustig. Eine Beschäftigung. Es gibt dort so viele Vogelmärkte, wissen Sie, und es werden die unglaublichsten Vögel angeboten. Damals konnte man einen guten Wanderfalken noch für fünfzig oder sechzig Dollar bekommen. Ein Freund bat mich, ihm einen zu besorgen. Das machte ich, schickte ihm den Vogel nach Honolulu, erledigte alle Formalitäten – keine Probleme, wenig Arbeit. Damals fragte man nur nach der Gesundheit; ob der Vogel eine Krankheit einschleppte. Dann begann die Sache mit den dünner werdenden Eischalen, und die Wanderfalken kamen auf die Liste der bedrohten Arten.

Auf einmal gab es eine Menge Gesetze. Die Leute wollten um jeden Preis gute Vögel, und die einzigen Quellen waren im Ausland. Ich sah Möglichkeiten und begann, Vogelmärkte in der Türkei und den Emiraten zu besuchen, in Kuwait, Muskat und Oman, Bahrain und auch in Saudi-Arabien. Die Vögel waren billig, besonders die Wanderfalken, die hier jedermann haben wollte. Und ich kam dahinter, daß die Händler dort *unsere* Vögel wollten. Sie wollten Hühnerhabichte und Sperber und Gerfalken – Gerfalken waren am gefragtesten. So lernte ich Leute auf beiden Seiten kennen und begann mit dem Handel. Schiffe fuhren hin und zurück, meistens Öltanker, riesige Schiffe mit hundert Plätzen, wo sich ein Vogel verstekken ließ. Ich kann mit Seeleuten reden. Ich mußte nichts weiter tun, als mit einem Matrosen oder Heizer handelseins werden, und niemand hatte etwas dagegen, weil es nicht gefährlich war wie etwa der Rauschgiftschmuggel.

So begann es. Nur Tauschhandel vorerst: ‚Ich gebe dir zwei Habichte für einen Wanderfalken‘, so in dieser Art. Und später, als die Vorschriften strenger wurden, machte ich Bargeldgeschäfte: tausend oder zweitausend Dollar für einen gelieferten Vogel. Dann kam ich drauf, daß das große Geld auf der andern Seite lag. Für diese Scheichs dort drüben ist ein Vogel ein Statussymbol. Einen Gerfalken zu haben zählt ebensoviel, wie einen Rolls-Royce zu besitzen. Sie zahlen jede Summe, um einen Freund auszustechen. So wurden diese Geschäfte allmählich zu einem Beruf. Ich wurde bekannt, und man nannte mich Hawk-Eye. Man behauptete, ich habe ein gutes Auge für den Ankauf von Vögeln, und natürlich kam mein Aussehen dazu. Ich verdiente gut, ich mochte die Vögel, und ich mochte die Leute. Die Naturschutzgesetze kümmerten mich nicht. Ich kaufte und verkaufte an Falkner, an Leute, die die Vögel für ihren Sport brauchten. Stundenlang saß ich mit diesen Scheichs und feilschte über Preise. Neben uns kauerte, einen Vogel auf der Faust, sein Falkner. Wir tranken gesüßten Tee und aßen mit den Fingern Lamm und Reis. Wir saßen auf persischen Teppichen in einem Zelt. Sie behandelten mich, als wäre ich jemand – nicht wie einen dummen Kerl mit einer schäbigen Rente, sondern wie eine wichtige Person, die ihnen wichtige Dinge verschaffen konnte. Sie hatten mich gern; manchmal dachte ich, vielleicht wegen meiner gebogenen Nase.“ Er zeigte Pam sein Profil. „Sie gleicht ihren Nasen. Sie sagen, ich hätte eine Nase wie ein Araber.“

„Kamen Sie je in Schwierigkeiten?"

„Natürlich. Ich wurde ein paarmal festgenommen, aber man ließ mich immer wieder frei, weil man mir nichts nachweisen konnte. Ich war vorsichtig, arbeitete nur gegen Bargeld. Das Schmuggeln besorgten andere für mich. Ich habe auch nie einen Horst geplündert; war immer nur der Mittelsmann. Und langsam sprach es sich herum: wer einen erstklassigen Jagdfalken oder einen Jagdhabicht will, muß sich an Hawk-Eye wenden. Nie habe ich jemanden betrogen oder ein krummes Geschäft gemacht. Wenn ich eine Vorauszahlung annahm und die Ware nicht liefern konnte, gab ich das Geld zurück. Verläßlich – das war ich. Es gibt viele Leute im Vogelhandel, und die meisten sind Betrüger. Ich tat alles, um mir einen guten Ruf zu erwerben – ich wollte der Beste sein."

Pam gefiel dieser Mann. Er war eine Persönlichkeit, ein kleiner Abenteurer aus einem Roman von Conrad oder einer Geschichte von Maugham, ein Mann ohne besonderen Ehrgeiz, der zufällig auf etwas gestoßen war und eine kleine Nische gefunden hatte. Pam hatte das Gefühl, ihn durch ihr aufmerksames Zuhören für sich eingenommen zu haben. Sie ließ ihn reden, und er faßte Vertrauen zu ihr. Sie hatte auch das Gefühl, daß er ihr etwas sagen wollte und daß es mit dem Wanderfalken zu tun hatte.

„Und was meinten Sie mit ‚es passieren Dinge'?" fragte sie.

„Ich glaub nicht, daß ich darüber sprechen will."

„Gut. Dafür habe ich Verständnis. Ich weiß, daß Sie nicht der Mann sind, den man überreden kann, etwas auszuplaudern, worüber er nicht sprechen will. Aber bitte verstehen Sie auch mich, Hawk-Eye. Ich arbeite an einer Story, und es hat wenig Sinn, wenn ich hier mit Ihnen sitze, während Sie um den Brei herumreden." Sie nickte ihm zu und legte den Mantel um die Schultern. „Lassen Sie sich Zeit und überlegen Sie, ob Sie mir vertrauen können oder nicht. Wenn Sie mir etwas zu sagen haben, werde ich gern zuhören. Wenn Sie mich für vertrauenswürdig halten, rufen Sie mich bitte an, und wir werden uns wieder treffen."

Sie stand auf, als wolle sie fortgehen und ihn allein zurücklassen. Sie wußte, daß sie ein Risiko einging, daß er sie vielleicht fortgehen ließ. Aber etwas sagte ihr, daß er eine Zuhörerin brauchte und beichten wollte. Vielleicht war es nur die Tatsache, daß sie eine schöne Frau und eine Vertreterin der Massenmedien war, die ihn bewegen würde, sein Herz auszuschütten.

„Gut", sagte er und forderte sie auf, sich wieder zu setzen. „Wenn ich Ihnen nicht trauen kann, wem sonst soll ich trauen?" Er holte tief Atem.

„In diesem Frühling bekam ich eine Nachricht. Noch nie hatte ich etwas Ähnliches gehört. Ein Mann hinterläßt seine Telefonnummer und will, daß ich ihn zu einer bestimmten Zeit anrufe. Jeden Dienstag abend um zehn Uhr. Nicht fünf Minuten früher oder später, sondern punkt zehn. Also rufe ich an. Er antwortet. Er sei in einer Telefonzelle, sagt er. Von jetzt an würde immer *er* mich anrufen. Ich solle ihm die Nummer einer Telefonkabine geben, wir werden eine Zeit vereinbaren, und er wird mich anrufen.

Nachdem er mir das erklärt hat, sagt er mir, was er haben will. Er sucht nach einem Falkennestling, nach etwas ganz Besonderem, sagt er, nach ‚einem phantastischen Jagdvogel'. ‚Was soll's', antworte ich, ‚das ist meine Ware. Wozu diese Geheimniskrämerei?' ‚Nein', sagt er, ich mißverstehe ihn – er will etwas Besonderes, ‚das Beste', sagt er, ein starkes Weibchen mit diesem besonderen Blick. Nun, ich weiß, was er damit meint, also sage ich ‚Okay, ich werde mich umsehen' – und er sagt, ich mißverstehe ihn immer noch – er weiß von einem solchen Vogel, weiß, wo er ist, daß es ihn gibt. Es gibt einen Züchter, der ihn hat. Er will, daß ich zu diesem Züchter gehe und mit ihm handelseinig werde. Der Züchter darf nichts von ihm erfahren. Und was den Preis betrifft, der sei ihm egal. ‚Jede Summe ist in Ordnung', sagt er. ‚Verschaffen Sie mir den Vogel.'

Nun, das ist ein guter Auftrag von jemandem, dem es egal ist, was er zahlen muß. Ich denke mir, daß ich, was immer der

Züchter verlangt, den Betrag sofort verdoppeln kann. Also gehe ich zu diesem Züchter. Er ist sehr abweisend. Ja, er habe Falken, ein paar Nestlinge, zwei Männchen, ein Weibchen, aber er verkaufe nicht. ‚Ist das Weibchen groß?' frage ich. Er sieht mich sonderbar an. Er will nicht darüber sprechen, aber ich merke, daß er ein großes Weibchen hat. ‚Es ist etwas plump', sagt er. Und er sagt, er glaubt nicht, daß es am Leben bleiben wird. ‚Kann ich es sehen?' ‚Nein. Verschwinden Sie.' Damit ist die Sache also erledigt, denke ich.

Als mich dieser Mann das nächstemal in der Telefonzelle anruft, berichte ich ihm, daß ich kein Glück hatte. Ich erzähle ihm das Gespräch mit dem Züchter. Vielleicht könnte ich ihm einen andern Vogel verschaffen, sage ich. ‚Ich will dieses Vogelweibchen', sagt er. Ich wiederhole, daß es nicht verkäuflich ist. ‚Das ist mir gleichgültig', sagt er. ‚Ich will es haben.' Und dann erwähnt er diesen unglaublichen Preis – fünfzigtausend Dollar. ‚Kaufen Sie es oder stehlen Sie es – es ist mir alles eins. Ich muß den Vogel haben', sagt er. Er bietet mir zehntausend als Anzahlung. Er wird sie in einem Schließfach im Grand Central hinterlegen und den Schlüssel an mein Postfach schicken. So ein Geschäft kann ich nicht ablehnen. Dieser Kerl meint es wirklich ernst. Also willige ich ein. Und er schickt mir tatsächlich den Schlüssel, und das Geld ist im Schließfach. Jetzt muß ich nur noch den Wanderfalken beschaffen.

Ich überlege mir die Sache, und weiß sofort, daß sie nicht leicht sein wird. Ich bin kein Dieb, und der Züchter will nicht verkaufen. Zuerst denke ich, vielleicht gibt es jemanden, den ich bestechen kann. Ich erfahre, daß ihm ein kleiner Junge hilft. Ich denke, wenn ich an den Jungen herankomme und ihm einen Tausender in die Hand drücke, dann kann er mir vielleicht den Vogel in die Hand drücken. Klingt doch gut. Aber je mehr ich darüber nachdenke, desto riskanter scheint es mir. Angenommen, der Junge lehnt ab und erzählt es dem Züchter. Dann weiß der Züchter, daß ich auf seinen Vogel aus bin, und wird eine Wache aufstellen, und dann hab ich keine Chance mehr. Oder es gelingt dem Jungen, aber der Züchter nimmt ihn ins Kreuzverhör, und der Junge hält nicht dicht. Dann bin ich ein Komplize, und es ist nicht mehr ein Handel mit unregistrierten Vögeln, sondern Diebstahl, und ich komme ins Gefängnis. Also denke ich weiter nach und sag mir, hier geht es um verdammt viel Geld, und vielleicht sollte ich einen Profi anheuern. Aber das will ich auch nicht machen, denn das ist ja nicht so, als würde man einen Pelz stehlen – einfach die Beute nehmen und davonlaufen. Hier geht es um einen Wanderfalkennestling, der leicht verletzt werden kann. Wenn jemand nicht weiß, wie man mit ihm umgeht, kann er sterben. Jedenfalls stelle ich einmal den Tagesablauf des Züchters fest, und eines Tages, als ich sicher wußte, daß er fort ist, schleiche ich mich in sein Haus. Ich gehe direkt in den Stall, wo er die Vögel züchtet, und sehe mir das Schloß an – schreib die Nummer auf und die Marke. Sie würden nicht glauben, wie einfach es war, einen Nachschlüssel zu bekommen. Ich ging einfach in einige Eisenwarenhandlungen, und eine hat die Art von Schloß, die ich suche. Ich sag dem Verkäufer, ich habe verschiedene Schlösser in meinem Haus und möchte jetzt alle gleich haben, um mich nicht mit verschiedenen Schlüsseln herumzuärgern. Ich gebe ihm die Nummer des Schlosses, und er geht nach hinten und bringt ein neues Schloß und einen Satz Schlüssel, und die Nummer auf der Schachtel ist dieselbe. Ich kaufe das Schloß – dreißig Dollar. Und so habe ich einen Schlüssel für den Stall."

Jetzt klang seine Stimme vergnügt. Es war die Freude eines Mannes, der ein Rätsel gelöst, der Stolz eines Schuljungen, der einen geheimen Code geknackt hat. Pam merkte, daß er es genoß, diese Geschichte zu erzählen, daß er sie erzählen *mußte,* und sie wußte auch, daß sie eine gute Zuhörerin war – vor Spannung rutschte sie auf dem Stuhl hin und her. Auch Hawk-Eyke mußte es gemerkt haben, denn plötzlich hielt er inne, was ihre Spannung nur erhöhte.

„Wollen Sie noch eine Tasse Kaffee?" fragte er. Ungeduldig schüttelte Pam den Kopf. „Ich glaube, ich werde mir noch eine holen", sagte er, ließ sie sitzen und ging zur Theke hinunter. Sie beobachtete ihn von ihrem Tisch aus. Sie waren die einzigen Gäste im Lokal. Der junge Mann, der Kaffee ausschenkte, sah verschlafen aus. Hawk-Eye kam zurück, nahm Zucker und Milch, rührte langsam um, sah sie an, lächelte listig und erzählte weiter.

„Jetzt war ich bereit. Ich wählte den richtigen Tag, mietete einen kleinen Lieferwagen, fuhr hin, parkte in der Nähe und wartete, bis ich den Züchter abfahren sah. Ich folgte ihm zum Bahnhof. Er ging auf den Bahnsteig und stieg in einen Zug ein. Ich fuhr zu seinem Haus zurück, klingelte, für den Fall, daß sonst noch jemand da war, und als keine Antwort kam, ging ich direkt zum Stall und versuchte es mit meinem Schlüssel.

Keine Probleme. Er sperrte sofort. Ich ging hinein und sah mich um. Es mußte einmal ein Kuhstall gewesen sein. Er hatte ihn in Abteile geteilt, sehr ordentlich, die Käfigabteile alle an einer Wand. Ich sah hinein. Sie hatten diese kleinen Fenster aus halbdurchlässigem Glas und Oberlichten und Futterladen – die ganze Brüteinrichtung. Ich kann Ihnen sagen, wenn ich ausräumen hätte wollen, ich hätte alles mitnehmen können. Es gab massenhaft Vögel, nicht nur Wanderfalken, sondern auch unzählige Eulen, mehr noch als Falken – riesige Ohreneulen, Steinkäuze, ich weiß nicht, was noch alles. Vögel im Wert von etwa einer halben Million Dollar saßen herum; man hätte sie nur nehmen müssen. Aber das tat ich nicht. Ich wollte nur dieses eine Weibchen, und ich fand es auch sehr rasch. Es war groß, *sehr* groß, und mir erschien es recht munter und gesund. Es hatte noch den Babyflaum, aber bald würde es flügge sein. Ich konnte es an den Augen sehen. Der Vogel hatte diesen gewissen Blick, wissen Sie, den Blick, den Greifvögel nach dem ersten Töten bekommen. In den besten Vögeln erkennt man ihn früh, sogar noch bevor sie gejagt haben. Das ist es, worauf man schaut – auf das Jagdauge.“ Er blickte Pam direkt ins Gesicht, und sie wußte, wovon er sprach. Hawk-Eye selbst hatte diesen gwissen Blick.

„Ich betrachtete den Vogel eine Weile durch das Fenster,

dann machte ich mich an die Arbeit. Ich hatte ein Stückchen mit einem Tranquilizer versetztes Fleisch mitgebracht. Das steckte ich jetzt in die Futterlade und betete, daß der Vogel es nehmen würde, denn ich hatte keine Lust, hineinzugehen und ihm eine Spritze zu verpassen. Wenn er sich wehrte, konnten ein paar Federn brechen, und das würde mein Auftraggeber nicht schätzen. Nun, es gab keine Probleme. Der Vogel fraß das Fleisch, und nach zwanzig Minuten war er weg. Ich öffnete die Tür, kroch hinein, schnappte ihn und legte ihn in meine Schachtel. Dann verschwand ich sehr rasch. Die Eulen begannen zu schreien, und die Falken kreischten. Ich schloß den Stall ab, legte die Schachtel in mein Auto und war weg.

Als ich nach Hause kam, fand ich eine alte Haube, die dem Vogel paßte. Bevor er aufwachte, untersuchte ich ihn genau. Er war eine Schönheit, perfekt in der Form, gut gezeichnet, ein ausnehmend hübscher Vogel. Vielleicht ein bißchen grotesk, was die Größe betraf, und sie konnte seinen Flug beeinflussen, denn große Vögel sind zumeist nicht sehr schnell. Ich selbst hätte keine fünfzigtausend Dollar für einen solchen Vogel ausgegeben. Zu großes Risiko. Etwas konnte nicht in Ordnung sein. Aber schließlich war ich nicht der Käufer; solang ich mein Geld bekam, war mir alles andere piepegal.

Ein paar Abende später hatten wir einen Anruf vereinbart. Ich stehe in der Telefonkabine, und mein Kunde ruft pünktlich an. Als er hört, daß ich den Vogel habe, ist er ganz aufgeregt. Stellt mir hundert Fragen – wie sieht er aus? Ist er nervös? Wie habe ich ihn behandelt? Habe ich ihn lang in der Hand gehalten? Er darf sich nur an ihn gewöhnen. Dann gibt er mir Anweisungen. Ich muß zu diesem sehr einsamen Platz, zwei Stunden von der Stadt entfernt, fahren, in diesen Föhrenwald bei Jersey, und den Wagen genau dort parken, wo er es angibt, dann muß ich den Vogel nehmen und ihn zu einem Baum tragen, der am Stamm mit roter Farbe markiert ist. Mein Geld werde ich unter dem Baum finden. Ich habe den Vogel dort zu deponieren, mein Geld zu nehmen und zu verschwinden. Das ist es, was ich tat. Den Mann sah ich nie, und das war das Ende der Geschichte, bis vor ein paar Wochen diese Sache anfing. Da wußte ich sofort, daß es der Vogel war, den ich verkauft hatte. Ich wußte es, als ich ihn im Fernsehen sah. Ich erkannte seine Zeichnung, seinen Schnurrbart. Der Mann, mit dem ich das Geschäft machte, war der Falkner. Ich hatte mit diesem verdammten Kerl gesprochen. Ich hatte den Vogel in der Hand.“ Er lehnte sich zurück, nickte, hielt die Hände hoch und sah sie erstaunt an. „*Im Frühling hatte ich ihn in meinen Händen.* Und jetzt, nur ein paar Monate später, hat er ihn zu einem Killervogel gemacht.“

Pam war sprachlos. Es war eine verblüffende Geschichte, fast zu verblüffend, zu perfekt, dachte sie. Sie fragte sich, ob sie ihm glauben sollte. Und dann wußte sie die Antwort. Seine Geschichte war so lebendig, so detailliert, daß sie wahr sein mußte.

„Ich möchte ein paar Fragen stellen“, sagte sie.

Er hielt die Hand vors Gesicht.

„Was ist los?“

„Schluß damit.“

„Aber es gibt noch etwas, nicht wahr? Wer war der Züchter?“ fragte Pam.

„Schauen Sie“, sagte er, „ich habe ein Verbrechen begangen, habe einen Vogel gestohlen. Dafür kann ich ins Gefängnis kommen. Vielleicht bringt man mich auch mit dem, was seither geschen ist, in Verbindung. Menschen wurden getötet. Vielleicht glaubt man, ich bin ein Mithelfer, ein Komplize, irgend so etwas.“

„Sind Sie deshalb untergetaucht?“

„Ja, mehr oder weniger. Aber es gibt auch andere Gründe. Zwei Gründe, um genau zu sein. Zwei merkwürdige Dinge, die ich mir nicht zusammenreimen kann.“

„Wie zum Beispiel, daß sich der Züchter nicht gerührt hat?“

Er nickte. „Das ist der eine Grund.“

„Vielleicht weiß er nichts.“

„Natürlich weiß er es. Er ist Wissenschaftler. Er kennt die

Zeichnung. Er weiß, daß ich den Vogel kaufen wollte, und dann kommt er eines Abends nach Hause, und der große Nestling ist verschwunden. Er ist nicht fortgeflogen. Er wurde gestohlen. Wenn er das nicht weiß, ist er schwachsinnig. Und jetzt sieht er den Vogel im Fernsehen, sieht ihn während des Angriffs in Nahaufnahme. Er hat den Vogel wiedererkannt und weiß, was geschah. Trotzdem ist er nicht zur Polizei gegangen."

„Woher wollen Sie das wissen?"

„Ich habe meine Fühler ausgestreckt. Niemand sucht nach mir. Sie waren die einzige."

„Okay", sagte Pam. „Warum hat er sich nicht gerührt? Und warum hat er nicht schon im Frühjahr den Diebstahl des Vogels gemeldet?"

Hawk-Eyes Blick wurde stechend. Jetzt war er der gerissene Vogelhändler. „Zuerst dachte ich, vielleicht will er keine Komplikationen. Warum ein großes Geschrei machen, verstehen Sie. Und dann fiel mir ein, daß vielleicht sein Vorgehen nicht ganz stubenrein war. Wie gelang es ihm, einen so riesigen Vogel zu züchten? Vielleicht hat er an den Genen manipuliert oder mit Kreuzungen herumexperimentiert. Das könnte ihn in Schwierigkeiten bringen; vielleicht würde man ihn zwingen zuzusperren. Und dann, als die Angriffe begannen, dachte ich: Jetzt geht es ihm wie mir. Angst. Er will nichts damit zu tun haben. Diese Sache wird zu einem Mordfall, also muß man den Mund halten und hoffen, daß niemand den Ursprung des Vogels zurückverfolgt."

„Das klingt sehr interessant", sagte Pam. „Und was ist der zweite Grund?"

„Sie sind die große Reporterin. Warum nennen *Sie* ihn nicht?"

„Bitte, Hawk-Eye, ziehen Sie jetzt nicht zurück."

„Ich habe alles gesagt, was ich zu sagen habe. Denken Sie an das, was ich Ihnen erzählte, dann werden Sie selbst draufkommen."

Hawk-Eye stand auf und schlug den Mantelkragen hoch.

Auch Pam stand auf. Sie wollte nicht, daß er fortging. Er ging die Treppe hinunter. Pam folgte ihm. Es war spät, beinahe zwei Uhr morgens. McDonalds schloß eben zu. Pam sah Hawk-Eye an, als sie nebeneinander auf der Straße gingen. Seine Kiefer waren zusammengepreßt. „Sie haben Angst“, stellte sie fest.

„Sie haben verdammt recht. Ich habe Angst.“

„Ihr Auftraggeber ist ein Killer. Sie sind für ihn gefährlich, weil Sie der Anfang der Fährte sind.“

„Und auch das Ende“, sagte er. Sie hatten die U-Bahn-Station erreicht. Er blieb stehen und schüttelte ihr die Hand. „Es war nett, Sie kennenzulernen. Ich sah Sie im Fernsehen über diese Sache berichten. Deshalb war ich neugierig auf Sie.“

„Nun – und wie gefalle ich Ihnen?“ Sie konnte ein Lächeln nicht unterdrücken.

„Sie sind ein nettes Mädchen“, sagte er. „Netter als ich dachte.“ Dann drehte er sich um, ließ sie stehen und ging die Treppe zur U-Bahn hinunter.

Auf dem Heimweg überdachte Pam, was sie erfahren hatte. Jay hatte gesagt, finden Sie den Mann, der den Falken verkauft hat, und Sie sind auf der Fährte des Falkners. Jetzt hatte sie diesen Mann gefunden – oder, genauer gesagt, er sie – und seine Geschichte führte nirgends hin. Sie war an beiden Enden offen: Hawk-Eye hatte seinen Kunden nie gesehen und war nicht bereit, den Namen des Züchters zu nennen.

Was war der zweite Grund, fragte sie sich, der zweite Grund, den sie sich selbst zusammenreimen sollte. Sie steckte irgendwo in seiner Geschichte: „Denken Sie an das, was ich Ihnen erzählte“, hatte er gesagt. Sie dachte zurück, und als sie ihr Haus erreichte, traf es sie plötzlich wie ein Schlag.

Natürlich. Warum hatte sie nicht daran gedacht? Hawk-Eyes Kunde hatte von Anfang an von dem Falken gewußt. Er sagte Hawk-Eye, wohin er zu gehen habe, nannte den Namen des Züchters. Das hieß, daß Kunde und Züchter einander kannten.

Sie blieb unter dem Haustor stehen und überlegte weiter.

Hawk-Eye war der Mittelsmann zwischen dem Züchter und dem Falkner, der den Vogel zwar haben wollte, aber nicht selbst an den Züchter herantreten wollte. Warum nicht? Warum zahlte er Hawk-Eye fünfzigtausend Dollar, um einen Einbruch zu begehen?

Die Antwort fiel ihr auf der Treppe ein. Hawk-Eye war ein bekannter Falkenhändler; er hatte auf der ganzen Welt Abnehmer. Man schickt Hawk-Eye aus, um den Vogel zu kaufen, und wenn er gestohlen wird, muß der Züchter Hawk-Eye für den Dieb halten. Er verbindet den Diebstahl nicht mit der Person, die er kennt und die von seinen Zuchtversuchen weiß. Er glaubt, daß Hawk-Eye den Falken gestohlen und nach Übersee verkauft habe. Seinen Freund verdächtigt er nicht.

Den ganzen nächsten Tag quälte sie die Frage, was sie mit ihrer Information anfangen sollte. Wenn sie nur wüßte, wer der Züchter war, wenn Hawk-Eye ihr nur den Namen genannt hätte. Aber er war verängstigt. Er wußte, daß man ihn mißbraucht hatte, und jetzt wollte er nichts mehr mit der Sache zu tun haben.

Pam wollte zu Herb gehen und ihn um Rat fragen. Aber sie wußte, was er sagen würde: „Du hättest ihn nicht fortgehen lassen dürfen. Such den Kerl und nimm, was er sagt, auf Band auf."

Eine andere Möglichkeit war, das Versprechen, das sie Hawk-Eye gegeben hatte, zu vergessen, Janek zu informieren und vielleicht von ihm als Gegenleistung etwas Neues zu erfahren. Aber sie wollte Hawk-Eye nicht verraten, wollte ihr Wort nicht brechen. Er war zwar ein Dieb und ein Schwarzhändler, aber er hatte ihr im Vertrauen seine Geschichte erzählt. Je länger sie darüber nachdachte, desto weniger hatte sie Lust, ihre Informationen mit Janek zu teilen. Es war ihr gelungen, im Fall Wanderfalke einen wichtigen Hinweis aufzudecken, und diese Spur wollte sie allein weiterverfolgen.

Als sie Jay Freitag abend zum Dinner traf, wollte sie ihm über Hawk-Eye berichten. Aber dann geschah etwas; das Gespräch wurde intim. Jay sprach nicht über die Beize, erwähnte nicht den Falken, sondern fragte sie über ihr Leben. Er war an ihr interessiert – sie spürte es genau –, und sie wollte die Stimmung nicht stören. Offensichtlich suchte er nach einer Beziehung, die über eine Freundschaft hinausging. Dieses Gefühl hatte sie schon früher gehabt, und wieder erregte sie der Gedanke.

Er fragte sie, wann sie sich für den Journalismus zu interessieren begonnen habe, und sie erzählte ihm von ihrer Arbeit bei einer Studentenzeitung.

„Anfangs", sagte sie, „war es einfach eine Chance, Leute kennenzulernen. Ich wollte mich auf dem College etablieren und in diese Welt eindringen, die so anders war als jene, die ich zurückgelassen hatte. Zu Hause war die einzige Zeitung der *National Enquirer,* und was das Fernsehen betraf, bestand es nur aus Fußballspielen und Shows. Aber sobald ich bei der Zeitung arbeitete, wurde ich idealistisch. Paul impfte es mir ein. Er war immer so überzeugend. Ein Journalist, sagte er, sei eine Person, die die Dinge durchleuchtet und in das Chaos der Ereignisse Ordnung bringt."

„Aber der natürliche Verlauf der Dinge ist keineswegs ordentlich", warf Jay ein.

„Richtig", sagte Pam. „Das sehe ich jetzt ein, damals aber war es mir nicht klar. Ich brauchte sehr lang, um zu begreifen, daß ich nie objektiv sein kann, daß es sinnlos für mich ist, auch nur zu versuchen, über den Dingen zu stehen und unbeteiligt zu berichten."

„Ich wußte, daß Sie so empfinden", sagte Jay. „Man spürt es in Ihren Sendungen – wenigstens ich. Sie fühlen mit. Sie nehmen Anteil. Ihre Leidenschaft ist offensichtlich, Pam, und Leidenschaft ist eine kostbare Gabe."

Pam war geschmeichelt. Er verstand sie, schätzte sie, fühlte mit ihr. Er war so anziehend, so selbstsicher und selbstgenügsam – so anders als Paul.

Nach dem Dinner gingen sie durch Greenwich Village spazieren. Es war eine schöne Nacht mit einer leichten Brise, der Geruch von moderndem Laub lag in der Luft. Sie schlenderten durch die engen, von Bäumen gesäumten Straßen, und ihre Körper berührten sich fast, als sie nebeneinandergingen. Sie sprachen wenig. Manchmal blieben sie stehen, um ein besonders hübsches Haus anzusehen oder in ein Wohnzimmer zu schauen. Aus den Vorderzimmern jener alten Häuser im Village strömte ein weiches, goldenes Licht, und Pam stellte sich vor, wie die Leute in diesen Häusern lebten – zwischen eleganten Möbeln und Büchern saßen sie vor dem Kamin oder gingen langsam über einen polierten Parkettboden. Es war die Vision eines kultivierten Stadtlebens, das Gefühl von Wohlhabenheit und *savoir-vivre,* das alte New York und Edith Wharton und Henry James. Daran wollte sie teilhaben. Es war Jays Welt, so anders als die ihre, die rauhe Welt der Fernsehnachrichten.

Sie fragte sich, ob er ihre Gedanken erriet, ob er wußte, wie nahe sie sich ihm fühlte, wie sie sich nach ihm sehnte. Sie hoffte, er würde sie in die Arme nehmen und küssen oder auch nur ihre Hand nehmen. Immer wieder schien es ihr, als sei er nahe daran, aber jedesmal hielt er sich zurück. Weder wußte sie, warum, noch verstand sie seine Zurückhaltung. Es war eigenartig. Sie warteten aufeinander, und doch zog er sich zurück. Vielleicht wollte er diese Zeit genießen und jene Augenblicke verlängern, die zwischen der Wärme einer Freundschaft und dem Aufflammen des Verlangens liegen.

Als sie schließlich ihr Haustor erreichten, war sie überzeugt, daß er sie jetzt küssen würde, ebenso überzeugt, wie damals, vor ein paar Wochen. Wieder stellte sich ein Gefühl der Verlegenheit ein, als er sie auf die Stirn küßte, zurücktrat und milde lächelte. Er schien ihre Augen zu studieren. Als er sie verließ und sie die Treppe hinaufging, dachte sie: Das nächstemal wird er einen Augenblick länger stehenbleiben, und dann werde ich ihn zu mir bitten.

Während sie sich auszog, stellte sie sich vor, wie die Liebe mit ihm sein würde. Nicht komisch, wie mit Paul, dessen war sie sicher; und nicht langweilig, wie mit Joel. Er würde ernst und überlegen sein – er war ein Falkner, ein Mann, daran gewöhnt, wilde Tiere zu zähmen. Sie würde sein Geschöpf sein – temperamentvoll und einfühlsam. Er aber würde energisch sein, würde sie leiten und mit sich führen auf den Gipfel der Leidenschaft. Sie würde sich seiner Umarmung hingeben und erotische Erfüllung erleben. Er würde der Falkner sein und sie sein Vogel.

Samstag nachmittag fuhr sie nach Connecticut. Schon seit langem hatte sie mit Carl Wendel eine Verabredung getroffen, seine Raubvögel zu besuchen. Er begrüßte sie herzlich. Seine Kritik des Nakamura-Duells war hart gewesen, aber jetzt, in seinem eigenen Reich, schien er freundlich und zugänglich.

Er besaß ein hübsches Haus im Kolonialstil, etwas von der Straße zurückgesetzt, mit einem großen Stück Land – sein Stall lag zwischen Bäumen, nicht einmal vom Haus aus sichtbar.

Die Stalltür war aus Stahl und hatte verschiedene Schlösser sowie eine Alarmanlage. Während sie zusah, wie er sie ausschaltete, dachte sie an Hawk-Eye – wie schwer er es gehabt hätte, hier einzubrechen.

Der Stall war groß und dunkel – das sei nötig, erklärte Carl, um die Vögel nicht zu beunruhigen. Der Raum war in Käfigabteile geteilt, die nebeneinander an der Längsseite lagen. Carl erklärte ihr den Vorgang des Züchtens, das Problem, zwei Vögel in Gefangenschaft zusammenzubringen, wo sie keine Gelegenheit hatten, das normale Balzverhalten zu zeigen. Jedes Abteil hatte seine eigene Oberlichte, um das Frühlingslicht einfallen zu lassen und das Balzverhalten zu stimulieren. Die Abteile waren so groß, daß das Männchen umherflattern und auf dem Weibchen landen konnte. Es gab Bretter für die Paarung und den Nesterbau.

„Ich zeige mich nie“, erklärte ihr Carl. „Ein junger Vogel in Gefangenschaft wird geprägt, wenn er Menschen sieht. Ich hatte Vögel, die mich für ihren Geschlechtspartner hielten, auf meine Schulter flogen und Samen verspritzten, und Weibchen, die sich an mir rieben und dann ein unbefruchtetes Ei legten.

Daher halte ich mich fern und lasse sie in Ruhe. Aber natürlich beobachte ich sie soviel wie möglich. Ich schaue durch die halb durchlässigen Fenster und sehe, ob eine Paarung stattfindet."

Er zeigte ihr die Attrappen, die er zum Füttern der Vogelkinder benutzte, wenn man sie aus dem Nest nehmen mußte. Für die Wanderfalken hatte er Falkenattrappen, und für die Eulenkinder hatte er ausgestopfte Eulen. Er nahm ein Stückchen Futter zwischen seine als Vogelmund getarnten Finger, dann schob er den Attrappenkopf durch die Futterlade. Das Falken- oder Eulenkind nahm an, daß es von seiner Mutter Futter bekam. So vermied man eine Prägung und die Verbindung von einer Person mit dem Futter.

Pam war von den Attrappen fasziniert und ebenso von der Gelegenheit, große Greifvögel aus der Nähe zu beobachten. Sie beobachtete die Vögel und fand sie alle anziehend und gleichzeitig erschreckend. Es gab auffallend viele Eulen – riesige, todernste Geschöpfe mit glühenden Augen, deren Köpfe sich zu drehen schienen, während die Körper völlig unbeweglich blieben.

„Ich habe versucht, die Paarung mit künstlichem Licht zu stimulieren. Aber es funktioniert nicht richtig. Ich mag auch keine künstliche Befruchtung. Zu heikel. Hat wenig Sinn, außer man will Mischlinge züchten . . ."

Pam schaltete ab. Die Technik der Züchtung interessierte sie nicht mehr, seit eine merkwürdige Idee von ihr Besitz ergriffen hatte. Ein großer Stall. Käfigabteile entlang der Wand. Halb durchlässige Fenster. Eine Menge Eulen. Abgesehen von den vielen Sicherheitsschlössern und der Stahltür war es genauso, wie Hawk-Eye es beschrieben hatte.

Aber vielleicht hatte Carl die Schlösser erst angebracht, *nachdem* eingebrochen wurde. Das schien sogar wahrscheinlich; jeder, der einmal bestohlen wurde, versucht, das Risiko zu verringern.

„Ist das eine typische Zuchtstation?" fragte Pam.

„O nein." Seine Stimme klang stolzgeschwellt. „Sie ist

einzigartig. Mein eigener Entwurf. An der ganzen Ostküste gibt es keinen Züchter, der so gut eingerichtet ist wie ich."

Carl ist der Züchter? Der Mann, den Hawk-Eye beraubt hatte? Es schien unglaublich, als sie aber an Hawk-Eyes Geschichte zurückdachte, stimmte vieles überein. Hawk-Eye war dem Züchter zum Zug gefolgt. Pam wußte, daß Wendel täglich in die Stadt fuhr. *Aber warum? Warum?* Wieso hatte Carl seinen Vogel nicht wiedererkannt? Und dann dachte sie: *Er hat ihn wiedererkannt!*

Er sprach immer noch über Aufzucht in Gefangenschaft, Pam aber hörte nicht mehr zu, sondern dachte an die Zeit zurück, als sie zum erstenmal gemeinsam den Film ansahen. Sie erinnerte sich an seine Reaktion – an sein namenloses Entsetzen. Er behauptete, von der Größe des Vogels und der Brutalität des Angriffs schockiert zu sein. Aber vielleicht war mehr dahinter – das Wissen, diesen Killervogel selbst gezüchtet zu haben; daß der Nestling, der ihm im Frühjahr gestohlen wurde, das Mädchen auf dem Eis getötet hatte. Er hatte als erster die Riemen bemerkt; vielleicht hatte er die ganze Zeit nach ihnen gesucht. Vielleicht verdächtigte er einen Falkner und hatte deshalb so hartnäckig nach einem Beweis gesucht. Pam war beunruhigt, verunsichert. Wendel hatte sie belogen. Er hatte gewußt, daß es *sein* Vogel war, hatte es von Anfang an gewußt. Sie fragte sich, ob sie ihn zur Rede stellen oder lieber aushorchen sollte, ohne ihr Wissen preiszugeben.

Sie verließen den Stall und gingen zum Haus zurück. Pam beschloß, ihm gezielte Fragen zu stellen und seine Reaktion zu beobachten. Mit gespielter Naivität fragte sie ihn, ob er es für möglich halte, daß der Wanderfalke von einem Züchter stamme. „Wissen Sie", sagte sie, „von jemandem wie Sie, von jemandem, der all diese Hilfsmittel hat."

Wendel zuckte zusammen. „Das ist sehr unwahrscheinlich."

Pam gab vor, ihn nicht gehört zu haben und fuhr fort. „Das könnte vielleicht seine Größe erklären. Vielleicht ist der Vogel eine Kreuzung, oder der Züchter verwendete bestimmte

Methoden, um sein Wachstum zu fördern, eine besondere Art des Futters oder Medikamente, oder vielleicht hat er sogar Gene verändert.“

Wendel blieb unvermittelt stehen. „Wer brachte Sie auf diese Ideen?“

„Verschiedene Leute.“

„Wer?“

„Zum Beispiel Jay Hollander.“

Jetzt lachte Wendel. „Jay steckt immer voller Theorien. Bestimmt hat er auch eine über das Abtragen des Wanderfalken.“

„Darüber hat er tatsächlich nachgedacht. Spekulationen angestellt, wissen Sie.“ Pam schwieg einen Augenblick lang. „Vielleicht können Sie selbst auch Ideen entwickeln.“

„Worüber?“

„Über die Größe des Vogels – wie man das schaffen konnte.“

„Sprechen Sie von einem Züchter?“

Pam nickte. „Ich würde gern Ihre Meinung darüber hören – vertraulich natürlich.“

Er ging wieder weiter. „Vermutlich auf die Art, die Sie erwähnten.“

„Nahrung? Medikamente? Genetische Manipulation?“

„Vielleicht.“ Wendel wandte sich ab. „Ich weiß es nicht. Ich habe mich nie mit solchen Dingen beschäftigt.“

Er log – Pam war jetzt ganz sicher. Und er log nicht einmal gut. Das verärgerte sie, aber sie versuchte, sich nichts anmerken zu lassen. Die Frage war, *warum* er log, was er dabei zu gewinnen hatte. Vielleicht tat er es nur aus Angst, wie Hawk-Eye gemeint hatte, Angst, daß seine Zuchtstation für Greifvögel näher untersucht und vielleicht geschlossen werden könnte. Aber sie wurde das Gefühl nicht los, daß mehr dahintersteckte, daß etwas anderes ihn zum Lügen bewog. *Was? Warum war er nicht zur Polizei gegangen?* Der Einbruch hatte lang vor den Angriffen stattgefunden. *Was hatte Carl zu befürchten? Was verbarg er?*

„Was tun Sie mit den Falken, wenn sie flügge werden?" fragte sie.

„Ich lasse sie frei, ich setze sie an verschiedenen Orten in der Hoffnung aus, daß sie überleben und sich fortpflanzen werden."

„Wieviele haben Sie freigelassen?"

„Nicht allzu viele."

„Also *wieviele?*" fragte sie, und in ihrer Stimme lag Ungeduld.

„Etwa zehn, würde ich sagen, vielleicht einen mehr oder weniger."

„Wollen Sie behaupten, daß Sie die ganze Zeit über nur zehn Wanderfalken aufgezogen haben?"

„Das ist eine große Zahl, wenn man die Schwierigkeiten der Aufzucht in Betracht zieht, und vergessen Sie nicht, ich habe hauptsächlich mit Eulen gearbeitet. Aber ich werde Ihnen eines sagen, Miss Barrett. Kein Falkner hat je von mir einen Vogel bekommen, zumindest nicht mit meinem Wissen. Außer der Vogel wurde gefangen, nachdem ich ihn freiließ."

„Sind die Vögel markiert, so daß Sie das feststellen können?"

„Nein, dafür habe ich nichts übrig. Ich lasse sie einfach frei. Ich bringe Sie in abgelegene Gegenden, wo sie überleben und Nester bauen können."

„Sind Sie jemals in diese Gegenden gefahren, um zu sehen, ob die Vögel dort leben?"

„Ja, einige blieben dort, nicht sehr viele, aber genügend, wenn man bedenkt, welchen Gefahren sie durch andere Greifvögel und durch Menschen ausgesetzt sind." Wendel blieb stehen. Sie waren bei Pams Auto angelangt. „Es war nett von Ihnen, mich zu besuchen, aber jetzt muß ich zu meiner Arbeit zurück. Ich werde Ihnen einige Unterlagen senden, damit Sie die Aufzucht in Gefangenschaft besser verstehen. Dann werden Ihre Fragen vermutlich etwas sachlicher sein."

Das klang nicht eben höflich. Pam merkte, daß Wendel nicht wohl in seiner Haut war, daß er sie los werden wollte. Sie dankte ihm und stieg ein.

Als sie den Motor startete, kam er nochmals zu ihr. „Es tut mir leid, wenn ich unhöflich war. Diese ganze Sache hat mich aufgeregt. Je schneller der Falke gerettet wird, desto glücklicher werde ich sein. Der Vogel wird ein neues Zuhause brauchen. Ich stelle meinen Stall zur Verfügung. Man darf ihn nicht umherfliegen lassen. Der Falke ist ganz verrückt und muß auch vor der Wut der New Yorker geschützt werden. Ja – ich hoffe wirklich, daß man mir den Vogel übergibt. Welch eine Tragödie für den Vogel."

Auf der Rückfahrt überlegte sich Pam seine letzten Worte. Sie waren aufschlußreich – Wendel war nicht daran interessiert, daß man den Falkner fand und vor Gericht stellte. Auch die Leute, die getötet wurden, interessierten ihn nicht. Er wollte nur seinen Falken zurückhaben; alles andere war ihm gleichgültig.

Pam dachte über Carl nach. Er war ein so seltsamer Mann – die Art wie er log und Fragen aus dem Weg ging, der beinahe hysterische Haß auf die Falknerei, der nicht zu seinen Züchtungen paßte. Er sprach von Vögeln, die in Freiheit lebten, aber er hatte einen Stall voller Vögel in Käfigen. Und dann gab es jene Gerüchte, die Jay erwähnt hatte; daß er von einer Eule angegriffen wurde, die merkwürdige Persönlichkeitsveränderung, der Wechsel von einem Mann, der die Arbeit im Feld liebte, zu einem Sammler, der die Vögel lieber tot und ausgestopft sah. Jay hatte etwas über ihn gesagt, woran sie immer wieder denken mußte. „Es ist, als habe er etwas erlebt, vielleicht den wirklichen Schrecken, der dem Raubtierinstinkt zugrunde liegt, den Blutdurst, und danach war er nie mehr der alte."

Jetzt stellte sich das Problem, wie man die Geschichte weiterverfolgen sollte. Einige Fakten hatte sie aufgedeckt: Hawk-Eye war der Händler; Carl Wendel war der Züchter; der Falkner hatte den Vogel um jeden Preis haben wollen, und das hieß, daß er ihn gesehen hatte und Carl den Namen des Falkners kannte. Sie mußte von Carl diesen Namen erfahren, und das hieß wiederum, ihn mit seinen Lügen konfrontieren. Aber wenn er leugnete, der Züchter zu sein? Wenn er sie abschüttelte und sich weigerte, nochmals mit ihr zu reden? Mehr als ein zweites Gespräch würde sie nicht mit ihm führen; es mußte sich lohnen. Sonst würde sie zu Janek gehen und Hawk-Eye verraten und alle Hoffnung aufgeben müssen, den Fall allein zu lösen.

Sie wußte, daß es noch zu früh war, Carl wiederzusehen. Sie brauchte mehr Informationen, harte Tatsachen, die er nicht übergehen konnte: Wie er einen so großen Falken gezüchtet hatte, warum er die Tatsache, daß der Wanderfalke ihm gehörte, verschwiegen und Hawk-Eyes Diebstahl nicht der Polizei gemeldet hatte. Mit einem Wort – was er denn geheimhielt.

Sie wußte, daß sie auf einer Spur war. Aber auf welcher? Vielleicht konnte Jay helfen. Sie würde ihn anrufen, wenn sie wieder in der Stadt war, ihn zu einem Drink einladen, ihn über Carl ausfragen und alles herausfinden, was er wußte. Dann würden sie essen gehen, vielleicht diesmal nach Chinatown, und dann zurück in ihre Wohnung für einen weiteren Drink. Und dann würde er sie küssen, dann würden sie endlich miteinander schlafen . . .

Sie verfiel in Träumereien. Die Gedanken an ein zweites Treffen mit Wendel wurden von den Gedanken an eine Liebesnacht mit Jay verdrängt. Sie stellte sich die Szene vor – wie er versuchen würde, sie zu küssen; ihr Lächeln, ihr Widerstreben, ihr gespielter Versuch, ihn abzuwehren. Und dann würde er sie besiegen . . . Sie rief sich zur Ordnung. Das war ja verrückt – sich Phantasien hinzugeben, wenn es ihre Aufgabe war, genug zu erfahren, um Carl mit Erfolg gegenüberzutreten und den Namen des Falkners zu erfahren.

Sie rief Jay nicht an. Sie wollte es eben tun, als sie den Brief fand. Diesmal war er in ihrem Briefkasten, in ihrem *privaten* Briefkasten, zusammen mit einer Zeitschrift ihrer Universität. Sobald sie die Schrift auf dem Umschlag sah, wußte sie, von wem er stammte.

Ich habe mich von den beim Duell erlittenen Wunden völlig erholt, Pambird, und sehr bald bin ich bereit, wieder zu töten. Ich werde den Hals eines hübschen jungen Mädchens aufschlitzen, eines Mädchens, das Ihnen gleicht. Sie sind meine Rivalin, wissen Sie. Meine Rivalin im Herzen des Falkners. Er mag Sie, Pam. Ja, mein Falkner mag Sie. Er hat Sie sehr gern. Er lässt nicht zu, dass ich Sie töte, aber ich muss Blut vergiessen. Wenn ich es tun werde, werde ich mir einbilden, es sei das Ihre.

Der Wanderfalke

Sie war schweißüberströmt, als sie die Treppe hinauflief, fühlte die Kleider an ihr kleben, als sie die Tür aufschloß. Sie rief Jay nicht an; stattdessen telefonierte sie mit Janek. Dann setzte sie sich auf die Couch und las nochmals den Brief.

Sie hatte keine Lust auf Sex mehr, sie wollte nicht einmal an Carl denken.

Ihr *privater* Briefkasten; jetzt hatte sie große Angst.

17

Der Tag vor Allerheiligen. Ein milder, fast schwüler 31. Oktober. Etwas Wildes lag in der Luft – „Wanderfalkenfieber" nannten sie es auf Kanal Acht. Um sechs Uhr drehte Hollander die Nachrichten an und hörte Pam Barrett berichten, daß die Polizei mit Meldungen über Vögelangriffe überschwemmt werde. Pam sah besorgt aus; und sie hat auch allen Grund, dachte Hollander, nachdem sie den Brief bekommen hat. Um keine Panik auszulösen, erwähnte sie ihn nicht, aber ihm gefiel es, wenn sie verstört und verärgert aussah. Er mochte ihren nervösen, verunsicherten Ausdruck. „Lauter dumme Scherze", sagte sie über die Anrufe bei der Polizei, „der Falke griff immer bei Tageslicht an." Hollander nickte; er würde aus der Routine ausbrechen und heute abend aus dem

Nachthimmel angreifen.

Sobald es dunkel war, ging er aus, um das Terrain zu sondieren. Er mußte vorsichtig sein. Der Wanderfalke war nicht so stark wie früher. Er hatte sich von seinen Wunden erholt, aber die eingesetzten Federn waren nicht so perfekt wie die alten. Es fragte sich, ob der Vogel so kraftvoll fliegen würde wie vorher; Hollander mußte es ausprobieren, mußte ihn fliegen lassen, seine Prophezeiung erfüllen, sein Pam gegebenes Versprechen halten.

Auf der Straße blieb er stehen, dann beschloß er, Richtung Westen auf den Times Square zu gehen, gleichzeitig angelockt und angewidert von den grellen Neonlichtern, den düsteren Cafeterias, wo alte Männer herumsaßen, den riesigen Reklametafeln, auf denen Jeans abgebildet waren, die sich eng um den Popo spannten.

Während er die Seventh Avenue entlang und dann wieder den Broadway hinunterging, konnte er sich vom Wanderfalkenfieber überzeugen; eine makabre Stimmung, die ihm zusagte. Die Nacht war warm, die fahrenden Händler waren unterwegs und verkauften den Passanten Vogelmasken. Einige waren aus Federn hergestellt, mit riesigen Augen und großen Schnäbeln. Wer sie trug, hatte einen Falkenkopf. Es gab auch billigere Masken aus Papier und Plastik mit Polyesterfedern, die schmolzen, sobald man die Maske aufsetzte. Ein Mann verkaufte den Frauen T-Shirts, auf denen vorne „Vogelköder“ stand.

Hollander wurde von kostümierten „Falken“ angebettelt. „Aik, aik“, riefen sie, hielten ihm ihre Bettlerschalen hin und lärmten mit hektischer Fröhlichkeit. Hollander sah etwas Merkwürdiges: Ein Verkäufer sagte seinen Freunden, sie sollten die „Falken“ auf der andern Straßenseite angreifen. Ein Faustkampf begann. Vogelmasken wurden heruntergerissen, Federn flogen auf, Falken schrien. Schließlich kam die Polizei und machte Ordnung.

Es dauerte nicht lang, bis Hollander fand, was er suchte: einen Platz für seinen Vogel. Ein Kino auf der Forty-Second

Street schlug Kapital aus dem Wanderfalken und zeigte zwei Filme: „Der Malteser-Falke" und Hitchcocks „Die Vögel". Die Plakate waren eine Travestie seines Terrors. Es war, als habe sich alles, was er getan, das Wunder, das er geschaffen hatte, in billigen Kitsch verwandelt. Sein Meisterwerk wurde kommerzialisiert: Die Verkäufer, die Bettler, die Rock-and-Roll-Liedermacher und jetzt die Filmverleiher – sie alle mißbrauchten seine Arbeit, um Geld zu machen.

Aber er würde es ihnen zeigen, würde dem Treiben ein Ende bereiten. Hollander eilte zur Volière zurück, nahm die orangenfarbene Kappe, die spiegelnden Sonnengläser und wandte sich dem Wanderfalken zu. Dieser war aufgeregt, wußte, daß er wieder töten sollte, aber daß es Nacht war, verwirrte ihn. „Es macht nichts", flüsterte Hollander, „kein Grund, die Dunkelheit zu fürchten. Dort, wo wir hingehen, gibt es Licht, Neonröhren, Farben. Du wirst sehen können, ohne gesehen zu werden."

Er öffnete das dreieckige Fenster und ließ die warme Brise über sein Gesicht streichen. Die Augen des Vogels glänzten. Er war gierig, würde seine Schwingen, seine Fähigkeiten erproben. Sanft löste Hollander die Riemen. Der Vogel drehte sich einmal und sah ihn an. Hollander nickte. Der Vogel flog hinaus.

Als Hollander auf der Forty-Second nach Westen ging, war er nicht sicher, ob der Falke über ihm flog. Würde er warten, wenn Hollander stehenblieb, oder würde die Nachtluft ihn so verwirren, daß er zurückflog? Er hatte keine Möglichkeit, es festzustellen, und mußte auf seine Dressur vertrauen. Der Falke sollte jetzt von Gebäude zu Gebäude fliegen und seinen Herrn nicht aus den Augen lassen.

Hollander ging nahe den Straßenlampen, damit der Vogel seine Kappe sehen konnte. Und dann plötzlich spürte er seine Gegenwart, obwohl er nicht wußte, wieso und warum; vielleicht war es der Schatten oder das Schlagen seiner Flügel. Aber das war unmöglich – es gab keine Sonne, die einen Schatten warf, und der Vogel flog zu hoch, um gehört zu werden. Nein, dachte Hollander, ich weiß es instinktiv. Wir verständigen uns telepathisch. Seine Gegenwart zu spüren, genügte ihm; jetzt war er zuversichtlich, daß sein Vogel zustoßen würde, wenn er es befahl.

Die nächtliche Stadt war von Geräuschen erfüllt: Ferne Sirenen schrillten durch das Gebrabbel der Bettler und des Verkehrslärms. Straßenlampen verbreiteten schwefelgelbes Licht. Immer wieder ertönte irgendwo ein Schrei. Autofahrer hupten. Nachtschwärmer mit Masken vor dem Gesicht fuhren in einem Cabriolet vorüber und lachten, während sie Dosenbier tranken. Aus den unterirdischen Hohlräumen stieg Dampf auf, und am Himmel kreuzten sich die Strahlen der Suchlichter.

Während Hollander sich den Kinos zwischen Broadway und der Eight Street näherte, überkam ihn die Wut über das entartete Leben, das ihn umgab. War diese nächtliche Hektik ein Zeichen des Verfalls oder nur ein Ventil für Menschen, die den ganzen Tag irgendwo eingepfercht waren und jetzt ihre Freiheit genossen? Seine Gefühle schwankten zwischen Mitleid und Verachtung. Eine Bande von Jugendlichen mit Vogelmasken stürzte auf ihn zu und schlug mit den Armen um sich. Knapp bevor sie ihn erreichten, teilten sie sich, lachten über seinen Zorn und eilten weiter, um jemand anderen zu erschrekken. Ein alter Säufer in zerfetzten Kleidern suchte in der Gosse nach etwas Eßbarem. Eine Dame in Zigeunerkleidern ging mit ihrem Dalmatiner spazieren; beide hatten Habichtmasken auf.

Jetzt stand Hollander gegenüber dem Kino und suchte nach einem Opfer. Vor dem Kinoeingang wartete eine Menschenschlange: junge Frauen und Männer in hautengen Lederkostümen; alte Leute mit verbitterten Gesichtern; junge Schwarze in Tennisschuhen, die wilde Tanzbewegungen vollführten und mit den Fingern schnalzten, ohne sich von der Stelle zu bewegen.

Hollander griff in die Tasche und nahm die Sonnengläser heraus. Mit seiner Kappe und den Gläsern sah er ebenso verrückt aus wie alle andern. Er stand unter einer Lichtreklame („Abartiger Sex“) und versuchte dem Wanderfalken ein Signal zu geben. Er versuchte es ein paarmal, dann sah er ihn. Der Vogel hatte ihn mißverstanden, hatte gedacht, er habe eine Beute ausgewählt. Jetzt kam er herunter, stürzte direkt auf die Menschenschlange.

Ein Fiasko! Wie ein Kampfflieger strich der Vogel über die Leute. Die Menschen schrien auf und duckten sich. Manche warfen sich auf den Gehsteig und bedeckten den Kopf. Hilflos sah Hollander zu, wie der Wanderfalke zögerte und dann wieder in den Nachthimmel aufflog. Er hatte versagt. *Zum ersten Mal hatte er versagt.* Voll Verzweiflung eilte Hollander zurück zur Volière.

Warum hatte der Falke das getan, warum war er ohne Erlaubnis herabgeflogen und hatte – das war noch schlimmer – mitten im Angriff gezögert? Hollander gab sich selbst die Schuld. Er hätte ihn nicht fliegen lassen dürfen. Die Federn waren noch nicht in Ordnung, würden erst im Frühling, wenn sie verwachsen waren, wieder normal sein. Als er die Voliere erreichte, fand er seinen Vogel wartend vor, die Augen umdüstert und voller Scham. Der Blutdurst hatte ihn verlassen, und jetzt war er verwirrt. Er flehte um eine Erklärung: Warum konnte er nicht mehr fliegen wie früher? Hollander streichelte seine Federn, flüsterte ihm ermutigende Worte zu, fütterte ihn – seine Belohnung für den Versuch. Zuerst nahm der Vogel nur zögernd die ihm gebotene Atzung, dann aber fraß er gierig. Hollander sah entzückt zu. Das warme Fleisch der Wachteln, das heiße Blut im Hals des Falken – er fraß so gierig, als hätte er getötet.

Hollander aber konnte sein eigenes Versagen nicht verwinden. Er war niedergeschlagen. Sein Plan, die Angriffe zu intensivieren, war gescheitert. Er hätte den Vogel nicht abends auslassen dürfen, hätte warten müssen, bis er bei Tag fliegen konnte. Er war zu begierig gewesen und hatte den Wanderfalken überfordert. Und weil er Pamela Barrett einen Mord versprochen hatte, würde ihn jetzt ihre Verachtung treffen, das wußte Hollander.

Während er zusah, wie der Falke fraß, während er ihn streichelte, überlegte er, was er tun könnte, um die eigene Spannung abzubauen und den quälenden Knoten in seinem Innern zu lösen. Hollander schloß die Augen, träumte von einem Angriff, einem Herabstoßen, einem Schlag, der die wilden Schreie der Beute zum Schweigen brachte. Der Traum erregte ihn. Er mußte handeln. Diese Nacht konnte er nicht so einfach vorübergehen lassen.

Das Mädchen wohnte über einem italienischen Restaurant auf der East-Fifty-First. Neben der Türklingel stand „Sasha West" – es war nicht ihr richtiger Name, nahm Hollander an, aber das war ihm gleichgültig.

Er hatte sie schon öfters besucht, allerdings nicht in den vergangenen sechs Monaten. Er hatte ihre Annoncen in den Sex-Zeitschriften gesehen, wo sie sich als Partnerin für „seltsame Spiele" anbot. Der Klang ihrer Stimme am Telefon hatte ihm gefallen: ein Anflug von Hysterie, eine Andeutung, daß sie keine Scheu hatte und ihre Arbeit genoß. Als er sich zum ersten Mal mit ihr traf, war er enttäuscht – sie hatte mehr von einer Schlampe an sich, als er gehofft hatte, war weniger selbstsicher als jene beinharten, ehrgeizigen Mädchen, die ihm gefielen. Aber sie war auf seine Vorschläge eingegangen und hatte ihre Rolle gut gespielt. Wann immer er Spannungen abreagieren mußte, kehrte er zu ihr zurück. Seit er den Wanderfalken fliegen ließ, hatte er sie nicht mehr gesehen; der Vogel bot eine bessere Entspannung.

Als er jetzt klingelte und auf ihre Antwort wartete, war er wieder aufs äußerste angespannt. Wenn der Wanderfalke nicht für ihn töten wollte, dann mußte er tun, was er früher getan hatte. Ungeduldig klingelte er nochmals. Endlich öffnete Sasha die Tür.

„Wie geht es dir?" sagte sie und sah ihn prüfend an. „Ich weiß nicht recht, ob ich dich reinlassen soll, Liebling. Du bist zu lang fortgeblieben."

Hollander lächelte. Er wußte, daß sie ihn gern reizte. „Ja, meine göttliche Sasha“, erwiderte er ihren Spott. „Es war viel zu lang.“

Sie grinste, schob die Kette zurück, sah ihn nochmals prüfend an und ging ins Zimmer. „Wie immer hast du deine Tasche gebracht. Die Tasche mit den Spielsachen.“

Er nickte, lächelte. „Wie steht's?“

„Mehr oder weniger wie immer. Es sind die Finanzen, die mir Sorgen machen.“

Sie erzählte von ihren Schwierigkeiten: die hohe Miete, die steigenden Preise für Lebensmittel und Kleidung. Er sah sich um, betrachtete die Stiefel mit den hohen Absätzen an der Wand, die Kunststoffgewänder und die merkwürdigen Strumpfbandgürtel, die ordentlich auf Haken an der Innentür des geöffneten Schranks hingen. Es duftete ein wenig nach Parfum, nicht billig und stark wie bei der Hure im Bryant Park, aber auch nicht zart und elegant, nicht die Art von Duft, die Pam immer verwendete. Er betrachtete Sasha. Ihr Haar war länger und hatte eine andere Brauntönung. Sie sah ihn amüsiert an.

„Die gleiche Szene?“ fragte sie. Er nickte. „Gut, dann bleibt auch der Preis der gleiche.“

Er griff nach seiner Brieftasche. Sie schätzte Vorauszahlung. Er gab ihr eine Hundert-Dollar-Note. Sie küßte sie und ging ins Nebenzimmer, um sie aufzuheben, vermutlich unter einem Kissen, nahm er an, oder in einem Schuh.

Er öffnete seine Tasche und breitete die verschiedenen Gegenstände auf dem Bett aus. Als Sasha zurückkam, lehnte sie sich an die Wand und rauchte eine Zigarette. Hollander sah sie an. Sie sah aus, als hätte sie alles schon erlebt, als sei ihr nichts fremd, was immer auch geschah; alles war Teil ihrer Arbeit – mehr nicht.

Sie dämpfte das Licht, zog sich langsam aus, stand nackt mitten im Zimmer. Sorgfältig begann er sie zu schmücken; kniete nieder, um die Riemen mit den Schellen um ihre Knöchel zu binden. Er hängte einen Karabiner ein und dann die „Langfessel“, die er um die Hand wickelte. Alle Knoten waren „Falknerknoten“.

„Ziemlich aktuell, nicht?“ sagte sie. „Ich meine, wegen des Falkners, der Leute im Park umbringt.“

„Pssst“, flüsterte er. Sie nickte und hielt den Mund. Er nahm die Lederhaube und streifte sie ihr über, während sie niederkniete. Sie verdeckte den oberen Teil ihres Gesichtes, so daß nur Nase und Mund zu sehen waren. Eine Feder steckte in der Haube – sie war eine vergrößerte Version der holländischen Stockhaube. Er band die Haube um ihren Hals fest.

Als er sie allmählich in einen Falken verwandelte, wuchs seine Erregung. Er legte ein Cape um ihre Schultern und hakte es knapp unter den Halsbändern der Haube zu. Das Cape war aus schwarzem Samt, bestickt mit Silberfäden, die die Umrisse von Federn und Schwingen andeuteten. Es war ein Kostüm, das er gelegentlich auch selbst trug.

Als sie eingehüllt war, winkte er ihr, zurückzutreten, und bewunderte sein Werk. Ja – jetzt war sie sein Falkenmädchen. Er spürte die Spannung in seinen Lenden aufsteigen.

Pam, dachte er. Pambird könnte sein wie sie. Sanft legte er die Hand auf Sashas Wange und streichelte ihre Haut. Sie atmete tief, so daß er es hören konnte, dann stieß sie kleine kehlige Laute aus.

Er erinnerte sich, wie er sie, als er zum ersten Mal kam, die Töne gelehrt hatte, die er hören wollte. Sie hatte nicht gelacht, es hatte sie gereizt. Sie hatte verschiedene Laute versucht, und er hatte sie korrigiert. Jetzt wußte sie, was er wollte und hatte es nicht vergessen. *Gut dressiert,* dachte er stolz.

Sasha kicherte. Hollander wußte, daß sie ihn für harmlos hielt und die seltsamen Rituale und Wünsche ihrer Kunden genoß. „Ein Weg zu ihrer Verrücktheit“, hatte sie einmal gesagt. Aber ihr Kichern störte ihn, und sie mußte es gespürt haben, denn sie hörte rasch auf.

Mit den Fingern fuhr er ihre Lippen entlang, zuerst über die Unterlippe, dann über die Oberlippe. Sie stand still, absolut still und aufrecht, wie er es wünschte. Jetzt, wo das Spiel begonnen hatte, sprachen sie nicht mehr; seine kleinen Gesten deuteten an, was er von ihr wollte, und es war ihre Pflicht, so hatte er ihr erklärt, genau das zu tun, was er wünschte. Sie war mehr als eine Schauspielerin – jetzt war sie sein Objekt, sein Falkenmädchen, das eine Rolle spielen mußte.

Er deutete an, daß sie sich bewegen solle, und sie folgte, ging langsam, mit einem gekünstelten Gang, durch das Zimmer, zog die Knie hoch, setzte die Füße vorsichtig wieder auf den Boden, bewegte sich so, daß das Cape ihren Bewegungen folgte und immer wieder nacktes Fleisch darunter aufblitzen ließ. Das Cape war vorne geöffnet, und als sie sich immer schneller drehte, während er mit der Langfessel den Rhythmus angab, sah er ihr Schamhaar und die Umrisse ihrer Brüste. Er ging neben ihr her, damit sie sich nicht in der Langfessel verfing. Die Schellen an ihren Gelenken klingelten. Diese Falkenschellen hatten einen Zweck – wenn der Falke wegflog, konnte der Falkner ihn finden und auf sein Handgelenk zurücklocken.

Er hörte auf, die Fessel zu bewegen, und sie blieb stehen, die Füße geschlossen, unbeweglich, so daß er ihre Federn und Flügel streicheln konnte. Seine Hände fuhren sanft über das Cape, öffneten es, so daß er ihre Brust, ihren Bauch, ihr Schamhaar berühren konnte. Sie stand immer noch still, aber von Zeit zu Zeit hob sie die Arme, als wolle sie auffliegen. Tat sie das, so wurde sein Streicheln nachdrücklicher, und sie begann schwer zu atmen und zu murmeln. Sie stieß kleine, genüßliche Töne aus, und er legte die Hand auf ihren Hals und fühlte das Schlagen ihres Pulses. Dann trat er zurück. Sie hielt den Kopf sehr hoch. Er sah sie an und war zufrieden.

Hollander stieß einen Schlucklaut aus und sie ahmte ihn nach. Er kam näher, berührte sie, fühlte, wie ihr Hals sich zusammenzog und wieder dehnte. Sie summte, und er spürte die Bewegungen ihres Kehlkopfes. Sanft zog er an der Fessel. Sie spürte den Druck an ihren Fußgelenken und begann wieder zu gehen.

Er führte sie zum Bett und berührte sie, um sie wissen zu

lassen, daß sie sich niederhocken sollte. Dann setzte er sich neben sie, griff nach ihren Füßen, befühlte ihre Zehennägel, spürte die Schärfe auf seinen Fingerspitzen. Er drückte ihren Kopf hinunter, so daß ihr Gesäß sich hob, löste die Fessel vom Karabiner und spreizte ihre Beine. Er hob das Cape hoch, so daß ihr Hinterteil frei, ihr Geschlecht offen und sichtbar wurde, bereit, ihn zu empfangen.

Er betrachtete diesen Körperteil, berührte ihre Spalte, streichelte das Schamhaar. Dann strich er über ihr langes braunes Kopfhaar, das unter der Haube hervorquoll. Er verglich die Dichte des Haares mit jener des Schamhaares, dann zog er sich aus und schloß die Augen. Jetzt gab es sie nicht mehr als Sasha – jetzt war sie sein Falke und er der Falkner. Und einen Augenblick später war er auch das nicht mehr. Er hatte sich in einen Terzel verwandelt, in ein Falkenmännchen. Wieder streichelte er sie, nahm ihr Fleisch zwischen die Finger, erforschte ihre Haut, jene Körperteile, die weich und andere, die hart waren, intime Zonen, die Achselhöhlen und das zarte, seidige Fleisch an der Innenseite der Schenkeln. Immer wieder strich seine Hand über ihr Schamhaar.

Er war ein Terzel und begann seinen Balzflug. Er zog Schleifen für sie; sie saß auf einem Ast, und ihre Blicke folgten ihm. Er wendete sich und drehte sich. Er lockte sie von ihrem Ast zu der Klippe, wo er den Horst bauen wollte. Sie flog ihm nach, dann drehte er sich um und jagte sie, stieß gellende Rufe aus, flehende und ärgerliche, während sie über ihm flog und seinen Rufen lauschte. Sie beobachtete seine Bewegungen, war von seinen Flugkünsten beeindruckt. Er jagte für sie, tötete ein kleines Kaninchen, brachte ein Stück Fleisch und flog nahe an ihr vorüber, so daß sie das Fleisch mit dem Mund schnappen konnte. Als sie gefressen hatte, flog sie wieder zu ihm auf, und gemeinsam vollführten sie schwindelerregende Spiralen und Flugfiguren, die dann und wann zur Berührung ihrer Schwingenspitzen führten. Diese Berührungen erregten ihn, erfüllten ihn mit Verlangen, so daß sein Penis hart und groß wurde.

Sie waren beide erregt. Der Balzflug hatte die Vögel in höchste Erregung versetzt, und als er jetzt über ihrem Rücken flatterte, gebot ihm der Instinkt, auf ihrem Rücken zu landen. Er schlug mit den Flügeln. Sein Körper zitterte. Er schrie, krächzte, zwitscherte. Verzückt stieß er zu, immer wieder im Takt des Flügelschlages. Das Weibchen ahmte seine Töne nach. Gemeinsam krächzten und zwitscherten sie, stießen laute Schreie aus und ließen sich erschöpft fallen.

So blieben sie, miteinander verschmolzen. Er war immer noch in ihr verloren, träumte von nochmaliger Paarung, von Schreien und Entspannung. Da hörte er ihre Stimme: „Beeil dich . . . ich habe noch einen Kunden." Er öffnete die Augen. Sie hatte den Bann gebrochen. Er legte die Hand über ihren Mund, um ihre Worte zu ersticken. Er wollte mit ihr auf den Klippen bleiben.

Sie versuchte sich freizumachen. Er hielt ihren Mund zu, hielt ihren Hals fest. Sie biß in seine Hand. Er verspürte einen stechenden Schmerz. Ihr Biß riß ihn aus seinen Phantasien.

Jetzt wurde er wütend. Er fühlte, wie sein Zorn wuchs, so rasch wuchs, daß er ihn nicht beherrschen konnte, rascher noch als das Schlagen seiner Flügel. Jetzt war er halb Mann, halb Vogel. Er kämpfte gegen die Verwandlung und schloß die Augen. Wieder versuchte er zu fliegen, den Boden zu verlassen, die warmen Luftströmungen zu finden, die Sonne. Sie aber wollte es nicht zulassen. Er spürte ihr ängstliches Zittern. Sie versuchte, ihn abzuschütteln. Er hielt sie fest und legte beide Hände um ihren Hals. Sie versuchte zu schreien. Er drückte zu, spürte, wie seine Nägel in ihr Fleisch eindrangen. Vergeblich rang sie um Atem; dann war sie ruhig. Es dauerte eine lange Weile, bis er sie losließ.

18

Janek mochte das Leichenschauhaus nicht. Er wußte jedoch von Kriminalbeamten, die gern hingingen. Während sie auf den Aufzug warteten, warnte er Marchetti. „Verschonen Sie mich, Sal. Keine schlechten Witze über Sex und Leichen, bitte."

Marchetti grinste. Er erzählte gern, wie er sich über seiner ersten Leiche erbrochen hatte. „Aber man gewöhnt sich dran. Nach einer Weile mag man es sogar", pflegte er zu sagen. Es waren solche Sprüche, mit unbeweglichem Gesicht und etwas geheimnisvollem Ton gesagt, die das Ende einer Erholungspause ankündigten. Die Polizisten schnallten die Halfter um und nahmen die Füße von den Bänken, um die Schuhe wieder anzuziehen; dann warfen sie einen kurzen Blick in den verrosteten Spiegel neben der Tür und marschierten im Gänsemarsch los.

Der junge Gerichtsmediziner, der sie begleitete, trug eine Brille mit Stahlrändern und gab sich betont professionell. Mit totem Gewebe arbeiten, die Brust aufschlitzen, Schädel öffnen – Janek konnte sich schwer vorstellen, daß ein junger Mensch beschloß, Gerichtsmediziner zu werden. Aber er wußte, sie waren ebenso Kriminalbeamte wie er selbst. Die Besonderheit ihrer Arbeit führte ihnen nicht nur fortwährend die Sterblichkeit des Menschen vor Augen, sondern auch die unabänderliche Tatsache, daß man, wenn man einen Menschen auseinandernimmt, weniger vorfindet, als man zu finden gehofft hatte.

„Quetschungen und Schnitte", sagte der Gerichtsmediziner. „Unter den Fingernägeln des Killers werden Absonderungen sein . . . wir haben seinen Samen . . .ungeheure Stärke . . . Versuche, zu durchbohren und aufzuschlitzen . . ."

Janek nickte müde. Er wartete auf den Schluß.

„Wann?"

„Was?"

„Wann ist es geschehen?"

„Mittwoch nachts. Vermutlich spät nachts. Ich hörte von

interessantem Beiwerk, obwohl ich das Ding nicht selbst gesehen habe."

Janek hatte die „Maske" gesehen. Er nickte dem Arzt zu und winkte Marchetti, daß es Zeit zum Aufbruch sei. „Ich habe eine Arbeit für Sie, Sal", sagte er, als sie zum Auto zurückgingen.

„Der Maske nachzugehen?"

Janek nickte. „Aber es ist keine Maske, Sal. Es ist eine Falknerhaube."

Schweigend fuhren sie zum Polizeikommissariat zurück. Es hatte vierundzwanzig Stunden gedauert, bis sie von dem Mord verständigt wurden. Zu lang, dachte Janek, viel zu lang. Er hatte sich bei Wilson beschwert. Wilson rief das Morddezernat an und sprach mit Thompson, der behauptete, er habe keinen Zusammenhang gesehen. „Das Verbrechen war nachgeahmt", erklärte er. „Damit haben wir es fortwährend zu tun. Wir informierten Janek nur aus Höflichkeit. Daß er sich jetzt beklagt, ist ein starkes Stück." Natürlich hatte Thompson sich geirrt. Er hatte sich vom Wanderfalkenfieber täuschen lassen, einem Thema, auf dem Kanal Acht herumritt. Thompson hielt die am Tatort gefundene „Maske" für einen Teil des Trends, sich als Falke zu verkleiden und in T-Shirts und Masken herumzulaufen. Er konnte das Verbrechen nicht verstehen, weil er nicht wußte, was sich vorher abgespielt hatte: Der Falkner hatte Pam einen Mord versprochen. Er hatte es mit dem Vogel versucht, und es mißlang. Da er sein Versprechen einlösen wollte, hatte er selbst einen Mord begangen.

Jetzt, wo Janek das Mädchen gesehen hatte, wußte er, daß seine Theorie stimmte. Sie war der gleiche Typ wie die andern: zart und schlank, langes braunes Haar, hübsches Gesicht. Eine wie ein Falke verkappte Hure, angegriffen wie von einem Vogel. Obwohl das nicht die übliche Art des Falkners war, spürte Janek den gleichen Wahnsinn dahinter, die gleiche Intensität. Und Thompson hatte die ganze Sache verkannt, als er die Haube als Maske bezeichnete; als wäre sie einer jener billigen, mit ein paar Federn aufgeputzten Scherzartikel, wie man sie in einer Sexboutique im Village kaufen konnte.

Als sie ins Kommissariat zurückkamen, suchte er mit Sal in den Falknerbüchern nach den verschiedenen Haubenarten.

„Es gibt mehrere Typen“, sagte Sal, „arabische, indische, holländische. Unsere sieht aus wie die holländischen, nicht wahr, Frank?“ Er gab Janek das Buch. „Was meinen Sie?“

Janek sah die Abbildungen an. „Ich glaube, daß er sie entweder anfertigen ließ – in diesem Fall werden Sie kein Glück haben – oder sie selbst anfertigte; in diesem Fall ist es ebenso hoffnungslos.“

„Merkwürdig, daß er die Haube zurückgelassen hatte“, bemerkte Marchetti. „Vielleicht war er in Eile. Vielleicht bekam er es mit der Angst zu tun und lief davon.“

„Möglich, Sal“, sagte Janek, obwohl er nicht wirklich seiner Meinung war. Es steckte mehr dahinter: der Falkner war ein kluger Mann; er beging keine Irrtümer; vielleicht wollte er, daß die Haube gefunden und nach ihrer Herkunft gesucht wurde – ein Ablenkungsmanöver. Zeitverschwendung. Eine weitere Sackgasse.

„Nehmen wir einmal an, daß er sie anfertigen hat lassen, und zwar so, daß sie auf einen Frauenkopf paßt. Setzen Sie sich mit den Falkenhaubenmachern in Verbindung. Es gibt nicht mehr als drei im Land; das ist also nicht sehr langwierig. Wenn sie nichts erfahren – und vermutlich werden sie nichts erfahren –, versuchen Sie die Lederverarbeiter, die sich auf so schrulliges Zeug spezialisieren. Sie wissen, was ich meine. Diese Leute annoncieren in Sexmagazinen.“

„Sie meinen, ich soll dieses perverse Zeug studieren?“ empörte sich Sal.

„Sie werden sich daran gewöhnen, Sal. Binnen Kürze wird es Ihnen sogar Spaß machen. Sie werden sehen.“

Zwei Stunden später saß Janek in Harts Büro. Thompson von der Mordkommission war ebenfalls anwesend und beobachtete ihn mißtrauisch.

„Sie haben einen Verdacht, das ist alles, was Sie haben, Frank“, sagte Thompson. „Wir werden dem Fall Priorität geben und Sie auf dem laufenden halten."

„Genügt mir nicht", antwortete Janek.

„Zum Teufel, Frank, was sonst verlangen Sie?"

„Ich will, daß Sasha West meinem Fall zugewiesen wird, damit ich Ihren Jungens sagen kann, was sie tun sollen."

„Warum sagen Sie es nicht mir?"

„Weil ich Ihnen Vorschläge machen muß."

„Meine Leute sind keine Kinder, Frank. Man kann sie nicht herumkommandieren." Thompson sah Hart scharf an. Bisher hatte der Leiter der Kriminalabteilung kein Wort gesagt. „Und überhaupt, was würden Sie von meinen Leuten wollen? Schießen Sie los. Ich will Ihre großartigen Ideen hören. Schließlich bin ich erst seit dreißig Jahren in dem Geschäft."

Janek lächelte – ein bürokratischer Streit. Wenn er bei Hart etwas erreichen wollte, mußte er mit Thompson ehrlich sein. „Zuerst würde ich feststellen, ob Sasha West je über einen Kunden sprach, der sie als Vogel verkleidete."

„Das können wir machen."

„Aber bisher taten Sie es nicht."

„Ich werde es tun, Frank. Jetzt, wo ich mit Sherlock Holmes gesprochen habe, werde ich es sofort anordnen."

Janek wandte sich an Hart. „Vielleicht irre ich mich, aber ich glaube nicht, daß uns Sarkasmus weiterhelfen wird."

„Was sonst, Frank? – Sagen Sie mir, was ich noch tun soll."

„Notizbücher. Verschlüsselte Aufzeichnungen über ihre Kunden."

„Nach solchen Sachen wird routinemäßig gesucht."

„Vielleicht gab sie Annoncen auf oder hatte irgendwo ein Postfach. Vielleicht hat er ihr geschrieben. Vielleicht hat sie die Briefe aufgehoben."

„Scheint mir ziemlich weit hergeholt."

Janek wandte sich wieder an Hart. „Bekomme ich den Fall zugewiesen, wenn ich etwas finde, das ihn mit dem Wanderfalken in Zusammenhang bringt?"

Thompson sah Janek mißtrauisch an; vielleicht merkte er, daß er zu weit gegangen war. Janek hatte das Gefühl, seine

Frage im richtigen Moment gestellt zu haben. Hart war endlich bereit, eine Entscheidung zu treffen.

„Bringen Sie eine eindeutige Querverbindung", sagte Hart, „und Sie bekommen Sasha West. Zufrieden?" Janek nickte. „Gut. Denn ich habe eine Verabredung, und diese Kompetenzstreitigkeiten finde ich zum Kotzen."

Man reichte einander die Hand. Thompson ging mit ihm hinunter. „Kann ich Sie wo absetzen, Frank?"

„Danke, Harry." Schweigend saßen sie im Fond von Thompsons Wagen.

„Sie glauben, daß Sie einer großen Sache auf der Spur sind, was?" Janek nickte. Thompson schüttelte den Kopf. „Sie sind ein Scheißkerl, wirklich ein Scheißkerl, Frank. Und Ihr Fall ist nicht so toll, wie Sie glauben. Alle finden ihn langweilig. Seit dreieinhalb Wochen hat der Vogel niemanden mehr getötet. Es ist nur ein mieser Fall wie so mancher anderer."

„Alle Fälle sind mies, Harry."

Thompson lächelte. „Ja, und die Stadt auch." Er sah zum Fenster hinaus. „Maggie hat vor ein paar Wochen Sarah getroffen; beim Friseur, auf dem Supermarkt oder sonst irgendwo. Sie sagte, Sarah sehe ziemlich schlecht aus." Janek schwieg. „Sie unterhielten sich. Sarah fragte nach Ihnen. Sie hätte Sie im Fernsehen gesehen oder so was Ähnliches. Sie erkundigte sich bei Maggie, wie es Ihnen gehe."

Janek sah ihn an. „Tatsächlich?"

„Tatsächlich was, Frank?"

„Was sagte Maggie?"

„Ich weiß es nicht, wahrscheinlich nichts. Wir haben Sie schon lang nicht gesehen, Frank, was hätte sie also sagen sollen?"

Schweigend fuhren sie weiter. Der Junge am Lenkrad war ein guter Fahrer – viel besser als Sal. Als sie zum Kommissariat kamen, wandte sich Janek an Thompson. „Was wollten Sie damit sagen?"

„Womit?"

„Daß Maggie Sarah getroffen hat."

„Ach, eigentlich gar nichts, Frank."

„Warum erwähnten Sie es dann?"

„Ich weiß nicht. Nur ein Gesprächsthema vermutlich. Hören Sie zu – wenn Ihnen irgend etwas zu dem Sasha-West-Fall einfällt, sagen Sie es mir, und ich gebe es an die Jungens weiter."

„Gut, Harry – Sie geben es weiter." Leise schloß Janek die Wagentür. „Leck mich, Harry", sagte er.

In seinem Büro wartete Pam Barrett. An den Schreibtisch gelehnt, hielt sie Hof. Drei Kriminalbeamte standen um sie herum. Es waren die Männer, die sich über ihre Brustwarzen unterhalten hatten, als man sich die Nachrichten ansah. Als Janek hereinkam, gingen sie; ohne ihr Publikum sah Pam verloren aus.

„Ich bekam wieder einen Brief."

Janek nickte. „Er schreibt, daß er wieder getötet hat."

„Woher wissen Sie das?"

„Ich kann Ihre Gedanken lesen."

„Sehr witzig, Janek."

Er setzte sich und bat um den Brief. „Wollen sehen, was Sie bekommen haben."

Als sie ihm den Brief gab, merkte Janek, daß ihre Hand zitterte. Dieser Falke machte sie allmählich fertig. *Sie sollte die Sache fallen lassen, aber sie wird es nicht tun, dachte er.*

NEULICH AM ABEND HUNGRIG GEWESEN. DACHTE AN SIE, PAMBIRD, DACHTE AN IHREN WEICHEN, WEICHEN HALS. LEIDER KEIN MÄDCHEN WIE SIE VOR DEM KINO, DAHER HATTE ICH KEINE LUST ZU TÖTEN, ABER MEIN FALKNER HATTE LUST UND GAB SICH EINEM HÖCHST UNWÜRDIGEN GENUSS HIN. . .

Da war es – beinahe ein Geständnis, die beste Verbindung zu dem Mord an Sasha West, die er erhoffen konnte. Der Briefschluß enthielt die üblichen Floskeln:

. . . SIE UND ICH, WIR WERDEN EINANDER BALD TREFFEN, UND WENN ES SOWEIT IST, VERSPRECHE ICH IHNEN EINE ÜBERRASCHUNG.

PEREGRIN, DER WANDERFALKE

Janek sah Pam an. „Verstört? Das kann ich verstehen. Ich bin es auch."

„Ich weiß nicht, was das bedeuten soll. Meint er, daß er jemanden gegessen hat oder was anderes?"

Janek zuckte die Achseln. Er wollte ihr nicht von Sasha erzählen. Eigentlich hatte man vereinbart, alle Informationen zu teilen, aber bisher hatten sie nichts geteilt. „Wie geht es sonst?"

„Mühsam", antwortete Pam. „Nichts, das ich verwenden kann."

Die Art, wie sie antwortete, ließ ihn vermuten, daß sie etwas wußte. „Jedenfalls vielen Dank, daß Sie mir den Brief brachten."

„Natürlich. Er ist ein Beweisstück." Pam lächelte. *Wußte sie etwas Neues?* Sie war ein kluges Mädchen; Janek mochte sie, aber noch kannte er sich nicht aus bei ihr.

„Wissen Sie, Pam, wir beide sind Profis. Nur unser Blickwinkel ist verschieden, das ist alles. Wenn Sie etwas wissen, das mir weiterhelfen könnte, sollten Sie es wirklich nicht zurückhalten."

Pam zögerte. Sie wußte etwas – das spürte er, aber auch, daß sie es nicht verraten würde. Vermutlich war es nicht so wichtig, trotzdem ärgerte es ihn. Wahrscheinlich war es seine eigene Schuld – er hatte sie ein paarmal ziemlich hart angefaßt. Nicht einmal an dem Samstag, als sie ihm den Brief „Ich muß Blut vergießen" aus ihrem privaten Postfach gebracht hatte, hatte er ihr richtig gedankt.

„Denken Sie je daran, daß Sie in Gefahr sein könnten?"

Pam starrte ihn an. „Glauben Sie das?"

„Nun, er schreibt Ihnen. Und er schreibt immer wieder von Ihrem Hals. Ohne Zweifel ist da eine Beziehung vorhanden. Er ist ein Psychopath, daher . . ." Er zuckte die Achseln.

Sie fuhr zusammen. „Was meinen Sie mit einer – *Beziehung?* Ich kenne den Mann ganz bestimmt nicht."

„Aber er kennt Sie. Er sieht sie jeden Abend auf dem Fernsehschirm. Sie sprechen zu ihm. Etwas ist da vorhanden.

Wenn Sie ihn fortwährend bitten, aufzuhören . . . vermutlich hält er Sie für seine Freundin.“

„Wenn ich ihn bitte, aufzuhören, so ist das im Interesse der Öffentlichkeit.“

„Natürlich, natürlich. Aber es gefällt ihm.“

„Sie halten mich für unverantwortlich.“

„Nein.“ Janek schüttelte den Kopf. „Wären es nicht Sie, so wäre es jemand anderer. Ich wollte nur, Sie würden sich nicht so verstört geben. Ich glaube, er mag das. Ihr Hals ist zu einem Fetisch für ihn geworden. Wir könnten Ihnen jemanden mitgeben, wenn Sie wirklich Angst haben.“

Pam zögerte. Er sah, daß sie es in Erwägung zog, aber sofort Bedenken hatte.

„Jemanden mitgeben – Sie meinen einen Leibwächter?“

„Ja, so ähnlich.“

Sie lachte. „Und dann wüßten Sie genau, was ich tue, Janek. Sie würden alle meine Informationsquellen erfahren. Ist das Ihr Plan?“

Er lächelte. Sie glaubte, ihn durchschaut zu haben. Sie tat ihm leid; die Dinge wuchsen ihr über den Kopf. Der Falkner bedrohte sie, und sie merkte es nicht. „Okay Pam, Sie haben mich ertappt. Der Leibwächter würde auch mir helfen.“

Nachdem sie gegangen war, rief er Harry Thompson an, las ihm den Brief vor und bat ihn, ihm den Sasha-West-Fall zu übergeben. Thompson brüllte. „Sie wußten das schon lang, nicht wahr, Frank? Ich hätte das voraussehen müssen. Sie haben mich wirklich in die Enge getrieben, Sie Schweinehund.“

Eine Stunde später meldeten sich bei Janek zwei Beamte vom Morddezernat. Er sah sie prüfend an. Sie erwiderten seinen Blick. Er lächelte. Erstaunt sahen die beiden einander an.

„Was ist los? Habt Ihr mir etwas zu sagen?“

Wieder sahen sie einander an, dann sagte der Größere: „Thompson meinte, Sie würden versuchen, uns einzuschüchtern.“

Janek wählte vier seiner Leute, um mit den beiden zu arbeiten, dann bat er alle, einschließlich Marchetti, der mit der Haube beschäftigt war, in ein Zimmer.

„Nehmen wir an, wir hätten den Kerl bereits dingfest gemacht", sagte Janek. „Wie würde sich der Staatsanwalt verhalten? Er müßte nachweisen, daß der Kerl dem Vogel befahl, zu töten. Das kann er nicht. Auch der dümmste Verteidiger würde den Mann freibekommen. Aber jetzt hat der Mann einen großen Fehler gemacht. Er beging tatsächlich einen Mord. Weisen Sie ihm das nach, und wir haben eine Chance. Das ist es, worauf wir hinarbeiten."

Er teilte seine Leute ein, übertrug den Jungen vom Morddezernat die Leitung, wies sie an, mit Sashas Freunden und mit jedem zweideutigen Mädchen, das ihnen unterkam, zu reden. „Sal hat alle Sexmagazine gekauft, er wird Ihnen Namen geben. Stellen Sie fest, ob jemand einmal mit einem Kunden eine Vogelszene spielen mußte. Wenn ja – wie sah er aus? Was genau machte er? Aber bevor Sie sich damit befassen, möchte ich, daß Ihr noch einmal die Wohnung durchsucht. Ihr alle sechs. Es ist mir egal, ob das schon gemacht wurde – ich glaube nicht, daß man die Wohnung wirklich durchgekämmt hat. Ihr müßt etwas finden – ein Haar, einen Fingerabdruck. Ich habe nur Samen, das ist zu wenig. Sprecht mit den Nachbarn. Untersucht die Abfallkübel. Es geht um eine wirklich heiße Sache, nicht bloß um den Mord an einer Prostituierten. Wenn jemand von der Presse kommt, sagt kein Wort vom Falken. Sagt einfach, wir haben das Notizbuch des Mädchens gefunden, und dort stehen ein paar wichtige Namen von Politikern – Namen, die man nicht für möglich halten würde."

Das gefiel ihnen. Jetzt hatte er sie motiviert. Eine Stunde später fühlte Janek eine veränderte Stimmung im Büro – die Moral hatte sich gehoben.

Sein Abendbrot verzehrte er allein in einem Delikatessenladen. Dann stieg er ins Auto und fuhr herum. Wonach suchte er? Nach einem Tandem mit einem Sexualverbrecher und einem Greifvogel? Oder suchte er etwas ganz anderes – das Heil und die Erlösung für sich selbst?

Wieder dachte er an Pam und wie klar es war, daß es der Falkner auf sie abgesehen hatte. *Die arme Pam,* dachte Janek, *die arme, arme Pam mit ihrem weichen, weichen Hals.*

Hals.

Weicher, weicher Hals.

In dieser Wiederholung lag etwas Besessenes. Nicht einfach ihr weicher Hals, sondern ihr weicher, weicher Hals. Und den hatte sie. Sie zeigte ihn, wenn ihre Sendung ausgestrahlt wurde. Wenn sie sprach, trug sie Blusen, deren oberster Knopf geöffnet war, und ohne zu denken, warf sie das dunkle Haar zurück, während sie berichtete.

Plötzlich kam Janek eine Idee; ihr die Geschichte von Sasha West mitzuteilen. Pam würde die Geschichte in ihrer gewohnt leidenschaftlichen Art berichten, und das würde den Falkner erregen. Er würde sich noch mehr auf sie konzentrieren; das hieß, daß man Pam als Köder benutzen konnte.

Janek überlegte sich diese Idee, während er um Lower Manhattan, herum nach Lafayette, Grand, Hester und Bowery fuhr – Straßen, auf denen er in seiner Jugend gespielt hatte. Pam so zu mißbrauchen, war nicht nett. Er mochte sie; sie wäre erstaunt, wenn sie wüßte, wie sehr. Es war nicht nett, sie als Köder auszulegen. Aber vielleicht war es ein Weg, den Fall zu klären.

Er wußte: Je länger er darüber nachdachte, desto weniger schlimm würde ihm die Idee erscheinen. Die Stadt war hart, die Straßen waren gemein – ein Dschungel, sagten die Leute, wo jeder eine Art von Raubtier war.

19

Es würde nicht einfach sein, Pam Barrett durch die Straßen zu folgen, sich an sie anzupirschen. Sie kannte sein Gesicht und würde ihn, wenn sie sich umdrehte, sofort erkennen. Hollander hatte davon geträumt, ihr wie ein Falke vom Himmel aus zu folgen, auf den Dachgeschoßen der Gebäude zu sitzen und sie mit einem starken Fernglas zu beobachten, während sie durch die Stadt ging, durch das Labyrinth von Avenues, Plätzen und Geschäften. Beobachten, nur beobachten, bis er alle ihre Gewohnheiten kannte.

Es würde nicht leicht sein. Zu jagen, sich an ein Opfer anzupirschen war nie einfach. Beutetiere kannten instinktiv ihre Feinde. Selbst der Schatten eines Falken ließ eine Gänseschar in Panik geraten. Aber es war die Aufgabe des Raubtieres, trotz der Angst des Opfers, sich anzuschleichen und zu töten. Wenn ein Falke unsichtbar bleiben kann, bis er sich auf seine Beute stürzt, dann, dachte Hollander, muß ich das gleiche tun.

Und so folgte er ihr, nachdem er Sasha ermordet hatte, Tag für Tag; jetzt war er nur mehr auf sie fixiert, wußte, daß er sie wollte, daß sie dazu bestimmt waren, einander in einem Ritual von Jäger und Opfer zu begegnen und daß es an ihm lag, den Treffpunkt zu bestimmen. Es ging nicht darum, sie zu töten; diese Art Beute war sie nicht. Er hatte andere Phantasien: Der genaue Plan war noch unklar, aber er hatte die Vision von einem Meisterwerk der Falknerkunst.

Sie war bereits geprägt, dessen war er sicher. Schon bei der ersten Begegnung, als er sie mit seiner Erzählung über die Beize verblüffte, hatte er gespürt, daß er ihr Herr werden könnte. Später, als sie zusammen ausgingen, und bei ihrem dritten Rendezvous, als er sie überzeugte, daß sie den Fall klären würde, hatte sich ein vager Plan herauskristallisiert, ein faszinierender Plan.

Vielleicht war er schon immer dagewesen, sein Plan für ein bestimmtes, fest umrissenes Meisterwerk? Warum sonst hatte er Andeutungen über Carl fallengelassen und sie gedrängt, Hawk-Eye zu finden? Natürlich, um sie begierig auf die Lösung zu machen, um sie mit Hinweisen zu ihm zu locken. Denn sie hungerte nach der Story, hungerte wie ein Falke, und

Hollander wußte: Wenn er den richtigen Köder auslegte, ging sie in die Falle. Unwiderruflich.

Eine Falle stellen – das war die Lösung. Sie auf der Straße aufzugreifen, war nicht das Richtige. Zu primitiv, zu gewaltsam. Nein – sie mußte, von ihrem eigenen Verlangen getrieben, zu ihm kommen, die Gefahr nicht achtend, wie ein wilder Falke, der von einem Falkner gefangen wird. Das war das Schöne daran – daß keine Gewalt im Spiel war, nur die Kräfte in ihr selbst, die sie jetzt vorantrieben, die sie, half man ein bißchen nach, immer näher zum gefährlichen Abgrund drängten.

Bisher, überlegte er, hatte er sie gut dressiert, sich absichtlich zurückgehalten, sie nur auf die Stirn geküßt, wenn sie deutlich gezeigt hatte, daß sie viel, viel mehr wollte. Es würde mehr folgen, dachte er; zum richtigen Zeitpunkt würde viel mehr folgen. Aber nach *seiner* Art – *seine* Küsse und nach *seinen* Bedingungen. Denn wenn er sie fing, würde sie Pambird sein.

Das war sein Traum: so vollkommen von ihr Besitz zu ergreifen, daß sie nichts mehr war, als nur sein Eigentum. Er wollte sie auf so einzigartige Weise besitzen, daß alle anderen Beispiele der Liebe damit verglichen lau und unehrlich waren. Der Traum war aus einer Sehnsucht nach ihrem Hals entstanden und zu einer Besessenheit von ihrem ganzen Wesen geworden. Während sie bisher sein Sprachrohr war, war sie jetzt der Gegenstand seiner Verzückung und die Beize das Mittel, sie zu umgarnen und zu seinem Vogel zu machen – zu Pambird.

Das alles erfüllte ihn, während er ihr an diesem Donnerstag Nachmittag folgte – so geschickt, so behutsam, daß er, wenn sie bewacht wurde, die Leibwächter sehen würde, bevor sie ihn sahen. Er hielt nach Kreuzungen und Nebenstraßen Ausschau, wo er Pam im Vorbeigehen sehen konnte. Die Stadt war ein Labyrinth, ein stilisierter Wald voller Verstecke. Er blieb im Sonnenlicht, so daß sie, sollte sie aufschauen, geblendet sein würde und er verschwinden konnte.

Es war ein mühsames Spiel, doch trotz seiner Erschöpfung

wuchs seine Aufregung mehr und mehr. Pam brauchte einen Anstoß – er würde dafür sorgen; sein Plan war amüsant. Und während er sie beobachtete und Pläne schmiedete, träumte er davon, was er mit ihr anstellen, wie er sie besitzen würde. Er träumte von verschiedenen Möglichkeiten einer Besitzergreifung und von verschiedenen Möglichkeiten eines Endes. Und die ganze Zeit genoß er es, zu wissen, daß auch sie, während er sie verfolgte, in Gedanken sich an ihn heranpirschte.

20

Sonntag, spät abends, saß Pam im Bett, den Rücken gegen ein Kissen gelehnt, die Beine angezogen, einen großen Notizblock vor sich. Sie war frustriert; abgesehen von ihrem Gespräch mit Hawk-Eye und ihrer Entdeckung, daß Carl Wendel der Züchter des Vogels war, hatte sie keine Fortschritte gemacht.

Aber diese Tatsachen *waren* ein Fortschritt, wenn sie nur wüßte, wie sie sie verwerten sollte. Da Wendel über seine Züchtungsmethoden nicht sprechen wollte, mußte sie sich auf Leute konzentrieren, die ihm nahestanden oder denen er vertraute.

Sie machte sich Notizen: Hawk-Eye, der Händler. Wendel, der Züchter. Wer wußte Näheres? Freunde? Kollegen? Der Junge, der für ihn arbeitete? Gerüchte: Falken „verschwinden" ...

Sie kam zu der Überzeugung, daß sie nur weiterkommen konnte, wenn sie nochmals mit Wendel sprach, ihn zwang, zuzugeben, daß er der Züchter war, und ihr die Leute nannte, die von seinem großen Wanderfalkenweibchen wußten. Es würde keine angenehme Unterredung sein, aber was sonst sollte sie tun? Sie mußte diesen Weg weiterverfolgen, es blieb ihr keine andere Wahl. Wenn ihr die Story wirklich wichtig war – und das war sie –, dann mußte sie unbedingt den Kampf mit Wendel aufnehmen.

Sie lehnte sich in die Kissen zurück und ließ die ganze Affäre an sich vorüberziehen. Sie hatte sich dem Wanderfalken voll und ganz verschrieben, hatte ihn von ihrem Leben Besitz ergreifen lassen. Jetzt überlegte sie, ob sie sich nur für einen bizarren Mordfall eingesetzt hatte, nur für etwas Absonderliches. Aber für sie bedeutete der Fall mehr als es den Anschein hatte, viel mehr als jene Teilaspekte, die sie so geschickt aufbauschte. Etwas Ernsteres, Tiefergehendes steckte dahinter – natürlich ihre Angst, aber auch das Bedürfnis, über sich hinauszuwachsen – dieses Übersichhinauswachsen, das sie bei jeder Fernsehsendung verspürte. Und es gab noch mehr, etwas, das sie fühlte, aber nicht definieren konnte, etwas, das sie an diesen Fall fesselte – vielleicht eine verborgene Schwäche in ihr selbst. Es war, als würde sie *gezogen,* würde zu einem unbekannten Schicksal hingezogen, dem sie mit einer freudigen, erotischen Angst entgegensah, der sie nicht widerstehen konnte.

Die Gedanken verwirrten und erschöpften sie. Sie legte den Notizblock weg, löschte das Licht, zog die Decke hoch, schloß die Augen und versuchte zu schlafen.

Eine Minute später hörte sie ein Geräusch. Es schien von oben zu kommen. Ganz still und gespannt lag sie da, hörte wieder das Geräusch und fragte sich, wer auf dem Dach herumkletterte.

Mitternacht war vorüber. Die Sache gefiel ihr nicht. Sie dachte an Janeks Warnungen. Ob sie ihn anrufen sollte? Aber das Geräusch hörte auf. Und wenn jemand dort oben herumstieg, so war es wahrscheinlich ein kleiner Junge, oder schlimmstenfalls ein Dieb. In Ihre Wohnung konnte man nur durch die Tür gelangen, und die war verschlossen und verriegelt. Wer immer es war, wenn es überhaupt jemand war, er würde wieder verschwinden.

Dann plötzlich sah sie etwas; eine schwarze Gestalt, eine Silhouette auf dem Oberlicht über ihrem Bett. *Was war das?* Sie konnte es nicht erkennen. Zuerst dachte sie, es sei ein menschlicher Arm, aber als es sich bewegte und dann niederließ, erkannte sie die Umrisse eines riesigen Vogels.

Ganz steif lag sie da, in panischem Schrecken; sie fürchtete sich, eine Bewegung zu machen, hatte Angst, der Vogel könnte durch das Glas auf sie herabstürzen. Der Vogel saß still da, aber von Zeit zu Zeit flatterte er. Die Flügel waren ausgebreitet. Der Körper schien bereit, aufzufliegen.

Das konnte nicht der Wanderfalke sein. Vielleicht war es ein ganz gewöhnlicher Vogel, der durch das Glas sehr groß erschien. Er schwebte genau über ihrem Kopf. Pam blinzelte – sah sie Wahnbilder? Sah sie einen Vogelumriß auf einem Ast oder nur einen verirrten Papierdrachen, ein Handtuch, das von einer Wäscheleine geflogen war? Sie sah genauer hin. Es *war* ein Vogel, und ganz gleich, wie stark die Verzerrung durch das Glas war, es mußte ein ungewöhnlich großer Vogel sein. Diese Silhouette hatte sie in Vogelbüchern studiert und kannte die Form, die kräftigen Schwingen, den Kopf, wie die Spitze eines Geschosses, den eingekerbten Schwanz. Auch die Größe kannte sie, hatte sie schon gesehen – fast so groß wie ein Steinadler auf einem Diorama im Museum. Es *war* der Wanderfalke, und er saß direkt über ihrem Bett.

Wie war er hierhergekommen? Was machte er hier? Hatte ihn der Falkner geschickt? Unmöglich – ganz undenkbar. Aber dann schossen ihr alle möglichen furchterregenden Vorstellungen durch den Kopf und ließen sie zittern; sie war schweißgebadet. Der Vogel bewegte sich, schien zu zögern, als wolle er auffliegen. Vielleicht würde er auffliegen, sich in Spiralen zum Himmel erheben, um in einem Scherbenhagel direkt durch das Dachfenster auf sie zu stürzen.

Pam hielt es nicht mehr aus. Sie konnte nicht einfach liegenbleiben, wenn ein riesiger Vogel drei Meter entfernt über ihrem Kopf hockte. Sie griff nach dem Telefon, wählte Janeks Nummer und war erstaunt, daß er antwortete, denn es war sehr spät.

„Janek! Hier Pam Barrett. Er ist über mir. Er ist da."

„Wovon sprechen Sie?"

„Vom Wanderfalken. Er sitzt auf meinem Dach. Auf dem

Oberlicht, direkt über meinem Bett."

„Sind Sie sicher?"

„Verdammt noch mal, Janek, er ist genau über mir."

„Ich komme sofort."

„Was soll ich tun?"

„Ich bin auf dem Weg." Er legte auf.

Wieder sah Pam hinauf. Der Vogel war jetzt ruhig. Pam hörte ihr Herz schlagen. Ihr Atem kam stoßweise. Wenn sie sich rasch auf den Boden fallen ließ, konnte sie unters Bett kriechen und sich verstecken.

Das Telefon schellte. Sie nahm den Hörer ab. „Hallo", sagte sie. „Janek? Hallo."

„Hab keine Angst."

„*Wer spricht?*" Die Stimme des Anrufers war seltsam, eine flüsternde, rauhe Stimme, offensichtlich verstellt. Sie saß unbeweglich da, den Blick auf das Oberlicht fixiert. Es war der Falkner – sie wußte es. *Es war der Falkner, der jetzt mit ihr telefonierte, während sein Vogel, sein riesiger Wanderfalke über ihr saß, wachsam, bedrohlich. Zum Angriff bereit.*

„. . . er wird dir nichts zuleid tun. Er wird dich mit seinen Schwingen streicheln und zu dem Horst bringen, wo wir wohnen."

„Sie sind . . ."

„Psst, Pambird. Stell dir vor, du bist mein Falke, mein Wanderfalke, der gehorsam von meiner Faust fliegt. Ich könnte dich dressieren, könnte deine ganze Wildheit zähmen. Wir würden zusammen jagen, du und ich. Du wärest meine Jägerin und ich wäre dein Falkner. Wir brauchen einander, das weiß ich."

Jetzt konnte sie Sirenen hören – etwa zwanzig Häuserblocks entfernt. Der Vogel hatte sich nicht wieder bewegt; er saß ganz still da, und seine Ruhe schien noch bedrohlicher, denn sie wußte um seine explosive Kraft.

Jetzt hörte sie die Sirenen auch im Telefon. Das hieß, daß der Falkner in der Nähe war, vielleicht in einer Telefonzelle unten auf der Straße. Er konnte dem Vogel signalisieren, einen

Angriff befehlen. Die Sirenen gellten durch die Nacht.

„Nun, Pam, ich versprach dir eine Überraschung. Du bist überrascht, nicht wahr?“ Er schwieg. Dann: „Nicht wahr?“ Seine Stimme wurde hart.

„Was wollen Sie? Warum tun Sie das?“

Eine lange Pause trat ein, und die ganze Zeit kam das Heulen der Sirenen näher. Als er wieder sprach, hatte sich seine Stimme verändert. Die Härte war verschwunden, ein anderer Ton war da, der sie rührte – Trauer, Verzweiflung – sie wußte nicht genau, was es war. Etwas lag in seiner Stimme, das erbarmungswürdig war.

„Oh, Pambird“, klagte er, als wende er sich in seiner Not an sie. „Wenn wir nur fliegen könnten, Pambird. Wenn wir nur zusammen fliegen und flüchten könnten.“

Es knackte. „Hallo? Hallo?“ Er hatte aufgelegt.

Der Summer ertönte. Sie sah zum Oberlicht auf. Der Vogel hockte immer noch da. Sie stürzte aus dem Bett zur Sprechanlage.

„Polizei.“

Pam ließ sie ein und hörte, wie sie die Treppe hinaufpolterten. Pam öffnete die Tür. Es waren zwei Polizisten. Wieder hörte sie Sirenen: Die Streifenwagen kamen jetzt rasch.

„Auf dem Dach.“ Sie wies nach oben. „Die Tür zum Dach sollte verriegelt sein.“

Die Polizisten stürzten hinauf. Pam hörte, wie sie die Tür aufrissen, hörte ihre Schritte auf dem Dach.

Weitere Polizisten erschienen, dann Janek. Sie zog ihn ins Zimmer und wies auf das Oberlicht. Der Vogel war immer noch da. Dann sah man die Silhouetten der Polizisten.

„Er rief an“, sagte Pam.

„Wer?“

„Der Falkner.“

„Woher wollen Sie das wissen?“

Sprachlos sah Pam zu, wie die Beamten sich dem Vogel näherten. Zu ihrem Erstaunen bewegte er sich nicht. Sie sah den Schatten eines menschlichen Arms nach ihm greifen und einen Flügel packen. Der Vogel rührte sich nicht. Der Beamte schien ihn einfach vom Glas aufzuheben.

„Vielleicht ist er tot", sagte Janek. „Oder vielleicht . . ."

„*Was?*"

Er wandte sich zu Pam. „Es ist nicht der Wanderfalke."

„Was dann?"

„Wir werden sehen." Janek ging ins Vorzimmer. Sie hörte ihn mit seinen Leuten reden und ihnen danken. Als er zurückkam, lächelte er. „Hier ist er." Er zeigte ihr eine riesige Attrappe aus Pappe. „Papier. Ein Papiervogel. Jemand wollte Sie erschrecken – das ist alles."

Sie rang nach Atem, setzte sich, fühlte sich erleichtert, aber auch verunsichert. Man hatte sie zum Narren gehalten.

„Entschuldigen Sie, bitte."

„Sie müssen sich nicht entschuldigen. Der schlechte Scherz stammt nicht von Ihnen. Es ist nicht Ihre Schuld."

„Es tut mir leid, daß ich Sie anrief."

„Sie hatten ganz recht."

Pam sah ihn an. „Wollen Sie – wollen Sie einen Drink?"

Er schüttelte den Kopf. „Kann ich mich setzen?"

„Natürlich." Sie machte auf der Couch Platz. „Aber ich werde etwas trinken." Sie schlang den Bademantel enger um sich, ging in die Küche und schenkte sich einen Wodka ein. „Sind Sie sicher, daß Sie nichts haben wollen?" Janek schüttelte den Kopf. „Es tut mir leid, daß ich in eine solche Panik geriet, aber der Vogel sah so echt aus. Allein die dunkle Silhouette. Ich hätte mich nicht bluffen lassen dürfen. Überdies schien er sich zu bewegen."

„Vermutlich der Wind", sagte Janek. „Der Wind ließ ihn hin und her schwanken. Als ich hereinkam, hielt ich ihn auch für lebendig."

Pam setzte sich neben ihn und nahm einen kleinen Schluck. „Und als er dann anrief . . ."

„Wann war das?"

„Kurz nachdem ich mit Ihnen sprach."

„Wie lange, nachdem Sie den Vogel zum erstenmal sahen?"

„Etwa ein, zwei Minuten später.“

Janek nickte. „Das gab ihm genügend Zeit“, sagte er. „Er kletterte hinunter, ging zu inem Telefonautomaten und rief sie an, um Ihnen noch mehr Angst zu machen. Was sagte er?“

Sie erzählte es ihm.

„Nicht sehr nett.“

„Ich weiß, daß *er* es war.“

„Woher wollen Sie das wissen, Pam?“

„Ich weiß es einfach.“ Sie beschrieb seine Stimme.

„Es kann irgend jemand gewesen sein. Es sei denn . . .“ Janek sah sie an. „Hat er schon einmal angerufen?“

Pam schüttelte den Kopf.

„Dann können Sie unmöglich wissen, daß er es war.“

„Ich bin ganz sicher. Er sprach von der ‚Überraschung‘. Er hatte sie auch in seinem Brief erwähnt, Janek. Er *muß* es gewesen sein. Niemand sonst wußte davon.“

Janek senkte den Blick, als studiere er den Stoff auf ihrer Couch. Als er wieder aufsah, lächelte er milde.

„Wollen Sie wissen, was ich glaube?“ Pam nickte. „Ich glaube, es war ein schlechter Scherz. Nicht sehr angenehm für Sie. Gar nicht angenehm. Vielleicht könnte Mr. Greene so etwas erfinden, um die Story wieder anzukurbeln, die Starreporterin in Gefahr bringen oder scheinbar in Gefahr.“

Seine Theorie verärgerte Pam. „So etwas würde Herb nie tun.“

Janek zuckte die Achseln. „Er las den Brief, nicht wahr? Wieviele andere lasen ihn? Fünf? Sechs Personen? Wievielen erzählten sie es weiter? Es war ein Scherz. Ein grausamer Scherz. Wahrscheinlich haben Sie auch Feinde beim Fernsehen; Kollegen, die Sie um Ihren Erfolg beneiden . . .“

Sie haßte seine Theorien und seine einstudierte Geduld. Sie wußte, es war der Falkner, der den Papiervogel hinaufgestellt und sie angerufen hatte. „Das ist doch verbohrt. Warum wollen Sie mir nicht glauben? Warum müssen Sie sich so etwas ausdenken?“

„Habe ich gar nicht. Es war wirklich so. Der Falkner macht

keine dummen Witze. Er ist ein Killer, Pam. Er spielt nicht herum. Wer immer das heute nacht war, hat einen Scherz gemacht."

„Ich *weiß*, daß er es war. Ich weiß, daß ich mit ihm sprach."

„Ich fragte Sie schon einmal: Wie wollen Sie das wissen? Sie können es nicht wissen, außer Sie haben seine Stimme schon einmal gehört."

Pam sah Janek an. Wollte er sie verspotten? Er schien so freundlich, sprach so sanft, schien ihr nicht weh tun zu wollen. Aber er glaubte ihr nicht. Sollte sie ihm von Hawk-Eye erzählen? Nein, das konnte sie nicht, sie hatte versprochen, nicht darüber zu sprechen. Wenn Janek so töricht war, zu glauben, daß es ein Scherz war, warum sollte sie ihm das einzige verraten, was sie selbst weiterverfolgen konnte? Sie wollte Wendel zur Rede stellen und versuchen, das Wanderfalken-Rätsel allein zu lösen.

„Ich weiß es eben", sagte sie ruhig.

Wieder betrachtete er sie aufmerksam. „Nun", er gähnte, „das ist großartig. Gestern waren Sie noch eine Reporterin, die recherchiert hat. Heute sind Sie eine Parapsychologin. Vielleicht werden Sie morgen ein Polizeiinspektor."

Von seinem Spott getroffen, spürte sie Tränen aufsteigen. Sie bat ihn um einen Leibwächter. Er dachte einen Moment nach, dann schüttelte er den Kopf.

„Ich würde Ihnen gern einen geben, Pam, aber im Augenblick kann ich wirklich keinen Mann entbehren. Überdies glaube ich nicht, daß Sie sich Sorgen machen müssen." Janek war bereits aufgestanden. „Wir werden feststellen, woher dieser Papiervogel stammt. Wenn wir etwas wissen, rufe ich Sie an." Er blickte auf sie herab. „Wissen Sie Pam – es ist mir klar, daß Sie etwas verbergen. Wie sagte Mr. Greene doch letzthin zu mir? O ja – ‚Jeder geht seinen Weg allein.' So fühlen Sie sich wohl jetzt, nicht wahr?" Er ging zur Tür.

„Mein Gott, Janek", schrie sie ihm nach. „Ich kann nicht glauben, daß Sie so ein Schwein sind."

„Sie haben einen furchtbaren Schrecken ausgestanden, Pam.

Nehmen Sie ein Valium – morgen werden Sie sich wieder besser fühlen. Wenn Sie es sich anders überlegen und reden wollen, wissen Sie, wo ich zu finden bin."

Er ging. Sie hörte, wie er unten mit den Polizisten sprach und sie nach Hause schickte. Pam legte die Kette vor die Tür und schüttelte den Kopf.

Janek wollte sie erpressen – keinen Schutz, keinen Leibwächter, wenn Sie mir nicht sagen, was Sie wissen. Sie haßte ihn. Sie war wütend und wollte schreien. Der Falkner spielte mit ihr. *Was wollte er? Himmel, was wollte er?*

21

„Jemanden so zu beschatten, ist ein schwieriger Job", sagte Janek. „Weder das Mädchen noch der Falkner dürfen etwas merken. Da er ihr vermutlich zumindest zeitweise folgen wird, dürft ihr nicht zu nahe herannehen. Anderseits müßt Ihr nahe genug sein, um, wenn er rangeht, erstens sie zu schützen, zweitens ihn dingfest zu machen."

„Was ist wichtiger?" wollte Stanger wissen. Es war zwei Uhr morgens. Janek saß mit acht seiner Männer im Polizeikommissariat und erklärte ihnen, was er wollte.

„Beides."

„Und wenn wir eine Entscheidung treffen müssen?"

„Natürlich sie schützen. Aber ich will nicht, daß ihr eine Wahl treffen müßt."

Ein paar Leute pfiffen leise vor sich hin. Stanger blickte auf Marchetti, der zur Decke sah und die Augen rollte. Janek verstand sehr gut, wie ihnen zumute war – mitten in der Nacht aus dem Bett gejagt und mit einer solchen Sache beauftragt zu werden.

„Ich sehe nicht ein, warum wir ihr nicht sagen können, was wir tun. Sie könnte uns helfen. Was macht es aus, wenn sie es weiß?"

„Erstens ist sie eine schlechte Schauspielerin und könnte unseren ganzen Plan hochgehen lassen. Zweitens würde sie es übelnehmen. Sie ist fasziniert von ihrer Story. Wenn die Sache brenzlig wird und sie weiß, daß ihr in der Nähe seid, könnte sie versuchen, euch abzuhängen. Drittens ist da das psychologische Moment: sie muß überzeugend wirken. Gestern nacht hatte sie Angst und bat um Schutz, den ich ihr absichtlich verweigert habe. Ich will, daß sie sich isoliert fühlt. Jetzt wird sie sich unbehaglich fühlen, und das ist es, was ich haben will. Dem Falkner gefällt sie, wenn sie verängstigt ist. Und wenn sie Angst hat, wird er überzeugt sein, daß niemand sie beschattet. Dann wird er vielleicht handeln."

„Und was dann?"

„Dann schnappt ihr ihn. Es wird kein Picknick werden. Wäre es ein Picknick, hätte ich eure Frauen eingeladen."

Schweigen. Dann meldete sich Stanger als inoffizieller Sprecher für alle. „Mein Gott, Frank – das wird eine Scheiße; es ist einfach unmöglich."

„Nein, das ist es nicht, wenn ihr es richtig anpackt. Drei Schichten. Fünf Jungs, wenn sie herumhüpft und den Fernsehstar spielt. Wenn sie zu Hause ist und schläft, genügen zwei. Sagen wir drei, wenn sie Einkäufe macht und in der Nähe ihrer Wohnung bleibt. Häufiger Schichtwechsel. Die Teams müssen jedesmal anders zusammengesetzt sein. Und achtet auf die Kleidung. Ich wünsche nicht, daß ihr Armeejacken oder blaue Anzüge tragt wie das FBI. Wechselt die Kleidung, laßt ein paar Sachen zum Umziehen im Auto. Und wenn ihr pissen müßt, sagt es diesem oder jenem Kollegen. Es geschieht immer irgend etwas, wenn einer austreten muß." Sie sahen ihn an, als hätte er sie aufgefordert, sich freiwillig zum Selbstmord zu melden. „Das ist nicht ‚Operation Unmöglich'. Ihr seid erfahrene Jungs. Ihr schafft es. So verdammt schwer ist es nicht."

Wieder Schweigen. „Bekommen wir auch eine eigene Frequenz?"

„Natürlich, ich habe schon eine angefordert."

„Wird Sal die Operation koordinieren?“

„Sal ist mit der Haube beschäftigt. Überdies kennt ihn Pam. Ich werde die Operation leiten. Sollte ich nicht erreichbar sein, so wird immer jemand hier sein, der sich auskennt. Und auch ein Stellvertreter, falls der Boß einmal pissen geht.“ Ein paar lachten, das war ermutigend. „Ich skizziere die Probleme, damit ihr wißt, worum es geht. Wenn sich in den nächsten paar Tagen nichts ereignet, blasen wir die ganze Sache wieder ab. Und bis dahin gibt es viele Überstunden.“ Allgemeines Lächeln. „Alle schlafen hier, damit ich jeden, den ich brauche, sozusagen bei der Hand habe.“ Stöhnen. „Da wir nicht wissen, was das Mädchen tun wird, müssen wir improvisieren.“

Es dauerte eine Stunde, bis Janek alles organisiert, die Gruppen bestimmt, das Vorgehen festgelegt und eine Kurzwelle für die Funkgeräte hatte. Pams Codename war Lerche, der Falkner war der Habicht, Pams Wohnung das Nest, die Büros von Kanal Acht der Käfig und Janek selbst der Fuchs. Stanger fragte, ob er der Hahn sein dürfe. Janek erwiderte, er sei die Henne. Alle lachten. Es begann den Leuten Spaß zu machen.

Das wollte Janek erreichen, anderseits sollten die Dinge nicht zu kompliziert werden; zuviele Codenamen, und man benötigte ein Wörterbuch. Das Wichtigste war, so betonte er immer wieder, nah und gleichzeitig weit genug entfernt zu sein, um Pam zu beobachten, zu beschatten, aber nicht selbst gesehen zu werden.

„Wenn sie jemanden bemerkt, laßt es mich wissen, und ich tausche ihn aus. Pam ist eine Berühmtheit; also macht nicht in die Hose, wenn ihr jemand folgt. Bleibt *cool.* Der Kerl ist gerissen. Er ging an ihrer Tür vorbei und kletterte auf das Dach, ohne gehört zu werden. Hätte er sie töten wollen, hätte er durch das Oberlicht geschossen. Er will etwas anderes.“

Als er schließlich nach Hause ging, um Kleider und Rasierzeug zu holen, fühlte er sich ziemlich schuldbewußt, Pam so zu mißbrauchen, wußte jedoch, daß er keine Wahl hatte. Jetzt dachte er wie der Falkner – das gefiel ihm. Der Mann, dem er nachstellte, arbeitete mit der Angst. Angst zog ihn an. Vielleicht würde sein Plan klappen.

22

Pam verbrachte den Großteil der Nacht damit, auf ihr Oberlicht zu starren; kurz vor Anbruch der Dämmerung schlief sie ein. Eine Stunde später wachte sie auf, taumelte in die Küche, machte Kaffee, trank ihn und bemerkte, wie ihre Hände zitterten. *Ich muß mich zusammenreißen.* Sie ging unter die Dusche, wusch das Geschirr, schminkte sich. Als sie angezogen und bereit war, zur Arbeit zu fahren, fühlte sie sich besser. Sie sah sich im Spiegel an, starrte in ihre Augen. Und lächelte – ein Fernsehlächeln.

Sie ging sofort zu Herb. Er war mißgelaunt und nervös; als sie ihm die Geschichte von der Falkenattrappe erzählte, hörte er kaum zu. Mit schlecht geheucheltem Mitleid schüttelte er den Kopf. Als sie ihm mitteilte, daß Janek ihr keinen Leibwächter geben wollte, pflichtete er ihr bei, daß das nicht sehr nett sei.

„Herb, du hast Verbindungen. Du kannst jemanden anrufen. Ich wurde bedroht. Ich brauche jetzt Schutz."

„Glaubt Janek tatsächlich, daß ich dahinterstecke?"

Pam nickte. „Also bekomme ich einen Leibwächter oder nicht?"

„Das hat er wirklich gesagt? Er glaubt, ich mache so einen schlechten Scherz? So ein Scheißkerl. Dem werde ich es heimzahlen."

„Kann die Fernsehstation nicht etwas unternehmen? Vielleicht einen privaten Leibwächter mieten?"

„Alle privaten Leibwächter sind Exbullen. Jedenfalls hat der Scheißkerl recht. Ein Papiervogel spricht nicht für den Stil des Falkners. Paßt überhaupt nicht zu ihm."

„Woher willst du seinen Stil kennen? Er schreibt mir Briefe.

Er erwähnt immer wieder meinen Hals."

„Er stellt dir nicht nach. Du bist sein Sprachrohr. Wenn er dir etwas antut, schadet er sich selbst."

Pam starrte Herb an. „Ich bin nur sein Sprachrohr?"

„Nimm das zur Kenntnis, Pam – das bist du."

„Warum bedroht er mich dann?"

„Das ist vermutlich sein Spiel."

Sie wurde wütend. „Sein *Spiel?* Du hältst das alles für ein *Spiel?* Du glaubst, daß wir uns während der letzten fünf Wochen nur ein wenig kitzelten?" Herb antwortete nicht. „Du hast mich ausgenützt, nicht wahr, Herb? Und wenn mir jetzt etwas zustößt, hättest du eine neue Story."

„Schalt ab, Pam. Ich hatte ein unangenehmes Wochenende. Diesen Quatsch als erstes serviert zu bekommen, wenn ich das Büro betrete, ist zuviel. Die Sache ist so . . .", Herb machte eine Pause. „Der Mann hat den Vogel eine ganze Weile nicht mehr losgeschickt. Nicht mehr seit dem Duell, wenn man von der Sturzbomberepisode am Abend vor Allerheiligen absieht. Ich sprach mit Jay. Er meint, der Vogel sei immer noch verletzt, sonst hätte ihn der Falkner fliegen lassen. Verstehst du, was ich meine? Keine Angriffe. Die Story zieht nicht mehr. Die Leute regen sich wieder über Fußball auf. Ich habe das Gefühl, der Wanderfalke versickert im Sand."

Pam traute ihren Ohren nicht. „Weit gefehlt, die Story hält die Stadt immer noch in Atem."

„Möglich." Herb schüttelte den Kopf. „Aber es gibt keine neuen Entwicklungen mehr. Wir können nicht immer wieder das Duell ausstrahlen."

„Ich bin auf einer Spur."

„Was?"

„Hawk-Eye. Und noch etwas."

Herb sah Pam aufmerksam an, als stiege sie wieder ein bißchen im Wert. Er lehnte sich zurück. „Weißt du, Pam, man kann sich in eine Story verstricken und den Wald vor lauter Bäumen nicht sehen. Das ist manchmal echt gefährlich. Vielleicht solltest du dir ein paar Tage freinehmen. Dann wirst du dich besser fühlen. Du hast schwer gearbeitet." Herb zwinkerte ihr zu. „Ich werde auch Joel Urlaub geben. Ihr könntet irgendwohin fahren."

„Ich treffe Joel nicht mehr."

„Das wußte ich nicht. Tut mir leid. Warum, zum Teufel, informiert mich Penny nie?"

Als sie das Büro verließ, fühlte sie sich ausgebrannt. Herb hatte sich umgedreht und die Papiere auf seinem Schreibtisch geordnet. Was ihn betraf, war der Papiervogel ein dummer Scherz, der Falkner stellte Pam nicht nach und die Geschichte ging ihrem Ende entgegen.

Pam ging zu ihrem Schreibtisch im Nachrichtenstudio. Bin ich verrückt, fragte sie sich, oder sind es alle andern? Sie sah sich um. Peter Stone kratzte sich am Kopf; Hal Hopkins telefonierte; ein paar Texter mokierten sich über Claudio Hernandez und seine handgearbeiteten Vierhundert-Dollar-Kroko-Stiefel.

Herb ist verrückt, überlegte Pam. Der Wanderfalke war keine Geschichte, die einfach versiegte. Sie verlangte eine Lösung. Sie mußte ein Finale haben. Und die Art, wie der Falkner zu ihr gesprochen hatte – diese Trauer, dieser Kummer in seinen Worten, etwas, das nach einem tiefen Schmerz und dem Bedürfnis zu beichten klang. Diese Traurigkeit nahm Pam gefangen; sie schien ihr realer als alle Bedrohungen. Sie verspürte Mitgefühl, wollte ihn finden, mit ihm sprechen. *Nein,* dachte sie, *ich gebe nicht auf.*

Sie nahm den Hörer und wählte Wendels Nummer im Museum. Seine Stimme klang kühl, während sie Begrüßungsfloskeln austauschten. „Ich muß mit Ihnen sprechen", sagte Pam.

„Heute bin ich sehr beschäftigt."

„Es ist wichtig."

„Worum handelt es sich?"

„Das kann ich nicht am Telefon besprechen."

„Es tut mir leid, Miss Barrett, aber ich habe eine Menge Arbeit. Ich muß mich für einen Kongreß vorbereiten. Am

Mittwoch abend fliege ich nach Denver."

„Wie wäre es mit einem Lunch?"

„Ich gehe mittags nicht aus."

Er versuchte auszuweichen. Pam wußte, daß sie Druck ausüben mußte. „Hören Sie zu", sagte sie, „etwas sehr Wichtiges ist geschehen und ich muß Sie sprechen. *Heute.*"

Er schwieg. Jetzt machte er sich Sorgen. Er mußte einwilligen, sie zu sehen. „Gut", sagte er. „Kommen Sie um halb eins vorbei. Ich werde auf der Treppe warten."

Als er sie in ein chinesisches Restaurant führte, war er fast galant. Sie bestellten beide die Spezialität, ein Gericht aus Schweinefleisch, Gemüse und Reis.

„Nun", begann er, „was ist so wichtig, daß es nicht ein paar Tage warten kann?"

„Ich weiß, daß Sie den Falken gezüchtet haben." Sie sagte es ruhig und ohne Umschweife. Wendel legte die Stäbchen nieder. Sie glaubte zu sehen, daß seine Augenlider zuckten.

„Wovon sprechen Sie?"

„Keine Ausflüchte, Dr. Wendel. Ich habe mit dem Mann gesprochen, der den Vogel gestohlen hat."

„Mit was für einem Mann? Unsinn." Wendel sah auf die Uhr. „Sie verschwenden meine Zeit, Miss Barrett. Ich glaube, ich gehe lieber."

Sie langte über den Tisch und faßte ihn am Handgelenk. Pam war über ihre Geste überrascht – üblicherweise berührte sie Menschen nicht, aber jetzt sagte ihr ein Instinkt, daß sie sich behaupten mußte, daß sie ihn nicht gehen lassen durfte.

„Bisher habe ich es niemandem gesagt. Aber wenn Sie jetzt aufstehen, gehe ich zur Polizei."

Wendel starrte sie an. Er hatte Angst. „Wer hat ihn gestohlen?" platzte er heraus.

„Ein Mittelsmann. Der Händler, den Sie fortschickten. Er verkaufte den Vogel für fünfzigtausend Dollar an einen Falkner."

„Wie soll ich wissen, daß Sie die Wahrheit sagen?"

„Sie haben mir nicht die Wahrheit gesagt, stimmt's? Sie

wußten die ganze Zeit, daß es Ihr Vogel war. Sie haben ihn erkannt, als Sie zum erstenmal den Film sahen, *nicht wahr?*" Wendel fixierte seinen Teller. „Nicht wahr, Dr. Wendel? Sie haben ihn sofort erkannt."

Er nickte.

„Und Sie gaben es nicht zu, weil Sie Angst hatten. Sie wollten nicht zugeben, daß der Vogel aus Ihrer Zucht stammt." Wendel sah Pam an. „Wie haben Sie das zustande gebracht?"

„Was?"

„Einen so großen Vogel zu züchten?"

„Schon seit geraumer Zeit habe ich bestimmte Zuchtziele. Farbe. Schnelligkeit. Solche Dinge."

„*Warum?*"

„Es ist ein Versuch, bestimmte Merkmale zu verstärken."

„Sie haben also nicht gezüchtet, um die Spezies zu vermehren und Vogelpaare in freier Wildbahn auszusetzen. Sie haben Monstren gezüchtet – Monstren, die sie verkaufen können?"

Wütend schüttelte er den Kopf. „Ich habe keinen einzigen Vogel verkauft."

„Was *haben* Sie also mit ihnen getan?"

„Sie sind für meine Arbeit." Noch nie hatte sie ihn so aufgeregt gesehen.

„Wissenschaftliche Arbeit?" Er nickte. Etwas steckte dahinter, etwas, das sie spürte, etwas, an das er niemanden heranließ. Sie merkte es und drang nicht weiter in ihn. „Wer weiß von diesen Experimenten?"

„Niemand."

„Sie haben nichts veröffentlicht?" Wieder schüttelte er den Kopf. „Wie steht es mit Ihren Geldgebern?"

„Niemand weiß etwas."

„Das ist nicht wahr. Der Mann, der den Vogel stahl, wurde von dem Falkner zu Ihnen geschickt. Er wußte, daß der Vogel in Ihrem Stall war. Jemand sagte es ihm, also muß es jemand gewußt haben."

„Ein Junge hilft mir bei der Arbeit, aber er weiß nichts."

„Vielleicht doch. Vielleicht erzählte er etwas weiter. Sprachen Sie mit ihm, als der Vogel gestohlen wurde? Sie müssen doch bemerkt haben, daß der Einbrecher einen Schlüssel hatte."

„Natürlich. Ich nahm mir den Jungen vor. Er war in der Schule. Ich überprüfte, was er mir sagte. Überdies hätte er ihn nie gestohlen. Ich dachte, es wäre dieser Hawk-Eye; daß er den Vogel nahm und nach Übersee verkaufte."

„Warum gingen Sie nicht zur Polizei?"

Er zuckte die Achseln. „Wozu?"

„Sie erkannten Ihren Vogel, als Sie den Film sahen?"

„Ja."

„Warum haben Sie es nicht gemeldet?"

„Das konnte ich nicht. Man hätte meine Experimente mißverstanden. Ich habe Feinde. Die Falkner hassen mich; ich bekämpfe sie seit Jahren. Auf so etwas hätten sie sich gestürzt und mich fertiggemacht. Ich wäre zu einem Paria geworden. Ich hätte zusperren müssen."

„Gut", sagte Pam, „das glaube ich Ihnen. Aber verstehen Sie mich recht – Ihr Vogel wurde nicht aus einer Laune heraus gestohlen; der Diebstahl wurde von jemandem inszeniert, der wußte, daß Sie einen riesigen Vogel gezüchtet haben. Bitte denken Sie jetzt sehr genau nach. Wem haben Sie davon erzählt? Vielleicht erwähnten Sie es nur beiläufig, vielleicht prahlten Sie, eine Mutation geschaffen zu haben. Sie müssen sehr, sehr angestrengt nachdenken, Dr. Wendel. Wir müssen den Vogel finden, ihn retten und zu Ihnen zurückbringen. Ich weiß, daß Sie das wollen."

„Ja . . ." Sein Blick erhellte sich. „Ich will ihn. Ich kann ihn deprogrammieren. Glauben Sie mir, das ist alles, was ich jetzt im Sinn habe. Bringen Sie mir den Vogel zurück. Vielleicht . . ."

„Was?"

„Ich weiß es nicht."

„Sie wollten etwas sagen. *Was?*"

Er senkte den Blick. „Vielleicht erzählte ich es jemandem.

Ich muß in mein Büro gehen und nachdenken.“ Er hielt inne. „Sie werden es niemandem verraten?“

„Ich mache keine Versprechungen.“

„Bitte, Miss Barrett . . .“

„Wir werden sehen. Sie nennen mir Namen, und ich werde Sie als meinen Informanten schützen. Aber nennen Sie mir Namen, Dr. Wendel, und zwar bevor Sie nach Denver fahren.“

„Sie erpressen mich.“

Pam starrte ihn wütend an. „Natürlich. Sie haben mich angelogen. Das müssen Sie wieder gut machen. Ich scherze nicht – ich will diese Story haben, und ich werde Sie bekommen, mit Ihrer Hilfe oder ohne Sie. Wenn Sie mir helfen, werde ich Sie schützen. Sollten Sie wieder lügen und Informationen zurückhalten, gehe ich zur Polizei.“

Wendel verstand. Er nahm seine Rechnung, zahlte und ging. Pam blieb sitzen, trank chinesischen Tee und überlegte, was sie erreicht hatte. Sie hatte ihm wirklich die Daumenschrauben angesetzt, und es tat ihr nicht leid. Im Gegenteil, sie fühlte sich wohl, fast so wohl wie in den ersten Tagen der Story, als sie vor dem Augenzeugenpult stand und eine mitreißende Überzeugungskraft an sich entdeckte, von der sie nicht wußte, daß sie sie besaß. Jetzt würde Wendel mit ihr zusammenarbeiten – es blieb ihm keine andere Wahl.

Pam verließ das Restaurant und ging spazieren, ohne ein Ziel im Auge zu haben. Sehr bald verließ sie die Sicherheit, die sie verspürt hatte, als sie Wendel schmoren ließ, die metallene Stimme, die ihre Entschlossenheit spiegelte – all das verschwand, und sie fühlte sich schwach und verängstigt. Immer wieder drehte sie sich um – wurde sie verfolgt? Hatte *er* sie mit Wendel essen gesehen, wußte *er*, daß sie sich ihrem Ziel näherte? Sie wollte nur mit ihm sprechen, ein Interview bekommen, verstehen. Vielleicht hatte der Falkner Angst vor ihr und wollte ihr nichts anvertrauen; wie, wenn er versuchte, sie zu töten, um sie zum Schweigen zu bringen?

Die Upper West Side deprimierte sie. Sie ging zum Museum

zurück, dann betrat sie den Central Park. Sie hatte das Gefühl, ihr Leben sei in Trümmern. Eine Erklärung für ihre Stimmung hatte sie nicht. *Ich lebe zu nahe am Abgrund,* dachte sie, *ich arbeite zu intensiv, ich empfinde zu viel, ich schlafe zu wenig.*

Sie blickte auf. Gewitterwolken zogen auf. Der Himmel verdunkelte sich, obwohl es erst zwei Uhr war. Sie hörte ein Geräusch, drehte sich um, sah drei Pferde reiterlos mit schwingenden Steigbügeln einen Reitweg entlang galoppieren, einen irren Blick in den Augen, Schaum vor dem Maul. Irgendwo im Park waren drei Reiter abgeworfen worden und krümmten sich vermutlich noch am Boden. Sie hörte ein anderes Geräusch und sah einen alten Mann vor einem Baum sitzen. Er starrte sie lüstern an und onanierte. *Das ist ja Wahnsinn.* Eilig verließ sie den Park.

Das Gewitter brach aus, bevor sie die Fifth Avenue erreichte. Sie wurde durchnäßt, suchte Schutz in einer Busstation, dann sprang sie, ohne zu wissen warum, zu einer Telefonzelle und rief Paul an.

„Du bist zu Hause“, sagte sie.

„Fabelhaft scharfsinnige Feststellung.“

„Beschäftigt?“

„Eher. Ich arbeite an einer Besprechung.“

„Worüber?“

„Über die Helmut-Newton-Ausstellung. Ich wollte dich zur Vernissage mitnehmen. Dann kam etwas dazwischen.“

„Du meinst, jemand kam dazwischen.“

„Richtig.“

„Ich rief nur an, um zu wissen, ob du Zeit hast.“

Kurzes Schweigen. „Willst du auf eine schnelle Nummer kommen?“

Pam lachte. „Genau das.“

„Glänzende Idee. Komm. Vielleicht binde ich dich diesmal fest.“ Er lachte.

Das wirst du nicht tun, dachte Pam.

Sie hatte Glück, fand trotz des Regens ein Taxi und fuhr nach Chelsea, wo er wohnte. Seine Wohnung war betont aseptisch – weiße Wände, ein paar einfach gerahmte Fotografien, nackte gebleichte Eichenfußböden, ein weißer Eßtisch, die Bücher in Schränken verstaut. Als sie sich trennten, hatten sie gestritten, wer die Wohnung behalten sollte, und da sie sich nicht einigen konnten, übersiedelten beide. Sie fand ihr Dachatelier in der West Eleventh und richtete es mit weichen eleganten Möbeln ein, während er sich dem asketischen Stil verschrieb; alles priesterlich weiß, weil es, wie er gern sagte, half, das Chaos in seinem Gehirn auszugleichen.

Er begrüßte sie herzlich, gab ihr ein Handtuch, um sich zu trocknen, lieh ihr einen Bademantel, und als sie sich umgezogen hatte, trug er ihre Kleider zum Trocknen in den Keller. Als er zurückkam, bestand er darauf, daß sie in der Le-Corbusier-Liege sitzen müsse, während er, nachdem er ihr einen Drink gemixt hatte, einen Hocker nahm. Pam erzählte ihm, was sich ereignet hatte, vom Papiervogel auf ihrem Fenster, vom Anruf des Falkners, von ihrem Ärger über Herb.

„Sie alle haben mich ausgenutzt", sagte sie. „Der Falkner. Herb. Auch Janek. Er hat etwas an sich, das mir nicht klar ist. Er gibt vor, mitfühlend zu sein, aber er weigert sich, mich zu schützen. Und Herb ist alles, wie üblich, scheißegal."

„Pam, wenn man dich ausgenutzt hat, so hast du die andern ebenso ausgenutzt."

„Ja, vielleicht."

„Was soll's also? Was macht es, wenn du das Sprachrohr des Falkners bist? Dafür bekamst du die Story. Das gleiche gilt für Herb. Natürlich nützt er dich aus. Du bist seine Angestellte. Was, zum Teufel, erwartest du? Aber du bist ein großer Star geworden, also hast auch du profitiert. Das ist es doch, was du immer wolltest. Warum beklagst du dich?"

Pam sah ihn an. „Ich glaube, du hältst mich für ziemlich oberflächlich."

„Ich weiß nicht. Ist es oberflächlich, wenn man an der Spitze bleiben will? Der Jammer mit dir ist, daß du alles zu ernst nimmst. Es ist nur ein Spiel, Pam. Erfolg, Ehrgeiz, das Kräftespiel, die Sorgen, wer wen ausnutzt. Es bedeutet gar nichts. Entweder man spielt mit oder man steigt aus, zieht nach Aspen oder in Marthas Vineyard und vergißt die New Yorker Scheiße. Das ist mein Problem. Ich hasse die Medien und die Leistungsgesellschaft und den ganzen dazugehörigen Mist, aber ich kann ihm trotzdem nicht widerstehen. Deshalb bleibe ich im Umlauf, halte mich am Rand des Treibens und – sieh mich an. Mister Nicht-Ganz, Mister Jetzt-sieht-man-ihn-und-jetzt-sieht-man-ihn-nicht. Ich muß dir eines zugestehen. Du wußtest, was du wolltest, du bist hinausgeschwommen und hast es bekommen. Anstatt dich wie ein verwundetes Reh zu benehmen, solltest du mit einer großen Fernsehstation verhandeln und dir eine Bank anlachen."

Er lächelte sie an. Pam erwiderte sein Lächeln. Dann nahm sie seine Hand. „Schlaf mit mir, Paul."

„Gern." Ohne ein weiteres Wort zu verlieren, ging er mit ihr ins Bett.

Sie liebten leidenschaftlich, wie sie es in Erinnerung hatte. Sie drehte und wandte sich, während er sie festhielt, ihr Haar packte, ihre Schultern niederpreßte, ihr Ohr zwischen seine Zähne nahm. Er drang so hart in sie ein, daß sie das Gefühl hatte, ihre Gedanken würden zu Staub. Und das war es, was sie wollte – ein so heftiges Liebesspiel, daß sie die quälende Besessenheit mit dem Falkner und seinem Vogel vergessen konnte.

„So", sagte er nachher, als sie auf seinem Bett lagen und die Nachmittagssonne durch die Jalousien fiel, ihre schwitzenden Körper einhüllte und Streifen auf ihr Fleisch zeichnete.

„Und wer hat heute nachmittag wen ausgenützt?"

„Wir haben einander ausgenützt. Jeder nützt jeden aus", antwortete Pam.

„Ja, Pam. Jetzt hast du recht."

Er nahm seinen Bademantel, ging in den Keller und holte ihre Kleider. Als er zurückkam, legte er sich wieder nieder und sah zu, wie sie sich anzog.

„Willst du für ein paar Tage zu mir ziehen? Vielleicht fühlst du dich hier sicherer."

Sie schüttelte den Kopf. Obwohl es ungemütlich für sie war, allein in ihrer Wohnung zu schlafen, wollte sie nicht bei Paul bleiben. Sie wußte, daß er wieder mit seinen Sticheleien anfangen würde, und sie wußte, daß sie das nicht aushielt. Ihre Gedanken wanderten wieder zum Falkner. Sex hatte ihr für eine Weile Ruhe verschafft; jetzt kehrte die Besessenheit zurück, und sie konnte ihr nicht entkommen.

„Dieser Mann ist verzweifelt“, sagte sie zu Paul, während sie die Bluse zuknöpfte. „Ich hörte es an seiner Stimme. Er weiß, daß er zu weit gegangen ist. Jetzt sagt er, er möchte fortfliegen. Ich habe das Gefühl, daß er mich nicht wirklich bedroht. Irgendwie *braucht* er mich – das hat er versucht auszudrücken. Und er behauptet, daß ich ihn auch brauche.“

„Und *das* macht dir keine Angst?“

„O doch. Aber wenn ich wieder mit ihm sprechen, ihn interviewen und ausfindig machen könnte, worum es eigentlich geht, dann wäre das, glaube ich, jedes Risiko wert. Danke, daß du mich eingeladen hast. Das war lieb von dir. Aber ich muß nach Hause. Vielleicht ruft er wieder an. Ich kann mir vorstellen, wie das Telefon klingelt und klingelt – ich würde es mir nie verzeihen, wenn er anriefe und ich nicht da wäre.“

„Du bist wirklich besessen. Sag mir nur eines – warum mußt ausgerechnet du es sein?“

„Ich weiß es nicht. Ich war am Anfang dabei. Jetzt will ich auch am Ende dabei sein.“

Als sie angezogen war, blieb sie einen Moment an der Tür stehen. Die Hände hinter dem Kopf verschränkt, lag er immer noch nackt auf dem Bett. „Was ist los mit uns?“ fragte Pam. „Unser Sex war so gut. Warum haben wir es nicht geschafft, Paul?“

Er zuckte die Achseln. „Ich glaube, wir hatten uns einfach nicht genug lieb.“ Er schwieg eine Weile. „Darum dreht sich doch alles, weißt du.“

Sie nickte und verließ ihn, lehnte sich an die Aufzugtür, als sie hinunterfuhr. Das Gewitter war vorüber; jetzt nieselte es nur mehr. Die Stoßzeit hatte noch nicht begonnen, obwohl es allmählich dunkel wurde.

Vor Pauls Haus rief sie nach einem Taxi. Als sie zu Hause ankam, blickte sie nach allen Seiten, bevor sie die Haustür öffnete. Nachdem sie aufgeschlossen hatte, blickte sie nochmals hinter sich.

Das Treppenhaus war leer, aber sie ging vorsichtig hinauf, falls der Falkner sich gegen eine Wand gepreßt hätte. Lächerlich, sagte sie sich, ich darf nicht die Nerven verlieren. Aber als sie ihre Tür erreichte, eintrat und sie wieder verschloß, verspürte sie eine große Erleichterung. Sie war unversehrt nach Hause gekommen.

Sie mixte sich einen Drink, sah die Post durch, zog sich aus und ging unter die Dusche. Sie dachte an den Sex mit Paul, wie gut es gewesen war und wie unbefriedigt sie sich dennoch fühlte. Schuld daran war, wie immer, daß er aus ihrem Beisammensein eine Komödie gemacht hatte; obwohl es heute nachmittag anders war; ausnahmsweise hatte er sie ernst genommen. Dennoch – etwas hatte gefehlt. Was war es? Das Gefühl, sich hinzugeben, sich preiszugeben, sich einer Kraft zu beugen? Warum wollte sie das überhaupt? Es entsprach nicht ihren feministischen Prinzipien. Aber es gab Momente, in denen sie keine Verantwortung haben wollte. Der Falkner hatte gesagt, er würde sie „dressieren", würde „ihre Wildheit zähmen". Manches daran gefiel ihr, und manches erschreckte sie. Vielleicht, überlegte Pam, wußte sie nicht, was sie wollte, weil sie sich selbst nicht wirklich kannte.

Als sie aus dem Badezimmer kam, hörte sie den Anrufbeantworter an. Carl Wendel hatte angerufen.

„*Sehr* wichtig. Muß Sie sprechen. Werde heute lang arbeiten. Im Museum. Werde Ihren Namen beim Eingang zum Labor hinterlassen. Man wird Sie, auch wenn bereits geschlossen ist, einlassen."

Er erinnert sich, dachte Pam. Er erinnert sich an einen, dem er etwas erzählt hat. Sie war ungeheuer aufgeregt und glücklich, nicht bei Paul geblieben zu sein. Sie wählte Wendels Nummer. Niemand antwortete. Vielleicht war die Telefonzentrale des Museums geschlossen. Sie entschloß sich hinzufahren, zog sich rasch an und fuhr mit einem Taxi durch die regennassen Straßen stadtauswärts. Sie war nahe dran, das spürte sie, und es kribbelte Sie voller Erwartung: Die Story ging weiter. Die Dinge ordneten sich.

An der Rückseite des Gebäudes fand sie den Laboreingang. Der Wächter, ein Schwarzer in Uniform, teilte ihr mit, daß Wendel eben fortgegangen sei. Aber er bitte sie, in seinem Büro auf ihn zu warten. Sie solle es sich gemütlich machen; er werde so rasch als möglich zurückkommen.

Vermutlich ging er essen, dachte Pam. Vermutlich hatte sie ihn um eine Minute verpaßt. Sie nickte dem Wächter zu gelangte in die ornithologische Abteilung und ging dann einen langen, von Vogelskeletten auf Holzständern gesäumten Korridor entlang.

Sein Büro machte sie nervös; während sie sich niedersetzte, schienen sie ein paar ausgestopfte Eulen auf dem Tisch anzuglotzen. Sie sah die Eulen an, dann die Bücher und Zeitschriften und die Lampe auf seinem Schreibtisch – es war die einzige Lampe im Zimmer –, die den vollgeräumten Schreibtisch erhellte, aber die Ecken im Dunkel ließ.

23

Es war dunkel, als Hollander sein Haus verließ und durch den Central Park ging. Er ging am Teich und an der Statue von Alice im Wunderland vorbei, kreuzte den East Drive und betrat das kleine, „Ramble“ genannte Wäldchen mit seinen Bäumen, Sträuchern und schmalen Pfaden – den Teil des Parkes, wo sich an schwülen Sommertagen die Vogelbeobachter trafen.

Jetzt aber war es November, die Bäume hatten sich verfärbt, manche schon das Laub verloren. Es war eine kühle, feuchte Nacht; Hollander sah seinen Atem, als er an den zwischen den

Bäumen stehenden Lampen vorbeiging, jenen altmodischen schmiedeeisernen Lampen, die gelbe Lichtkreise auf die Wege warfen.

Wendel wartete auf einer beschädigten Bank. Er trug einen dicken braunen Pullover und hielt die Arme um seinen Körper geschlungen wie ein frierender Flüchtling. Ruhig ging Hollander auf ihn zu. Jetzt war es wichtig, selbstsicher aufzutreten; mit Wendel konnte er es jederzeit aufnehmen.

„Hallo Carl", sagte er herzlich und setzte sich auf das andere Ende der Bank. „Genau am richtigen Ort und ganz allein." Er sah Wendel in die Augen; sein Blick war angstvoll und halb irre. „Da sind wir also, nur wir beide, in einer kalten dunklen Nacht; allein, so wie Sie es wollten." Mißtrauisch verfolgte Wendel jede seiner Bewegungen. „Schießen Sie los, Carl. Was ist so wichtig, daß ich in diesem ekelhaften Wetter hierhermarschieren mußte? Worum geht es?"

„Ich will den Vogel", flüsterte Wendel.

„Nun . . ." Hollander lachte. *„Die ganze Welt* will den Vogel."

„Ich weiß, daß Sie ihn haben."

„Das wissen Sie nicht", sagte Hollander freundlich. „Wie können Sie so etwas Verrücktes behaupten?"

„Ich erzählte Ihnen, daß ich versuche, große Exemplare zu züchten. Ich sagte Ihnen, ich hätte ein großes Weibchen."

„Wirklich? Ich erinnere mich nicht."

„Sie sind der einzige, dem ich es sagte. Damals, als Sie mir den Scheck für März ausstellten."

„Im Laufe der Jahre hab ich Ihnen viel Geld gegeben, Carl. Ich erinnere mich nicht an jede Gelegenheit."

„Als ich Ihnen von meinem Experiment erzählte, verdoppelten Sie den Betrag."

„Hmmm, ja jetzt erinnere ich mich vage. Sie sind also der Züchter. Das ist interessant. Wem haben Sie das Weibchen verkauft? Oder ist es fortgeflogen?"

„Sie ließen den Vogel stehlen, das weiß ich jetzt. Ich hätte es gleich wissen müssen."

Mit einem halben Lächeln auf den Lippen sah Hollander Wendel an. „Sagen Sie mir, was Sie eigentlich wollen, Carl. Die Nacht ist zu kalt, um lange um den Brei herumzureden."

„Ich will meinen Vogel zurück haben."

„Warum?" fragte Hollander geduldig, als spreche er mit einem trotzigen Kind.

„Ich will ihn freilassen. Den ganzen Wahnsinn auslöschen, den Sie in sein Gehirn eingepflanzt haben."

„Sie wissen, daß das nicht wahr ist, Carl. Sie wissen genau, daß Sie ihn nicht freilassen werden. Sie werden das mit ihm tun, was Sie von Anfang an geplant haben, das gleiche, was Sie mit allen andern Falken taten. Und auch mit den Eulen. *Vergessen wir nicht die Eulen.*"

„Das kann Ihnen ganz egal sein. Sie hatten Ihre Unterhaltung und Ihr Spiel. Jetzt bin ich an der Reihe. Der Vogel gehört mir, und jetzt will ich ihn zurück haben."

„Ich gebe ihn nicht zurück."

„Sie müssen ihn zurückgeben."

„Warum *muß* ich?"

„Wenn nicht, verrate ich Sie." Wendel starrte ihn wütend an.

„Das würden Sie ohnehin tun, wenn Sie ungeschoren bleiben könnten. Aber das geht nicht, Carl. Sie haben zuviel zu verlieren."

„Sie verlieren mehr."

„Vielleicht. Aber wenn die ganze Geschichte bekannt wird, verlieren Sie alles, Carl – Ihren Ruf, Ihren kostbaren Ruf vor allem. Ich werde erzählen, was ich von Ihrer sogenannten Stiftung weiß, und dann werden Sie eine Menge Schwierigkeiten haben. Ein ruinierter Mann."

„Sie auch."

„Ich bin schon ruiniert."

Wendel wandte sich ab. „Ich hätte wissen müssen, daß Sie es waren. Schon immer haßten Sie den *Spizaetus nipalensis.* Nakamura war der Schlüssel; da hätte ich es wissen müssen."

„Natürlich hätten Sie es wissen müssen. Aber es hätte Ihnen

nicht viel genützt." Hollander hielt inne, dann fragte er freundlich: „Übrigens – wie haben Sie es herausgefunden?"

„Durch Pam Barrett. Sie sprach mit Hawk-Eye. Er hat gesungen. Er sagte ihr alles."

„Aber er weiß nicht, daß ich der Käufer war."

„Auch sie weiß es nicht – *noch nicht.*" Wendel versuchte, ihm direkt in die Augen zu sehen. „Ich spaße nicht, Jay. Heute nacht will ich meinen Vogel zurückhaben."

„Wissen Sie, Carl – vielleicht bin ich verrückt. Aber nicht so verrückt wie Sie. Diese alte Eule hat Ihnen etwas angetan."

„Verdammt, Jay. Ich will den Vogel."

„Ich habe Sie finanziert. Wir hatten eine Abmachung."

„Ich habe den Falken *erschaffen!*"

„Sie wurden zu gierig, Carl. Und jetzt benehmen Sie sich wie ein Narr."

Wendels Gesicht war wutverzerrt. „Ich werde es Pam Barrett sagen", schrie er. „Sie sind der Killer. Ich sage es ihr. Eben jetzt sitzt sie in meinem Büro. Ich rufe sie an und sage es ihr. Dann werden wir sehen, ob ich den Vogel bekomme oder nicht."

Hollander wartete, bis Wendels Ausbruch vorüber war. „Jetzt können wir uns wieder beruhigen, Carl. Jetzt, wo wir unsere Wut abreagiert haben, könnten wir beginnen, vernünftig zu reden."

Wendel versuchte sich zu beherrschen, ein Zeichen, daß er bereit war zurückzustecken. „Wir müssen uns etwas ausdenken, etwas, das beiden nützt", sagte Hollander. „Das ist es, was man in einer solchen Situation macht. Man bespricht das Problem und findet einen Kompromiß . . ."

24

Seit einer halben Stunde saß Pam in Wendels Büro, blätterte in ornithologischen Zeitschriften und sah sich Bücher mit Stichen von Greifvögeln an. Als er immer noch nicht auftauchte, wurde sie ungeduldig und begann sich im Zimmer umzusehen. Sie begann mit den Papieren auf seinem Schreibtisch: ein Haufen Briefe, Artikel, Zeitungsausschnitte und Zeichnungen von Vogelflügeln und -köpfen. Auf dem obersten Blatt standen ein paar unverständliche Notizen, als habe Wendel versucht, sich etwas zu überlegen.

Pam zuckte die Achseln, ging zu ihrem Stuhl zurück, sah die Eulen an. Zwinkerten Sie? Unmöglich. Die Eulen waren tot. Ihre Augenhöhlen waren mit Glas gefüllt. Dennoch schienen sie die unheimliche Fähigkeit zu besitzen, ihr, während sie umherging, zu folgen. Sie ging in eine Ecke – alle Eulenaugen folgten ihr. Sie schienen sie tatsächlich zu beobachten. Es war gespenstisch.

Auf einer Tür stand „Privatlabor". Die Tür war verschlossen. Pam überlegte, ob sie nach Hause gehen und beim Wächter eine Nachricht für Wendel hinterlassen sollte. Sie war im Begriff zu gehen, als Wendels Telefon schrillte.

„Miss Barrett?" Es war Wendel. Endlich.

„Gut, daß Sie anrufen. Ich wollte eben gehen."

„Ich weiß, es tut mir leid. Etwas Wichtiges kam dazwischen."

„Kommen Sie zurück?"

„Nein. Wäre es möglich, daß wir uns woanders treffen?"

„Wissen Sie", sagte Pam, „daß ich seit einer Stunde hier herumsitze? Was, zum Teufel, ist los?"

Wendel schwieg, dann sagte er entschuldigend: „Es tut mir wirklich leid. Ich habe über unser Problem nachgedacht und glaube es gelöst zu haben. Wenn Sie mich jetzt im Chrysler Building treffen, verspreche ich, die ganze Sache aufzuklären."

„Im Chrysler Building?"

„Ja. Im 77. Stock." Er nannte die Nummer eines Büros, sagte, das Gebäude sei bis sieben Uhr offen, so daß sie sich nicht beim Nachtportier melden müsse. „Vertrauen Sie mir", bat er. „Sie bekommen eine tolle Story."

„Gut", sagte Pam. „Ich komme. Aber es muß sich lohnen,

und Sie haben dort zu sein, denn ich werde kein zweites Mal warten."

Sie wollte schon auflegen, dann riß sie rasch den Hörer nochmals an sich – sie wollte sich mit ihm in der Lobby treffen. Es war zu spät – er hatte bereits aufgelegt. Gut, dachte Pam, der 77. Stock.

Sie ging zum Museumsausgang, nickte dem Wächter zu, ging auf die Straße. Es regnete wieder. Als sie zum Central Park ging, bemerkte sie in einem dunklen Haustor einen Mann.

Plötzlich war sie besorgt. Der Mann schien ihr zu folgen. Er ging auf der andern Straßenseite, parallel mit ihr, und er hielt den Kopf ein bißchen merkwürdig, als wolle er sein Gesicht verbergen. Als sie die Avenue erreichte, geriet sie in Panik. Sie lief über die Straße und bog in eine Zufahrt zum Park ein. Ein leeres Taxi fuhr den West Drive entlang. Sie sprang vor und winkte. Als sie auf der dunklen nassen Straße ins Zentrum fuhren, sah sie durch das Heckfenster; es war nichts zu sehen.

Vermutlich hatte sie sich alles nur eingebildet. Die letzten vierundzwanzig Stunden waren anstrengend gewesen. Jetzt lehnte sie sich in den Sitz zurück und war aufgeregt; sie freute sich auf das Treffen mit Wendel und auf die „tolle Story", die er ihr versprochen hatte.

25

„Verdammt noch mal", sagte Janek. „Sie haben sie *verloren?* Ich könnte wetten, Sie mußten pissen gehen."

Er legte die Hand über den Hörer und hörte mit halbem Ohr Stangers Erklärungen zu. „Sal, schicken Sie ein Team zur Eleventh Street. Vielleicht fährt sie nach Hause."

„Sie *glauben,* sie hat sie bemerkt? *Natürlich* hat sie Sie bemerkt. Warum sonst wäre sie nach Einbruch der Dunkelheit in den Park gelaufen?" Janek hielt inne. Es hatte keinen Sinn, wütend zu werden. Man hatte sie verloren; das einzig Wichtige war, sie wiederzufinden. „Nein, bleiben Sie nicht mehr dort. Sie kommt nicht mehr zurück. Sie wartete eine Stunde, er erschien nicht, sie hatte genug und ging."

Er hing auf, dann wurde er wütend auf sich; er hatte versucht, zu klug zu sein. Hätte Pam nicht Angst bekommen, wäre sein Plan aufgegangen. Offensichtlich hatte sie Angst bekommen. Sie hatte Stanger für den Falkner gehalten und war, von Panik ergriffen, geflohen. Janek hoffte, daß sie jetzt nach Hause fuhr und dort bald auftauchen würde. Wenn sie in ein Restaurant oder zu Paul Barrett ging, konnten Stunden vergehen, bevor man sie wiederfand.

26

Die Chrysler Lobby war fast verlassen – nur wenige Leute verließen das Gebäude, als Pam hineinging. Die Nachtwächter stellten einen Pult für das Anmeldebuch auf. Die Lobby glänzte – Marmor und Stahl, ein Meisterwerk der Art Déco, über das sie gelesen hatte. Sie wunderte sich, daß sie noch nie dagewesen war. Pam sah auf die Uhr: 18.55. Es blieb keine Zeit, sich umzusehen.

Sie fuhr in den 57. Stock. Wendel hatte ihr gesagt, daß sie hier in den Turmaufzug umsteigen müsse, der bis zum 74. Stock fuhr. Von dort müsse sie zu Fuß hinaufgehen. Der Hauptteil des Gebäudes war rechteckig, aber Pam wußte, daß der Turm ein Dom aus Stahl mit vielen Bögen war. Darüber befand sich die mehr als dreißig Meter hohe Spitze des Chrysler Buildings – eines der Wahrzeichen von New York.

Als sie zum 74. Stock fuhr, war sie allein im Aufzug. Es war ihr nicht ganz geheuer zumute; sie stieg aus, sah einen Pfeil, der zur Treppe wies, stieg hoch und sah die Bürotür. Sie war aus Milchglas, von innen schwach beleuchtet. *E. E. CORP.* stand in ordentlichen schwarzen Lettern auf der Tür. Sie klopfte, rief Wendels Namen, dann trat sie ein.

Sie stand in einem der üblichen Empfangszimmer: der Schreibtisch der Sekretärin, ein paar Metallstühle, ein nichtssagender Pan-Am-Kalender an der Wand. Verdammt, er ist nicht da, dachte Pam, dann hörte sie ein Geräusch.

Wieder rief sie. „Dr. Wendel?" Keine Antwort. Sie stand still und lauschte. Glaubte ein Rascheln, vielleicht Schritte zu hören; allmählich verlor sie die Nerven. Sie ging durch das Empfangszimmer zu einer Tür. Als sie zum dritten Mal ein Geräusch hörte, stieß sie die Tür auf und lauschte wieder. Das Hinterzimmer war dunkel, aber ein merkwürdiges dreieckiges Fenster stand offen. Sie spürte einen Windhauch.

Dann glaubte sie ihn zu sehen, glaubte Carls Hinterkopf zu erkennen. „Wendel?" Aber es war kein Mensch, sondern die Lehne eines zum Fenster gewandten Drehstuhles – als wäre jemand in dem Stuhl gesessen und hätte hinausgeschaut. Plötzlich hatte sie Angst. Sie wollte fort. Dann hörte sie ein Rauschen, drehte sich um und sah den Vogel.

Er war riesig. Nur drei Meter von ihr entfernt saß er auf seiner Stange. Er hob die Schwingen. Rauschte. Seine Augen bohrten sich in die ihren.

Behutsam wich sie zurück, den Blick auf den Falken geheftet. Angst packte sie, furchtbare Angst. Ihr Herz klopfte wild, unter den Armen brach Schweiß aus. Sie wußte nur eins: Von hier mußte sie fort, rasch fort. Flüchten. Und sie mußte es langsam tun, um den Vogel nicht zu erregen, mußte ruhig zurücktreten, die Tür erreichen, sie zuschlagen und laufen.

Schritt um Schritt trat sie zurück, den Blick immer auf den Falken geheftet. Sie fragte sich nicht, warum Wendel sie hierhergelockt hatte, wo er war oder ob dies der ständige Wohnort des Wanderfalken war. Sie machte einen Schritt und dann den nächsten und versuchte den Atem anzuhalten. Noch einen Schritt, vorsichtig, behutsam – instinktiv fand sie den Weg zurück, spürte den Wind vom Fenster und den Geruch des Falken.

Und dann, als sie dachte, die Tür erreicht zu haben, wurden

ihre Arme nach hinten gerissen. Sie schrie auf, wehrte sich. Als etwas Enges, Weiches über ihren Kopf gestülpt wurde, roch es nach Leder.

27

Der Polizeischlosser, ein älterer Mann mit einem deutschen Akzent, deutete Janek, zurückzutreten. Dann setzte er seine Schutzbrille auf und machte sich wieder am Schloß zu schaffen. Der Bohrer biß sich tief hinein. Es war halb sieben Uhr morgens. Es dämmerte, und auf dem Boden häuften sich die Metallsplitter. Janek war besorgt; Pam war nicht nach Hause gekommen – seit sie in den Central Park gelaufen war, waren zwölf Stunden vergangen. Bestimmt war ihr etwas zugestoßen; Janek hatte die Erlaubnis erhalten, gewaltsam das Schloß ihrer Wohnung zu öffnen.

Der Schlosser trat zurück. Endlich stand die Tür offen. Janek betrat das Schlafzimmer. Das Bett war unberührt; die Kleider, die sie am vorhergehenden Nachmittag getragen hatte, lagen darauf. Er bemerkte ihren Anrufbeantworter, drehte ihn an und hörte Wendels Stimme: „*Sehr* wichtig. Ich *muß* sie sehen." Deshalb war sie also zum Museum geeilt.

Er nahm Pams Notizbuch und fand Wendels Nummer mit der Vorwahl von Connecticut. Er wählte. Neben dem Telefon lag ein Notizblock. „Hawk-Eye der Händler. Wendel der Züchter", las Janek. Das Telefon klingelte immer noch. Wer, zum Teufel, war Hawk-Eye, Falkenauge? Vielleicht die Graphik, die man als Hintersetzer zeigte, wenn sie auf Kanal Acht sprach?

Das Telefon mußte zwanzigmal geläutet haben, bevor er auflegte und es nochmals versuchte. Immer noch keine Antwort. *Interessant.* Weder Pam noch Wendel waren zu Hause – und es war früh am Morgen. Und diese unverständliche Bemerkung: „Wendel der Züchter", und dann „Gerüchte:

Falken verschwinden."

„Frank?"

Janek drehte sich um. Sal war von der Straße raufgekommen.

„Ich erhielt einen Funkspruch, Frank. Man fand Wendel im Central Park. Irgendein Radfahrer fand ihn. Mit durchgeschnittenem Hals. Tot. Neben der Leiche liegt ein Brief."

„Verdammt noch mal", murmelte Janek, während Sal rasch zum Central Park fuhr. Janek konnte nur daran denken, daß Pam etwas zugestoßen war und seine Männer, die sie verloren hatten, die Schuld trugen.

Vor dem Museum ließ ihn Sal aussteigen. Er ging zu dem Wäldchen. Die Leute vom Morddezernat mit ihren Rechen, Maßbändern und Absperrungen waren bereits am Tatort.

„Wer ist der Leiter?" Ein Polizist wies auf einen Kriminalbeamten, den Janek nicht kannte. Janek ging zu ihm. „Hab gehört, es wurde ein Brief gefunden", sagte er. Der Beamte reichte ihm einen Umschlag. Durch das Zellophan sah Janek die Blockbuchstaben, die er so gut kannte:

EINGEWEIDE AUSRÄUMEN, AUSSTOPFEN UND AUSSTELLEN. BESCHRIFTUNG: „(PSEUDO) VOGELLIEBHABER".

PEREGRIN DER WANDERFALKE

„Eben fährt der Fleischwagen ab", sagte der Beamte. „Wollen Sie die Leiche sehen?"

Janek schüttelte den Kopf. „Wie wurde er umgelegt?"

„Der Hals ist dreimal durchgeschnitten. Rasch und sauber – ich würde sagen, das Messer war sehr scharf."

„Haben Sie die Umgebung durchsucht?"

„Wir sind dabei." Der Beamte schrie seinen Leuten zu: „Haltet diese verdammten Jogger fern."

Janek ging auf der Lichtung auf und ab. Vielleicht hatte Pam Stanger nicht bemerkt, vielleicht hatte Wendel sie von einer Telefonzelle angerufen und hierherbestellt. Deshalb verließ sie das Museum und schien nach einem Taxi zu suchen

– vielleicht hatte sie genug und wollte nach Hause fahren. Dann überlegte sie es sich anders und ging doch zum vereinbarten Treffpunkt. Sie lief in den Park und dem Falkner direkt in die Arme. Vielleicht lag sie jetzt irgendwo im Gebüsch. *Mein Gott.* Rasch ging Janek zurück und wies den Kriminalbeamten an, eine Suchaktion einzuleiten.

28

Sie wußte nicht genau, wann sie merkte, daß Jay bei ihr im Zimmer war. Die ersten zwei Tage verfiel sie immer wieder in Perioden der Bewußtlosigkeit und kam nie völlig zu sich. Wenn sie am Erwachen war, packte sie die Angst, sie wehrte sich gegen ihre Fesseln, und Entsetzen, blankes Entsetzen über ihre Lage erfaßte sie, so daß jedes klare Denken ausgeschaltet wurde. Dann spürte sie die Gegenwart des Mannes, den Druck seiner Hände. Ein stechender Schmerz im Arm wie von einer Nadel. Dann verfiel sie wieder in seltsame, schreckliche Träume.

Sie wußte, daß sie gefesselt war. Ihr Kopf war mit einer am Hals verschnürten Haube bedeckt. Sie konnte nichts sehen und oft auch nichts hören, obwohl sie manchmal zu beidem fähig war. In der Haube schienen Öffnungen zu sein, die man schließen konnte. Wenn sie zu sich kam, war ihr Mund manchmal frei, manchmal aucl die Augen oder die Ohren. Die Beine waren an das Fußende des Bettes gebunden. Wenn sie die Füße bewegte, hörte sie das Klingeln von Schellen. Manchmal spürte sie das Gewicht einer Decke auf ihrem Körper; hin und wieder ging sie im Halbschlaf, taumelte, von dem Mann gestützt, zum Badezimmer, oder saß aufrecht und bekam Wasser eingeflößt. Zumeist aber wußte sie von seiner Anwesenheit nur durch seine sanfte Berührung, sein Streicheln, sein Flüstern – jenes ferne, seltsame Flüstern, das sie trösten und ihr seine verrückte Rhapsodie der Liebe vermitteln sollte.

Es war die Stimme vom Telefon – das merkte sie allmählich; jenes heisere Flüstern, das sie gehört hatte, als der Papiervogel über ihrem Bett erschien. In der Stimme lag die gleiche Sehnsucht, die gleiche Verzweiflung. Es war der Falkner, das wußte sie; er sorgte für sie, gab ihr zu trinken, deckte sie zu, wenn es kalt war. Manchmal löste er die Fesseln, so daß sie sich bewegen und ihre Steifheit loswerden konnte, immer aber füllte er ihren Kopf mit Träumen.

„Pambird" nannte er sie. Sie sei, so sagte er, seine Partnerin. Er erzählte ihr, daß sie zusammen fliegen, er, der Terzel, sie das Falkenweibchen, wie sie einander necken, wie ihre Schwingen sich berühren – und wenn er davon sprach, berührte er ihren Körper. Mit einer Feder? fragte sie sich, aber sie konnte keinen Gedanken zu Ende denken. „Wir sind göttlich", sagte er. „Wir steigen auf und stoßen herab. Wir steigen immer höher, und die Welt unter uns dreht sich. Sonne wärmt unsere Körper. Unsere Schwingen schlagen im Takt der Sphärenmusik. Wir sind kosmisch. Wir sind Falken. Wir sind die Wahrheit."

Wenn er so zu ihr sprach, gab sie sich den Träumen hin – und sie wurden Wirklichkeit. Sie spürte das Sausen, wenn sie die Luft durchschnitt. Die Luft hatte Substanz; sie konnte mit den Flügeln dagegenschlagen und aufsteigen. Er beschrieb die Aufwinde, die warmen Strömungen, und sie verspürte sie – er machte sie wahr. Sie flogen zusammen. Er zeigte ihr wie. Er zeigte ihr auch, wie man langsam zum höchsten Punkt aufsteigt und große Kreise zieht, gedankenlos, nur erfüllt von einer Ahnung, einem Hunger, einem Verlangen. Verlangen – wonach? Das sagte er ihr nicht, nur, daß sie es fühlte. Und wenn er es beschrieb, dann verspürte sie es tatsächlich und war mit ihm und wußte, daß auch er es fühlte.

Manchmal verwirrte er sie. Er ließ sie kreisen und wurde zu einem Luftakrobaten; sauste im Sturzflug an ihr vorüber, so rasch, daß sie ihn aus den Augen verlor. Endlich sah sie ihn wieder, dreihundert Meter tiefer, langsam wieder aufsteigen, zu ihr aufsteigen. Er hielt etwas im Schnabel. Auch sie sei dazu imstande, sagte er. Auch sie könne herabstürzen und jagen. Er werde sie es lehren. Es benötige einige Zeit, aber sie werde lernen. Und dann wich der Traum – es war, als zögen Wolken auf, als befänden sie sich nicht mehr in einem klaren blauen Himmel, sondern hätten sich in einem dicken Nebelschleier verloren. Eine Zeitlang verschwand der Traum.

Minuten verstrichen. Oder Stunden. Vielleicht, dachte sie, sogar ein Tag. Dann begannen die Worte von neuem, die sanften Worte, die ihr Ohr erfüllten, während kühles Wasser ihren Hals benetzte. Er neckte sie. Sie werde einen Horst bauen, sagte er. Dort drüben – er flog auf einen Gebäudevorsprung. Oder dort? Flügel an Flügel führte er sie zu einem Gesims hoch über der Stadt aus Beton und Glas. Sie würden Zweige und Blätter finden, sie gemeinsam ordnen. Er wollte ihr helfen, und sie würde ihm zeigen, was zu tun sei. Als Wanderfalkenweibchen besaß sie den Nestbauinstinkt. Und wenn sie den Horst genau so gebaut hatten, wie sie es haben wollte, dann werde sie unzufrieden den kleinen Kopf schütteln, es mit Fängen und Schnabel zerstören und alle Zweige und Blätter von neuem zurechtlegen und wieder zurechtlegen, bis der Horst endlich genau so war, wie sie es haben wollte.

Er lachte, als er ihr das erzählte, und wie er sie umwerben werde, mit seinem Balzflug, mit Schreien und Glucksen und Kopfnicken. Und wie sein Balzspiel Eier entstehen lassen werde und er sie, wenn sie bereit sei, befruchten wolle. Und dann würde sie die Eier, sanft, ganz sanft und vorsichtig, in den Horst legen.

Aber nicht immer war alles nur Falkenflug und Falkenliebe. Es gab auch Schrecken. Und Hunger, der ihr Verlangen steigerte. Verlangen wonach? Das fragte sie ihn. Und er sagte: *Verlangen zu töten.*

Der Gedanke löste Wellen der Furcht in ihr aus. Sie bäumte sich gegen ihre Fesseln auf, bis er sie beruhigte, indem er die Hand auf ihren Hals legte. „Noch nicht, Pambird“, sagte er. „Die Zeit des Tötens ist noch nicht gekommen, noch nicht.“

Seine Rhapsodien erfüllten ihr Sein und ebenso der tiefe, traumlose Schlaf, der ihr Gehirn umnebelte. Es gab auch Momente, da sie erkannte, daß sie in Gefahr war, gefesselt und gefangen, und daß ein riesiger Vogel, kaum einen Meter von ihrem Kopf entfernt, sie beobachtete. Manchmal sah sie den Vogel drohend neben sich sitzen. Selbst wenn sie die Haube auf hatte, sah sie im Geist den Vogel. Und einmal, als ihre Augen unbedeckt waren, sah sie ihn im Dunkeln. Er bewegte sich und flatterte. Seltsame bedrohliche Laute ertönten von der Stange her. Sie konnte den Vogel riechen, hörte, wie er seine Atzung zerriß, wie er kaute und schluckte. Dann hörte sie die kleinen Knöchelchen zu Boden fallen. Der Vogel war unruhig, hungrig. Und daß er fraß, machte auch sie hungrig. Sie wurde nicht gefüttert. Sie erhielt nur Wasser und Drogen, die sie einschläferten. Sie wurde hungriger und hungriger, spürte, wie ihr Wille schwächer wurde, während Angst und Verlangen immer mehr von ihr Besitz ergriffen.

Anfangs beruhigte sie der Gedanke, daß Jay bei ihr war. Wenn er da war, mußte alles in Ordnung kommen. Sie war sicher, daß er es war; sie erkannte sein Gesicht und seine Stimme. Ja, bei Jay fühlte sie sich sicher; er war ein Falkner; er konnte sie vor dem Vogel schützen. Vielleicht, dachte sie, existierte der Vogel nur in ihrer Vorstellung, war eine von ihrem Delirium hervorgerufene Halluzination.

Allmählich aber dämmerte ihr, daß die Anwesenheit von Jay nicht tröstlich war, denn er war der Mann, der sie streichelte und ihr Dinge zuflüsterte. Er hielt sie gefangen. *Und er verwandelte sie in seinen Vogel.*

Daß sie ihn kannte, machte alles noch schlimmer, dessen wurde sie sich einmal bewußt, als sie mit größter Anstrengung ihre Gedanken konzentrierte. Da sie Jay als Mann kannte und er sich jetzt wie ein anderer verhielt, kannte sie ihn in Wirklichkeit gar nicht – er war wahnsinnig, und sie war seine Gefangene. Er kannte sie, aber sie wußte gar nichts von ihm.

Als ihr das klar wurde, schrie sie gellend auf. Einen Augenblick später spürte sie einen Knebel im Mund. Ihre Ohren aber waren unbedeckt. Sie wollte nichts mehr hören, spürte jedoch, wie nah sein Mund war, spürte seinen Atem an ihrem Ohr. „Ich zähme dich, Pambird. Ich erobere dich. Jetzt gehörst du mir, und bald wirst du für mich jagen. Du wirst für mich fliegen. Und du wirst töten."

Und wieder Träume. Träume vom Fliegen, Flügel, die immer kräftiger wurden, und ein Verlangen, das ihren Willen auslöschte. Und Hunger. Hunger, der sich in sie fraß. Der sie veränderte. Verwirrte. Es unmöglich machte, an etwas anderes zu denken als an das Verlangen . . .

29

Marchetti hatte die Haube bis zu einem Geschäft auf der Christopher Street namens Thongs & Things zurückverfolgt. Vielleicht ein weniger verschämter Name als „Marquis de Suede" und „Scarlet Leather", aber die Ware war ebenso originell: Lederjacken, Lederwesten, lederne Hosen, mit Nägeln verzierte Gürtel und „besondere Waren auf Bestellung". Wie besonders und auf wessen Wunsch, hoffte Janek zu erfahren. Marchetti berichtete ihm, während sie in die Innenstadt fuhren.

„Diese Lederverkäufer reden nicht gern, Frank. Weil sie soviel Zeug für abartigen Sex verkaufen, schützen sie ihre Kunden. Sie sollten den Kram sehen, Frank, Unterwäsche mit kleinen Nadeln innen."

„Ersparen Sie mir die Details", knurrte Janek.

„Jedenfalls kam ich ganz gut vorwärts, da ich nichts gegen Schwule hatte. Als ich erwähnte, daß ein Mädchen ermordet wurde, schickten sie mich von einem Laden zum andern. Einige telefonierten sogar, um mir zu helfen."

„Und was war bei Thongs & Things los?"

„Sie sagen, daß sie zwei Hauben angefertigt haben. Näheres werden sie uns mitteilen. Was ist los, Frank?"

„*Zwei.* Guter Gott.“ Die erste hatte Sasha West auf. Vielleicht benutzte er die zweite für Pam.

Das Geschäft war klein; man mußte einen Summer betätigen, um einzutreten. Die teure Lederbekleidung war an die Ständer gekettet. Ladendiebe gibt es überall, dachte Janek. Er sah Stiefel mit Sporen, einen Tisch mit Abzeichen – Doppeladler, Hakenkreuze, SS-Abzeichen. Die übliche Peitschenabteilung und eine Kollektion von schwarzen Motorradhauben. Der Laden roch nach Leder – es war ein scharfer, moschusähnlicher, fast verführerischer Geruch.

Marchetti und Janek gingen an den Ladentischen vorbei ins Büro.

Les Danforth, der Besitzer, sah wie fünfunddreißig aus; ein schmächtiger Mann mit kurzgeschnittenem blondem Haar, das schon etwas schütter war. Er war höflich, formell, ein wenig abweisend. „Ich bin immer bereit, der Polizei zu helfen. Sie sagen, eine unserer Hauben wurde am Tatort gefunden?“

Marchetti reichte ihm die Fotos. Danforth nickte. „Ja, die stammt von uns. Ich erinnere mich gut. Spezialanfertigung. Ein Kerl rief an und sagte, er werde uns die Zeichnung schicken. Ein paar Tage später erkundigte er sich nach dem Preis. Er schickte eine Anzahlung, und wir haben die Hauben gemacht.“

Die zwei Hauben kosteten zweihundert Dollar pro Stück plus vierzig Dollar für die Federn. Danforth zog sein Auftragsbuch hervor und suchte den Namen: Fred Hohenstaufen, 1, Fifth Avenue. Anzahlung mit einem Bankscheck, den Rest in bar. „Wir nehmen keine persönlichen Schecks“, fügte er erklärend hinzu.

„Erinnern Sie sich an den Mann?“

Danforth schüttelte den Kopf. „Hab ihn nie gesehen. Ich ließ das Paket für ihn auf dem Ladentisch, einer meiner Angestellten übergab es ihm. Das ist acht Monate her. Heute erinnert sich niemand mehr daran.“ Er schwieg. Dann: „Es werden fortwährend Sachen abgeholt. Solang die Leute zahlen, kümmern wir uns nicht weiter.“

Janek fragte nach der Zeichnung, und Danforth sagte, daß man sie mit den Hauben retourniert habe. Er erinnerte sich nur wegen der Federn an sie; Federn seien eine ungewöhnliche Zugabe. Eine der Hauben, sagte er, bedeckte nur den Oberteil des Gesichtes, Augen und Ohren. Die andere hatte eine besondere Schnalle, so daß man auch den Mund bedecken konnte. „Aber nicht die Nase", fügte er hinzu. „Wir machen keine Masken, die die Nase bedecken. Ein Mensch muß atmen können. Diese Masken waren gut; gute Arbeit, besonders weich gefüttert, um die Haut nicht aufzureiben."

„Sehr rücksichtsvoll", sagte Marchetti.

Draußen, auf der Christopher Street, machte sich Marchetti erbötig, die Adresse zu überprüfen.

„Nicht nötig, Sal. Der Name ist eine Erfindung."

„Vermutlich. Aber wie können wir sicher sein, wenn wir ihn nicht überprüfen?"

„Dieser Kerl hinterläßt keine Spuren, und der Name Fred Hohenstaufen erinnert mich an etwas. In meinen Büchern über die Falknerei wird der Name fortwährend erwähnt. Friedrich II. war ein Hohenstaufer. Kaiser des Heiligen Römischen Reiches Deutscher Nation und vielleicht der größte Falkner, den es je gab."

Also wieder eine Sackgasse, ebenso wie die Durchsuchung von Dachwohnungen und Terrassenapartments, die Überprüfung eingetragener Falkner, die Befragung von Sasha Wests Freundinnen und die Analyse des Papierfalkens auf Pam Barretts Dach. Kein einziger Fingerabdruck. Nichts – außer vielleicht Wendel, und worum ging es bei ihm? Warum hatte er Pam angerufen? Warum hatte sie in seinem Büro eine Stunde auf ihn gewartet? Warum war sie spätabends in den Central Park gelaufen, ausgerechnet in das Wäldchen, wo man Wendels Leiche fand?

30

Hollander beobachtete Pam, die jetzt, Ohren und Augen von der Haube bedeckt, die Hände gefesselt, die Füße ans Bett gebunden, tief schlief. Die Fesseln an Hand- und Fußgelenken waren fest, aber nicht so fest, daß sie ihren Kreislauf beeinträchtigten oder ihre Gliedmaßen gefühllos machten. Ihr Atem ging langsam, die Brust hob und senkte sich gleichmäßig. Die schlafende Pam sah ruhig und sanft aus; Hollander war zufrieden. Er deckte sie mit dem mit Federn bestickten Cape zu.

Hin und wieder fütterte er sie: kleine Fleischstückchen, Grapefruitsaft und andere Flüssigkeiten. Sie sollte hungrig, aber nicht verhungert sein – das ideale Jagdgewicht haben. Natürlich war Pambird kein wirklicher Falke – er war sich dessen ständig bewußt. Er wußte auch, daß Hunger auf sie nicht die gleiche Wirkung haben konnte wie auf einen Vogel. Aber das Prinzip war das gleiche: Hunger erzeugt Verzweiflung, und so wollte er sie haben – verzweifelt, nervös, erregt. Nicht schwach, denn für das, was er plante, benötigte sie Kraft. Hunger würde sie schlauer machen, rascher, würde ihre Reflexe beschleunigen und schärfen. Hollander war überzeugt, daß der von ihm ausgeübte Druck, der Terror, die Dressur ihren Zweck erfüllen würden. Seine Gehirnwäsche trieb sie zu extremen Gedanken. Wenn die Zeit reif war, würde sie für ihn tun, was sie bei klarem Verstand verweigern würde.

Das war es, was er von ihr wollte: zum gegebenen Zeitpunkt seinen Willen erfüllen. So setzte er seine Arbeit fort, versuchte ihr Denken zu verändern, flüsterte ihr Träume vom Fliegen und Jagen zu, von Nestbau und Paarung, Phantasien, die er ihr in einem unaufhörlichen Geflüster eingab, um ihre Wahrnehmungen zu verfälschen, die bereits vom Hunger getrübt waren und von der Unmöglichkeit, zu sehen. Auch die Drogen halfen, sie erzeugten einen Zustand hoher Beeinflußbarkeit und machten sie seinen Ideen zugänglich, die er ihr immer wieder vorsagte.

Befand sie sich in einem solchen somnambulen Zustand, so zog er sie aus und streichelte sie, bis sie leise aufstöhnte. Er brachte sie in Vogelstellung – den Kopf hoch, die Arme wie Schwingen angelegt, als die Füße aufgestellt, als klammerten sie sich an eine Sitzstange. Er vergrub die Hände in ihren Haaren, preßte sein Gesicht an das ihre, küßte und leckte ihre Ohren, ihren Nacken und – das war das Beste – ihren Hals. Er berührte ihn mit seinen Fingern, streichelte die Sehnen, befühlte das zarte Fleisch, den Adamsapfel, befühlte ganz zart den Knorpel, um ihr nicht weh zu tun, um zu zeigen, daß er diesen so verletzlichen Körperteil liebte, aber doch fest genug, um sie wissen zu lassen, daß er, so er es wünschte, ihr Leben in Sekundenschnelle beenden konnte.

Sie war seine Gefangene, sein Geschöpf, und die Voliere, in der sie wohnten, wo sein riesiger Vogel lebte und fraß, wurde zu einem Tempel, in dem er ihr die Fessel der Beize anlegte. In diesem kleinen Raum mit dem dreieckigen Fenster, das auf die große glänzende Stadt schaute, auf dem höchsten Punkt dieses großen Turmes mit der Stahlspitze praktizierte er alle geheimnisvollen Riten – das Abtragen, das Zähmen, die Zerstörung ihres eigenen und den Aufbau eines neuen Willens – alle jene seltsamen, seit zwei Jahrtausenden erprobten Regeln.

Hier lehrte er sie Unterwerfung. Er schob ihre Körperteile, so daß sie wußte, was sie tun sollte; zitternd und verängstigt kniete sie vor ihm, und die Glöckchen an ihren Fußgelenken läuteten leise. Er zog ihren Kopf an seine Lenden und hielt ihn fest, so daß er ihren Atem spürte. Oft hielt er sie auch nur einfach fest und streichelte sie, und sie spürte seinen Atem an ihrem Ohr. Sie mußte erfahren, daß er allmächtig und jeder Widerstand vergeblich war, daß es nur Sicherheit in der Unterwerfung gab. Er mußte ihr seinen absoluten Willen aufzwingen, klarmachen, daß er kein Zögern duldete und keine Ausflucht, wenn er ihr zeigte, was sie zu tun hatte. So dressierte er sie Tag für Tag, zeigte seine Freude, wenn sie gehorchte und sein Mißfallen, wenn sie es nicht tat. Disziplin einzuflößen war nicht schwer: eine Berührung hier, ein

Streicheln dort konnten leicht zu einem Kniff werden. Er hielt sie fest, und wenn sie sich nicht so bewegte, wie er wollte, bestrafte er sie, bis sie die Bewegung korrekt durchführte. Alle ihre Reflexe mußten trainiert werden, und zwar unter der fortwährenden Drohung des Hungers. Und dann, wenn sie getan hatte, was man ihr befahl, wenn sie ihren Gehorsam gezeigt hatte, dann belohnte er sie, als wäre sie ein Vogel.

Aus Versen der Falknereiliteratur machte er ein Gedicht, das genau auf sie paßte:

Steadfast of thought,
Well made, well wrought,
Far may be sought
Ere you can find
So obedient as Pamela –
So corteous, so kind.
Sharp as a talon
This cactus flower
Wild as a falcon
Or hawk of the tower.

Er setzte ihren Körper allen möglichen Empfindungen aus. Er legte sich auf sie, erforschte sie, ließ die Wirkung der Drogen abklingen, so daß sie merkte, was er tat, und beobachtete sie genau; die Bewegungen, wenn sie sich wand, um loszukommen, wenn sie um sich schlug, um sich zu befreien, und wenn dieses Sichwinden und Umsichschlagen eine andere Bedeutung bekam – ihren Genuß anzeigte, sein Werkzeug zu sein. Er berührte jede ihrer Öffnungen, schob seine Zunge in ihre Genitalien, leckte ihre Brustwarzen, biß ihre Brustwarzen, bedrohte sie mit der Schärfe seiner Zähne und streichelte sie gleichzeitig. Immer wieder ließ er sie wissen, daß sie zum Objekt seiner Bevormundung geworden war, damit sie, noch bevor er ihr seinen Wunsch signalisiert hatte, tat, was er wollte.

Und die ganze Zeit flüsterte er ihr zu, daß sie ein Vogel sei, den er zur Jagd abrichte. Er band ihre Füße an der Heizung fest und lehnte sie mit dem Rücken über das Fensterbrett, so daß sie zu den Wolken aufsah. Damit zwang er sie, direkt in den Himmel zu schauen, während er ihr sagte, daß sie dort oben fliegen würde, daß er sie lehren würde zu fliegen. Dann drehte er sie um, band wieder ihre Füße fest und bog sie nach vor, so daß sie direkt hinuntersah. Er löste die Haube von ihren Augen und hielt sie an den Haaren über der Stadt und drückte sie hinab, um sie wissen zu lassen, wie ein herabstürzender Falke sich fühlt. Und wenn sie dann wieder an das Bett gefesselt war, legte er sich zu ihr und war ihr Terzel und dann wieder ihr Falkner, der sie dressierte und abtrug, der sie abwarf auf das Federspiel. Er beschrieb, wie er es umherschwang, und sie sich darauf stürzte, es verfehlte und endlich lernte, zuzuschlagen und zu treffen. Wenn sie traf, belohnte er sie mit einem Stückchen Fleisch, und während sie aß, rezitierte er wieder sein Gedicht. So führte er sie durch alle Phasen der Beize, bis er sie mit ihm vertraut, bis er sie gezähmt hatte. Und fortwährend sagte er ihr, daß er sie, wenn sie vollständig abgerichtet sei, frei fliegen und töten lassen werde.

Er jagte ihr Angst ein, aber sehr gezielt und immer nur dann, wenn sie unter Drogeneinfluß stand. Dann brachte er den großen Vogel zu ihr, hielt ihre Hand an das Gefieder, ließ sie jeden Teil des Falkens spüren, den Kopf, den Hals, die Schwingen und die Fänge. Pam lernte die Namen der Federn kennen, und daß man die Fänge Hände nannte. Hollander machte sie mit dem starken Geruch des Vogels vertraut. Er hielt sie gegen den Falken, so daß sich ihre Nase in das Gefieder preßte und sie seinen Geruch einatmen konnte, und einmal nahm er Pam die Maske ab, setzte den Vogel ihr gegenüber und befahl ihr, ihm in die Augen zu schauen, ohne den Blick abzuwenden. Der Wanderfalke starrte sie an, und sie starrte auf den Falken, als sehe sie ihr Spiegelbild.

So dressierte und terrorisierte er sie, hungerte sie aus und machte sie zu seiner Waffe. Er nahm sie vollkommen in Besitz – ihren Körper und ihren Geist – und wußte immer, was sie zu tun haben würde, ohne es ihr zu sagen. Wenn die Zeit reif war, würde sie, nur von ihrem Instinkt und der Dressur geleitet, seinen Plan ausführen. Wenn er es ihr schon jetzt sagte, hätte sie Zeit, zu überlegen, Widerstand aufzubauen, abzulehnen. Sie mußte aus dem Innersten ihres Seins handeln – nach seiner Anleitung und nach seinem Plan.

Hollander hatte den Wanderfalken abgetragen, hatte den großen Falken Dinge gelehrt, die kein Vogel je getan hatte. Jetzt dressierte er Pambird, auf daß sie seine Kunst vollende. Es waren diese beiden Vögel, die gemeinsam zu seinem Werk beitrugen: die tödlichen Angriffe des Wanderfalken und die Tat, die Pam vollbringen würde. Nur einen Sturzflug, ein Zuschlagen, das war alles. Danach mußte sie nicht zurückkehren, würde nicht wieder für ihn jagen, denn sie hatte ihr Schicksal erfüllt; dann war nichts mehr von Bedeutung.

31

Über eine holprige Straße voller Schlaglöcher fuhren sie zu Wendels Haus, und während der ganzen Fahrt verfolgte Janek der Gedanke, daß er etwas Furchtbares getan hatte, als er Pam als Köder benutzte. Über seine Abteilung, über Vorwürfe seines Vorgesetzten, über eine Disziplinaruntersuchung, selbst über Pressekommentare, daß er den Fall verpfuscht hatte, machte er sich keine Gedanken. Nur das Wissen, daß er sie einer Gefahr ausgesetzt hatte und sie jetzt vermutlich Schaden erlitt, erfüllte ihn mit tiefen Schuldgefühlen.

Vor dem Haus wartete der junge Mann aus dem Museum. Janek hatte angerufen, als er hörte, daß ein Assistent in Wendels Haus wohnte und sich um die Vögel kümmerte.

Das Haus war hübsch, eindrucksvoller vielleicht, als man es von einem Museumsangestellten erwarten mochte. Aber warum nicht? überlegte Janek. Warum muß so ein Vogelmensch wie ein Bulle leben?

Der Assistent, Bob Halloran, schien ein verläßlicher Typ; in seinen Jeans und dem karierten Hemd sah er aus, wie man sich einen jungen Zoologen vorstellt. Janek bemerkte eine Anti-Atomplakette an seinem Auto. Mister Sauber. Mister Grün. Vermutlich auch ein Jogger.

Halloran führte ihn durch die Station. Der Geruch war Janek unangenehm; ein scharfer Geruch nach Tieren oder vielleicht noch etwas anderes – ein Hauch von Gefahr und Furcht. Die Vögel aber beeindruckten ihn. Sie waren merkwürdig, besonders die Eulen. So ruhig und steif saßen sie da, wie Wächter. Die Augen gefielen Janek nicht. Es waren die Augen von Killern, und das waren sie natürlich auch. Während Halloran über die Aufzucht in Gefangenschaft sprach, starrte Janek die Vögel an, starrte in ihre Augen und fragte sich wieder einmal, wie der Mann war, den er suchte. Ein Mann, dem dieser eisige Blick eines Killers gefiel.

„Carl machte Aufzeichnungen, nicht wahr?“

„Natürlich.“

„Ich möchte sie gern sehen.“

„Sie meinen die Aufzeichnungen über seine Zuchtversuche?“

Janek zuckte die Achseln. Er dachte an Pams Notiz. „Ja, vermutlich.“

Halloran stand regungslos, und Janek spürte, daß etwas an seiner Reaktion nicht in Ordnung war. Er wandte sich von den Vögeln ab und sah Halloran direkt an.

„Ich habe Carls Aufzeichnungen studiert“, sagte der junge Mann.

„Ach? Und fanden Sie etwas Bestimmtes?“

„Im Keller des Hauses ist ein Labor. Carl hielt seine Züchtungen von seiner Museumsarbeit getrennt.“

„Dann gehen wir einmal ins Labor. Hier habe ich genug gesehen.“

Halloran nickte. Sie gingen zum Haus zurück. Im Vorzimmer blieb Halloran wieder stehen, und Janek spürte das gleiche wie im Stall – ein Zögern, eine Unsicherheit. Vielleicht Angst.

„Was ist los?“

Der junge Mann sah zu Boden.

„Besser, Sie sagen es mir.“

Halloran sah ihn an. „Es gibt Schwierigkeiten“, sagte er. „Schwierigkeiten mit Carls Aufzeichnungen.“

„Was für Schwierigkeiten?“

„Sie sind nicht vollständig.“

„Das ist nicht so schlimm.“

„Er züchtete auf Größe hin“, platzte Halloran heraus. „Carl züchtete anormale Vögel.“

Janek sah ihn an. „Sind Sie sicher?“ Halloran nickte. *Hawk-Eye der Händler. Wendel der Züchter* – Pams Notizen bekamen einen Sinn. Sie gingen die Kellertreppe hinunter in Wendels Labor. Es war nichts Besonderes zu sehen: Ein Schreibtisch, ein Tisch mit einem Mikroskop. Chirurgische Instrumente. Ein paar Käfige und Werkzeuge der Taxidermie. Ungefähr so beeindruckend wie mein Akkordeon auf der Werkbank, dachte Janek.

Halloran zeigte ihm die Aufzeichnungen und erklärte, was sie bedeuteten. Janek begriff und kombinierte. Pams Notiz, daß Wendel der Züchter sei; dessen dringende Nachricht auf dem Anrufbeantworter. Vielleicht hatte Wendel den Wanderfalken gezüchtet und ihn an den Falkner verkauft. „Was geschah mit diesen Vögeln?“ fragte er.

Halloran schüttelte den Kopf. „Ich weiß nicht.“

„Ließ er sie frei?“

„Davon steht nichts in den Aufzeichnungen.“

Janek wußte, daß der junge Mann etwas verheimlichte. „Was geschah mit ihnen?“ fragte er nochmals. „Hat Carl sie verkauft?“

Und dann kam der Zusammenbruch. Halloran hielt die Hände vors Gesicht und lief zitternd die Treppe hinauf. Janek folgte ihm. Er fand ihn im Wohnzimmer auf der Couch, den Kopf in seinen Armen vergraben – tränenüberströmt. Janek setzte sich zu ihm, legte den Arm um seine Schultern und lockte behutsam die Geschichte aus ihm heraus. Er brauchte eine halbe Stunde, um sie genau zu erfahren – wie Wendel auf einer, ein paar Jahre zurückliegenden Expedition von einer Eule angegriffen wurde. Kurz darauf begann er verrückte Sachen zu sagen und sprach von dem „Schrecken" der Raubtiere. Er fing Greifvögel, um sie zu ersticken und auszustopfen; zuerst nur Eulen, dann auch Adler und Bussarde, Habichte, Milane und Sperber, und schließlich auch Falken. Als es nicht genug gab, als es zu schwierig wurde, sich welche zu beschaffen, begann Carl zu züchten, um mehr Exemplare zum Ausstopfen zu haben. Auch seine Aufzeichnungen wiesen darauf hin; anstatt Angaben über das Aussetzen in der Natur gab es Angaben über das Töten und Präparieren. Wo waren sie, alle diese ausgestopften Raubvögel? Halloran schüttelte den Kopf – er hatte das Haus durchsucht. Er wußte nicht, wo Carl sie versteckt hatte.

Um sechs Uhr abend saß Janek in Wendels Büro und wartete auf den Polizeischlosser. Es war derselbe Mann mit dem deutschen Akzent und der beginnenden Glatze, der Pams Wohnung aufgebrochen hatte. Janek hatte ihn kommen lassen, um die Schlösser von Wendels Privatlabor aufzubrechen. Es konnte kein „Labor" sein, hatte ihm Halloran versichert, und ihm das gleiche Büro einen Stock tiefer gezeigt. Es war nur ein kleiner Raum, und niemand hatte einen Schlüssel. Vielleicht kein Labor, dachte Janek, sondern eine *geheime Kammer. Wir alle haben unsere geheime Kammer, und jetzt werde ich mir seine ansehen.*

Endlich erschien der Schlosser mit Drillbohrer, Schutzbrille und Schweißapparat und machte sich an die Arbeit. „Wird mühsam werden", murmelte er. Janek nickte. Geheime Kammern waren immer mühsam, ob nun in Wirklichkeit oder nur im Kopf.

Als der alte Deutsche das Schloß endlich geöffnet hatte (er schwitzte, es hatte ihn fast eine Stunde gekostet), trat er zurück, um Janek den Vortritt zu lassen. So war das Protokoll:

Der Schlosser besorgte das Öffnen, der Kriminalbeamte das Schauen.

Aber der Deutsche packte nicht ein und ging auch nicht; nach all der Plage wollte er wenigstens auch etwas sehen. So lugten sie zusammen in Carl Wendels Geheimkammer, sahen den Inhalt und wichen zurück. Es war ein Alptraum. „Mein Gott", rief der Schlosser, und Janek hatte Angst, er werde erbrechen.

Im Lauf der letzten dreißig Jahre hatte er vieles gesehen: einen Mann, den man enthauptet, eine Frau, der man Lauge in die Augen geschüttet hatte; ein Baby, das man für ein Woodoo-Ritual mißbraucht hatte; man hatte es mit Stricknadeln durchstochen und dann an den Füßen in einem ausgebrannten Gebäude in den Bronx aufgehängt. Diese Schrecken der Stadt, der Terror, die Verwesung hatten ihn anders berührt als das, was er jetzt vor sich hatte. Denn nicht nur was er sah, bereitete ihm Übelkeit, obwohl der Anblick arg genug war, sondern was es bedeutete, was es über Wendels Irrsinn aussagte, über die dunklen Abgründe der menschlichen Seele.

Der Geruch gehörte dazu – der Gestank nach Naphtalin und Formaldehyd oder was immer sonst Wendel verwendet hatte –, der wie dicker Rauch aus der Kammer strömte und sie zurücktrieb. Aber auch von dort, wo sie standen, konnten sie alle diese ausgestopften Vögel sehen, Hunderte Raubvögel, aufrecht wie kleine Bäume, ein Wald von Federn und Flügeln und Köpfen und Schnäbeln; vergast, viviseziert, ausgestopft, mit blanken Augenhöhlen, nicht mit künstlichen Augäpfeln versehen, sondern mit trübem, dunklem Glas.

Und hinter diesen Hunderten blinden Wächtern standen die Monster, die künstlichen Mutationen, die Wendel auf dem Stahlrohrtisch in seinem Kellerlabor geschaffen hatte. Eulen mit zwei Köpfen, eine „Spinneneule" mit acht Beinen, kopflose Eulen, asymmetrische, amputierte Eulen. Und wenn der Anblick noch nicht genug für Wendels Wahnsinn und seinen Haß sprach, wenn er nicht ausreichte, seine Wut zu beschwichtigen, dann waren da noch die Töne, denn alle

Schnäbel waren weit aufgerissen, und Janek konnte die lautlosen Schreie des Schmerzes hören, die aus den Hälsen der Vögel kamen.

Es waren diese gefährlichen, alles bedrohenden Geschöpfe, diese Monster, diese Drachen und Greife, die durch Wendels vom Wahnsinn befallenes Gehirn geflogen waren. Seine geliebten Raubvögel hatten ihn zerstört – die Schönheit, die er einst in ihnen gesehen hatte, die Freiheit, ihren eleganten Flug, ihr königliches Herabstürzen als Herrscher der Lüfte waren in seinem Gehirn dem Schrecken und der Angst gewichen – und letztlich der Rache. Das erklärte vielleicht die Nachricht, die man auf seiner Leiche gefunden hatte: „Ausstopfen und ausstellen. (Pseudo)Vogelliebhaber", erklärte vielleicht auch, warum er getötet wurde, und er mochte seinen Tod begrüßt haben, weil er ihn von seinem Elend erlöste. Warum er aber an jenem Abend Pam angerufen, und was sie erfahren oder zu erfahren gehofft hatte, war immer noch nicht klar. Und das wiederum hieß, daß die merkwürdige Geschichte von Carl Wendel, seinen Züchtungen, seinem Wahnsinn und der grausamen Taxidermie eine weitere Sackgasse war, die zur Lösung des Falles nicht beitrug.

Janek blieb im Büro, nachdem alle anderen gegangen waren – der alte Schlosser, Halloran, Wendels Kollegen, Ornithologen, sogar Leute aus andern Abteilungen, die ihn nicht gekannt, aber von seiner Kammer gehört hatten und sie sehen wollten. Janek beobachtete ihren Ausdruck – die meisten gafften, manche weinten, fast alle schüttelten verstört die Köpfe. Wer kann gleichgültig bleiben gegenüber dem Wahnsinn, gegenüber dem Barbaren, der im Menschen lebt?

Ja, sie alle haben ihre geheimen Kammern, und auch ich, dachte Janek. *Wo aber ist die geheime Kammer des Falkners? Zu ihr muß ich den Schlüssel finden.*

Er dachte über Wendels Geheimnis nach: Was bedeutete es, daß dieser Feind der Beize, dieser große Verteidiger der Vögel in freier Natur so pervers wurde, daß er seine angeblich geliebten Vögel zerlegte und Monster aus ihnen machte?

Was bedeutete es? War es etwas anderes als der Wahnsinn des Falkners? Vielleicht nicht, wenn es so etwas wie eine Stufenleiter des Wahnsinns gab. Aber Janek sah einen Unterschied. Wendel war lang vor seiner Ermordung gestorben; die Monster, die er aus seinen Vögeln machte, waren nur Modelle seines verstümmelten, abgestorbenen Ichs. Der Falkner aber war anders, er war leidenschaftlich und lebendig. Ja, er kämpfte gegen die Welt und vernichtete Menschenleben, dahinter verbarg sich jedoch etwas, um das Janek ihn beneiden konnte – eine leidenschaftliche Auflehnung gegen die Nacht.

Diese Leidenschaft verfolgte Janek, als er spät abends an Wendels Schreibtisch saß. Es war etwas, wogegen er selbst sich aufgelehnt hatte, weil es nicht zu seinem Begriff der vollkommenen Moral paßte, zu seiner Auffassung von Gut und Böse, von Recht und Unrecht. Seit dem Verschwinden von Pam war der Wanderfalke mehr geworden als nur ein Kriminalfall. Es wurde eine Probe, die Janek bestehen mußte; er durfte nicht mehr in leeren Kirchen Zuflucht suchen und seltsame Gebete murmeln, um sich von dem Schmutz und der Ehrlosigkeit seiner Arbeit zu reinigen. Das alles schien jetzt sinnlos. Er mußte den Fall klären, um Pam und auch sich selbst zu retten, damit er nicht endete wie Wendel – monströse Akkordeons herstellte, um die leblose Musik seiner Not zu spielen, das dumpfe Stöhnen seiner Verzweiflung.

An diesem Abend wollte er nicht autofahren, sondern das Pflaster unter seinen Füßen spüren, die Härte der Stadt, die kaputten Gehsteige – er wollte fühlen, Schmerz verspüren, die Gemeinheit der Straße empfinden. Stundenlang ging er die Straßen der Upper West Side entlang, ging von der Seventy-ninth zur Sixty-third und wieder zurück zu seinem Haus auf der Eighty-seventh. Es gab soviel zu überlegen, so viele Fäden zu entwirren. Und etwas nagte an ihm, eine Ahnung der Lösung, etwas scheinbar so Belangloses, das er es unter all den Fakten, die er gespeichert hatte, nicht fand. Er hatte die Beize studiert, hatte Bücher gelesen und nach einem Schlüssel gesucht – etwas, das den Falkner verriet. Es war vorhanden, davon war er überzeugt. Er *wußte,* daß der Schlüssel in der Beize zu suchen war. Er dachte und dachte. Er mußte seinen unsichtbaren Gegner aufspüren; und er besaß auch die nötige Information, wenn er sie nur aussieben könnte.

So wanderte Janek stundenlang umher, und auch als er mit wunden Füßen nach Hause kam, das Badewasser einlaufen ließ, um seine schmerzenden Füße zu pflegen, suchte er nach diesem Funken Wissen; sein gesamtes Material – die Briefe, die Angriffe, die Plätze, wo sie stattfanden, die Haube, Wendels Zuchtstation, die merkwürdigen Worte auf Pams Notizblock – durchforschte er, um das zu isolieren, was den Falkner verraten würde.

Endlich ging er zu Bett. Um drei Uhr morgens. Es gelang ihm, ein paar Stunden zu schlafen, dann nahm er seine Wanderungen wieder auf. Die Straßen waren verlassen und schmutzig. Der Wind wehte zerrissene Zeitungen, Kaugummipapier und Zigarettenstummel umher, trieb sie auf die Bänke mitten auf dem Broadway. Ein paar alte Männer schlurften herum, andere gingen zur Arbeit, jene, die das Brot buken und die Öfen heizten; einige junge Paare kehrten aus den Discos heim, in engen, grellen, hautengen Hemden und Jeans. Und dann plötzlich, ganz ohne besonderen Anlaß, fiel es ihm ein – jener kleine Umstand, von dem er wußte und den er vergessen hatte; das, was ihn seit dem letzten Abend quälte. Sie kam aus seinem Unterbewußtsein hervor, eine Idee, die eine Chance bot, vielleicht keine große, aber immerhin eine Möglichkeit, das zu finden, wonach er suchte, wenn er an der richtigen Stelle suchte. Er ging nach Hause, rasierte sich, nahm eine Dusche, zog sich an und erledigte die notwendigen Anrufe, obwohl das bedeutete, Leute aufzuwecken.

Um acht Uhr morgens saß er in der Redaktion von Kanal Acht. Bei ihm war ein Regieassistent, den Penny hatte rufen lassen. Der junge Mann spannte den Film über den Angriff im Rockefeller Center ein und ließ ihn langsam durchlaufen.

Nachdem ihn Janek zweimal gesehen hatte, schüttelte er den Kopf. „Ist das bestimmt alles, was Sie haben?“

„Ja, Lieutenant. Das haben wir im Fernsehen ausgestrahlt."

Janek nickte. „Aber der Film stammt aus einer Kassette."

„Ja, wahrscheinlich."

„Eine Kassette dauert zehn Minuten. Dieser Film dauert nur zwei, drei Minuten."

„Vielleicht hat er den Film nicht beendet."

„Dann müßte am Ende ein unbelichtetes Stück kommen. Andernfalls muß es einen Filmstreifen vor dem Angriff geben. Vielleicht hat man ihn abgeschnitten, weil er nichts mit der Story zu tun hat, und jetzt liegt er irgendwo herum."

„Ich werde nachsehen", sagte der Junge. Er ging, und Janek wartete vor dem Monitor. Zehn Minuten später kehrte der Junge mit einer kleinen Rolle in der Hand zurück. „Sie hatten recht. Das ist der Filmanfang. Mr. Greene hat herausgeschnitten, was er zeigen wollte, der Rest wurde aufgehoben."

Er spannte den Film ein, und sie sahen einen typischen Touristenfilm voller Nah- und Teleaufnahmen. Der japanische Geschäftsmann war sichtlich von den Wolkenkratzern beeindruckt, denn der Film zeigte immer wieder zuerst die Eisläufer, dann die hohen Gebäude. Auch die Leute, die an der Balustrade standen, hatte er aufgenommen, und sie waren es, die Janek interessierten. Denn er hatte sich erinnert, daß der Falkner dem Vogel die Beute zeigen muß. Der Angriff war gegen einen bestimmten Mädchentyp gerichtet, und das hieß, daß der Falkner in der Nähe des Platzes gewesen sein mußte, um auf die Eisläuferin hinzuweisen.

„Sehen Sie. Das ist Pam!" Der Assistent stoppte den Film und wies auf Pam. Janek studierte ihr Gesicht; es hatte einen merkwürdigen Ausdruck – Schmerz oder Verbitterung, genau wußte er es nicht.

Ganz langsam ließen sie den Film weiter- und wieder zurücklaufen, so daß Janek alle Zuschauer studieren konnte. Ein Mann mit einer orangefarbenen Kappe fiel ihm auf; er trug eine Sonnenbrille. Sein Gesicht konnte er nicht recht erkennen. Doch Sekunden später, als er sich umdrehte und sein Profil zeigte, krachte Janeks Faust auf den Monitor.

Es war Hollander – kein Zweifel. Und er sah Pam an. Sie sah auf den Eislaufplatz hinunter, während Hollander sie anstarrte. *Unglaublich!* Hollander war dabeigewesen – das war der Beweis. Er war der Falkner auf dem Boden. Die orangefarbene Kappe trug er, damit der Falke ihn sehen konnte. Und die Brille? Um sich zu tarnen oder um dem Vogel zu signalisieren – vermutlich beides.

Hollander. Sein eigener Experte, ein Mann, der über die notwendige Erfahrung verfügte. Sekunden vor dem tödlichen Angriff des Vogels war Hollander unter den Zuschauern gewesen und hatte Pam angestarrt. Das war die Verbindung, die Janek bisher nicht verstanden hatte. Jene Briefe, die er ihr schrieb, der Spott und die Drohungen, das Zeug mit dem Pamvogel, die Liebesbeteuerungen. Das alles hatte Janek sich nicht erklären können. *Warum sie? Warum Pam?* hatte er sich immer wieder gefragt. Jetzt endlich wußte er die Antwort: Hollander hatte sie an jenem Tag gesehen und vielleicht als Opfer in Betracht gezogen. Dann hatte ihn etwas veranlaßt, seinen Plan zu ändern.

Er hatte die Eisläuferin gewählt, Pam jedoch weiter als Beute erwogen, ihr wochenlang nachgestellt, und jetzt hielt er sie gefangen.

32

Sie war hungrig, sehr hungrig, spürte, wie der Hunger ihren Körper quälte und an ihrem Gehirn nagte. Auch der Wanderfalke war hungrig. Sein Flattern und Rauschen und Kratzen drang bis in ihr Bewußtsein – sie wußte, daß der große Falke ausgehungert war, und das verstärkte ihren eigenen Hunger, denn sie konnte an nichts anderes mehr denken.

Jays Flüstern faszinierte sie. Er prahlte, er sei der größte Falkner der Welt, nannte sich „einen großen Künstler“ und seine Arbeit „ein Meisterwerk“. Sie fürchtete seinen Größenwahnsinn; er machte ihn unberechenbar und gefährlich. Ein Teil von ihr aber genoß die Gefahr – genoß es, wenn er die Finger an ihren Hals legte.

Sie hörte auch eine andere Stimme, die spöttische, werbende Stimme der Briefe. Sie war hingerissen, wenn er davon schwärmte, wie er sie in den Himmel tragen und mit ihr unter der Sonne dahingleiten werde, wie er sie aufnehmen, ihren Hals mit seinen Fängen streicheln und sie lieben wolle – auf dem Ast eines alten Baumes oder auf einem Fels über einem Wildbach. In diesen Momenten schien er so phantasievoll, so sanft, daß seine Drohungen nur rhetorisch klangen. Sie konnte die Berührung seiner Schwingen spüren, und seine Zärtlichkeit ließen sie vor Verlangen zittern.

„Ich weiß nicht, wann ich die Kontrolle verloren habe", flüsterte er. „Vielleicht . . . vielleicht hatte ich sie nie. Es ist nicht so einfach, wie es aussieht – der Falkner auf der Erde und der Falke, der unter den Wolken dahingleitet. Das Band ist vorhanden – unsichtbar. Ich führe und leite ihn. Er ist wie ein Drachen an einer Schnur. Und auch ich bin an einer Schnur, am anderen Ende. Ich halte ihn, aber er zieht mich. Ich muß mich bewegen, während er fliegt und jagt. Und dann wird aus dem Band ein Draht, straff gespannt, und plötzlich ist der Draht geladen. Von dem Vogel zu mir und wieder zurück, immer rascher fließt der Strom, bis er zu einem Blitz wird, der durch den Draht fährt. Das Band ist so fest gespannt, daß ich auf ihm zum Himmel steigen kann. Wenn die Vögel angriffen, war ich immer bei ihnen. Wir Falkner sind nicht bloß Zuschauer – wir sind auch Jäger. Wir fliegen. Wir stoßen herab. Auf der Erde bin ich nichts, aber wenn der Vogel auffliegt, fliege auch ich. Ich sah die Welt durch seine Augen. Tötete mit seinen Fängen, mit seinem Schnabel. Ich verlor mich. Ja – ich wurde ein Vogel . . ."

Es war ein Aufschrei, der sie tief bewegte – ein Aufschrei gegen das Schicksal, das aus ihm nur einen Menschen gemacht hatte.

„Kontrolle. *Kontrolle.* Man glaubt, man hat sie dann, wenn

man sie verloren hat. Man fühlt sich mächtig, den Göttern gleich. Und auf einmal ist man nichts – nur ein Mensch mit seiner Lust. Ich wollte so gern ein Falke sein, seine Kraft, seine rasende Schnelligkeit besitzen. In einem Delirium leben. Alle Dinge hinter mir lassen – zu einer Kraft werden, wild und geläutert. Ich wollte der Donner und der Blitz sein, Gefahr und Tod herabschleudern. Die Sonne sein. Helios. Der Vogel glänzt wie die Sonne. Von ihr berührt zu werden, heißt versengt und verbrannt werden . . . vom Licht."

Er hielt inne. Seine Stimme hatte den Schwung verloren. Als er wieder flüsterte, hörte sie etwas anderes – Qual und Schmerz.

„Aber immer war da auch dieses ekelhafte Ding, dieses widerliche, erdgebundene Ding. Nicht aus der Bläue des Himmels, sondern aus Fäulnis und Verwesung stammend – Sex. Ich weiß jetzt, daß er immer da war. Der Falke war mein Rächer. Er stieß zu und schlug für mich. Wenn er herabstieß, kam ich. Sein Feuer, seine Macht waren mein Erguß. Ich verspürte immer Erregung, wenn ich das Zustoßen sah, und beim Wanderfalken war es mehr noch als Erregung. Er tötete die Mädchen für mich. Er tat, was ich nicht tun konnte. Das war die große Kunst. Deshalb mußte ich dich fangen, Pambird. Um es zu Ende zu führen."

Pam war halb verhungert, verkappt, gefesselt und geknebelt. Und fortwährend hörte sie sein Flüstern: Wie er den Wanderfalken abgetragen, welche klugen Tricks er verwendet hatte. Die Dressurmethoden, die er entwickelte, die besonderen Köder, die er erfand und aus Auslagepuppen verfertigte, und die Art des Tötens; wie er den Falken gelehrt hatte zu betäuben und dann den Hals aufzureißen. Das alles hörte sie und spürte, wie es von ihr Besitz ergriff. Ein animalischer Instinkt brach sich Bahn. Es war einfach, so einfach – entweder man tötet oder man wird getötet. Man ist der Falke oder die Beute. Es gibt kein Mittelding.

33

Den ganzen Tag lang durchsuchten sie Hollanders Haus – alle Männer der Spezialeinheit. Sie schauten in jede Lade und in jeden Schrank, sie nahmen jedes Buch hervor und schüttelten es aus. Sie durchsuchten den Keller, den Dachboden, die Küche, sie hoben die Teppiche hoch und sahen hinter die Bilder – es gab keinen Platz, den sie ausließen. Und doch erbrachte diese mühsame methodische Durchsuchung nichts anderes als ein Stück Papier auf Hollanders Schreibtisch; sie fanden es gleich zu Anfang, als sie kamen, und es blieb das einzige, was sie fanden, stellte Janek am Schluß fest.

Jetzt war es neun Uhr abends und dunkel. Die Durchsuchung war beendet, die Männer waren gegangen, und Janek saß allein in Hollanders Bibliothek, das Stück Papier in der Hand:

IMMER NOCH AUF DER SUCHE NACH DEM VOGEL? IMMER NOCH AUF DER SUCHE NACH P & P? DIE SIND IM HORST, JANEK. ACHT ADLER BEWACHEN DAS NEST.

Die rätselhaften, spöttischen Worte machten Janek wütend; er fragte sich, warum. Es war nicht das Rätselhafte. „Acht Adler bewachen das Nest" klang kindisch. Früher oder später würde er die Lösung finden. War es der Satz mit P & P? Peregrin und Pam. Diese Abkürzung war es, die ihn wütend machte – so frech, so kühl, so ärgerlich, weil sie so vertraulich klang, als müßte Janek wissen, was Hollander mit P & P meinte, weil sie beide eingeweiht waren.

Aber noch etwas ist es, es ist die Nachricht selbst, überlegte Janek. Denn die Tatsache, daß Hollander die Nachricht auf dem Schreibtisch liegen ließ, bedeutete, daß er Janeks Besuch erwartet hatte.

Ja, das war es, was ihn so aufbrachte. Es hieß, daß Hollander alles, was Janek tat, sogar das Ansehen des Filmanfangs, vorausgeahnt hatte. Und da er seine Handlungen im voraus gewußt hatte, würde er auch seine nächsten Schritte kennen. Hollander *wollte,* daß er das „Nest" entdeckte, um die rätselhafte Nachricht zu verstehen – nachher, wenn alles zu Ende war und Hollander mit Pam getan hatte, was immer er vorhatte. Damit Janek sich mit der Faust an die Stirn schlug und aufschrie: „Warum habe ich nicht früher daran gedacht?!" Ja, das war es. Er war eine Figur in Hollanders Endspiel. Man spielte mit ihm. In Hollanders Augen war er, Janek, ein Narr.

Es gefiel Janek nicht, und es gefiel ihm auch nicht, daß er so wütend war. Vielleicht war das die Absicht – ihn wütend zu machen, damit er die Rolle des Narren weiterspielte, und Hollander das Stück, das er sich erdacht und in Szene gesetzt hatte, zu Ende spielen konnte.

Es war ein Spiel gewesen, das konnte Janek jetzt erkennen. Alles: die Briefe an Pam; die Vorschläge; die Liste der Falkner; Hollanders Vermutungen über die Dressur des Falken und wo er vielleicht verborgen sein mochte. Selbst die Nakamura-Episode hatte Hollander eingefädelt, um seine Orgie von Vogelblut im Park zu haben. Der Papierfalke auf dem Dach. Die Nachricht auf Wendels Leiche, die Janek zu Carls geheimer Kammer geführt hatte. Alles war durchdacht: die Stockhaube bei Sasha West zurückzulassen, aber die Fingerabdrücke wegzuwischen; den Namen Fred Hohenstaufen zu benützen, als er die Haube bestellte; und jetzt das – „der Horst . . . Acht Adler beschützen das Nest."

Während Janek sich bemühte, kühl und sachlich zu überlegen, was er jetzt tun sollte, wurde ihm klar, daß Hollander mit der Nachricht auf dem Schreibtisch alle Brücken hinter sich abgebrochen hatte. Er hatte sich zu erkennen gegeben und damit alles aufgegeben – seinen Reichtum, sein Haus, seine wertvolle Bilder- und Büchersammlung. Und das bedeutete, daß Pam sich in furchtbarer Gefahr befand. Denn Hollander gehörte jetzt zu jener gefährlichsten Sorte von Menschen – ein Mensch, dem es gleichgültig ist, ob man ihn findet oder nicht, weil er nichts mehr zu verlieren hat.

34

Um Mitternacht weckte er sie auf. „Träumst du, Pambird?“ Sie nickte. „Wovon träumst du?“ fragte er sie, und weil sie geknebelt war und nicht antworten konnte, antwortete er für sie. „Von der Atzung“, sagte er. „Du hast von der Atzung geträumt.“ Wieder nickte sie. Lächelte sie? Er war nicht sicher, denn die Haube bedeckte ihre Augen und der Knebel ihren Mund. Aber er glaubte, ein Zucken an ihren Wangen zu bemerken, das ihn an ihr Lächeln erinnerte.

Eine weitere Stunde ließ er sie schlafen, während er sie die ganze Zeit über betrachtete. Als er sie das nächstemal weckte, war sein Gesicht ganz nahe an ihrem Ohr. „Willst du für mich fliegen, Pambird?“ Langsam nickte sie – noch im Halbschlaf. „Willst du mein Falke sein, meine Jägerin, mein Wanderfalke? Willst du für mich jagen und töten?“ Wieder nickte sie, und er ließ sie weiterschlafen. Jetzt würde sie tief schlafen. Er hatte sie stundenlang wachgehalten, hatte ihr das Gefühl für Tag und Nacht geraubt, hatte ihre Augen verbunden, abgesehen von ein paar Minuten, als es dunkel war und sie sich den Wanderfalken ansehen mußte. Jetzt blickte er sie an und war zufrieden. Er hatte sie auf den richtigen Zustand reduziert – seine Dressur war fast vollendet, sein Plan beinahe erfüllt.

Jetzt mußte er etwas Wichtiges tun – sich um den Wanderfalken kümmern. Er ging zu seiner Stange, streichelte ihn, flüsterte ihm sanfte Worte zu, fuhr über sein Gefieder und nahm ihn auf die Faust. Langsam ging er mit dem Vogel durch den Raum, hielt ihn an sich und beruhigte ihn mit leisen Worten. Er trug ihn zur Futterlade, ging zum Kasten, öffnete den Käfig, nahm die letzte Wachtel heraus und brachte sie ihm. Dann nahm er dem Wanderfalken ganz sanft die Haube ab. Er sah zu, als er fraß, mit seinen Fängen den kleinen Vogel zerteilte, das Fleisch verschlang und mit dem Schnabel die Knochen blank putzte.

Als er gefressen hatte, ließ er ihn ausruhen, dann nahm er ihn wieder auf die Faust. Er trug ihn zu dem dreieckigen

Fenster, setzte sich und ließ den Vogel auf der linken Lehne seines Stuhles Platz nehmen. Tränen stiegen in seinen Augen auf, als er mit dem Falknermesser ganz vorsichtig die Riemen an den Beinen durchschnitt. Es brach ihm fast das Herz, diese Symbole seines Besitzes zu entfernen, aber er wußte, daß er es tun mußte. Seine liebste Stelle aus *Othello* kam ihm in den Sinn. Leise sagte er die Worte vor sich hin und genoß die Poesie: „Und sei dein Fußriem' mir ums Herz geschlungen/ Los geb ich dich, flieg hin in alle Lüfte,/ auf gutes Glück."

Der Wanderfalke wurde unruhig. Er hatte die Riemen ein Leben lang getragen. Jetzt bewegte er die Füße, umklammerte die Stuhllehne – er spürt, dachte der Falkner, daß ein neuer Lebensabschnitt beginnt.

Jetzt gab es keinen Grund mehr zu zögern, aufzuschieben, was zu geschehen hatte. Er lockte den Vogel wieder auf seine Faust, stand auf und hielt ihn ans Fenster.

„Flieg", flüsterte er. „Flieg! Flieg! Flieg fort! Du bist frei!" Dann lehnte er sich zum Fenster hinaus, hob die Faust und hielt den Vogel in den Wind.

Der große Falke zögerte, drehte den Kopf, sah ihn an; ihre Blicke trafen sich. Hollander nickte, und der Vogel wandte sich um, sog die Luft ein. Dann hob er die Schwingen und verschwand in der Nacht.

Lange Zeit sah er ihm nach, obwohl er schon nach Sekunden nicht mehr zu sehen war. *Wenn ich nur auch fortfliegen könnte,* dachte er. Das aber war unmöglich. Er mußte bleiben und die Geschichte zu Ende führen. Er ging ins Zimmer zurück, näherte sich Pam und sah auf sie herab, während sie ein bißchen im Schlaf zitterte.

35

Um zwei Uhr morgens verließ Janek Hollanders Haus. Die wartenden Journalisten hatten schon längst aufgegeben. Als er auf die Seventieth Street trat, spürte er die kalte Nachtluft. Der *Nachsommer* war vorüber; bald würde der Winter kommen. Die fast entlaubten Bäume sahen kahl und triste aus.

Janek fühlte sich geschlagen. Der Wanderfalke war sein großer Fall. Er hatte sich in ihn verbissen, hatte sein Bestes gegeben, und am Ende hatte ihm jenes tiefe psychologische Verständnis gefehlt, mit dessen Hilfe er gehofft hatte, diesen großen Fall seines Lebens zu lösen. Er hatte es mit einem Gegner zu tun, dessen Gedankengänge er nicht nachvollziehen konnte, mit einem Mann, der auf einer anderen Ebene operierte und große dramatische Gesten setzte. Mit ihm verglichen, fühlte Janek sich klein und mittelmäßig. Ihn freute der komplizierte Mechanismus eines Akkordeons. Die großen Gesten eines Mannes, der sich mit Falken und dem Tod beschäftigte, konnte er nicht begreifen.

Die arme Pam aber war von ihm und dem Falkner ausgenutzt worden. Er hatte mit ihrer Leidenschaft gerechnet und sie als Köder benutzt. Jetzt gehörte sie Hollander. Er hatte verloren.

Er stieg in seinen Wagen und fuhr herum. Aber diesmal war es anders – er suchte nicht nach jenen schäbigen Kirchen mit staubigen Bänken, in denen er sich wohl fühlt, weil sie seine Mittelmäßigkeit widerspiegelten. Diesmal wollte er Größe, aufstrebende Säulen, Bögen, Pfeiler. Er würde in die St. Patrick's Kathedrale gehen. Durch die leeren, kühlen Straßen fuhr er hin.

Er parkte auf der Fifth Avenue, lehnte seinen Polizeiausweis an die Windschutzscheibe, ging die Treppen hinauf zu den großen vergoldeten Türen. Verschlossen, natürlich – er hätte es wissen müssen; zuviele Diebe in der Nacht unterwegs, zuviele Gauner.

Er ging um die Kathedrale, lehnte sich an die graue Mauer, preßte die Stirn an den Granit und spürte die Kälte des Steines auf seiner Haut.

Diesmal war auch sein Gebet anders – er betete nicht mehr für sich, nicht mehr, daß er dem Bösen Einhalt gebieten und das Gute schützen könne. Diesmal betete er für Pam, und seine Augen füllten sich mit Tränen. Denn noch nie hatte er für einen andern Menschen gebetet. Diesmal tat er es.

„Beschütze sie", flüsterte er. „Beschütze sie vor dem Vogel. Beschütze sie davor, Schaden zu nehmen. Wenn man sie tötet, dann laß es rasch geschehen . . ."

Es war lang her, daß er geweint hatte, fast ein Leben lang – nicht, seit er Tarry Flynn erschossen hatte. Und jetzt weinte er um ein Mädchen, das er kaum kannte, das er mißbraucht und nicht verstanden hatte, und das nicht einmal wußte, wie gern er es hatte.

36

Als er sie aufwachen sah, wußte er, daß sie gezähmt war. Er beobachtete sie genau, als sie feststellte, daß sie nicht mehr gefesselt war, nur mehr die Riemen trug, die locker ans Bett gebunden waren. Als sie keine Anstalten machte, die Riemen zu lösen, wußte er, daß ihr eigener Wille sie gefangenhielt.

Er setzte sich zu ihr und streichelte sie zärtlich. Sie wand sich vor Vergnügen, dann lag sie ganz still, während er die Fußriemen löste. Als er ihr bedeutete aufzustehen, gehorchte sie.

Sie bewegte sich wie ein Tier. Sie trug nichts außer dem mit Federn bestickten Umhang.

„Du bist gezähmt, erfüllt", sagte er. Und sie nickte. „Du darfst nicht sprechen", sagte er sanft, „aber du kannst Laute äußern, wenn du willst."

Sie wandte sich ihm zu und lächelte, als seine Finger ihren Hals berührten. Dann stieß sie einen Laut aus, der dem Falkenruf glich; nicht ein wirkliches *aik, aik, aik,* aber etwas Ähnliches, ihren eigenen Ton, den Ton von Pambird.

Als sie merkte, daß der Wanderfalke verschwunden, daß sie mit ihm allein im Horst und die Rivalin geflohen oder verjagt war, sah er deutlich ihre Freude. Jetzt gehörte ihr das Nest, jetzt war sie mit Jay allein.

Er entfernte ihre Haube. Sie sah ihn an. Ihre Blicke trafen sich. Hollander studierte ihre Pupillen, das Leuchten, den Glanz in ihren Augen. Sie stand ganz still, als er ihr ein Halsband umlegte, eine dünne Leine daran befestigte und sie anwies, sich zu bewegen.

Im Kreis schritt sie um ihn herum. Er stand, sich drehend, in der Zimmermitte, und sie zog langsam ihre Kreise, während das Morgengrauen durch die Jalousien drang. Das dreieckige Fenster füllte sich mit Licht, und das Licht warf Streifen auf den Fußboden, und sie drehte sich im Kreis wie ein Tier; als wäre sie ein Vogel, als fliege sie – beinahe. In allen ihren Bewegungen lag Weichheit, lag ein Gleiten. Hollander war zufrieden, denn er hatte sie gezähmt und dressiert, sie zu seinem Falken gemacht, und er wußte, daß sie jetzt alles tun würde, was er verlangte.

Nach einer Weile blieb er stehen. Auch sie blieb stehen, kauerte sich nieder. Er setzte ihr wieder die Haube auf, um sie zu beruhigen, und streichelte ihren Hals. Sie lehnte sich auf ihrem Schlafplatz zurück, und er ging ganz nahe zu ihr. „Du hast mir versprochen zu töten, Pambird. Einmal nur, sauber und rasch. Das wirst du für mich tun, nicht wahr? Du wirst jetzt meine Jägerin sein."

Während er wieder ihren Hals streichelte, deutete sie mit einem rauhen Flüstern ihre Zustimmung an.

37

Janek wußte nicht genau, warum er zum Empire State Building ging – vielleicht, weil er zwei Agenten auf der Aussichtsplattform postiert hatte – die „Flugsaurierwacht", wie Sal sie nannte – und sie einmal aufsuchen wollte, um ihnen für ihre Hilfe zu danken. Aber noch etwas anderes motivierte ihn – das Verlangen, die Straßen zu verlassen, über der Stadt zu sein, auf sie herabzuschauen. St. Patrick's hatte ihn nicht befriedigt, er brauchte eine echte New Yorker Kathedrale, einen Wolkenkratzer. So ging er an diesem Samstagmorgen kurz nach Sonnenaufgang zum Empire State Building und zeigte seinen Ausweis, um hinaufzufahren. Zu seiner Überraschung waren seine zwei Leute nicht auf ihrem Posten. Das sagte etwas über die Art aus, wie er den Fall geführt hatte, dachte Janek. Aber es war ihm egal – die Idee war sowieso nicht besonders gut gewesen. Er war jetzt allein dort oben genauso glücklich und konnte ungestört auf die Stadt hinabsehen.

Der Anblick war großartig: Schiffe krochen den Hudson hinauf und glitzerten im Morgenlicht, im Osten ging die Sonne auf, und ihre goldenen Strahlen berührten den Turm des Chrysler Building, die Stahlbögen mit den dreieckigen Fenstern, gekrönt von der Nadel, die die Sehnsucht des Menschen nach den Sternen verkörperte. Die Struktur des Turmes erinnerte Janek an die überlappenden Federn eines Vogels. Er senkte den Blick, sah die stilisierten Köpfe an, die Wasserspeier an der Basis. Dann zählte er sie langsam, vorsichtig, denn er wollte keinen Irrtum begehen. Er sah vier Köpfe, zwei an jeder Ecke; das hieß, daß auf der Seite, die er nicht sehen konnte, weitere vier waren. Acht insgesamt und es waren Adlerköpfe – *acht Adler, die das Nest bewachen.*

Sein Herzschlag setzte aus, als er wieder zum obersten Stock knapp unter der Nadel sah. Dort war es – das Nest, der Horst – dort war Pam, genau unter der Nadel, und dort waren Hollander und auch der Vogel – dort hatte der Vogel gewohnt, war ausgeflogen und immer wieder, von niemandem gesehen, zurückgekehrt. Das war Hollanders geheime Kammer.

Er wußte es mit absoluter Sicherheit, und auch etwas anderes wußte er – daß er dorthingehen und Pam retten würde; von niemandem begleitet, nicht einmal von Sal. Ganz allein wollte er hingehen.

Als er durch die Stadt fuhr, dachte er an nichts anderes, als daß auch er jetzt ein mieser Bulle war, der das Gesetz in die eigene Hand nahm. Es machte ihm nichts aus – er mußte tun, was er zu tun hatte.

Er parkte vor dem Chrysler Building. Sein Plan war gefaßt: Wenn Pam noch am Leben war, würde er nicht zulassen, daß Hollander sie als Geisel oder Schild benutzte. Ohne zu verhandeln, ohne ein Wort zu sprechen, würde er hineinstürmen, auf den Vogel feuern und dann auf Hollander. Und beide erschießen. Dann würde er Pam retten.

Der Fahrstuhl hielt im 74. Stock. Von hier aus mußte Janek die Treppe nehmen. Er stieg langsam hinauf, vorsichtig, als pirsche er sich an ein Tier heran, und fühlte die Gier eines Jägers in sich.

Seine Anspannung wuchs, als er in die Büros sah. Einige Räume waren mit den Buchstaben von Radiostationen versehen; er suchte nach etwas anderem. Und im 77. Stock fand er, was er suchte: *„E.E.CORP.“* stand auf einer verglasten Bürotür. Es gelang ihm sofort, die Buchstaben zu entschlüsseln. *Eight Eagles Corporation.* Er lachte leise. Der Horst war gefunden. Er hatte recht gehabt.

Nach Atem ringend wartete er vor der Tür und lauschte. Er hörte nichts, spannte den Revolver, wartete, bis sein Atem normal kam, drehte den Türknopf.

Er war erstaunt, die Tür unverschlossen zu finden. Er betrat ein kleines Empfangszimmer und sah am anderen Ende eine zweite Tür. Lautlos ging er durchs Zimmer und sah einen Lichtschein unter der Tür. Vielleicht hatte er einen Fehler begangen, und Hollander erwartete ihn. Vielleicht hatte dieser sein Kommen geahnt und würde nun ihn überraschen. Aber Janek wußte, daß es kein Zurück gab. Er war bis hierher gekommen, er mußte beenden, was er begonnen hatte. So nahm er alle Kraft zusammen, warf sich gegen die Tür und brach sie auf. Den Revolver mit beiden Händen haltend, duckte er sich, bereit, den Vogel und Hollander zu töten.

Der Anblick war so haarsträubend, so grotesk, daß Janek unfähig war, sich zu bewegen. Von Mitleid und Schrecken gelähmt, hockte er auf der Schwelle.

Hollander lag über der Lehne eines Drehstuhles – tot, das Gesicht zur Decke gewandt, den Hals von Ohr zu Ohr durchschnitten. Pam stand vor dem dreieckigen Fenster – eine dunkle Figur gegen das helle Sonnenlicht. Unbeweglich wie eine Statue stand sie da, ein Monolith, ein riesiger Vogel, die Arme ausgestreckt wie eine Priesterin. Ein mit Federn bestickter Umhang fiel wie riesige Schwingen von ihren Armen. Das Messer das sie benutzt hatte, lag am Boden. Aus Hollanders Wunde sickerte noch das Blut. Aber es waren ihre Augen, die ihm alles erzählten; sie waren riesig, durchdringend, viel größer, als er sie in Erinnerung hatte. Und sie sahen ihn herausfordernd an – wie eine Sklavin und gleichzeitig wie ein Raubtier, während aus ihrer Kehle ein seltsam rauher, tierischer Laut drang.

Sie starrten einander an; Janek senkte den Revolver. Er sah, daß sie eine andere Welt betreten hatte. Und auf einmal erkannte er den Weg zu seiner Erlösung. Er würde ihr die Hand reichen und sie zurückführen. Ganz gleich, wie lang es dauerte, er würde sie zurückholen.

38

Der große Falke verließ Manhattan vor dem Morgengrauen, überquerte den Hudson und die Wiesen von Jersey und flog nach Westen, dem offenen Land entgegen. Er fand den Kittatinny Ridge, und dann wurde der Flug einfacher – er ließ sich von den warmen Strömungen tragen, die von den Hügeln aufstiegen, segelte dahin und stieg auf, folgte den Umrissen der Höhen und sah seinen Schatten vor sich auf dem Unterholz.

Er ließ sich von den Aufwinden tragen. Es war kalt, die zweite Novemberwoche, und die Zeit für den Vogelzug fast vorbei; schon vor Wochen waren seine Artgenossen über diese Bergkämme geflogen. Aber obwohl der Falke verspätet war, legte er große Entfernungen zurück – eine rasche, dunkle Gestalt gegen die vom Wind bewegten Wolken. Er hatte den großen Zugweg entlang den Appalachen gefunden, strich über den Hawk Mountain in Pennsylvania, den Peter's Mountain in Virginia, Thunder Hill in North Carolina; nach Süden, immer weiter nach Süden.

Die langen Flugstunden ermüdeten den Vogel. Am zweiten Tag verspürte er Hunger. Und über Carolina fliegend sah er sie, die große ziehende Schar kanadischer Wildgänse. Er beobachtete ihre Anordnung, ihre Bewegung und entwickelte einen Angriffsplan. Spät am Nachmittag regte sich ein lang unterdrückter Instinkt, und der Falke brach in die Schar ein.

Die Wildgänse stoben auseinander. Der Falke wählte eine langsame Fliegerin, kreiste über ihr und stürzte herab. Der Vogel fiel, und der Falke folgte ihm, seinen Triumph in den Wind schreiend. Er schlug die Gans und riß sie gierig auf. Und dann genoß er das warme Fleisch, das warme Blut, und in einem benachbarten Baum sah neidvoll eine Eule zu, verschreckt von der Größe und der Wildheit des Falken.

Gestärkt, satt, zufrieden über seinen Erfolg und die Entdekkung, daß er jetzt selbst seine Beute finden konnte, setzte er die Reise fort, flog der warmen Küste Südamerikas entgegen, ließ sich von den Aufwinden treiben, kreiste und drehte sich im Himmel, ein großer Raubvogel in der freien Natur – ein wilder Wanderfalke.

„Erfüllt alle Erwartungen, die man an einen Thriller stellt. Ein reines Lesevergnügen bis zum Schluß.“

The Washington Post

324 Seiten
gebunden

William Bayer verknüpft die Fäden der vielschichtigen Handlung dieses Romans, in die brave Bürger und korrupte Bullen, *beautiful people* und biedere Lehrersfrauen, sadistische Verbrecher ebenso wie lebenslustige, naive junge Mädchen verstrickt sind, mit der Virtuosität eines Alfred Hitchcock und der psychologischen Raffinesse eines John le Carré: Hochspannung der allerfeinsten Art!

im Paul Zsolnay Verlag

CLIVE CUSSLER

Der Todesflieger
Roman (3657)
Der Todesflug des Cargo 03
Roman (6432)
Eisberg. Roman (3513)
Hebt die Titanic. Roman (3976)
Im Todesnebel
Roman (8497)
Tiefsee. Roman (8631)

GOLDMANN

JACK HIGGINS

Das Dunkel der Lagune. Roman (8378)
Der Ire. Thriller (6591)
Der Rebell. Roman (8446)
Der Regenmörder. Roman (8626)
Die Nacht von Sinos. Thriller (6513)
Dunkler Fremder. Roman (6704)
Eishölle. Thriller (6543)
Gesichter der Nacht. Roman (6893)
Nacht der Flamingos. Roman (8632)
Nacht ohne Erbarmen. Thriller (6646)
Schrei in der Nacht. Roman (8464)
Tödliche Jagd. Roman (6777)
Zorn des Löwen. Roman (6819)

GOLDMANN

A.J. QUINNELL

Blutzoll
Roman (8577)
Der Söldner
Roman (8500)
Der Treffer
Roman (8616)
Der falsche Mahdi
Roman (8445)

GOLDMANN

ALFRED COPPEL

Alfred Coppel
34° Ost
6072

Alfred Coppel
Der Drache
8824

Alfred Coppel
Finale in der Wüste
6557

Alfred Coppel
Harakiri
6852

Alfred Coppel
Nach der Stunde Null
6686

Alfred Coppel
Um jeden Preis
6741

GOLDMANN

Robert Littell

Robert Littell
Task Force 753
8477

Robert Littell
Sein oder Nichtsein...
8812

Eine höllische
Karriere
8865

Robert Littell
Der Springer
8582

Robert Littell
In den Klauen des Bären
8916

GOLDMANN

INTERNATIONALE THRILLER

John Trenhaile
Die Nacht des Generals
8479

Stuart Woods
Auf Grund
8839

Alistair MacLean
Rendezvous mit dem Tod
2655

Brian McAllister
Operation Salamander
8913

William Heffernan
Der Opium-Pate
8868

William Bayer
Der Killerfalke
8938

GOLDMANN

INTERNATIONALE THRILLER

Joseph Hayes
Morgen ist es zu spät
8648

Kenneth Goddard
Signalfeuer
8356

Michael Hartland
Chinesisches Labyrinth
8808

Desmond Bagley
Sog des Grauens
6748

Alfred Coppel
Der Drache
8824

Nelson de Mille
Wolfsbrut
8574

GOLDMANN

Psychothriller

Kate Green
Mondsplitter
8481

William Katz
Stunde der Vergeltung
8596

William Katz
Gondeln des Grauens
8941

T. Jefferson Parker
Feuerkiller
8791

V.C. Andrews
Dunkle Wasser
8655

V.C. Andrews
Schatten der
Vergangenheit 8841

GOLDMANN

Goldmann Taschenbücher

Allgemeine Reihe
Unterhaltung und Literatur
Blitz · Jubelbände · Cartoon
Bücher zu Film und Fernsehen
Großschriftreihe
Ausgewählte Texte
Meisterwerke der Weltliteratur
Klassiker mit Erläuterungen
Werkausgaben
Goldmann Classics (in englischer Sprache)
Rote Krimi
Meisterwerke der Kriminalliteratur
Fantasy · Science Fiction
Ratgeber
Psychologie · Gesundheit · Ernährung · Astrologie
Farbige Ratgeber
Sachbuch
Politik und Gesellschaft
Esoterik · Kulturkritik · New Age

Goldmann Verlag · Neumarkter Str. 18 · 8000 München 80

Bitte
senden Sie
mir das neue
Gesamtverzeichnis.

Name: ____________________

Straße: ____________________

PLZ/Ort: ____________________